JN036884

千秋

1

梦溪石

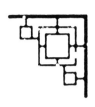

目次

Thousand Autumns
Contents

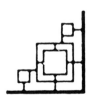

登場人物

沈嶠《シェン チアオ》

天下一の道門として名高い玄都山の掌教。誰もが目を見張るほどの美男子だが、内面もまた純真で一点の曇りもない真っ白な美しさを持っている。突厥最強と言われている昆邪との戦いに敗れ重傷を負い、武功と記憶、それから視力を失っていたところを、魔君と恐れられる浣月宗宗主・晏無師に助けられる。

晏無師《イエン ウースー》

魔門三宗のひとつ浣月宗の宗主。十年の閉関を経て江湖に再び姿を現した。その強さと美しく整った容貌からは想像もつかない非道ぶりから「魔君」と呼ばれる。一方で、朝廷で太子に仕える太子少師の肩書きも持っている。白紙のように純粋な沈嶠を徹底的に黒く染め上げたいと考えている。

登場人物

Thousand Autumns —— The Characters

江湖の主な人物

玄都山《げんとざん》

祁鳳閣《チー フォンゴー》
かつて天下一と言われた沈嶠の今は亡き師。玄都山前掌教。

郁藹《ユー アイ》
祁鳳閣の三番弟子。沈嶠より年上だが師弟に当たる。

青城山純陽観《せいじょうざんじゅんようかん》

易辟塵《イー ピーチェン》
道門を代表する純陽観の観主。天下の十大高手の上位三人のうちの一人。

李青魚《リー チンユー》
易辟塵の弟子。

臨川学宮《りんせんがっきゅう》

汝鄢克恵《ルーイエン コーフィイ》
儒門を代表する臨川学宮の宮主。天下の十大高手の上位三人のうちの一人。

六合幇《ろくごうほう》

雲拂衣《ユン フーイー》
六合幇の副幇主。

その他

雪庭《シュエティン》
仏門を代表する禅師。かつての周国の国師。天下の十大高手の上位三人のうちの一人。

突厥《とっけつ》

狐鹿估《フールーグー》
突厥最強であったが、二十年前、祁鳳閣に負け中原へ入ることを禁じられた。

昆邪《クンイエ》
狐鹿估の弟子。

段文鴦《ドワン ウェンヤン》
狐鹿估の弟子。

魔門三宗の主な人物

浣月宗《そうげつしゅう》

辺沿梅《ビエン イエンメイ》
晏無師の一番弟子。

玉生煙《ユー ションイエン》
晏無師の弟子。

法鏡宗《ほうきょうしゅう》

広陵散《グアン リンサン》
法鏡宗の宗主。

合歓宗《ごうがんしゅう》

元秀秀《ユエン シウシウ》
合歓宗の美貌の女宗主。

桑景行《サン ジンシン》
合歓宗の長老。元秀秀の情夫。崔由妄《ツイヨウワン》の弟子。

白茸《バイロン》
合歓宗の妖女。

その他の主な人物

霍西京《フォ シージン》
白茸の師兄。他人から剝がした顔の皮を利用する顔変えの術、偸天換日《とうてんかんじつ》の使い手。

陳恭《チェン ゴン》
撫寧《ぶねい》県の姜《ジアン》公廟に住み着いている少年。

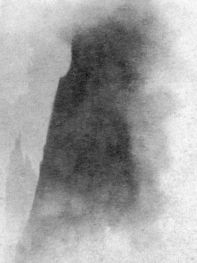

用語解説

Thousand Autumns —— Glossary

【高手《こうしゅ》】
武芸の達人。

【江湖《こうこ》】
武侠小説では、武芸者や侠客たちがいる世界を指す。

【閉関《へいかん》】
外界との交流を断ち、一人閉じこもって修行をすること。

【中原《ちゅうげん》】
黄河中下流域。中国のこと。

【突厥《とっけつ》】
六世紀から二世紀もの間に亘ってモンゴル高原・中央アジアを支配したトルコ系遊牧部族。

【六合幇《ろくごうほう》】
水陸を股に掛ける組織。荷運びのほか情報収集も。

【魔門三宗《まもんさんしゅう》】
日月宗を起源とする浣月宗、法鏡宗、合歓宗。

【三門《さんもん》】
道門（道教）・仏門（仏教）・儒門（儒教）。

【師尊《しそん》】
師を敬った呼び方。師父ともいう。兄弟弟子は師兄《しけい》、師弟《してい》、師妹《しまい》などと呼ぶ。

【内息《ないそく》】
体を巡る気。

【内《ない》力《りょく》】

内息が生み出す力。

【武《ぶ》功《こう》】

気や技を使う武術。武芸ともいう。

【功《こう》力《りょく》】

修行で得た全体的な力。

【真《しん》気《き》】

体内を巡る気。先天の気と後天の気からなり、生命活動を維持する基本的なもの。

【点《てん》穴《けつ》】

経穴を突く技。相手を殺すこともその体の機能を封じることもでき、機能を再び使えるようにするにはもう一度同じ場所を突く。

【朱《しゅ》陽《よう》策《さく》】

江湖の者にとって大変貴重な五巻からなる書。

【剣の境地】

低い順に剣気《けんき》、剣意《けんい》、剣心《けんしん》、剣神《けんじん》の四つ。

第一章　決戦の後

　半歩峰《はんぽほう》はその名が示す通り、半歩前に進めば万丈の険しい崖が待ち構えている、進むのも後戻りするのも難しい場所だ。上方には奇妙な形の岩が聳《そび》え、様々な木々が生い茂り、下方にはもうもうと霧が立ちこめている。どんな言葉を使っても説明できないほど鋭く切りたった岩が重なり合い、天と地を隔てていた。

　半歩峰の前方には別の峰がある。名を応悔峰《おうかいほう》といい、険しさは半歩峰と比べて勝るとも劣らない。斜面は刃物で削られたかのように真っ直ぐで、足場すらなさそうだ。僅かに見える濃い緑の草木は岩から生えていて、土壌に根差してはいない。その景色を見た者は寒くないのに肌が粟立ち、この峰に登らなければ良かったと後悔する。応悔、つまり「応《まさ》に悔《かい》すべし」の名は、この様子に由来していた。

　二つの峰は一つの谷によって分けられている。上から見下ろせば、ゆったりと波打つ雲海が視界を遮《さえぎ》って底が知れず、走り回る獣が立てていると思われる微かな音や、絶え間なく流れる川のせせらぎが聞こえる。樵《きこり》や狩人などは訪れる勇気がなく、先天高手《せんてんこうしゅ》（一定の修行を積んで辿り着ける〝先天境地〟に達した達人）でさえ、やはり人は天に敵わないと改めて思うだろう。

　雲霧が覆う崖の底、川と断崖の間には、凹凸のある異形の石が並ぶ細くて長い石道があった。今、二人の人物が前後してそこを歩いている。

　荒れ狂う川は勢いがよく、時折波が巻き起こり、濡れて滑《なめ》らかな石に打ち付けられる。少しでも注意を怠れば、川に落ちないまでも、上がる水飛沫《みずしぶき》に打たれて、ずぶ濡れになるだろう。しかし、なるべく川から離れようと体を崖側に寄せれば、今度は岩が鋭く飛び出している急な石壁にぶつかってしまう。いずれにせよ惨めな結末は避けられない。この二人のように、広い庭を散歩するかの如く颯爽《さっそう》と、しかも優雅に歩くのは絶対に不可能なのだ。

「聞くところによると、二十年前、玄都山《げんとざん》の祁真人《チーしんじん》（真人は道を体得した者）はまさにこの半歩峰の頂上で突厥《とっけつ》最強の狐鹿估《フールーグー》を打ち負かしたそうです。そして、以降二十年は中原《ちゅうげん》（黄河中下流域）に立ち入らないと誓わせました。あいにく、この弟子は当時まだ幼く、その戦いを見ることが叶いませんでしたが、きっと比類なく素晴らしいものだったかと」

　こう話したのは、前の人物から常に三歩ほど間を空けて歩く若者だ。二人の足どりは速くも遅くもない。

　前を進む人物の歩幅は狭く、ゆったりと構えて、まるで平地を歩いているようだった。後ろに続く若者は歩幅が若干広く、それだけを見れば仙人のように飄然《ひょうぜん》としているが、両者を比べると些細な違いを見つけるのは難しくない。

　前を歩く人物、晏無師《イエンウースー》は鼻を鳴らして笑う。

「当時の祁鳳閣《チーフォンゴー》の腕は確かに天下一と言えよう。狐鹿估《フールーグー》は化外《けがい》（中華文明の外の地）の蛮族で、身の程知らずだった。辱《はずかし》めを受けたのは自業自得、祁《チー》鳳閣《フォンゴー》を恨めまい。だが、祁鳳閣《チーフォンゴー》は道門《どうもん》（道教）の崇高な姿勢とやらを持ち出して、とどめを刺そうとしなかった。しかもわざわざ二十年の誓いを立てさせるなど、玄都山に後顧《こうこ》の憂《うれ》いを残す以外、何になる？」

　後ろを歩く若者、玉生煙《ユーションイエン》は不思議に思い、問いかけた。

「師尊《しそん》（師を敬った呼び方）、狐鹿估《フールーグー》は本当にそこまで強いのですか？」

　晏無師《イエンウースー》が答える。

「たとえ私が今あいつと戦っても、必ず勝てるという保証はないだろうな」

「それほどの者なのですか⁉」

　玉生煙《ユーションイエン》はゾッとした。当然、自分の師がどれほどの凄腕かは知っている。その晏無師《イエンウースー》が勝てないかもしれないと言うのだから、狐鹿估《フールーグー》は恐ろしく強いのだろう。ひょっとしたら、天下の上位三名に数えられるのかもしれない。

晏無師《イエンウースー》は淡々と答える。

「でなければ、祁鳳閣《チーフォンゴー》が自分の弟子や孫弟子に憂いを残したとは言わん。二十年前の狐鹿估《フールーグー》は祁鳳《チーフォン》閣《ゴー》より多少劣ってはいたが、その差は二十年もあれば縮められる。ただ、今や祁鳳閣《チーフォンゴー》は死に、玄都山にはもう二人目の祁鳳閣《チーフォンゴー》はいない」

玉生煙《ユーションイエン》はそっとため息をこぼす。

「おっしゃる通りですね。祁《チー》真人は五年前にお亡くなりになりました」

「玄都山の現掌教《しょうきょう》（一教を司る者）は誰だ？」

「祁鳳閣《チーフォンゴー》の弟子で、沈嶠《シェンチアオ》という者です」

晏無師《イエンウースー》はその名前にあまり反応しなかった。祁《チー》鳳閣《フォンゴー》と一度だけ接触したことはあるが、それは二十五年も前のことだ。当時、沈嶠《シェンチアオ》は祁鳳閣《チーフォンゴー》の入室《にゅうしつ》弟子（師と近しく、継承者になる可能性のある弟子）になったばかりだった。

玄都山は「天下一の道門」として名高いが、十年の閉関《へいかん》（外界と交流を断ち、一人閉じこもって修行すること）を終えたばかりの晏無師《イエンウースー》にとって、祁《チー》鳳閣《フォンゴー》以外、玄都山にはもう好敵手と呼ぶほどの価値がある者はいない。

口惜しいことに、祁鳳閣《チーフォンゴー》は既に死んでいるのだ。

全く興味がない様子の師に、玉生煙《ユーションイエン》は続ける。

「これも聞いた話なのですが、狐鹿估《フールーグー》の弟子で、今の突厥最強と言われている左賢王《さけんおう》昆邪《クンイエ》が今日、この半歩峰の山頂で沈嶠《シェンチアオ》と手合わせをするらしいです。なんでも、師の雪辱《せつじょく》を晴らすためだと。師尊、見ていかれますか？」

晏無師《イエンウースー》は問いに問いを返す。

「私が閉関したこの十年あまり、祁鳳閣《チーフォンゴー》が死んだこと以外、何か大事は起きたか？」

少し考えて、玉生煙《ユーションイエン》は答えた。

「師尊が閉関されてすぐ、斉《せい》国の新帝高緯《ガオウェイ》が即位しました。この者が音曲《おんぎょく》と色事に溺れ、豪奢《ごうしゃ》の限りを尽くした結果、斉国の国力はこの十年間で急激に衰えたのです。噂では、周帝《しゅうてい》宇文邕《ユーウェンヨン》が斉国を討伐しようとしているとも。おそらくそう遠くない将来、北方は周国に併合されることでしょう。この十年間、祁鳳閣《チーフォンゴー》の死後、天下の十大高手（武芸の達人）の順位も変わりました。中でも青城山純陽観《せいじょうざんじゅんようかん》の易《イー》辟塵《ピーチェン》、周国の雪庭上師《シュエティンじょうし》（仏学の権威ある指導者）、そして臨川学宮《りんせんがっきゅう》の汝鄢克惠《ルーイエンコーフイ》。この三人は、公認の上位三名で、道、仏、儒の三家を代表しています。ですが、吐谷渾《とよくこん》の倶舎《くしゃ》宗の智者《ちしゃ》こそその中に入れるべきだという者もいます。それから、狐鹿估《フールーグー》。もしこの二十年精進を続けていたならば、再び中原に入った時は、天下一の座を争うこともできるかもしれませんね」

そこまで言ったのに、足を止めず歩き続けている師を見て、玉生煙《ユーションイエン》は我慢できずに続けた。

「師尊、本日の昆邪《クンイエ》と沈嶠《シェンチアオ》の手合わせは、おそらく他に類のない見事な戦いになります。沈嶠《シェンチアオ》は滅多に人前に姿を現しませんし、玄都紫府《げんとしふ》（紫府は道教で神仏の住む場所）の掌教の座を受け継いでから、誰かと戦うことはさらに減りました。師の祁鳳閣《チーフォンゴー》が有名というだけで、沈嶠《シェンチアオ》も今では天下の上位十名に数えられています。もし師尊が玄都山の底力を確かめたいのであれば、今日の一戦は見逃せません。たぶん今頃、応悔峰の山頂は観戦に来た手練れたちで溢れかえっていますよ！」

「私が今日ここに来たのは、観戦のためだとでも？」

晏無師《イエンウースー》はやっと足を止めた。

玉生煙《ユーションイエン》は不安になりながら、「それでは、師尊はなぜ……？」と問いかける。

晏無師《イエンウースー》の門下に入った時、玉生煙《ユーションイエン》は七歳になったばかりだった。その三年後、晏無師《イエンウースー》は魔宗の宗師（師として尊敬すべき人）である崔由妄《ツイヨウワン》との戦いに負け、深手を負って閉関した。そして、十年もの月日が流れた。

その間、玉生煙《ユーションイエン》は晏無師《イエンウースー》の言う通りに修行を続けながら、あちこちを旅した。今の実力は昔の比ではなく、とうに江湖《こうこ》（武侠小説では、武芸者や侠客たちがいる世界を指す）でも一流と名乗れるほどの腕前だ。とはいえ、師と弟子は十年も顔を合わせていなかったため、どうしてもやり取りがよそよそしくなってしまう。加えて、晏無師《イエンウースー》の境地はますます計り知れないものになっているので、玉生煙《ユーションイエン》が抱く畏敬の念もさらに深まった。それもあって、普段のあか抜けた屈託のない振る舞いも、師尊の前ではすっかり影を潜めてしまうのだ。

晏無師《イエンウースー》は後ろで手を組み、平坦な声で言う。

「祁鳳閣《チーフォンゴー》と狐鹿估《フールーグー》の一戦はとうに見た。沈嶠《シェンチアオ》と昆邪《クンイエ》は奴らの弟子で、どちらも若造だ。いくら腕が立つといえど、当時の祁狐《チーフー》二人の最盛期を超えられまい。お前をここに連れてきたのは、水流が激しく、地形が険しいからだ。頭上は天に繫がり、足下には地の精気もある。修行と悟りに相応《ふさわ》しい。閉関している間、お前に教える暇はなかったが、出てきた今、お前が現状に留まっているのを傍観するわけにはいかん。武術書『鳳麟元典《ほうりんがんてん》』の第五層を習得するまで、ここにいるがいい」

それを聞いて、玉生煙《ユーションイエン》は少し傷ついた。旅をしていた十年間、一日たりとも修行を怠ってはいなかった。二十歳ほどで早くも『鳳麟元典』を第四層まで習得し、江湖の若手たちの中でも有数の手練れなのだ。自分の腕にはある程度自信があったのに、師尊に、取るに足らない存在のように言われてしまった。

弟子の気持ちに気づいたのか、晏無師《イエンウースー》の口元に一筋の嘲笑が浮かんだ。

「私がお前くらいの年の頃には、既に第六層を習得していたぞ。その思い上がりはなんだ？　雑魚《ざこ》どもと比べるくらいなら、私と比べたらどうだ？」

もみあげは白くなっていたが、晏無師《イエンウースー》が魅力的であることに変わりはない。笑っているのかいないのか、曖昧な表情の浮かぶ美しく上品な容貌から、ますます目が離せなくなる。

晏無師《イエンウースー》の白くゆったりとした袍《ほう》（服）は風に靡《なび》いて、バサバサと音を立てた。身動き一つせず、手を後ろに組んで佇んでいるだけなのに、天下をも見下ろすような雰囲気と凄みが醸し出され、なおさら周囲を圧倒する。

向かいに立つ玉生煙《ユーションイエン》は、この時、正面から襲いくる気配に息苦しさを感じた。思わず二歩後ろへ下がり、畏《かしこ》まって言う。

「天性の奇才である師尊と比べるなど、恐れ多いことです！」

「思い付く限りの強い技を私に使ってみろ。ここ数年、どれくらい成長したのかを見てやる」

　晏無師《イエンウースー》が閉関を終えてからというもの、玉生《ユーション》煙《イエン》はまだ師に腕を試されてはいなかった。そう言われれば手を交えてみたくてうずうずするが、若干の躊躇いがある。しかし、晏無師《イエンウースー》の顔を一瞬過《よぎ》った苛立ちを捉えると、残っていた僅かな躊躇いは跡形もなく消え失せた。

「では、失礼いたします！」

　言うや否や、玉生煙《ユーションイエン》はすぐさま行動に出て、袖をはためかせた。目にも留まらぬほどの速さで、その体はいつの間にか晏無師《イエンウースー》のすぐ前に移動していた。

　玉生煙《ユーションイエン》は袖から掌を打ち出す。傍から見ると、その手には少しも力が込められていないように思える。春の昼間に花を摘むか、夏の夜に埃を払うかの如く、現実のものとは思えないほどにふわりとした動きだ。

　しかし、その場に身を置けば分かる。玉生煙《ユーションイエン》が掌を突き出した途端、彼を中心とした三尺以内は草木が揺れ動き、川の水が逆流した。波が勢いよく立ち、飛沫が舞う。ごう、と噴き上がった気流が、一斉に晏無師《イエンウースー》に向かっていく。

　ところが、その猛烈な気流は晏無師《イエンウースー》の前まで押し寄せると、目に見えぬ障壁に遮られたかのように真っ二つに割れて、左右に逸れていった。

　晏無師《イエンウースー》は同じ場所に立ったまま、微動だにしていない。玉生煙《ユーションイエン》の掌が目の前まで迫ってようやく、何事もなかったかのようにスッと指を一本立てた。

　たったの一本。それだけ。

　なのに、玉生煙《ユーションイエン》の攻撃は強引に空中で止められてしまった。

　玉生煙《ユーションイエン》は自分の掌から打ち出された掌風が、突然全て自分に向かって逆流するのを感じた。最初の自分の攻撃より数倍も強いそれに、玉生煙《ユーションイエン》はひどく驚き、その勢いを借りて足に力を込め、急いで後ろに下がる。

ところが、一歩だけでは足らず、十数歩後ずさることになった。

石の上でしっかりと立ち止まった後も、玉生煙《ユーションイエン》は激しい動悸を抑えられない。

「手加減いただき、ありがとうございます！」

玉生煙《ユーションイエン》の一撃は、江湖でも受け止めきれる者がほとんどいない。だからこそ、彼は少し思い上がっていた。

しかし、晏無師《イエンウースー》は指一本で、玉生煙《ユーションイエン》の攻撃を止めたばかりか、後退して身を守らざるを得ないところまで追い詰めた。

（師尊は俺の修行の程度を確認しているだけで、追撃してこなかったから良かったが、これがもし敵だったら……）

そこまで考えると、玉生煙《ユーションイエン》の全身に冷や汗が滲んだ。もう驕《おご》ってはいられない。


目的を達成した晏無師《イエンウースー》は、弟子が悟ったのが分かったのか、多くは語らなかった。

「高い資質を備えているのだから、無駄にするな。数日後、私は突厥に向かう。お前はここで第五層を会得しろ。その後やることがなければ、お前の師兄《しけい》（兄弟子）に会いにいけ。出歩いてばかりいるな」

玉生煙《ユーションイエン》が従順に「はい」と頷くのを見て、晏無《イエンウー》師《スー》が続ける。

「ここの景色は人の手が加わっておらず、訪れる者もあまりいない。この後見物しようと思っている。お前はもう……」

言い終える前に、上方の遠くない場所から何やら物音が聞こえてきた。音を辿って二人が視線を向けると、人らしきものが落ちてくるではないか。いくつもの太い枝にぶつかってそれらを折りながら、とうとうその人物の体は崖の底に叩きつけられた。鈍い音がして、玉生煙《ユーションイエン》は堪らず呻きを漏らしてしまう。

これほど高い峰から落ちてきたのだ。先天高手だったとしても、命に問題がないはずはない。

それに、なんの理由もなく崖から落ちるわけがない。きっと重傷を負ったからだろう。

「師尊？」

晏《イエン》無師《ウースー》に視線を向け、玉生煙《ユーションイエン》が指示を仰ぐ。

晏《イエン》無師《ウースー》は「見てこい」と命じた。

落ちてきた男の道袍《どうほう》（道士が着る服）はボロボロだった。落下の途中で、枝や岩壁に引っかかったのだろう。体中傷だらけで血痕も多く、まだ血が吹き出している箇所もある。元はどんな顔だったかも分からないくらいにぐちゃぐちゃだ。

男はとうに意識を失っていた。握れずに手放した剣は、男の着地に続いて近くに落ちた。

「全身の骨がかなり砕けているでしょうね」

玉生煙《ユーションイエン》は眉間に皺を寄せ、しばし観察してから憐れむように呟く。しかし、脈をとると、まだかろうじて生きているらしいことが分かった。

とはいえ、このような人を助けたところで、死んだほうがましだったと思うような結果にしかならないだろう。

玉生煙《ユーションイエン》は、世で言う極悪非道な魔宗の人間だ。まだ若く寛容であるといっても、善心には限りがある。彼は大還丹《だいかんたん》（起死回生薬）を持っていたが、相手に飲ませるつもりは少しもなかった。

ただ……。

「師尊、今日は沈嶠《シェンチアオ》と昆邪《クンイエ》が戦う日です。こいつは上から落ちてきたので、もしや……」

晏《イエン》無師《ウースー》は倒れている男には目もくれず、落ちていた剣を拾い上げた。

刃は秋の水の如く冷たく、全く傷がついていない。川の水や靄《もや》を反射し、さざ波が立っているようにも見える。柄の近くには、篆書体《てんしょたい》の小さな文字が四つ並んでいた。

近づいてそれをひと目見た玉生煙《ユーションイエン》は、「あっ」と声を上げる。

「山河同悲剣《さんがどうひけん》！　これは玄都紫府掌教の剣です。やはりこの者は沈嶠《シェンチアオ》ですね！」

重傷を負って瀕死の状態の沈嶠《シェンチアオ》を見て、玉生煙《ユーションイエン》はまた不思議に思う。

「祁鳳閣《チーフォンゴー》の腕前は天下一で、沈嶠《シェンチアオ》はその入室弟子です。それに掌教の座まで受け継いでいるのに、これほど役立たずだなんて⁉」

玉生煙《ユーションイエン》は沈嶠《シェンチアオ》の前にしゃがみこみ、眉間に皺を刻む。

「青は藍より出でて藍より青しとも言いますし、まさか昆邪《クンイエ》の腕前はもう師の狐鹿估《フールーグー》を超えているのでしょうか？」

玄都山のほかの誰が落ちてきても、晏無師《イエンウースー》はひと目見ようともしなかったであろう。ただ、それが掌教という身分を持つ沈嶠《シェンチアオ》となれば、話は変わってくる。

山河同悲剣を玉生煙《ユーションイエン》に投げ渡してから、晏無師《イエンウースー》は元の容貌が分かりようもない沈嶠《シェンチアオ》の顔を少しの間眺めた。ふと、その顔に意味深長な笑みが微かに浮かぶ。

「とりあえず大還丹を出して、こいつに飲ませろ」

晏無師《イエンウースー》が直々にその男を背負って連れ帰るのは、絶対にあり得ないことである。たとえその人物が、玄都山の掌教だとしても。

〝仕事は若輩者が力を尽くす〟という言葉があるように、男を運ぶのは玉生煙《ユーションイエン》に任された。

浣月宗《かんげつしゅう》は半歩峰付近の撫寧県《ぶねいけん》に邸宅を持っている。

沈嶠《シェンチアオ》は全身の骨がほとんど砕けており、背負って歩くのは容易ではなかった。傷を悪化させぬよう、力加減にも気を配らなくてはならず、玉生煙《ユーションイエン》の一流の軽功《けいこう》（体を軽くする技。宙を跳んだりできる）をもってしても、邸宅に戻るのに一時辰《じしん》（二時間程度）近くもかかってしまった。

晏無師《イエンウースー》は先に発ち、玉生煙《ユーションイエン》が到着した頃には、既にのんびりとお茶を飲んでいた。

「師尊、本当に沈嶠《シェンチアオ》を助けるのですか？」

沈嶠《シェンチアオ》を寝かせた後、報告に戻ってきた玉生煙《ユーションイエン》が問う。

「助けるべきではないと？」

晏無師《イエンウースー》が聞き返した。

「沈嶠《シェンチアオ》の経脈はほぼ切れ、骨も大部分が砕けています。内息《ないそく》（体を巡る気）こそ僅かに残っていますが、生き長らえたとしても、武功《ぶこう》（気や技を使う武術。武芸ともいう）の回復は難しいでしょう。それに、落ちてきた時に後頭部も打っています。目を覚ましたら痴《し》れ者になっているかもしれませんよ！」

晏無師《イエンウースー》はフッ、と笑ったが、その笑みは冷やかだった。

「沈嶠《シェンチアオ》は祁鳳閣《チーフォンゴー》の弟子にして、玄都山の掌教。正道の牛耳《ぎゅうじ》を執り、天下に号令をかけることもできる。この上なく栄誉ある地位にいたにもかかわらず、一日で打ち負かされ、廃人以下の状態になった。たとえ玄都山に戻れたとしても、また掌教になるなどあり得ぬ話。目を覚まして自分がそんな境遇にいると知ったら、あいつはどう思うだろうな？」

玉生煙《ユーションイエン》はため息をこぼす。

「確かに、普通の人間ですら、これほどの凋落《ちょうらく》は受け入れがたいでしょう。沈嶠《シェンチアオ》のような天の寵児《ちょうじ》であればなおさらのこと。高い場所に立てば立つほど、落ちた時は悲惨ですからね！」

しかし、玉生煙《ユーションイエン》はすぐに疑問を口にした。

「ただ話を戻しますが、沈嶠《シェンチアオ》は祁鳳閣《チーフォンゴー》の弟子で、玄都山の掌教の座も受け継いでいます。天下で十本の指に入るほどであれば、腕前もきっと非凡であるはず。昆邪《クンイエ》に勝てなかったとしても、なぜこれほどまでに惨《むご》い負け方をしたのでしょう？　まさか、昆《クン》邪《イエ》は昔の狐鹿估《フールーグー》よりも強くなっているのでしょうか？」

晏無師《イエンウースー》はまた笑って、

「それは、沈嶠《シェンチアオ》が目を覚ましたら聞けばいい。奴が痴れ者になっていなければな」

と答えた。

沈嶠《シェンチアオ》を拾ってからというもの、師はかなりご機嫌であることに、玉生煙《ユーションイエン》は気づいていた。笑う回数も、以前より多い。ただしそれは、初対面で、しかも姿かたちもよく分からない沈嶠《シェンチアオ》に対して師が好感を持っている、と錯覚させるほどではなかった。

玉生煙《ユーションイエン》は探《さぐ》りを入れる。

「師尊が沈嶠《シェンチアオ》を助けたのは、玄都山に貸しを作るためですか？」

「戦いに負けて死んだのであればそれまでだが、目を覚ました時に自分はまだ生きていて、しかも、過去の全てを失っていると知ったら、沈嶠《シェンチアオ》はどう感じる？」

晏《イエン》無師《ウースー》は興味津々な様子だ。

「それだけでなく、重傷を負い、経脈はほとんど切れ、身に着けた武功もなくなっているときた。それを知ったら、どんな気持ちになる？　権力を持つ高位な者であればあるほど、その衝撃に耐えられまい。きっとひどく絶望する。その時に私があいつを弟子に迎え入れ、かつては君子として慈悲深く、寛大であった玄都山の掌教を、世人の言う〝手段を選ばぬ魔門の弟子〟となるようにゆっくり調教したら、どうだ。とてつもなく愉快なことだと思わないか？」

その言葉に、玉生煙《ユーションイエン》は呆然とする。

「……痴れ者になってしまったら、どうするおつもりです？」

晏《イエン》無師《ウースー》はあっさりと、「それなら適当な場所を見つけて、生き埋めにでもすればいい」と答えた。

玉生煙《ユーションイエン》はかねて、自分の師は気まぐれで、他人がなんと言おうと我を貫く人間だと知っている。ここ十年は交流がなく、せいぜい人づてにその様子を聞いた程度だったが、実際に対面して、なるほど確かにその通りだ、と改めて思った。

魔門の者は身勝手で、利己的だ。魔門三宗《まもんさんしゅう》の一つと称される浣月宗の弟子なので、玉生煙《ユーションイエン》とて、もし沈嶠《シェンチアオ》から何らかの利益を得られなければ、慈悲深く助けたりなどはしなかったはずである。

「師尊、沈嶠《シェンチアオ》の身分は特殊ですし、なぜこいつを使って、玄都山に貸しを作らないのです？　玄都山は情《じょう》ではなく面子《めんつ》を保つためだとしても、自分たちの掌教が落ちぶれた姿で外にいるのを、放っておきはしないと思いますが？」

晏《イエン》無師《ウースー》は軽く鼻を鳴らして嗤《わら》う。もしここにいるのが一番弟子の辺沿梅《ビエンイエンメイ》なら、こんなに幼稚で滑稽《こっけい》な質問は絶対にしない。玉生煙《ユーションイエン》はまだうぶすぎるのだ。

しかし、今日は気分がいいので、晏無師《イエンウースー》は出し惜しみせずに答えた。

「お前も知っての通り、沈嶠《シェンチアオ》は天下の十大高手に名を連ねている。滅多に外へ出ず、戦う様を見た者が少ないとはいえ、祁鳳閣《チーフォンゴー》の衣鉢《いはつ》を継げるぐらいだ。腕は立つのだろう。それに、昆邪《クンイエ》は先天高手の境地に達している狐鹿估《フールーグー》ではない。たとえ沈嶠《シェンチアオ》が昆邪《クンイエ》に負けたとしても、無事に身を引くことはできたはず。それなのに、なぜこんなにまで傷つけられてしまったのか」

玉生煙《ユーションイエン》はさすがにそこまで愚かではなく、師の言葉を聞いて続けた。

「きっと何かあったのですね。もしそれが玄都山内部で起きたことならば、たとえ今沈嶠《シェンチアオ》を差し出しても、向こうは受け入れないかもしれない。そうなれば貸しを作るどころか、あらぬ疑いまでかけられてしまう可能性もある、ということでしょうか」

どうやら救いようがないわけではなさそうだと、晏無師《イエンウースー》は弟子を一瞥《いちべつ》する。

「私がいる限り、浣月宗は誰かの顔色を窺う必要はない。貸しを作るなどなおさら無用だ」

いくら沈嶠《シェンチアオ》が特殊な立場にいたとしても、晏無師《イエンウースー》にしてみれば、物珍しい玩具《がんぐ》にすぎないのだ。

傲慢極まりない一言だが、今の晏無師《イエンウースー》には、確かにこのようなことを言う資格がある。

十年前、崔由妄《ツイヨウワン》との一戦で負けて負傷したものの、崔由妄《ツイヨウワン》も無傷ではなかった。当時、崔由妄《ツイヨウワン》の功力《こうりょく》（修行で得た全体的な力）はすでに計り知れず、祁《チー》鳳閣《フォンゴー》と互角だった。それから十年が経ち、片や崔《ツイ》由妄《ヨウワン》と祁鳳閣《チーフォンゴー》は共に没し、片や晏無師《イエンウースー》は『鳳麟元典』第九層を会得したことでさらに功力を増していた。それがどの程度のものか、すぐに知ることはできないが、十年前より高いのは間違いない。

今、世間で晏無師《イエンウースー》が閉関を終え、再び江湖に現れたと知る者はほとんどいない。もし、皆が知るようになれば騒ぎが大きくなり、天下の十大高手の順位も並べ替えなければいけなくなるだろう。

そこまで考えると、玉生煙《ユーションイエン》は目頭が熱くなり、興奮気味に言った。

「師尊が閉関されていた時、合歓宗《ごうかんしゅう》がしょっちゅう手を出してきました。この弟子はそこからやって来た桑景行《サンジンシン》と一度渡り合ったのですが、怪我を負い、鳳麟州《ほうりんしゅう》を離れて江湖を流浪せざるを得ませんでした。だからこそ、長年歴遊していたのです。師尊がお戻りになり、本当によかった……」

世間の人が言う「魔門」や「魔宗」は、あくまで表面的な呼称にすぎない。

魔門の起源は鳳麟州日月山《にちげつざん》の日月宗にあった。その後、日月宗は三つに分かれ、それぞれ浣月宗、合歓宗、法鏡《ほうきょう》宗を名乗るようになる。三つとも同じ魔門ではあるが仲は悪く、陰に陽にしのぎを削り続けてきた。

十年前に晏無師《イエンウースー》が閉関し、頭《かしら》を失って烏合《うごう》の衆となった浣月宗を、合歓宗が門下に組みこもうとした。だが、浣月宗の弟子たちはもとより各地に散らばり、厳密に言えば組織立っていない。中でも一番弟子の辺沿梅《ビエンイエンメイ》の行動は控えめで慎重だった。合歓宗の宗主元秀秀《ユエンシウシウ》や長老の桑景行《サンジンシン》たちにこそ勝てなかったものの、裏で手を回して、事あるごとに合歓宗に面倒事を吹っ掛けてやり返した。それによって手を出された先の数回の出来事は相殺され、合歓宗もあまり得をしなかった。

一方、玉生煙《ユーションイエン》は入門が一番遅く、年が若いこともあって、合歓宗に何度か割を食わされる羽目になった。

しかし今は晏無師《イエンウースー》が出関したので、浣月宗の一同はやっと母親を見つけた子どものように、当然大喜びだった。

晏無師《イエンウースー》が言う。

「沈嶠《シェンチアオ》の傷の具合からして、召使いでは世話はできまい。お前は数日ここに残り、奴が目を覚ますまで面倒を見るように。その後、半歩峰のふもとに戻れ。必ず『鳳麟元典』の第五層を会得するのだ」

玉生煙《ユーションイエン》は謹んで「かしこまりました」と了承した。

＊＊＊

沈嶠《シェンチアオ》は極めてひどい怪我を負っていた。幸いなことに顔にある傷の多くは崖の上から落ちてきた時にすりむいてできたものなので、血を拭うと本来の容貌が露わになった。

　顔が傷だらけで、頭に紗をぐるりと巻かれていても、美しさは全く損なわれていない。整った鼻筋から、きつく閉ざされた唇まで、禁欲的で冷淡な雰囲気を漂わせている。人々が心に抱く、浮世離れした玄都山の印象のままだ。

　この両目が開かれた時、錦上に花が添えられるのは想像に難くない。

　晏無師《イエンウースー》が弟子に取るくらいなのだから、当然玉《ユー》生煙《ションイエン》の顔立ちも整っている。玉生煙《ユーションイエン》自身も天下を歴遊し、絶世の美人を多く目にしてきた。それでも、傷だらけの沈嶠《シェンチアオ》に玉生煙《ユーションイエン》はしばらく見惚れてしまった。ようやく薬を手に取り沈嶠《シェンチアオ》の傷に塗りつけていると、同情心が湧いてくる。

　折れた骨も、経脈もまた繋ぐことはできるが、重傷を負った五臓六腑はそう簡単に元通りにはならない。何よりも修行で積み重ねてきた力を大幅に失っているので、今後は普通の人にも敵わないだろう。たったの一日で今まで苦労して身に着けてきた武功を全て失うなど、玉生煙《ユーションイエン》は想像することも、受け入れることもできない。まして沈嶠《シェンチアオ》の立場だったら、受ける衝撃は自分の比ではないだろう。

　なんと惜しいことか。

　沈嶠《シェンチアオ》の血の気のない顔を見て、玉生煙《ユーションイエン》は首を横に振り、心の中で呟いた。

　晏無師《イエンウースー》が彼を助けたのは、一時の気まぐれにすぎなかった。沈嶠《シェンチアオ》を連れてきた後、世話は全て玉《ユー》生煙《ションイエン》に任せられ、晏無師《イエンウースー》は一切関心を示さない。

　撫寧県は小さな県である。訪れる人は元々あまりいなかったが、半歩峰の戦いは多くの注目を集めたため、ここ数日、それをひと目見ようと訪れた人たちが応悔峰からぞろぞろと下りてきた。彼らは撫寧県を通り、ついでにここで一晩休んでいくので、玉《ユー》生煙《ションイエン》がたまに出かけると、たくさんの情報が耳に入った。

たとえば、沈嶠《シエンチアオ》と昆邪《クンイエ》の戦いは見事だったこと。とはいえ、沈嶠《シエンチアオ》はやはりその師祁鳳閣《チーフォンゴー》の比ではなく、祁鳳閣《チーフォンゴー》には遠く及ばなかった。一方の昆邪《クンイエ》は二十年前の狐鹿估《フールーグー》に引けを取らず、それどころか超えそうな気配すらある。そのため、沈道尊《シエンどうそん》（道尊は道士への敬称。沈嶠《シエンチアオ》のこと）は敵わず、崖から落とされて死体すら残っていない、というものだ。

昆邪《クンイエ》が沈嶠《シエンチアオ》に堂々と挑戦状を叩き付けたと聞いた時、多くの人は義憤《ぎふん》に駆り立てられ、自分も突厥人の気勢に水をかけてやろうと勇み立ち、戦いの行方を熱い視線で見守っていた。しかし、この戦いの後、玄都山の掌教すら完敗してしまったことに恐れをなし、戦いの相手に名乗りを上げようとしていた者たちは尻込みして、誰も楯突こうとはしなくなった。

この戦いがあってからというもの、昆邪《クンイエ》の名声は高まり、沈嶠《シエンチアオ》に取って代わって天下の十大高手の一人に数えられるようになった。話によると、せっかく中原に来たので、今後もどんどん中原の高手に挑戦しようとしており、次は周国の雪庭《シュエティン》上師に挑む可能性が高いのだという。

晋《しん》が南遷《なんせん》し、五胡《ごこ》の中原侵入が起きてからというもの、天下統一の局面は現れていない。今、北には周国と斉国、南には陳《ちん》国があり、突厥や吐谷渾は辺境の広い土地を占領して、各門派や世家《せいか》（一定の地位や俸禄を世襲する名家）はそれぞれの主《あるじ》に忠義を尽くしている。

玄都山は道門の筆頭として、祁鳳閣《チーフォンゴー》の頃から中立の立場を守り、世俗の権力争いには干渉してこなかった。しかし今や、沈嶠《シエンチアオ》は昆邪《クンイエ》に負けて生死不明であり、玄都山の掌教を誰が継ぐのかも分からない。しかも、後継者が先代の立場を踏襲するかどうかは定かではなく、それが天下の大局にどんな変化をもたらすか、予想がつかない状態だ。

そんな中、渦中の人物は寝台で眠り続けていた。

毎日玉生煙《ユーションイエン》や邸宅にいる召使いが薬を塗り、着替えをさせているがなんの反応もなく、悲しむことも喜ぶこともない。ましてや、外界で何が起きているのか、知るよしもないのだ。

半月後、沈嶠《シェンチアオ》は初めて動いた。

召使いに大急ぎで呼ばれた玉生煙《ユーションイエン》は、沈嶠《シェンチアオ》がゆっくりと瞼を持ち上げるのを見守る。

「重傷を負ったんだ。折れた骨もまだ繋がっていないから、下手に動かないほうがいいぞ」

沈嶠《シェンチアオ》は微かに眉を寄せて、唇を一度動かした。何か言いたげだったが、ただ茫然としている。

(まさか、本当に痴れ者になったんじゃないだろうな?)

考えながら、玉生煙《ユーションイエン》は問いかけた。

「自分の名を覚えているか?」

沈嶠《シェンチアオ》はゆっくりと瞬きをしてから、ゆるゆると首を横に振った。その動きは注意しなければ気づかないほどだ。

(記憶がないのか?)

無理もない、頭にあれほどひどい怪我を負ったのだから。玉生煙《ユーションイエン》は沈嶠《シェンチアオ》を背負ってここに戻ってきた日のことをまだ覚えている。後頭部には長く深い裂け目があり、真っ白な骨が見えそうなほどだった。

「そちらのお方……」

沈嶠《シェンチアオ》にとって、話をすること自体、骨の折れる行為のようだ。近づかなければ聞き取れないほどの声で、彼は続けた。

「目の前が真っ暗なのです。たぶん私は見えなくなっているのではないかと……」

玉生煙《ユーションイエン》は驚いた。

痴れ者ではなく、目が見えなくなってしまったということか?

「お前は沈嶠《シェンチアオ》と言って、この浣月宗の弟子だ。運よく通りかかった俺が、わけあって重傷を負ったお前を助けたんだよ。お前に傷を負わせたのは合歡宗の奴らだけど、俺じゃ太刀打ちできないから、とりあえずお前を連れて逃げ帰ってきた。傷を治して武功が回復したら、仇を討ちにいくといい」

玉生煙《ユーションイエン》は大真面目で嘘八百を並べる。沈嶠《シェンチアオ》は真剣に耳を傾けていた。

玉生煙《ユーションイエン》が話し終えると、沈嶠《シェンチアオ》は「では……あなたをなんとお呼びすれば?」と尋ねた。

「俺の苗字は玉《ユー》、名を生煙《ションイエン》という。お前の師兄だ」

良心に恥じる一言である。玉生煙《ユーションイエン》は二十歳程度で、沈嶠《シェンチアオ》は若くは見えるが、なんといっても祁鳳《チーフォン》閣《ゴー》の弟子で、玄都山の掌教を五年も務めていた。玉《ユー》生煙《ションイエン》より若いはずがない。

沈嶠《シェンチアオ》の目が見えないのをいいことに、玉生煙《ユーションイエン》はわざと沈嶠《シェンチアオ》より上に立とうとしたのだ。

沈嶠《シェンチアオ》は逆らわず、大人しく「師兄、こんにちは」と口にした。

「……」

その純粋で善良な様子に、玉生煙《ユーションイエン》はなんだか後ろめたい気持ちになる。

彼は気を取り直して話を変えた。

「いい子だ。まだ起き上がれないのなら、横になってしっかり養生しろ。傷が治ったら、師尊に拝謁《はいえつ》しに連れていってやる」

「はい」

沈嶠《シェンチアオ》は目を閉じ、僅かの後、再び瞼を持ち上げた。焦点を失った両目はぼんやりとして、かつての輝きはない。

「あの、師兄……?」

「ほかに何か用か?」

美人を憐れみ慈しむ質《たち》だと自負している玉生煙《ユーションイエン》は、その様子にまた「惜しい」と心の中で呟いた。

立派な天下一の道門の掌教がここまで凋落してしまったのは本当に哀れだ。かつて玄都山を司り功力も全盛だった頃、沈嶠《シェンチアオ》はきっとかなりの風格と気概を持っていたはずだ。

「水を少し、いただけませんか……」

「水は後だ。もうすぐ薬湯《やくとう》が煎じあがる。それを水の代わりに飲め」

言うや否や、下女が薬湯を運んできた。先ほど沈《シェン》嶠《チアオ》にでたらめな身の上を伝えたからか、珍しく気が咎《とが》めていた玉生煙《ユーションイエン》は、薬湯の入った碗を受け取ると、下女に枕で沈嶠《シェンチアオ》の頭を上げさせ、自らひと匙ずつ飲ませた。

沈嶠《シェンチアオ》の体の骨は全部ではないものの、大部分が砕けた状態である。経脈もひどく傷ついて、生き残る可能性はほとんどなかったのに、ひと月もしないうちに目を覚ますことができたのは体の土台が元々良かったおかげだろう。ただ、動けるようになるにはまだ少なくとも三カ月ほどはかかるに違いない。

玉生煙《ユーションイエン》が晏無師《イエンウースー》の弟子になってから、武芸の稽古ではあらゆる辛酸を嘗めてきたが、魔門は日ごろの生活は贅《ぜい》を尽くすので、衣食住は世家の公子《こうし》（貴族などの若い男性）たちに比べても遜色のないものだった。玉生煙《ユーションイエン》は当然誰かに薬を飲ませたことなどなく、いくら慎重にしても薬が僅かにこぼれて沈《シェン》嶠《チアオ》の服にかかってしまう。それでも、沈嶠《シェンチアオ》は少しも不満そうな顔をせず、匙を差し出されるたびに薬湯を飲む。しかも全て飲み終えた後、玉生煙《ユーションイエン》に感謝の笑みまで向けた。

「ありがとうございます、師兄」

温和で素直な様子で、その美しさに親近感も湧く。浮かんだ笑みは微かだったが、蒼白な顔に温かみを加えるのには十分だった。傍に控えていた下女はひそかに頬を赤らめ、慌てて視線を逸らす。

沈嶠《シェンチアオ》が何も聞かないので、玉生煙《ユーションイエン》は逆に不思議に思った。もしこれが自分だったらどうだろうか。ひと眠りして目を覚ますと記憶が一切残っておらず、失明やら怪我やらで寝台から下りることすらできない状態になっていたら、精神が崩壊するまではいかなくとも、これほど平静ではいられないだろう。

「どうして傷はいつ頃治るのかと聞かないんだ？」

「師尊と師兄は、きっと私のために各地を奔走し、苦労されて疲れているでしょう」

沈嶠《シェンチアオ》は数度咳をすると傷口に響いたのか、眉根を寄せた。

「もし私が聞いたら、余計にお二人の心を痛ませてしまいます」

これほどまでに誰かを気遣い、他人のためを思う人物を初めて見たからだろうか。それとも、沈嶠《シェンチアオ》に対して本当に後ろめたさを感じているからだろうか。

玉生煙《ユーションイエン》はなんと言えばいいか分からず、一瞬言葉に詰まる。ややあってようやく、「とりあえず、しっかり休んでいろ。俺はこれで帰る。明日、また薬を塗ってやるから」と言った。

「師兄、本当にありがとうございます。どうか私の代わりに、師尊にもよろしくお伝えください」

玉生煙《ユーションイエン》は不意に、このまま居続けては逆に気まずさが増すと感じて、鼻を摩り「分かった」とだけ言い残してその場を後にした。

当初玉生煙《ユーションイエン》は、沈嶠《シェンチアオ》はとぼけて記憶喪失のふりをしているのではないか、と疑っていた。しかし、その日からほとんど毎日沈嶠《シェンチアオ》のもとを訪れているが、彼は初めて目を覚ました時からなんら変わらなかった。穏やかで、楽観的で、玉生煙《ユーションイエン》に感謝の気持ちをたっぷりと抱いている。

玉生煙《ユーションイエン》が言うことは全て聞き入れ、少しも疑わない。まっさらな紙のように、純粋で善良だった。

それどころか、寝台を降りて多少歩けるようになると、沈嶠《シェンチアオ》は自ら〝師尊〟晏無師《イエンウースー》にお礼を言いにいきたいと申し出た。

＊＊＊

玉生煙《ユーションイエン》が言わなければ、晏無師《イエンウースー》は沈嶠《シェンチアオ》の存在自体、頭から消していただろう。

十年の閉関の間に、世間は一言や二言では言い表せないほどに大きく変化していた。

天下には多くの門派があり、それぞれ支持する勢力と政権がある。

斉国の高《ガオ》氏一族は暗愚《あんぐ》であり、歴代の皇帝も魔宗と親交を結びたがる者が多かった。そして高緯《ガオウェイ》が皇帝になると、彼は合歓宗と親密になったため、合歓宗は斉国で勢力を大いに拡大した。

一方周国で、宇文護《ユーウェンフー》が政権を握っていた時は、仏教を重んじていた。そのため、雪庭《シュエティン》上師も周国の国師《こくし》（朝廷が高僧に下賜する尊称）と敬われた。しかし、宇文邕《ユーウェンヨン》の代になると、風向きは一変した。この皇帝は道も仏も信じず、それどころかその両方を禁じる詔《しょう》を下したのだ。結果、仏門の勢力は以前と比べかなり弱くなった。

南方にある陳国は儒門の臨川学宮を筆頭に、宮主《きゅうしゅ》の汝鄢克恵《ルーイエンコーフイ》が帝を一途に補佐して非常に頼りにされている。

閉関する前、晏無師《イエンウースー》は別の立場――当時の魯国公《ろこくこう》（一等公爵）宇文邕《ユーウェンヨン》の補佐――で周国に仕えていた。その後、崔由妄《ツイヨウワン》との一戦で傷を負って閉関せざるを得なくなり、去り際に一番弟子の辺沿梅《ビエンイエンメイ》に宇文邕《ユーウェンヨン》の傍に残るよう言いつけた。

閉関を終えた今、当然晏無師《イエンウースー》は周国に向かい、宇文護《ユーウェンフー》から政権を奪い返し、すでに即位して帝となった宇文邕《ユーウェンヨン》に謁見しなければならないのである。

ここ数年、周国は少しずつ強大になっているが、それは近隣の国にとって喜ばしいことではない。加えて、儒仏道の三門ともに、周国の皇帝から距離を取っている。宇文邕《ユーウェンヨン》が仏門と道門を禁じたからだけではない。儒門が周国で講義の場を設け、広範に弟子を取るのも許さなかったからだ。

このような状況を背景に、浣月宗は宇文邕《ユーウェンヨン》に近づき、彼を支持している。宇文邕《ユーウェンヨン》も、浣月宗の力を借りて、政権を維持しなければならなかった。

宇文邕《ユーウェンヨン》と謁見した後、周国を離れた晏無師《イエンウースー》はついでに玄都山に向かった。その後、沈嶠《シェンチアオ》を倒したという突厥最強の昆邪《クンイエ》とも会った。

二人は一度戦い、昆邪《クンイエ》が敗北を喫した。〝魔君《まくん》〟晏無師《イエンウースー》の名は再び江湖に現れ、天下を轟かせることとなったのだ。人々は、崔由妄《ツイヨウワン》以来、魔宗からまた懸念の元になる強者が現れたと口を揃えた。

ただ、祁鳳閣《チーフォンゴー》亡き今、晏無師《イエンウースー》に匹敵する人物は一人減ってしまっている。

晏無師《イエンウースー》にしてみれば、昆邪《クンイエ》は確かに強く資質も十分だが、往時の狐鹿估《フールーグー》には到底及ばない。天下の十大と呼ばれるほかの高手たちと比べても、ずば抜けて強いとは言えない。このような者が玄都山の掌教に重傷を負わせることができたとは、にわかに信じがたいのだ。

しかし、晏無師《イエンウースー》が気になっているのはそのことではない。なぜ沈嶠《シェンチアオ》はあんな怪我を負ったのか、昆邪《クンイエ》と関係があるのかなど、晏無師《イエンウースー》は興味がなかった。昆邪《クンイエ》に矛先を向けたのは、単に自分が閉関を終わらせて再び江湖に姿を現したことを世間に知らせるためだ。昆邪《クンイエ》は玄都山の掌教を負かしたばかりで勢いに乗っているので、相手として最適だった。

今回の旅で晏無師《イエンウースー》が手にした最大の収穫は、名を轟かせたことでも昆邪《クンイエ》を負かしたことでもない。五巻からなる『朱陽策《しゅようさく》』のうちの一巻の在《あ》り処《か》を知ったことである。

五十年前、当代の大家《たいか》陶弘景《タオホンジン》は茅山《ぼうざん》で仙人に出会い、『登真訣《とうしんけつ》』を授けられたのだという。この書は四つの部分で構成されており、陶弘景《タオホンジン》はその内三つを整理して冊子にし、『登真隠訣《とうしんいんけつ》』と名付けた。

残りの一つは難解で分かりづらく、多くは神仙の修練に関するものだった。そのため、陶弘景《タオホンジン》はそれを単独で書にし、自らが生涯で学んだ精髄と見解も一緒に収めた。これが、のちに名声を響き渡らせる『朱陽策』だ。

陶弘景《タオホンジン》は非常に博識な道士であったが、道だけでなく、仏、儒にも精通していた。加えて丹陽《たんよう》の仙師《せんし》（仙人や道士への敬称）孫遊岳《スンヨウユエ》が生涯かけて学んだものも伝授されたため、陶弘景《タオホンジン》の武功はもはや入神の域に達していた。あの祁鳳閣《チーフォンゴー》すら負けを認めるほどで、陶弘景《タオホンジン》が天下一の達人であることは議論の余地がない。

このような由来から、『朱陽策』は誰もが争って読もうとする貴重な書籍となった。言い伝えによれば、五巻ある『朱陽策』の内容を全て会得すれば、古くより武術を習う人々が目指す極地を突破し、次の全く新しい境地に至ることができる。白昼のうちに飛昇《ひしょう》（天に昇り仙人となること）することも不可能ではないのだという。

惜しいことに、陶弘景《タオホンジン》がこの世を去った後、彼の創った茅山上清《じょうせい》派《は》は朝廷の政局に関与したことで巻き添えを食った。門下の弟子にはそれぞれ立場があり、梁《りょう》国が内乱に陥ったことも重なって、五巻あった『朱陽策』は各地に散らばり、行方が分からなくなった。

数十年後、祁鳳閣《チーフォンゴー》自ら、自分の武功は玄都山から伝承されたもののほか、『朱陽策』の助けもあったと明かした。そうしてやっと、『朱陽策』の行方に関する情報が続々と上がってきたのだ。噂によれば、一巻は周国が所蔵しており、一巻は天台宗《てんだいしゅう》が所有し、一巻は玄都山にある。しかし、残りの二巻の行方はいまだ知れず、数十年経った今でも音沙汰がない。人々はあらゆるところを探したが、結局見つからなかった。

晏無師《イエンウースー》は若い頃、縁があって偶然周国の皇宮にある『朱陽策』を一度読んだことがあった。閉関した際に腕に磨きがかかり、以前に勝るものとなったのは、その『朱陽策』の功績も大きい。

身をもって体験した時しか、『朱陽策』がどれほど優れたものなのかを知ることができない。〝一を見れば百を知れる〟『朱陽策』には、陶弘景《タオホンジン》の心血が注がれている。儒仏道三家の要訣や武功についてきめ細やかに記されており、それらは互いに補い合い、完全無欠と言えるほどに書の中で融合している。残りの四巻を読むことができれば、武術の頂点に達することも夢ではない。それこそ伝説として語られる、天道を看破し、天人合一《てんじんごういつ》（天と人が一体となる境地）も、あり得ない話ではなくなるのだ。

今回晏無師《イエンウースー》が旅に出たのは、玄都山が烏合の衆となって不安に怯えている隙を突き、潜り込んで『朱陽策』を見つけるためだった。ところがひょんなことから昆邪《クンイエ》と手を合わせることになった。その時、晏無師《イエンウースー》は昆邪《クンイエ》が腕前こそ西域の一脈を継いでいるが、その内功《ないこう》や真気《しんき》（体内を巡る気）は、どことなく自らのものと源を同じくしているように感じた。晏無師《イエンウースー》は、当時狐鹿估《フールーグー》が祁鳳閣《チーフォンゴー》と戦い、引き分けにあと半手まで迫れたのは、この『朱陽策』の助けを得られたことが大きいのではないかと考えた。

昆邪《クンイエ》は突厥の新たな代の高手である。そのうちおそらく当時の狐鹿估《フールーグー》とも肩を並べられるだろう。西域の奥義と『朱陽策』が融合して強者の狐鹿估《フールーグー》が生まれたのだとすれば、二人目の狐鹿估《フールーグー》が現れてもおかしくはない。

それは晏無師《イエンウースー》の興味を大いに引きつけた。その後しばらく晏無師《イエンウースー》は昆邪《クンイエ》の後をつけ、興が乗ると手合わせをしろと迫った。昆邪《クンイエ》は勝とうとも勝てず、逃げようにも逃げ切れず、正気を失いそうになって、ついには突厥に帰ってしまった。

晏 無師《イエンウースー》は、その時はまだ突厥まで追いかけていくつもりはなかったので、のんびりと邸宅へ帰ってきた、というわけだ。

邸宅に戻るとすぐに、晏無師《イエンウースー》は弟子から沈嶠《シェンチアオ》が目を覚まし、歩けるようになったと知らされた。

やがて沈嶠《シェンチアオ》が手に竹の杖を持ち、一歩ずつゆっくりとだが、安定した足取りで晏無師《イエンウースー》のもとに歩いてくる。

傍では下女が彼を支え、小声で邸宅を案内していた。

下女が方向を指し示した後、沈嶠《シェンチアオ》は「師尊にお目にかかります」と晏無師《イエンウースー》が座っているほうを一度拝んだ。


「座れ」

晏 無師《イエンウースー》は手に持っていた碁石を置く。向かい側に座る玉 生 煙《ユーションイエン》は棋局で劣勢に立たされ、見るに堪えない哀れな顔をしていたが、その行動に恩赦を得たかのような表情になる。

下女に支えられながら、沈嶠《シェンチアオ》は椅子に腰を下ろした。

目が覚めたものの、沈嶠《シェンチアオ》の記憶はぼんやりとしていて、ほとんどのことを覚えていない。自分の名前や来歴すら忘れているのだから、まして晏無師《イエンウースー》や玉《ユー》生 煙《ションイエン》のことなどはなかなか記憶にあるはずがなかった。

「体はどうだ？」

晏 無師《イエンウースー》が問いかける。

「お気遣いいただきありがとうございます。もうすでに寝台を下り、歩けるようになりました。ただ、手足は相変わらず力が入らず、武功も……まだ回復していないようです」

晏 無師《イエンウースー》は「手を」とだけ言った。

沈嶠《シェンチアオ》は大人しく手を差し出す。すぐに手首の急所となる経穴を押さえられた。

しばし調べた後、平静だった晏無師《イエンウースー》の顔に、微かに驚きの色が浮かんだ。

晏無師《イエンウースー》は意味ありげに沈嶠《シェンチアオ》を一瞥する。沈嶠《シェンチアオ》は目が見えないので、茫然としたような邪気のない表情をしていた。

「どこか具合の悪いところはあるか？」

晏無師《イエンウースー》に問われ、沈嶠《シェンチアオ》は少し考えて答えた。

「毎晩真夜中になると、体が冷えたり熱くなったりして、胸に鈍い痛みが走ります。歩けなくなるほどに痛むこともあります」

玉生煙《ユーションイエン》が続けた。

「医者に診せましたが、師弟《してい》（弟弟子のこと）が重傷を負ったゆえだろうと言っていました。後はゆっくり回復を待つしかない、とのことです」

師弟など、ずいぶん呼び慣れたものだと思いながら、晏無師《イエンウースー》は微かに冷笑して沈嶠《シェンチアオ》に言った。

「お前の武功は完全に失われたわけではない。まだ一縷の真気が残っているのを見つけた。強いとも弱いとも言えぬが、時間さえかければ元通りになる可能性がなきにしもあらず。ただ、我が浣月宗では役立たずは養わない。お前の師兄にやらせようと思っている仕事があるから、手伝いについていけ」

沈嶠《シェンチアオ》は「はい」と頷く。

どんな仕事なのか、沈嶠《シェンチアオ》は聞かなかった。玉生《ユーション》煙《イエン》の時と同じように、言われたことは全て了承する。話しかけられなければ大人しく静かに座り、余計なことは一切しなかった。

晏無師《イエンウースー》は沈嶠《シェンチアオ》が何もかも失ったからといって、憐憫の気持ちを抱くことはなかった。相手が弱っているほど、晏無師《イエンウースー》はより強い悪意を抱く。この純白を徹底的に黒く染めて、ますます踏みにじりたくなってしまうのだ。

「お前はもう戻って休んでいろ」

晏無師《イエンウースー》はつれなく言った。

それを聞いて沈嶠《シェンチアオ》は腰を上げてお辞儀をし、暇を告げると、下女に支えられながらゆっくりと去っていった。

晏《イエン》無師《ウースー》は沈嶠《シェンチアオ》の後ろ姿から視線を戻し、玉生《ユーション》煙《イエン》に言う。

「半歩峰に急ぐ必要はもうない。まずは斉国へ向かい、諫議大夫《かんぎたいふ》（官職の一つ。帝を諫めたりする）の厳《イエン》之問《ジーウェン》一家を殺せ」

「はい」

考える間もなく玉生煙《ユーションイエン》は頷いた。

「その者は師尊に何かしたのですか？」

「そいつは合歓宗の門人で、合歓宗が斉国に置いた間者《かんじゃ》の一人だ」

玉生煙《ユーションイエン》は興奮を抑えられない。

「そうですよ。合歓宗はもうずいぶん長く放埓《ほうらつ》の限りを尽くしてきました。元秀秀《ユエンシウシウ》は師尊が閉関されている間に、何度も浣月宗に手を出してきたのです。なめられたままでいるわけにいきません、仕返しをしなければ。近いうちに出発いたしますね！」

そこでいったん言葉を切ってから、玉生煙《ユーションイエン》は少し笑みを収めて不思議そうに問いかける。

「しかし師尊はなぜこの弟子に沈嶠《シェンチアオ》も連れていけとおっしゃるのですか？　武功もありませんし、全くの役立たずかと」

晏《イエン》無師《ウースー》は笑っているようでそうでないような、曖昧な表情を浮かべる。

「お前はあいつを師弟と呼んだのだから、外に連れていって世間を見せてやらないと。武功はまだ回復できないだろうが、人を殺すくらいはできるはずだ」

玉生煙《ユーションイエン》は察した。師は沈嶠《シェンチアオ》を白紙のように扱い、徹底的に黒く染め上げるつもりなのだ。いつの日か沈《シェン》嶠《チアオ》の意識が明晰になり、記憶を取り戻しても、行ってしまった悪事はなかったことにできない。そうなれば、いくら沈嶠《シェンチアオ》が正道へ戻りたいと思っても、もう戻れなくなる。

自分たちと同じで何が悪い？　何をするにも手段を選ばず、思うがままに振る舞い、世の習わしや規則に縛られることもない。

玉生煙《ユーションイエン》は人の性は元々悪であると思っている。

誰しも心に暗い一面を持っており、それが表に出る機会があるか否かの違いにすぎない。道門や仏門、儒門は仁義だの道徳だの、慈悲深さだのを説いているが、結局大義名分を語って私欲を隠しているだけ。人々が天下を奪い合い、勝って王となろうとするのも私欲ゆえだ。どの国の統治者だって両の手を血で染めている。そんな状態で、いったい誰がより潔白だなどと言えるだろうか？

「はい。必ず師弟をしっかりと指導いたします」

＊　＊　＊

玉生煙《ユーションイエン》は外出の目的を説明しないまま、沈嶠《シエンチアオ》を連れ出した。

撫寧県は斉の都である鄴城《ぎょうじょう》からはそれほど離れておらず、玉生煙《ユーションイエン》の足であれば三日から五日で辿り着けるはずだった。しかし、沈嶠《シエンチアオ》の体調を慮って、玉生煙《ユーションイエン》が敢えてゆっくり歩いたので、二人が鄴に到着したのは七日後だった。

とはいえ、いくら歩みがゆっくりでも、今の沈《シエン》嶠《チアオ》の体はまだ長旅には耐えられない。鄴城に着いた途端、沈嶠《シエンチアオ》は倒れて微熱を出した。

浣月宗は収入源となる弟子こそ多くはないが、金には困っていない。鄴城にも邸宅を持っているため、玉生煙《ユーションイエン》と沈嶠《シエンチアオ》はそこに泊まった。邸宅の主は晏無《イエンウー》師《スー》なので、玉生煙《ユーションイエン》と沈嶠《シエンチアオ》を見た召使いたちは、当然二人を「少主《しょうしゅ》（年若い主人への呼称）」と呼んだ。衣食住などの手はずは十分に整えられており、まさに至れり尽くせりである。

ここに来るまで、沈嶠《シエンチアオ》は口数が少なかった。玉《ユー》生《ション》煙《イエン》が歩けと言えば歩き、止まれと言えば止まり、体調が悪いとも言わなかったのである――玉生煙《ユーションイエン》が気づかなければ彼はきっとそのままにしていただろう。なぜ黙っていたのかと玉生煙《ユーションイエン》が問うと、沈《シエン》嶠《チアオ》は笑って答えた。

「師兄が今回外出されたのは、師尊から頂《いただ》いた仕事をするためでしょう。私は今、体が不自由で手伝えず、とても申し訳ないのです。これ以上面倒をお掛けするわけにはいきません」

沈嶠《シェンチアオ》の顔は真っ青だったが、温和な笑みを湛えていたため、ひどく憐憫を誘う。

玉生煙《ユーションイエン》は晏無師《イエンウースー》ほど残酷ではないので、珍しく忍びない気持ちになった。

「体調が悪いのなら言えばいいだろ。俺だって全く情けがないわけじゃない。とはいえ、師尊が申し付けてくださった仕事は終わらせないと。俺たちに任された件に関してはもう情報を集めてある。厳之《イエンジー》問《ウェン》は合歓宗の者だが、妻と子どもは武芸ができない。それに奴自身の腕前は二流程度。厳《イエン》家も防備が手薄だから、俺一人だけでもこの仕事は容易く終わらせられる。だが、師尊は一家を皆殺しにしろ、と命じられた。その時になればお前も連れていく。俺が厳《イエン》之問《ジーウェン》を殺《や》った後、女か子どもでも捕まえてやるから、お前はそいつらを殺せばいい」

晏無師《イエンウースー》から命じられた〝仕事〟がまさかこのようなものだとは、沈嶠《シェンチアオ》は露ほども思っていなかった。驚きを露わにしながら、

「師兄、恐縮ながらお尋ねしたいのですが、合歓宗はどういった来歴があるのですか？　私たちと厳之《イエンジー》問《ウェン》の間には、どのような怨恨《えんこん》が？」

と問いかけた。

沈嶠《シェンチアオ》がまだ何も知らないのを思い出し、玉生《ユーション》煙《イエン》は説明した。

「俺たち浣月宗、合歓宗、そして法鏡宗は皆、元々は鳳麟州日月宗に由来する。その後、日月宗がバラバラになり、この三宗ができたんだ。理屈から言えば、俺たちは源を同じくしているから、一致団結しなければならないはずなんだが、どの宗もほかの二宗を統べようと狙っている。特に合歓宗。あそこの宗主は元秀秀《ユエンシウシウ》という女で、弟子たちも宗主と同じく、自らの美貌を使って目的を達成しようとするんだ。腕も立つ奴らばかりだから、今後出くわした時はすぐに離れたほうがいいぞ。それから、元秀秀《ユエンシウシウ》には桑《サン》景行《ジンシン》という、かつて崔由妄《ツイヨウワン》の弟子だった情夫《じょうふ》がいて、この二人は悪事ばかり働く恥知らずだ。結託《けったく》して、一日じゅういろんな悪企みをしている。しかも師尊

が十年閉関している隙に、何度も俺たち浣月宗を併合しようとしたんだ」

沈嶠《シェンチアオ》は頷く。

「ですが、厳之問《イエンジーウェン》の腕前は合歓宗の中でも二流でしかなく、斉国の官吏という立場もありますから、おそらく浣月宗に迷惑を掛けたことはないかと思います。なのになぜ、師尊はその方を殺そうとしているのでしょう?」

「師弟は、今回の怪我ですっかり白兎のように純粋で善良になったんだな!」

玉生煙《ユーションイエン》は曖昧な笑みを浮かべる。

「厳之問《イエンジーウェン》は身分が特殊で、斉国の官吏という立場を隠れ蓑《みの》にしているから、奴が合歓宗の人間だと知る者は少ない。つまり、もし奴を殺せば、見せしめになるし、敵を怯えさせられるというわけさ。合歓宗は、俺たちがあいつらをよく知っていると分かれば、きっともう軽はずみなことはできなくなる。それに奴らは師尊がいらっしゃらない隙を突いて、何度も浣月宗に手を出してきた。今じゃ師尊も閉関を終えられているし、ここでやり返さなければ、浣月宗は世間からなめられてしまう。崔由妄《ツイヨウワン》が死んだ時、浣月宗はすでに日月の三宗で一番強く、三宗を統べる最有力候補だった。ただ師尊が怪我をされて、隠遁して閉関しなければならなくなったから、合歓宗に付け入る隙を与えてしまっただけなんだ」

「では、法鏡宗はどうでしょう? 私たちに手を出したことはないのですか?」

「実を言えばこの三宗において、人数も勢力もある合歓宗を除き、法鏡宗も浣月宗と同じく、弟子が各地に散らばってそれぞれ生活している。だから普段、集まることはない。師尊が閉関を終えたことを知らされたのは俺一人だけだったから、駆け付けたというわけだ。お前に関しては……」

玉生煙《ユーションイエン》は一度咳払いをする。

「当然怪我をしていたからな。というわけで、三宗は仲が良いわけじゃないが、合歓宗だけはわざと何度も面倒事を起こしていて、一番目に余るんだ」

沈嶠《シェンチアオ》はため息をこぼした。

「恨みを晴らすなら仇に、金は金を借りた本人から返してもらうべし、とも言います。悪事を働いた者がいるなら、他人を巻き込まずに直接その者を訪ねるべきです。元秀秀《ユエンシウシウ》が合歓宗の宗主であるのなら、師尊はなぜその方のところへ行かないのですか？　たとえ厳之問《イエンジーウェン》を殺すとしても、その妻と子は武芸もできない一般人。妻子まで巻き込む必要はないのでは？」

玉生煙《ユーションイエン》は寝台に付けられた飾り房をついと弄り、気にする様子もなく答える。

「師尊が命じられたのなら、俺たちは従うまで。そこまで多くを聞く必要はないだろ？　草は根から切らねば、春になるとまた芽吹くと言う。厳之問《イエンジーウェン》の妻子を殺さずに、将来復讐されるのを待てと？」

そう言って、玉生煙《ユーションイエン》は立ち上がった。

「まあいい。別に急ぎでもないし、初七（旧正月の七日目）まではまだ数日がある。とりあえず、しばらくはしっかり休め。体調が良くなったら、誰かに言って鄴城を案内させよう。俺が思うに、今天下にある都の中で、鄴城の豪華さは建康《けんこう》に劣らないどころか、そこよりも幾分壮観だ。見物に値する場所だぞ。特にここの色街《いろまち》は……」

二十歳程度だが、玉生煙《ユーションイエン》は風流人である。身分を隠して陳国で詩歌を論じたり、名士と友人になったりして、そこそこ有名人なのだ。楽しげに話を続けようとしたところで、ふと沈嶠《シェンチアオ》の状況を思い出した。おそらくそうしたくてもできないのだろうと思い、それ以上言うのを止めて意味ありげに笑った。

「まあお前は今失魂症《しっこんしょう》を患っているし、昔のことを忘れていても仕方ない。とにかく、この浣月宗には才気溢れてあか抜け、心のままに振る舞う者が多いんだ。今後それを知る機会はたっぷりとあるだろうさ」

晏無師《イエンウースー》が外で何かをする時、謝《シエ》という苗字の富賈《ふこ》（豪商）を名乗っている。そのため、この邸宅が掲げる扁額《へんがく》（戸や室内に掛ける横長の額。建物の名前などが彫られている）も〝謝宅《シエ》〟となっている。

玉生煙《ユーションイエン》は頻繁に家を留守にし、沈嶠《シェンチアオ》だけ邸宅に残された。誰に対しても温和だが、体が弱く体調もよく崩してしまうため、召使いたちは同情心を寄せている。

数日経ち、特に身近で世話をしている数名の下女たちは沈嶠《シェンチアオ》と距離をかなり縮め、気晴らしにとこの斉国の都のことや、謝《シエ》宅付近にある風物、人々の暮らしや習慣などを詳しく沈嶠《シェンチアオ》に話して聞かせた。

沈嶠《シェンチアオ》は体調が良くなって暇を持て余すと、何度か下女たちに言って、外に連れ出してもらった。玉《ユー》生煙《ショウイエン》の言う通り、鄴城は道に白い玉が敷かれ、彫刻が施された瑠璃瓦もあるほど、かなり豪華であることに気づいた。斉国の高《ガオ》氏は漢化した鮮卑《せんび》族で、城壁や建築、服飾には鮮卑族の名残が多くある。精緻で上品な南方のものと比べると、力強い印象だ。聞くところによれば、同じ酒でも、鄴城の酒屋で売られているもののほうが、建康のそれよりも多少濃厚で芳醇らしい。

袖が広くゆったりとした袍は、裾と腰ひもが風に揺蕩《たゆた》う。

人々の髪はふさふさとして美しく、顔だちはまるで花が咲いたように綺麗だ。道を、良馬や華麗な馬車が行き交う。

目が見えなくとも、沈嶠《シェンチアオ》は鄴城の至るところに漂うふくよかな香りから、この都市の豪華絢爛な様子を感じ取ることができた。

下女は沈嶠《シェンチアオ》を支えて薬屋に入る。彼を待合場所に座らせて休ませ、処方箋を持って薬を買いにいった。

薬は沈嶠《シェンチアオ》のものだ。今の沈嶠《シェンチアオ》はまるで薬入れのように、毎日少なくとも大きな碗一杯分の薬湯を飲まなくてはならない。晏無師《イエンウースー》は親切に沈嶠《シェンチアオ》の武功を回復させようとはしなかったが、彼を虫の息のままで放置することもなかった。彼が飲んでいる薬は、主に体内の気血（気と血）や経脈を整え、骨を強くして陽気（体を温める力）を強めるためのものである。沈嶠《シェンチアオ》は今や内息がほとんど失われ、加えて記憶もないので、しばらく武功など考えることもできない状態だ。なんの支障もなく歩けるようになり、自由に動くことができているのはここ数カ月の養生のおかげである。

　今日は下女が薬を買いにいくというので、沈嶠《シェンチアオ》も息抜きに出てきた。目が見えず、病弱そうに見えるが、意外にも沈嶠《シェンチアオ》は薬屋に座っているだけで多くの人の目を引いた。

　沈嶠《シェンチアオ》は生まれつき美しい顔をしている。少し痩せてしまったが、その振る舞いや風采は損なわれていない。笹の葉の色をしたごく普通の袍に、冠を着けずに木の簪だけで留めている髪。微かな笑みを湛えながら、下女と薬屋の店主の会話に黙って静かに耳を傾けている。

　晏無師《イエンウースー》は沈嶠《シェンチアオ》が外出して、その正体が誰かに知られるのを心配していないようだ。玉生煙《ユーションイエン》に沈嶠《シェンチアオ》の顔を隠すよう命じることもなく、素顔を晒すのをそのままにしている。

　というのも、玄都山の掌教の座を継ぐ前でも後でも、沈嶠《シェンチアオ》が山を下りて世間に顔を見せることは滅多になかったからだ。噂では、玄都山の弟子すら、全員がこの新掌教の顔を知っているとは限らないという。沈嶠《シェンチアオ》が掌教になる前、世間によく知られた玄都山の弟子が数名いた。しかし、彼らは掌教にならず、逆に名の知られていない沈嶠《シェンチアオ》が掌教になった経緯は、おそらく亡くなった祁鳳閣《チーフォンゴー》本人しか知らないだろう。

　また、昆邪《クンイエ》と沈嶠《シェンチアオ》が戦った半歩峰は狭く、二人が立てるほどの空間しかなかった。観戦に訪れた者は皆向かい側の応悔峰におり、距離もあったため、必ずしも沈嶠《シェンチアオ》の顔を覚えているとは限らない。何より、ひどい怪我や病などで、沈嶠《シェンチアオ》の様子も前とずいぶん変わってしまった。

　ただし、これらは全部玉生煙《ユーションイエン》の推測にすぎない。実は、玉生煙《ユーションイエン》は心の中でこう思っていた。師尊のあの性格からして、沈嶠《シェンチアオ》を助けたのはただの気まぐれで、沈嶠《シェンチアオ》を調教して弄《もてあそ》ぶ対象としか見ていないのだろう、と。

「郎君《ろうくん》（身分の高い男子や若い男性への呼称）、薬を買えました。もう行きましょうか？」

　沈嶠《シェンチアオ》が頷くのを待って、下女は彼を支えて外に向かった。薬屋の出口まで辿り着くと、声が聞こえた。

「なんて綺麗な人なの。こんな美しい人、初めて見たわ。そちらの方、お名前をお伺いしても？」

美しさに感嘆する声。下女が足を止めたので、沈《シエン》嶠《チアオ》は声の主が自分に話しかけているのだと分かった。

「沈嶠《シエンチアオ》と申します」

「沈《シエン》郎君ね」

澄んだ女性の声は生き生きとして耳に心地いい。

「沈《シエン》郎君はこの地元のお方？　それとも、どこか名家のご出身？」

下女は沈嶠《シエンチアオ》にこっそりと耳打ちをする。

「こちらは韓《ハン》総管の娘様の、韓娥英《ハンオーイン》様です」

韓《ハン》総管と呼ばれた人物は、誰かの家を管理するその辺の総管などではない。まさしく斉国で勢力のある、侍中韓鳳《ハンフォン》その人だ。息子は王女を娶《めと》り、本人は穆提婆《ムーティーポー》や高阿那肱《ガオアーナーゴン》と肩を並べて斉国の三貴《さんき》と称されている。その権力は朝廷をも上回るほどで、娘の韓娥英《ハンオーイン》も当然、なんでもほしいがままだ。

沈嶠《シエンチアオ》は微笑む。

「韓《ハン》お嬢さんのお名前はかねて存じておりました。ただ、私は目を患い、お姿を見ることがかないません。どうかお許しください。病が治りましたら、お宅に伺います」

韓娥英《ハンオーイン》はその焦点の合わない目に気づき、少し残念に思った。こんなにも美しいのに、目が見えないとは。彼女は興味を失った様子で言う。

「まあいいわ、それならしっかり養生なさい。小《シアオ》怜《リエン》、店主にいくつか人参を持ってきて、こちらの沈《シエン》郎君に渡すように言ってちょうだい。勘定は私のところにつけて！」

「ありがとうございます」

沈嶠《シエンチアオ》が礼を述べる。

「来るに往《ゆ》かずは、礼にあらずなりとも言います。いただくばかりで礼をしないというのは失礼ですし、返礼をさせていただければと。どうぞご笑納ください」

韓娥英《ハンオーイン》は興味を持ったようで、「へえ？　どんなものを？」と聞き返す。

沈嶠《シェンチアオ》は下女に、「阿妙《アーミアオ》、馬車にあるあの箱を持ってきてくれないかい」と頼んだ。

下女は「はい」と返事して、沈嶠《シェンチアオ》の言う箱を急いで取りに走った。

沈嶠《シェンチアオ》は目こそ見えないが、声は優しく、話し方も優雅で、相手に好感を抱かせる。通りで気ままに美男子を引き留めてからかう韓娥英《ハンオーイン》のように、甘やかされた傲慢なわがままお嬢様すら、思わず語調を和らげるほどだった。

下女が箱を持って戻ってきた時、沈嶠《シェンチアオ》と韓娥英《ハンオーイン》は会話を終わらせ、お互いに別れを告げていたところだった。韓娥英《ハンオーイン》は沈嶠《シェンチアオ》の住んでいるところを聞き、日を改めて訪問すると言ってから、馬に乗ってその場を後にした。

謝《シェ》宅に戻った後、玉生煙《ユーションイエン》はこの出来事を知ると、驚いて感嘆した。

「やるじゃないか。一回の外出であの韓娥英《ハンオーイン》と知り合えるとは。韓娥英《ハンオーイン》は泰山碧霞宗《たいざんへきかしゅう》の趙持盈《ジャオチーイン》の師甥《しせい》（師兄弟の弟子）だ。武芸の腕前こそ大したことはないが、父親の力もあって、この都では好き勝手に横暴に振る舞えているのさ」

沈嶠《シェンチアオ》が笑う。

「それほど横暴ではないように見受けられましたよ」

玉生煙《ユーションイエン》は声を上げて笑った。

「美人だけど、残念ながらじゃじゃ馬なんだ。この斉国の都で『それほどでもない』と言う奴なんて、お前以外いないだろうな！」

沈嶠《シェンチアオ》はニコニコとして、それ以上何も言わなかった。

＊＊＊

それから三日ほど後、玉生煙《ユーションイエン》が師の命を受けた仕事を行う予定の日が訪れた。

斉国の都・鄴城は正月（旧正月を指す）を過ぎたばかりで元宵節《げんしょう》（小正月）にはまだ間があって、

町中がめでたい雰囲気に包まれている。

厳之問《イエンジーウェン》の官階は高くない。合歓宗は、朝廷にいる内通者を一人増やすためだけに、彼をこの立場に配置したのだろう。厳之問《イエンジーウェン》本人は武芸の腕前も強くないうえに、無防備である。今の玉生煙《ユーションイエン》なら、おそらく彼を殺すのは水を一杯飲むのと同じくらい楽勝だ。

晏無師《イエンウースー》から言いつけられているので、玉生煙《ユーションイエン》は沈嶠《シェンチアオ》を連れて厳《イエン》の邸宅に向かった。外で待つように言ってから、玉生煙《ユーションイエン》は屋根に飛び上がり、音もなく邸内に忍び込んで厳之問《イエンジーウェン》の書斎に向かう。

あらかじめ入手した情報によれば、厳之問《イエンジーウェン》は腕前こそ二流だが、かなりずる賢いらしい。だからこそ、合歓宗である程度の地位を手に入れたのだ。玉生《ユーション》煙《イエン》が厳之問《イエンジーウェン》を殺すのは単なる見せしめで警告にすぎない。それもあって、あまり気にかけていなかったが、いざ邸内に入ってみると、何かがおかしいことに気づいた。

召使いも、外周を時折見回る者もいる。しかし、書斎にも寝室にも、厳之問《イエンジーウェン》の姿はない。

厳之問《イエンジーウェン》だけではない。その妻も妾《めかけ》も、子どもまでもが、その場から煙のように消えてしまった。

浣月宗の武功の特徴は掴みどころのないことにあるが、その通りに玉生煙《ユーションイエン》の姿は影の如く、ふわりと一家の婦女子が住む建物に入った。同時に召使いを一人引き留めると唖穴《あけつ》（言葉を発せられなくなる経穴）を突いた（点穴《てんけつ》という技。動きを封じたり、命を奪うこともある）。召使いは玉生煙《ユーションイエン》のあまりに素早いひと突きに、反応すらできなかった。

「厳之問《イエンジーウェン》はどこだ？」

召使いは目を見開く。目の前にいる整った顔をした若者が、いとも簡単に自分を押さえ込めるなんて、と戦慄するも、言葉を発することができない。

玉生煙《ユーションイエン》は微かに笑って言った。

「厳之問《イエンジーウェン》とその家族がどこへ行ったかを教えろ。言えば、命は助けてやる。言わずにたとえお前が助けを呼んだところで無駄だ。俺ならこの邸宅にいる奴らを一人残らず殺せることを忘れるな。分かったか？」

召使いは怯えて何度も頷いた。

玉生煙《ユーションイエン》は軽く手を緩めて、召使いの穴道を解いて話ができるようにした。

召使いは急いで答えた。

「旦那様が、温泉のある別邸でしばらく過ごさせるとのことで、奥様と若様たちは二日前にここを離れました」

玉生煙《ユーションイエン》は冷やかに笑う。

「家族の婦女子が出かけるからといって、まさか厳《イエン》之問《ジーウェン》も一緒に行ったわけではあるまい。明日は参《さん》朝《ちょう》の日だろ。奴は帰ってくるつもりがないのか？」

召使いは言葉を詰まらせながら、「旦那様から詳しいことは何も聞かされてねぇんです。あっしらも、わ、分かりません……」と答えた。

玉生煙《ユーションイエン》はうんざりした顔をして、それ以上聞くことなく掌を振るって召使いを気絶させた。次に執事を探し出して厳《イエン》一家の行方を詰問するも、返ってきた答えは先のものと全く同じだった。


玉生煙《ユーションイエン》とて愚かではない。自分が厳之問《イエンジーウェン》を殺そうとしていることが、事前に本人に知られていた可能性が高いと気づいた。

とは言うものの、これは晏無師《イエンウースー》から直々に任された仕事である。自分以外に知る者は沈嶠《シェンチアオ》しかおらず、謝《シエ》宅の執事すら知らないのだ。

もちろん、玉生煙《ユーションイエン》自身があちらこちらで吹聴《ふいちょう》するなどあり得ない。

心に鋭い殺意が湧き起こる。目の前にいる執事の首の骨を折ってやろうかという考えが過ぎったが、思い直した。厳《イエン》一家を皆殺しにできないのなら、召使いを殺しても意味がない。それどころか、やぶ蛇になって合歓宗に嘲られるかもしれない。そう思って、玉生煙《ユーションイエン》は執事を気絶させ、身を翻して厳《イエン》宅を離れた。体じゅうから怒りを発しながら、傍の路地で待つ沈嶠《シェンチアオ》のところに戻る。

「厳之問《イエンジーウェン》に知らせたのはお前か？」

沈嶠《シェンチアオ》は頷き、言い逃れもせず率直に、「いかにも」と答えた。

邪魔されたと知ると憎しみが湧き、玉生煙《ユーションイエン》の顔からすっかり普段の不真面目な笑みが消えた。表情は冷え切り、溢れんばかりの殺意が滲む。

「なぜだ？」

「合歓宗と浣月宗が不仲なのは知っています。厳之《イエンジー》問《ウェン》が合歓宗の門人で、師尊が彼を殺したいのならば、それは私が口出しすることではありません。しかし、幼子《おさなご》に罪はありません。厳之問《イエンジーウェン》を殺すとしても、その妻子まで巻き込む必要はないかと」

玉生煙《ユーションイエン》は冷たい声で言う。

「妻子を殺すか生かすかは、お前が決めることじゃない。ただ、教えろよ。目が見えず、それこそ外に出れば東西南北も分からない無力なお前が、どうやって厳之問《イエンジーウェン》に知らせを送ったんだ？」

沈嶠《シェンチアオ》が答えた。

「厳之問《イエンジーウェン》はずる賢く、少しでも何かがおかしいと思えば疑心を抱くと、言っていたでしょう。私に処方された薬に当帰《とうき》（漢方薬として使われる多年草。当《まさ》に帰すべしの意もある）が入っていますが、それを少し隠しておいたのです。隙を見て厳《イエン》宅に届けようとしたのですが、あの日ちょうど薬屋の前で韓《ハン》お嬢さん、韓娥英《ハンオーイン》さんに会いました。返礼を理由に当帰を箱に入れ、厳之問《イエンジーウェン》に私の代わりに渡してほしいとお願いしたのです。私と厳之問《イエンジーウェン》が知り合いだと思ったのでしょう。韓《ハン》さんは何も聞きませんでした。おそらく厳之問《イエンジーウェン》は私が送った当帰を受け取り、違和感を覚えて一家全員を前もって避難させたのではないかと」

玉生煙《ユーションイエン》はあまりの怒りに、笑いすら込み上げてきた。

「本当にお前をなめていたよ、こんなことまでできるなんてな！」

玉生煙《ユーションイエン》は手を伸ばすと沈嶠《シェンチアオ》の首を掴んだ。ゆっくりと手に力を込める。

「師尊が言いつけた仕事を台無しにしたんだ。これから自分がどうなるか分かるか、ん？」

沈嶠《シェンチアオ》には抵抗する力がなく、呼吸が困難になり顔色は徐々に悪くなっていった。胸元が激しく上下し、途切れ途切れに一言絞り出す。

「実のところ……私は浣月宗の弟子ではないのでしょう？」

玉生煙《ユーションイエン》は呆気に取られて、手を放す。

沈嶠《シェンチアオ》はすぐに壁に手をついて咳き込んだ。

「なぜ分かった？」

玉生煙《ユーションイエン》が問う。沈嶠《シェンチアオ》は冷静に答えた。

「感覚です。確かに私には記憶がありませんが、基本的な判断力はあります。師尊にしても師兄にしても、私に対する態度は弟子や師兄弟に対するもののようには感じられませんでした。邸宅で仕えてくれる召使いたちもです。私に接する時はかなり慎重で、うっかり言ってはいけないことを言ってしまわないかびくびくしている様子でした。それに、私は武功を失い、力になるどころか足手纏《あしでまと》いでしかない。にもかかわらず、師尊は師兄に協力しろと命じられました。しかも、私はいくら自分が不甲斐なかったせいだとしても、これほどの深手を負ったので、浣月宗の面目に傷をつけたことに変わりはありません。ですが、師兄たちは終始そのことをひた隠しにして口にしようともしない。これら全部、全く理にかなっていないのです」

玉生煙《ユーションイエン》が黙り込んでいるのを見て沈嶠《シェンチアオ》は続けた。

「私が取った方法は完璧なものではありませんし、謝《シエ》宅の下女を誤魔化せる程度です。師兄が厳之問《イエンジーウェン》の動向を気にかけて、誰かに後をつけさせていれば、彼は逃げたくても逃げきれなかったでしょう」

玉生煙《ユーションイエン》はようやく口を開いた。

「その通り。厳之問《イエンジーウェン》一人など取るに足らないからな、気にかけてはいなかった。だから、お前に付け入る隙を与えてしまったんだ。だが、分かっているだろ？　これが師尊に知られたらどうなるか。自分となんの関係もない人間を助けたところで、そいつらはお前のおかげで難を逃れたことすら知らないんだぞ。もし、知ったとしてもお前に感謝しないかもしれない。それでも、そうする価値があると？」

沈嶠《シェンチアオ》は首を軽く横に振った。

「価値があるか否かは、各々の心にある秤《はかり》次第です。

悪事は働いた者が責任を取る。無実の人を巻き込むなど、褒められたことではありません。助けられるであろう人を助けず、できるであろうことをやらなければ、心に一生わだかまりが残ります。他人が知るかどうか、感謝するかどうかなんて、その方自身のことで、私には関係ありません」

玉生煙《ユーションイエン》は昔の沈嶠《シエンチアオ》に一度も会ったことがなく、怪我をする前の彼がどんな様子だったのかを知らない。それに、沈嶠《シエンチアオ》は目を覚ました後、朝から晩まで無気力な様子でぐったりしており、十日のうち九日は寝台で横になっていた。顔以外、注目に値するところは一つもないのだ。玉生煙《ユーションイエン》は口にこそ出さなかったが、心の奥では沈嶠《シエンチアオ》を軽視していた。きちんとした道門の掌教ともあろう者が、これほど落ちぶれるなんて、間違いなく無能すぎるとしか言いようがないのだから。

しかし、今の沈嶠《シエンチアオ》はどうだ。壁に凭《もた》れて立ち、落ち着き払った様子で恐れの色は少しもない。当代の宗師たる雰囲気がほのかに窺える。

玉生煙《ユーションイエン》は冷笑した。

「自分のことで手一杯のくせして、他人の生き死にまで気にする余裕があるのか。そこまで慈悲深いなら、武功を失い崖の下に落とされた時のことを思い出してみたらどうだ？　俺たちがお前を助けなければ、今頃お前の死体は野ざらしになっていたぞ。その恩を、そうやって返すのか？」

沈嶠《シエンチアオ》はため息をこぼす。

「命を救っていただいた恩は、当然倍にしてお返しいたしますが、今回の件とそれは無関係です」

玉生煙《ユーションイエン》は微かに眉を寄せる。

楽勝すぎるほどの仕事だと思っていた。けれども沈嶠《シエンチアオ》は記憶を失っているにもかかわらず、予想外の行動に出た。自分の監督下で厳之問《イエンジーウェン》にこっそり情報を伝えていたなんて、師尊に知られたら、自分もこれしきのことすら上手くやれない無能だと思われる。

沈嶠《シエンチアオ》は身分が特殊で、簡単に殺すことはできない。このまま連れ帰り、師尊に処罰してもらうしかないだろう。

沈嶠《シェンチアオ》は玉生煙《ユーションイエン》の心情を察したのか、彼を慰め始める。

「ご心配なさらずに。宗主に事の次第をしっかりとお伝えして、あなたに害が及ばぬようにいたしますから」

玉生煙《ユーションイエン》はむっとして言い返した。

「先に自分の心配をしろよ！」

沈嶠《シェンチアオ》は笑って問いかけた。

「玉《ユー》師兄、私が浣月宗の弟子でないのなら、この沈《シェン》嶠《チアオ》という名も偽物なのでしょうか？」

玉生煙《ユーションイエン》はやや沈黙した後、「それは本当の名だ」と答えた。

「では、怪我する前の私は何者だったのでしょう？この世に親族はいたのでしょうか？」

「帰ってから、自分で師尊に聞けばいいだろ」

＊　＊　＊

ところが、二人が戻っても、晏無師《イエンウースー》には会えなかった。

玉生煙《ユーションイエン》と沈嶠《シェンチアオ》が鄴城に出発して間もなく、晏無《イエンウー》師《スー》も邸宅を離れたという。どうやら周国へ向かったらしい。

「師尊がお出かけになる前に、何か言伝はあったか？」

玉生煙《ユーションイエン》は邸宅の執事に問いかける。

「あなたは半歩峰に戻り、修行をするようにとのことでした。沈《シェン》公子に関しては、今回の件が上手くいけば、引き続きここで休んでいてもいい。ただ、もし鄴城で何か面倒事を起こしてあなたに迷惑を掛けたのなら、身一つで立ち去るように伝えておけ、との仰せです」

意外だったので、玉生煙《ユーションイエン》は「本当に師尊がそうおっしゃったのか？」と聞き返す。

執事は苦笑した。

「私《わたくし》めに旦那様の言葉を捏造《ねつぞう》する勇気などありませんよ」

玉生煙《ユーションイエン》は帰ってきたらこの件をどう白状するべきかで悩んでいた。それが思いがけず、こんなにもあっさりと解決するとは。

しばし考えてから、玉生煙《ユーションイエン》は沈嶠《シェンチアオ》を呼び寄せ、晏無師《イエンウースー》が残した言葉を伝えた。

沈嶠《シェンチアオ》はいたって平静だった。

「なんと言おうと、私があなたに面倒を掛けたのは事実ですし、そのせいであなたは宗主の命を果たせなかった。それを思えば、このような処分は、かなり寛大なものでしょう」

とはいえ、玉生煙《ユーションイエン》は自らの師を沈嶠《シェンチアオ》よりは理解している。これは決して寛大な処分ではない。おそらく何か企みがあるのだ。

沈嶠《シェンチアオ》は目が見えず、今は世の中も乱れている。外に出れば、彼の身に何が起きてもおかしくはない。さらわれて、そのうち誰かが、立派な玄都山の掌教が〝誘拐された人〟に成り下がっているなどと気づいたら、おそらく玄都山は面目丸つぶれどころか、恥ずかしさに江湖でやっていけなくなるだろう。

玉生煙《ユーションイエン》は自らの師ほど気ままな行動に出たりはしないが、たかが沈嶠《シェンチアオ》一人のために師に逆らうことなどあり得なかった。

「それなら、明日にはもう出ていってくれ。ここから東北に向かえば鄴城に辿り着くし、西南に向かえば陳国に行ける。建康に行きたいのなら、少し遠いが西南に向かえ。鄴城にはもう行ったな。あそこは栄えてはいるが、頻繁に騒ぎが起きる。流民も多いし、日々を静かに暮らしたいのなら陳国へ行ったほうがいいぞ」

沈嶠《シェンチアオ》は頷いて拱手《きょうしゅ》する。

「教えていただき、ありがとうございます。一つ、お願いしたいことがあります。どうか、私の正体と来歴を教えてくれませんか。そうすれば、行くあてもできますから」

「もうここまで来ているんだから、教えてやるよ」

玉生煙《ユーションイエン》は淡々と言う。

「お前は元々玄都山玄都紫府の掌教だった。突厥最強と謳われる昆邪《クンイエ》との戦いに負けて崖から落とされた前お前を、師尊が助けたんだ。言っておくが、帰りを急がないほうがいいぞ。今のところ、玄都山の奴らが外でお前を探しているという話は一度も聞いていないからな」

「玄都山……」

沈嶠《シェンチアオ》は眉を寄せて、小声で繰り返す。茫然とした表情がその顔に浮かんだ。

玉生煙《ユーションイエン》が嘲笑う。

「俺たち浣月宗は確かに世人にとっては魔門だが、悪者は悪者でも堂々とした悪者さ。殺すなら殺す、言うことは言う。どこかの正派みたいに、言うこととやることが違うなんてのはないからな！　まあ、聞き入れるかどうかはお前次第だ。俺は忠告したからな。いざ命を落としかけても、俺のせいにするなよ！」

沈嶠《シェンチアオ》は何も言わなかった。

翌日の朝早く、沈嶠《シェンチアオ》は召使いに起こされ、邸宅から礼儀正しく送り出された。

緑色の竹の杖以外まともな持ち物はなく、銅銭どころか食料すら持っていない。

玉生煙《ユーションイエン》は情け容赦なく、沈嶠《シェンチアオ》が外で生きようが死のうが、全く構わない様子だ。

温かな朝日が沈嶠《シェンチアオ》の体を照らす。春の気配が心地良い。

沈嶠《シェンチアオ》は微かに目を細め、手を目の上にかざした。少しずつではあるが、光を多少感じ取れるようになっていた。視界はまだぼんやりとしていて、目を長く開けていると涙が流れるほど激しい痛みが走る。しかし、視界が真っ暗で、何も見えない状態よりはずいぶんマシだ。

沈嶠《シェンチアオ》は振り返って、邸宅を見た。

浣月宗は終始よからぬ考えを持っていたが、自分を引き取って世話をしてくれたうえに、病を診て、薬までくれたことは否定できない。これは消し去ることのできない恩恵だ。

もし将来、また晏無師《イエンウースー》に会うことがあったら、やはり面と向かってしっかり礼を言わないと。沈嶠《シェンチアオ》はそう強く思った。

第二章　恐ろしき夜

この時、晋の南遷からすでに二百年余りが過ぎ、北方は五胡の中原侵略を経た後、それぞれの国土は徐々に安定してきていた。

斉、周の二国はそれぞれ東と西を占拠している。斉帝高緯《ガオウェイ》は暗愚で、国事を蔑《ないがし》ろにしたせいで国は日に日に衰え、故郷を離れて彷徨《さまよ》う流民で溢れ返っている。一方の周国は帝の宇文邕《ユーウェンヨン》の統治によって、国力はますます上がり、国はいっそう安定し、経済的にも豊かになっていた。

撫寧県から周国まではかなりの距離があり、道すがら流民も多い。十分準備せずに旅に出ようものなら、何か困ったことが起きた時、あらゆるものから見放されるという感覚を味わうことになるだろう。

斉国は昨年から大干ばつに見舞われ、冬になっても雪すらほとんど降らなかった。干ばつは今年に入っても続き、鄴城から南、それこそ陳国との国境《くにざかい》までの道中には、至るところに流民の姿が見られた。聞くところによれば、自分の子を食べるのが忍びないのでお互いに子を交換して食べ始めている地域もあるらしい。沈嶠《シェンチアオ》は思った。自分は目が悪く、喧嘩しても相手に勝てない。もし人が人を食らい始めれば、おそらく自分は捕まり、食べられてしまう側であろうと。

撫寧県は北に位置しており、鄴城にも比較的近い。昨年は雨が少なかったものの大きな災害に見舞われることなく、状況はわりと落ち着いている。県城《けんじょう》（県政府の所在地）は大きく、ちょうど廟会《びょうえ》（神仏の誕生を記念して行われる祭礼。日本の縁日のようなもの）の時期で、人の往来が多く活気に満ちていた。

斉と周の二国はともに北方にあり、かつて騎馬民族だった頃の鮮卑の風俗・習慣が人々の生活に根強く残っていた。しかし、時が経つにつれ徐々に漢化し、今では身なりも漢人の上品さに鮮卑族の風格が混ざっている。身分の高い貴族たちは、派手な上着に帯を合わせ、身に着けた真珠や翡翠がぶつかって音を鳴らすほど、俗離れした華麗な格好を追い求めた。それは民間にも影響を及ぼした。金持ちの家であれば、地面に着くほど裾の長い着物を着た者がほとんどで、また胡人《こじん》（異民族）のように、胡帽《こぼう》（異民族の帽子）や垂れ付き帽子を被る者もおり、服装は多種多様だった。そのため廟会の間、撫寧県の県城は〝ちょっとした都〟の様相を呈していた。

　廟会を行う姜《ジアン》公廟は後から新しく建てられたもので、姜《ジアン》太公と呼ばれる姜尚《ジアンシャン》を祀っている。元々の姜《ジアン》公廟は町の南にあり、漢代に建てられたという。しかし後の戦禍《せんか》のせいですっかり荒れ果て、ほぼ朽ちた建物の外側しか残されていない。中に置かれていた姜《ジアン》太公の座像《ざぞう》も行方知れずになり、空っぽの廟は物乞いや貧民が身を寄せる場所となっていた。

　近頃、ここにまた一人、陳恭《チエンゴン》という者が住み着いた。

　陳恭《チエンゴン》は昼間、町にある米屋で日雇いの仕事をしている。米袋を担いで馬車に載せたり、下ろしたりと、力仕事ばかりだ。僅かばかりの稼ぎを家賃に使ってしまうのも惜しく、夜になるとこの荒れた廟に戻ってきていた。陳恭《チエンゴン》にとってこの生活は気楽だったが、廟にはほかにも二人の物乞いがおり、長く住むのは難しそうだった。金は肌身離さず持ち歩かねばならず、油断すると食べ物も取られてしまうため、常に見張っていなければならないからだ。

　その日の夕方、戻ってきた陳恭《チエンゴン》は、廟に新入りがいることに気づいた。

　廟の中に座っているその人物は、白みがかった灰色の袍を着ている。

　陳恭《チエンゴン》は無意識に眉を寄せた。この廟はもとより狭いのだ。人が一人増えると、自分の縄張りが侵食された気分になる。

　陳恭《チエンゴン》はその男が紙の包みを手に、俯いて一口ずつゆっくりと何かを食べているのに気づいた。包みからはふわりといい香りが漂っている。

彼はすぐに、それはロバ肉を挟んだ餅《ビン》（小麦粉などで作られた円盤状の食べ物）の香りだと分かった。実父がまだ生きていた頃、陳恭《チエンゴン》も何度か食べたことがある。けれども父が亡くなると、継母は自ら産んだ子女とぐるになり、血の繋がらない長男の陳恭《チエンゴン》は家から追い出されてしまった。毎日米袋を担いで稼げる金はごく僅かで、銭一枚をいくつにも割って使いたいほどだから、ロバ肉の餅を食べるなど夢のまた夢である。

香りが懐かしい記憶を呼び起こし、陳恭《チエンゴン》は思わず生唾を飲み込んだ。

陳恭《チエンゴン》が目を凝らすと、その男の傍にこんもりと膨れ上がった紙の包みがもう一つあるのが見えた。

ロバ肉の餅はもう一つあるのだ。

陳恭《チエンゴン》だけではない。二人の物乞いもそれに気づいたようだ。そのうちの一人が大声で言った。

「おい、ここに住む前に、俺たちにちゃんと許可を取ったか？　ここは狭ぇんだ、そんなに人は住めねぇよ。さっさと出てけ！」

物乞いがわざと言いがかりをつけているのは分かっているので、陳恭《チエンゴン》は黙って普段自分が陣取っている場所に行き、腰を下ろした。藁を少し寄せ集めながら聞き耳を立て、視界の端ではしっかりロバ肉の餅を捉えている。

灰色の袍を着た新入りが穏やかに答えた。

「私も行くあてがないのです。まだ空いている場所があるようだったので、少し休もうとここに来ました。受け入れていただけると大変ありがたく思います」

「ここで休みてぇんならそれでもいいけどよ、その代わりにてめぇが今持ってるもん全部寄越せ！」

物乞いの言葉に陳恭《チエンゴン》は軽蔑したように冷やかに笑った。

「あんたをそいつらから守ってやろうか！　金目のもんはいらない、その代わりに、報酬として食い物をくれればいいぜ！」

物乞いが怒りを露わにした。

「おい陳大郎《チエンダーラン》（長男）よ、てめぇにちょっかいを出したわけじゃねぇだろ。なんで俺たちに突っかかってくるんだ」

陳恭《チエンゴン》はまだ十六歳で、背が高いわけでも体が大きいわけでもない。ただ体が強靱で忍耐力もあり、腹の中に凶暴さを抱えている。そうでなければ後から来たのに、この廟で一番大きい〝縄張り〟を手に入れることはできなかっただろう。

「なんだ。お前はしゃべっていいのに、俺はダメってか？」

陳恭《チエンゴン》は気だるそうに言う。

彼らは物乞いとはいえ、この城内ではお互いに結託し、自分たちが二人であるのをいいことに、陳恭《チエンゴン》を恐れなかった。

物乞いはそれ以上陳恭《チエンゴン》に構わず、新入りの傍に置かれたロバ肉の餅に手を伸ばした。

「ウダウダ言ってんじゃねぇ。持ってるもんを全部寄越しやがれ。この廟の門を跨ぎてぇんなら、この頼《ライ》様の言うことを聞くんだ！」

ところが、その手は食べ物に触れる前に摑まれた。

物乞いは激怒する。

「てめぇ、また余計なことに首を突っ込む気か！　俺様が何を食おうが、てめぇには関係ねぇだろ⁉」

陳恭《チエンゴン》は片手でサッとロバ肉の餅を掬い上げる。

「俺だって食べたいんだ。俺にも聞くべきだろ！」

言うなり陳恭《チエンゴン》は包みを開け、がぶりと一口齧った。

そしてこれ見よがしに、「俺の食い残しだ、まだいるか？」と続けた。

物乞いは陳恭《チエンゴン》を殴ろうと飛び掛かってくる。陳恭《チエンゴン》は急いで包みを懐に突っ込み、物乞いと取っ組み合いを始めた。傍にいたもう一人の物乞いも加わり、三人の喧嘩に発展する。陳恭《チエンゴン》の力は物乞い二人に及ばず、背も二人より低い。それでも陳恭《チエンゴン》が優勢なのは、彼が命知らずで残酷な手を使うからだ。

片方の物乞いの腹に思い切り蹴りを食らわせた後、陳恭《チエンゴン》は軽く手を叩き埃を払って腰に当てると、ペッと唾を吐き捨てた。

「ずっとお前らには腹を立てていたんだ。先にいたからって、なんでもかんでもすぐ突っかかってきやがって。こっそり俺の飯に唾を吐いてただろ、気づいてないとでも思ったのか！　まだやるか？　ほら来い！　どうせ俺には何もないし、あってもこの命だけさ。やれるもんならかかって来いよ！」

もう一人の物乞いは、まさに陳恭《チェンゴン》のこの凶暴さを恐れていた。まだ地面に這い蹲《つくば》って起き上がれない仲間を一瞥する。そうしてすぐさま負けを認め、腰を押さえながら踵を返して逃げ出した。

地面に倒れているほうも、仲間が逃げたのを見てしまっては、当然これ以上喧嘩を続ける勇気はない。呻きながら腹を押さえて体を起こし、「この野郎、覚えてろよ！」と捨て台詞を吐くと、足を引きずりながら外へ走っていった。

陳恭《チェンゴン》は懐から食べかけの餅を取り出し、もう一口齧ってから満足そうに言った。

「なかなか美味いな。町の南にある李《リー》の店で買ったものか？　肉は嚙みごたえがあるし、まだ熱い。熱すぎて、胸まで煮えてしまいそうだ！」

先ほどの喧嘩も、この一口のロバ肉のためなら、価値があるように思えた。どうせあの二人は前から気に食わなかったのだ。今日は懲らしめるいい機会だったから利用したまでだが、今後ここを独り占めできれば、それこそ最高だろう。

新入りが何も言わないので、陳恭《チェンゴン》は再び問いかけた。

「おい、あんたに聞いてるんだ。しゃべれなくなったのか？」

男は顔を上げ、「そうやって喧嘩して追い出して、あの二人が仇を討ちに戻ってくるのが怖くないのですか？」と問いかけた。

ここに来てようやく、陳恭《チェンゴン》はこの人物の両目に違和感を覚えた。瞳に光がなく、こちらを見ているようにも見ていないようにも思える。

傍に置かれた竹杖を見て、陳恭《チェンゴン》はハッとした。

（なるほど、しゃべれないんじゃなく、こいつは目が見えないんだ）

陳恭《チェンゴン》はケッとひと声漏らして、気にした風もなく答える。

「怖がる？　俺は一度だって怖がったことはないさ！　あいつらのボケッとした様子を見ただろ。何ができるってんだ？」

陳恭《チェンゴン》は目の前にいる人物を上から下までじっくりと観察した。なんの変哲もない、粗末な布で作られた服を身に着け、格好もいたって普通。唯一悪くないのは、顔くらいだろう。

自分のように帰る家がないのではなく、各地を歴遊している知識人のようだ。

「あんた、名は？　落ちぶれたようには見えないけど、なんでここに来たんだ？　ここはネズミだって巣穴を掘りたがらないような場所だぞ！」

男は陳恭《チェンゴン》に会釈をして微笑む。

「私は沈嶠《シェンチアオ》と申します。病を患い、金もなくなってしまったので、ここに来るほかなかったのです。数日滞在して路銀《ろぎん》を貯めてから、家に帰ろうと思っていました。先ほどはあの二人を追い出してくれてありがとうございます。あなたのことはなんとお呼びすれば？」

玉生煙《ユーションイエン》の話は真実と嘘が入り混じっていて、全部信じることはできない。そうと言ってもほかに行く当てもなく、いろいろ考えた結果、沈嶠《シェンチアオ》はやはりまずは玄都山に行ってみようと決めたのだ。

玄都山は周国と陳国の境にあり、そこに行く道のりは二通りある。まず、撫寧県から南に向かって陳国に入った後、東北へ向かうという方法だが、これは大きな回り道になってしまう。もう一つはここから直接南下する、というものだ。比較的近く、便利でもある。

沈嶠《シェンチアオ》は後者を選んだ。

天下は乱れているものの、撫寧県は災害に見舞われておらず、平穏で豊かである。この乱世にあっては貴重な浄土のような場所だ。先ほど自ら言った通り、沈嶠《シェンチアオ》は無一文なので、この町で多少態勢を整えなければならなかった。

沈嶠《シェンチアオ》の目はなかなか回復しないが、全く治っていないわけではない。昼間で明かりが十分あれば、大まかな輪郭がぼんやりと見える。瀕死の重傷を負い、やっと目を覚ました直後の、伸ばした手の指も見えないような真っ暗闇の状況に比べれば、ずいぶん良くなった。

陳恭《チェンゴン》は腰を下ろす。

「好きにしたらいいさ。俺の苗字は陳《チェン》、名を恭《ゴン》という。俺のことはあいつらと同じように呼べばいい。さっき食った餅は、今日あんたがここに泊まる宿代ってことにしてやる。それに、あんたのためにあの二人を追い出したんだ。明日の宿代も加えて、明日は三つ、ロバ肉の餅を俺に寄越せよな！」

沈嶠《シェンチアオ》は笑って、「分かりました」と答える。

あまりにも沈嶠《シェンチアオ》があっさり承諾したので、陳恭《チェンゴン》は逆に訝しんだ。

「金がないって言ってただろ。ロバ肉の餅を買う金はどこから出すつもりだ？」

「稼げばいいんです」

「あんたが、その状態で？」

陳恭《チェンゴン》は嘲笑った。

「士人（学問や教養のある人）なら帳簿付けをやったり手紙の代筆をしたりできると聞いたが、あんたは目が見えないからそれもできない。どうやって稼ぐんだ？　言っておくが、ロバ肉の餅は三つだぞ。一つも欠けちゃならないからな、踏み倒せると思うなよ。外で聞いてみりゃ分かるだろうが、俺は何も持ってないが、化けもんも怖がるほどに喧嘩は強いんだ。さっきの腑抜け二人を見ただろ？　明日三つ餅を用意できなけりゃ、外で風でも食ってるんだな！」

沈嶠《シェンチアオ》は気が優しく、陳恭《チェンゴン》の口ぶりにも怒らずにっこりと笑って頷いた。

廟はひどく荒れていて、まともな窓は一つもなく、あちこちから風が吹き込んでいたが、幸いなことに柱が多かった。供物台を立てれば多少風を遮ることができる。さらに陳恭《チェンゴン》は藁の束や薪を運んできていたため、藁の束は掛け布団に、薪は燃やして暖を取れる。今まで陳恭《チェンゴン》はそれらを一人で使っていたが、沈嶠《シェンチアオ》が〝上納〟を承諾したので、渋々とではあったが、多少沈嶠《シェンチアオ》にも分けてやった。

ところが、沈嶠《シェンチアオ》が持っていた風呂敷包みには布団としても使える分厚い古着があった。きちんと準備を整えているのを見て、陳恭《チェンゴン》はフンッと鼻を鳴らした。

追い出された物乞い二人はいつまでも戻らず、おそらく新しい住まいでも見つけたのだろうと思った陳恭《チェンゴン》は、なんの遠慮もなく彼らが布団として使っていた服を取ってきた。けれども、嗅ぐと酸っぱい臭いがしたので、口を歪めてそれを放り出し、焚き火に体を寄せる。

沈嶠《シェンチアオ》の服も横取りしようかと思ったが、明日彼が〝上納品〟を出せなかった時に難癖をつけて奪っても遅くはないと思い直した。

そんな考えを抱きつつ陳恭《チェンゴン》は、いつの間にか眠りに落ちていた。

翌日の明け方、陳恭《チェンゴン》は目を覚まし、いつものように、米屋に仕事をしに行こうとする。

周りを見回すと、すでに沈嶠《シェンチアオ》の姿はなかった。残されているのは誰かが寝たので凹んだ藁と、焼け残った薪の黒い燃えかすだけである。

陳恭《チェンゴン》は沈嶠《シェンチアオ》がいないことを気に留めることもなく、いつも通り米屋に向かった。今日沈嶠《シェンチアオ》が餅を三つ持ち帰れるとは、これっぽっちも信じていなかった。もし本当に余分な金があるのなら、あんな化け物すら住まないボロボロな廟に住む必要などないのだから。それにしても沈嶠《シェンチアオ》はひ弱そうで目も見えない。どうやって金を稼ぐというのだろう？

（手ぶらで帰ってきてみろ、親も分からないくらいにボコボコにしてやるからな！）

夕方。陳恭《チェンゴン》はそんなことを考えながら、廟に帰った。

門を跨ぐ前に、嗅いだことのある香りが陳恭《チェンゴン》の鼻を突いた。

足音に気づいたのか沈嶠《シェンチアオ》は顔を上げ、「おかえりなさい」と陳恭《チェンゴン》に笑いかける。

「ロバ肉……」

厳めしい表情でそう言いかけ、陳恭《チェンゴン》は口を噤んだ。ロバ肉の餅が入っているであろう紙の包みが三つ、自分が寝ている場所の藁の上にきっちりと並べられていたからだ。

　予想外のことに呆気にとられていた陳恭《チエンゴン》が言葉を発したのは、しばらく経ってからだった。

「これはあんたが?」

　沈嶠《シエンチアオ》は頷き、「ロバ肉の餅を三つ持って帰るようにと言ったのはあなたでしょう?」と問い返す。

　陳恭《チエンゴン》は沈嶠《シエンチアオ》が青みがかった緑色の新しい袍に着替えているのに気づいた。ここに来た時に着ていた灰色の服は、夜具として彼の下に敷かれている。沈《シエン》嶠《チアオ》はどこかで体を洗ったのか、相変わらず身綺麗だった。

「どうやって金を稼いだんだ?」

　不審に思い、陳恭《チエンゴン》が尋ねる。

　沈嶠《シエンチアオ》は笑って答えた。

「もちろん、きちんとした方法を使って。こんな状態で、私が盗んだり奪ったりできるとでも?」

　鼻を鳴らして、「どうだか!」と吐き捨てながら、陳恭《チエンゴン》は餅を手に取った。温かくて柔らかい。できたてだ。紙の包みを開けて、こんがり黄金色に焦げ目のついた餅をひと口頬張ると、肉汁が溢れ出していい香りが広がる。

　陳恭《チエンゴン》は食欲を強くかき立てられ、一気に二つ平らげた。残った一つはもったいなくて食べられず、少し考えて明日の朝食に取っておこうと決めた。食べた後に、そのまま仕事に行けばいい。

　陳恭《チエンゴン》は振り向いて沈嶠《シエンチアオ》を見た。沈嶠《シエンチアオ》は胡坐をかいて座り、胸元には竹杖を抱えている。目をそっと閉じ、気を休めているのか、考え事をしているのかは分からない。

「なあ、あんた、どこの生まれなんだ?」

　沈嶠《シエンチアオ》は首を横に振った。

「分かりません。道中に転んで頭を打ち、いろいろなことを忘れてしまいました」

「言いたくないなら言わなきゃいいだろ。そんな言い訳で、この俺をやすやすと騙せるとでも思ってんのか!」

　沈嶠《シエンチアオ》の言い分に納得できない陳恭《チエンゴン》は、話をする気を失って横になった。

　ところが、食べすぎたからか何度寝返りを打っても眠れない。陳恭《チェンゴン》は我慢できず、再び沈嶠《シェンチアオ》に声を掛けた。

「なあ、あんた昼間いったい何をしてたんだ？　どうやって金を稼いだんだよ？」

　ふわりとした声が聞こえてくる。

「骨相《こっそう》占いです」

　陳　恭《チェンゴン》は勢いよく体を起こして沈嶠《シェンチアオ》に向き直った。

「骨相占いができるのか？」

　沈　嶠《シェンチアオ》は先ほどと同じ姿勢のまま、笑いながら答えた。

「まあ実を言えば占いというほどでもありません。その人が裕福か貧しいかは、掌で多少分かるのです。糊口《ここう》を凌ぐ程度の、大したことのない技です」

　陳　恭《チェンゴン》は興味を持った。

「なら、俺も見てくれよ。俺は将来金持ちになれるか？」

「手を出してください」

　陳　恭《チェンゴン》は手を差し出した。沈嶠《シェンチアオ》はその両手をしばし摩ってから、口を開く。

「普段から重いものを担いでいますね。おそらく米屋か、ふ頭で日雇いをしているのでは？」

「それから？」

　陳　恭《チェンゴン》も馬鹿ではない。自分の手には分厚いタコがあるので、きっと沈嶠《シェンチアオ》はそこから判断したのだろう、と考えた。

「あなたは意志が強く、生まれつき気丈で負けず嫌いです。そして少し疑り深い。きっと年端もいかない頃に家族と不仲になったのでしょう。しかも、家にはおそらく継父《ままちち》か継母《ままはは》がいますね」

　陳　恭《チェンゴン》は思わず目を瞠り、「それで？」と促した。

　沈　嶠《シェンチアオ》は笑って続ける。

「この乱世で、ちょうどできることが一つあります。あなたの性格なら、軍に入ると将来出世できるかもしれませんね」

「なんで分かるんだ？」

「あなたはこの地の訛《なま》りがあります。だから、よそから飢饉を逃れてこの地に辿り着いたわけではない。地元の者なら基本的に家を持っているので、ここにいるということは家で何かあったのでしょう。その性格を鑑みれば、私が言うように家で喧嘩をして仲違いしたと予想できる。ただ、実の両親がいれば、たとえ仲違いしてもあなたが外で風に吹かれ、雨に打たれるままにはしないはず。となれば、おおよそ実父が苛烈《かれつ》な継母を娶ったか、両親が早く亡くなったかのどちらかです」

ひとつひとつ並べ立てられて、陳恭《チエンゴン》はやっと納得した。

「なら、なんで俺が軍に入れば出世すると？」

「あなたは継親《ままおや》にいびられたくなかったから、家出をしてこんなところに住むことも厭わなかったのでしょう。それに昨晩、ロバ肉の餅で物乞いと喧嘩したことも併せて判断すると、あなたは他人に無情で、自分にも厳しくできる。それなら、きっと軍の環境に馴染めるはずです」

陳恭《チエンゴン》は冷やかにフンッと鼻を鳴らす。

「つまるところ、あんたは俺みたいな奴を見下してんだろ。腹いっぱいに飯を食えず、あんたのものを奪おうとしている。俺のことをろくに知らないくせにだらだら並べ立てやがって、結局嘲笑うためじゃねぇか！」

沈嶠《シエンチアオ》は笑みを絶やさない。

「私自身、ここまで落ちぶれているのに、他人を嘲笑う資格なんてありませんよ。どうやって骨相占いをするのかと聞かれたから、手本を見せたまで。結構当たっているでしょう？　確かに大金は手に入れられませんが、飯代くらいは稼げます」

「いろいろ知ってるみたいに綺麗事を言っちゃって。それなら、なぜそこまで落ちぶれてるんだ。もしかして、旅の途中で強盗にでも襲われたのか？」

「まあ、似たようなものです。自分でもよく覚えていませんし、頭も上手く回ったり回らなかったり、多くのことがぼんやりとしているのです。ここに身を寄せるのを許してもらえなければ、どこで過ごせばいいのかも分かりませんでした。本当に、感謝しています」

おだてられ、陳恭《チェンゴン》は気をよくする。あの三つのロバ肉の餅を受け取ったのも、沈嶠《シェンチアオ》を守ったのだから当然だと思えてきた。

「明日も餅三つだからな。いろいろしゃべったからって俺を誤魔化せると思うなよ！」

「はい」

翌日の夕方、陳恭《チェンゴン》が廟に戻ると、相変わらずロバ肉の餅が三つ自分が寝ている場所に置かれていた。沈嶠《シェンチアオ》も自分の分をのんびりと食べているが、それはロバ肉の餅を食べているというより何か山海の珍味でも食べているようだった。

（気取りやがって！）

陳恭《チェンゴン》は思わず、また心の中で冷やかに鼻を鳴らし、視線をそらすと紙の包みを開けて、迷わず餅をひと口頬張った。

そのまた翌日の夕方。戻ってきた陳恭《チェンゴン》は、依然として三つの餅が置かれているのを見つけた。彼は遠慮なくそれを手に取って食べ始めた。確かに沈嶠《シェンチアオ》は聞けば答え、性格もかなりいい。だが、陳恭《チェンゴン》は沈《シェン》嶠《チアオ》とは相容れないようにずっと感じていた。話が合わないのだ。沈嶠《シェンチアオ》の言うことはよく理解できないし、荒々しく横暴な態度で沈嶠《シェンチアオ》に向かっても、綿に拳を打ち付けているように、全く響かない。威勢よく振る舞っているのは自分なのに、結局むしゃくしゃするのも自分だった。

直感的に、沈嶠《シェンチアオ》は一筋縄ではいかない人物のように思えた。彼が身なりを清潔に保っているからだけではない。士人のようなひ弱な見た目のくせに、なんとも摑みどころのない雰囲気があるのだ。どちらもこのボロボロな廟に住んでいるのに、沈嶠《シェンチアオ》を目の前にすると自分のほうが劣っているようにすら思える。

陳恭《チェンゴン》はそんな風に感じるのが嫌で、そう感じさせる沈嶠《シェンチアオ》も嫌いだった。

廟はあちこちから風が入るので、夜はひどく冷え込む。人間二人以外に一番多いのはおそらくネズミだ。陳恭《チェンゴン》は、破けた靴から覗いたつま先を何かに嚙まれて、「いたっ」と声を上げた。けれども起き上がってネズミ相手に腹を立てる気にもなれず、体をさらにぐっと丸めて縮こまる。

ビュウビュウと吹く風の音に交じり、外から何やら足音が聞こえるような気がした。

しかし、驚くほどに風が強い日である。こんなところに来る人間なんていないだろう。

そう思いながら陳恭《チエンゴン》がぼんやりと眠りに落ちかけたその時、不意に沈嶠《シエンチアオ》が、「誰か来ました」と言った。

陳恭《チエンゴン》は目を開けると、いくつかの人影が手に棒を持って、コソコソと廟に入ってくるのを視界に捉えた。先頭に立つ二人は見覚えのある顔だ。よくよく目を凝らせば、明らかに先日、自分が追い出したあの二人の物乞いではないか。

陳恭《チエンゴン》はビクリと身震いして、途端に眠気が吹き飛んだ。急いで起き上がり、「おい、なんのつもりだ！」と声を上げた。

その中の一人が笑う。

「おいおい、あの日はずいぶんと威勢が良かったじゃねぇか。俺たちを追い出しやがってよ。今日はこの町の丐幇《かいほう》（物乞いたちからなる組織。基本的には正義を唱える）の仲間を連れてきたんだ。これでもまだ俺たちに偉そうな口をきけるか、見物だな！」

陳恭《チエンゴン》はペッと唾を吐き捨てる。

「何が丐幇だ。物乞いが集まってつるんでるだけのくせに、よくも丐幇だなんて名乗れたもんだな！」

相手が怒りを露わにする。

「もうじき死ぬってのに、減らねぇ口だな。後で許しを乞うんじゃねぇぞ。みんな、こいつが俺たちの縄張りを奪ったんだ。あと傍にいるあの新入り。あいつは金目のもんを持ってる。まとめて仕留めて、巻き上げたもんで酒を飲もうぜ！」

陳恭《チエンゴン》は見るからに貧乏だ。持っている金はおそらく包子《パオズ》（中華まん）を数個買える程度だろう。だが、もう一人は違う。身綺麗にしているうえに、今着ている服だって剝いで売れば数十文にはなるはずだ。

そこにいた五、六人が一斉に陳恭《チエンゴン》に飛び掛かる。陳《チエン》恭《ゴン》は粗暴で凶悪とはいえ、結局十代半ばの少年にすぎず体つきも貧弱だ。一方敵は人数が多くて勢いがあるため、彼はあっという間に地面になぎ倒された。拳が容赦なく少年の体と顔に落とされる。陳《チエン》恭《ゴン》を殺そうとまでは思っていない様子だが、一撃一撃がかなり強い。陳恭《チエンゴン》の唇は裂け、彼は必死に急所を守り、蹴られないようにするしかなかった。

物乞いたちは陳恭《チエンゴン》の体のあちこちをまさぐったが、結局三十文しか見つけられない。物乞いの一人がペッと唾を吐き捨てた。

「ったくついてねぇな、クソ貧乏じゃねぇか。頼大《ライダー》よ、こいつは少なくとも五十文は持ってるって言ってただろ！」

頼大《ライダー》と呼ばれた男はへつらうような笑みを浮かべる。

「たぶんこいつが使ったんだよ。あっちにいるもう一人はどうだ？」

一同は視線を沈嶠《シエンチアオ》に向けた。沈嶠《シエンチアオ》は竹杖を抱え静かに座っている。あまりの光景に怖じ気づいて固まってしまったようにも見えた。

一人が怪訝そうに言う。

「あいつ、目がおかしい気がするんだが。まさか見えねぇんじゃねぇよな？」

頼大《ライダー》は人が多いのをいいことに、沈嶠《シエンチアオ》に向かって怒鳴った。

「おい、てめぇ、金目のもんを全部出せ。そしたら殴らないで済ませてやる。聞こえたか！」

沈嶠《シエンチアオ》は首を横に振る。

「私の金は全部自分で苦労して稼いだものだ。お前たちに渡すわけにはいかない」

頼大《ライダー》が冷やかに笑う。

「ほぉ、肝が据わってるじゃねぇか。いいぜ、だったらそうやって隠してろよ。この前はロバ肉の餅すらくれなかったよな。金を出せば血を見ずに済むものを。今日は俺たちが、金を失くして血も見るってやつを教えてやる！」

そう言うや否や、数人が陳恭《チエンゴン》の時と同じように一斉に沈嶠《シェンチアオ》に飛びかかった。

そもそも彼らは、このひ弱な士人を眼中に置いていない。

一番動きが速かったのは頼大《ライダー》だった。拳は沈嶠《シェンチアオ》の顔面に向かい、もう一方の手は襟に伸びる。

このままいけば、拳でまず沈嶠《シェンチアオ》を殴り倒し、倒れたところにのしかかれば仕留められる。

しかし、頼大《ライダー》の手首にいきなり痛みが走った。

思わず声を上げる頼大《ライダー》。何が起きたのか分からぬまま、今度は腰に一撃を受けて、衝撃で体が横に吹き飛んだ。隣にいた仲間にぶつかり、二人はもつれて一緒に倒れ込む。

廟には蠟燭《ろうそく》がない。風の強い夜で、月が現れては消え、時折その明かりが雲に遮られる。

頼大《ライダー》はいったいどうやって倒れたのか、誰も分からなかったので、皆動きを止めず沈嶠《シェンチアオ》に向かっていった。

次の瞬間、バシッバシッ、と鋭い音がいくつか続いて響き、数人が地面に倒れる。


「この野郎、妖術を使いやがったな！」

頼大《ライダー》は衝撃にもめげず、叫びながら起き上がって沈嶠《シェンチアオ》に飛びかかっていく。

夜のほの暗さの中、沈嶠《シェンチアオ》の目にはぼんやりとした影の塊にしか見えない。沈嶠《シェンチアオ》は頼大《ライダー》に押し倒され、胸元に拳を受ける羽目《はめ》になった。あまりの痛みに、思わず息を吞む。

頼大《ライダー》は相手に打撃を与えられたと分かると、すぐに沈嶠《シェンチアオ》が持っている竹杖を奪おうとした。しかし次の瞬間、腰の後ろが痺れ、見る間に沈嶠《シェンチアオ》の竹杖が迫ってくる。なんてことのない動きに見えるのに、手を伸ばしても杖を摑めず、鼻筋を思い切り突かれた。

頼大《ライダー》は痛みにわっと大声を上げ、鼻を押さえて傍に倒れた。すぐに鼻血が指の間から溢れ出す。

こんなことになるとは、誰が予想できただろうか。陳恭《チェンゴン》に至っては、沈嶠《シェンチアオ》が竹杖を使い右に左に攻撃を繰り広げるのをただ呆然と眺めることしかできなかった。沈嶠《シェンチアオ》は無秩序に動いているように見えるが、物乞いたちは全く沈嶠《シェンチアオ》に近づけない。それどころか滅多打ちにされ、あちこちで悲鳴が上がった。

沈　嶠《シエンチアオ》が口を開く。

「手加減はした。まだここにいるということは、目をつぶされ、私と同じように見えなくなってもいいということか？」

飄々とした沈嶠《シエンチアオ》の声は風に混ざり、まるで幽霊が発したかのように聞こえ、皆をゾッとさせる。

頼大《ライダー》たちは当然これ以上ここに留まる勇気はなく、急いで起き上がり尻尾を巻いて逃げ出した。すっかり肝をつぶし、今回は捨て台詞すら残せず、あっという間に全員いなくなってしまった。

「あいつらの目をつぶしてやればよかったのに！」

陳　恭《チエンゴン》は恨めしそうだ。

「あんな奴らに遠慮する必要なんてねぇよ！」

沈　嶠《シエンチアオ》は竹杖で体を支えて、何も言わない。肩は微かに上下し、息を整えているようだ。

その時、陳恭《チエンゴン》はハッとした。沈嶠《シエンチアオ》はあの物乞いたちをやっつけられるのだから、自分一人を倒すなど楽勝だろう。なのに自分はさっきまで沈嶠《シエンチアオ》を怒鳴りつけたりして、態度も悪かった。それを水に流してくれたのは幸いだったのだ。でなければ……。

思い返すと恐ろしくなり、陳恭《チエンゴン》は語調を丁寧に変える。

「えっと、その、沈嶠《シエンチアオ》？　沈郎君《シエン》？　沈先輩《シエン》？」

しかし沈嶠《シエンチアオ》はそれには答えず、背後の柱に凭れ掛かったまままずるずると地面に崩れ、ぱたりと倒れてしまった。

「……」

陳　恭《チエンゴン》は言葉を失った。

＊　＊　＊

沈　嶠《シエンチアオ》は目を覚ました。寝かされていた部屋の天井に架けられた古い横梁は腐っていて、いつ落ちてきてもおかしくない様子だ。

傍で誰かが彼の肩を揺すっている。

自分がどこにいるのかすぐには分からず、沈嶠《シエンチアオ》は無意識に「師弟、やめなさい」と呟いた。

「誰が師弟だよ？」

陳恭《チエンゴン》がぶっきらぼうに言う。

「あんた、丸二日も眠りこけてたんだぞ！　俺の持ち金全部出したけど足りなくて、それであんたのも使ったけど、結局三日分の宿代にしかならなかったんだ。明日金を出せなかったら、俺たちはあのボロボロな廟に追い返されちまうよ！」

沈嶠《シエンチアオ》は、あぁ、と返事をして、天井の横梁を見つめてぼうっとする。生気のない両目は、何を見ているのかも分からない。

万事、自分とは関係がないと言わんばかりのその様子に、陳恭《チエンゴン》は苛立ち、我慢できずにもう一度沈《シエン》嶠《チアオ》の肩を押した。

「なんとか言えって、ぼーっとすんなよ。今、俺たちは宿屋にいるんだ。仕返しされるのが怖かったから、あんたをここに移した。それに、医者も呼んであんたを診せたんだぞ。気がどうたらしてて、体内に寒の気があるとかなんとかで、まあとにかく、厄介な状況だって言ってた。すごくたくさんの薬を処方されて、金はもう使い果たしちまったんだ！」

沈嶠《シエンチアオ》は我に返る。

「薬は出す必要がないとお伝えください。飲んでも仕方ないですから。自分の体は自分が一番よく分かっています。焦ってもすぐに回復するような状態ではありませんし」

「んなこと、今言ったってしょうがねぇ。薬はもう買ったんだ。やっぱりいいですって返すわけにもいかないだろ⁉」

「あぁ、ならそれで結構です」

陳恭《チエンゴン》は屈み込んで沈嶠《シエンチアオ》と視線を合わせる。

「なあ、あんた、あんなに腕が立つなら、街頭で芸をするってのはどうだ。それか、六合幇《ろくごうほう》に入るとか。この県には六合幇の分堂《ぶんどう》（支部）がある。その腕なら、きっといい地位を手に入れられるぞ。その時は俺も一緒に連れて……」

「六合幇ってなんです？」

わけが分かっていない様子の沈嶠《シエンチアオ》に、陳恭《チエンゴン》は辛抱強く説明するしかなかった。

「山河を股に掛ける幇会《ほうかい》（組織）さ。陸では主に荷物を届けたりしているが、聞くところによれば情報を探ったりもするらしい。まあ……とにかく、大きくて立派な幇会なんだよ！　俺もたまたま人づてに聞いて知ったんだ。どうだ、一緒に六合幇に身を寄せようぜ！　もしいい仕事を手に入れられたら、あんたは毎日占いをしなくていいし、俺だって米袋を担がなくて済む」

陳恭《チェンゴン》は次第に興奮を隠しきれなくなってくる。

沈嶠《シェンチアオ》は首を横に振った。

「前にも言ったかと思いますが、私は過去のことをあまり覚えていないのです。この間使った技だって、たまたま思い出してできただけのものにすぎません。それに私は目も悪く、そこに行ったところで大した仕事には恵まれないかと。だったら、引き続き大人しくここでお金を稼いでいたほうがいいです」

その言葉に陳恭《チェンゴン》は、冷水を頭に浴びせられたかのように、笑顔をなくしてしまった。

目はよく見えないものの、沈嶠《シェンチアオ》は少年の落ち込みに気づいた。

「若いんですから、楽に成功することばかり考えないほうがいいです。それに私たちは江湖者でもありません。江湖の常識も知らぬままやみくもに江湖の幇会に身を寄せて、上手くやれると思いますか？」

陳恭《チェンゴン》は不愉快になった。

「そういうのはよく分からないけどさ、毎日俺が米袋を担いで稼いだ金だけじゃ、俺たちの宿代すら払えないのは分かってんだ。薬を買うにも飯を食うにも金は要るぞ。あんたこそ、ずいぶんとお高くとまってるけど、金は空から降ってきたりしないからな。俺は盗んだり奪ったりするつもりはねぇ。一日じゅう何もせずに、どうすれば金が降ってくるのかを考えてるみたいに言わないでくれよ……って、おい、どうしたんだ？　びっくりさせんなよ、ちょっと文句を言っただけだろ！」

沈嶠《シェンチアオ》は頭を抱え、痛みが過ぎ去るのを待ってから、ゆっくりと言う。

「六合幇には行きません。私は、玄都山に行かないと」

陳恭《チェンゴン》は不思議そうに、「玄都山？　そりゃ、どんなところなんだ？」と尋ねた。

撫寧県で育ち、勉強もろくにしてこなかったので、陳恭《チェンゴン》の見識には限りがある。六合幇について知っていたのは、この県にも分堂があるからだ。そのほかのことは、聞きかじった程度しか知らない。

陳恭《チェンゴン》にしてみれば、天下やら江湖というのは遥か遠くの世界であるように感じられる。

沈嶠《シェンチアオ》はもう一度首を横に振り、何も言わずに再びぼんやりとし始めた。

陳恭《チェンゴン》はむかっ腹を立て、乱暴に問いかける。

「おい、なんとか言えって！　俺は自分の金であんたを医者に診せたり、薬を買ってやったりしたんだぞ。まさか返さないつもりか？」

「明日からまた数日屋台を出して占いをしますから、近いうちにお返しできますよ」

沈嶠《シェンチアオ》が六合幇に身を寄せる気が全くないのを見て、陳恭《チェンゴン》はがっかりした。沈嶠《シェンチアオ》が一緒に行かなければ、米袋を担ぐ程度の力しかない自分は、きっと誰の目にも留まらない。

「あのさ、玄都山はどんなところなんだ？」

「山です」

「……」

陳恭《チェンゴン》は怒りのあまりに憤死しそうになる。

「んなことは分かってんだ！　何をしに行くんだって聞いてるんだよ！」

「分かりません。ただ、私はそこから来たと教えてくれた方がいたので、戻ってみようかと」

「その山はどこにあるんだ？」

「斉、周、陳の三国の国境の近くです」

陳恭《チェンゴン》は驚く。

「ずいぶん遠いな。そんなに遠くから、あんた、どうやってここへ来たんだ？」

沈嶠《シェンチアオ》は仕方がない、といった口調で答えた。

「言ったでしょう、たくさんのことを忘れていると。今でもまだ全てを思い出せないんです。分かっていたら、戻って調べるなんて言いませんよ」

陳《チェンゴン》恭は少し考えて提案した。

「なら、こういうのはどうだ。俺もあんたと一緒に行く。金は返さなくていい。代わりに、あんたくらい腕が立つように、ちょっとした小技を教えてくれよ。六、七人をぶちのめせるくらいのさ。陳国に着いたら、俺は六合幇へ身を寄せて、あんたはあんたの玄都山とやらに行けばいい。それでどうだ？」

「撫寧県はあなたの故郷ですし、ここは落ち着いていて戦禍も少ない。外とは全く違います。ここを離れたら私は西へ向かいますが、斉、周の辺境に近づくほど危険も多い。私は仕方がなくそこへ行こうとしているのです。あなたまで危険な道を歩む必要はないでしょう？」

陳《チェンゴン》恭は無表情で言う。

「俺の生みの親はどっちも死んだし、家も継母が生んだ弟と妹たちに持っていかれちまった。撫寧県に残って米袋を担いで一生を終えるくらいなら、いっそのこと外に出て道を切り開いたほうがいい。俺は軍に入るのに相応しいって言っただろ？　なら、頻繁に戦が起きて兵を必要としている場所に行かねぇと。こんな不甲斐ない日々が一生続くなんて嫌だ。物乞いにすら虐められ、見下されるなんてごめんだ！」

沈《シェンチアオ》嶠はしばし沈黙の後、「それなら……」と承諾する。

それを聞いてすぐに、陳恭《チェンゴン》はドサッと音を立てて沈《シェンチアオ》嶠の寝台の前に跪いて拝礼しようとした。

「師父、どうぞよろしくお願いいたします！」

「……」

沈《シェンチアオ》嶠はぴくりと口角を引きつらせ、どうしたものかといった様子で言う。

「立ちなさい。私は弟子を取りませんし、取れもしませんから。昔身に着けたかもしれない技だって、全部を思い出せるとは限らない。教えられるのは、覚えているものだけです。それが役に立つかどうか私も分からないので、私に弟子入りする必要はありませんよ」

それを聞いて、陳恭《チェンゴン》はしゃきっと体を起こして率直に言った。

「分かった。でも、あんたは俺より年上だし、これからは兄として慕うよ。誰かがまた俺を虐めたら、助けてくれよな！」

沈嶠《シェンチアオ》は笑って何も言わず、またぼんやりとし始めた。

陳恭《チェンゴン》は呆れてしばし相手を眺める。沈嶠《シェンチアオ》が我に返る様子がないのを見て、その場から離れるしかなかった。

＊＊＊

沈嶠《シェンチアオ》は崖から落ち、全身の骨がほとんど砕けるほどの重傷を負った。当時はかなり危険な状態だったが、邸宅にいた三カ月の養生のおかげで、傷はほとんど治っていた。

ただ、最も痛手を受けたのは、五臓六腑と彼の武功だ。沈嶠《シェンチアオ》の武功は崖から落ちたせいですっかりなくなってしまい、今残されているのは断片的で不完全な記憶と、半ば不自由な体である。回復はかなり難しい。

ほかの人間なら、相当に大きな打撃になるだろう。しかし、沈嶠《シェンチアオ》と陳恭《チェンゴン》が一緒にいると、怒っているのは体が思うように動かない沈嶠《シェンチアオ》ではなく、むしろ陳恭《チェンゴン》のほうだった。

二人は件の廟には戻らず、宿屋の主人に交渉して宿代を安くしてもらい、そこに一カ月住むことにした。その間、沈嶠《シェンチアオ》は姜公廟《ジアン》の前で骨相占いを、陳恭《チェンゴン》は米袋担ぎの日雇いを続けた。夜になって宿に戻ると、陳恭《チェンゴン》は沈嶠《シェンチアオ》から武芸の稽古をつけてもらった。陳恭《チェンゴン》は資質が良く、一カ月もするとそれらしく技を繰り出せるようになった。ただ、基本を身に着けていないので内息の助けがなく、結局は見かけ倒しだ。そこら辺にいるゴロツキをやっつける分には問題ないが、本物の武芸者と戦ったら、負けるのは確実だろう。

一カ月が経ち、沈嶠《シェンチアオ》と陳恭《チェンゴン》は撫寧県を離れて西へ向かった。

晏無師《イエンウースー》の邸宅を出てからというもの、沈嶠《シェンチアオ》は玉生煙《ユーションイエン》たちには一度も会うことがなかった。撫寧県は先に住んでいた邸宅に近いが、毎日姜《ジアン》公廟で占いをする時、沈嶠《シェンチアオ》が接するのはごく普通の平民だ。見聞きするのも色鮮やかな市井の生活である。

江湖は地の果てほど離れた世界であるように思えた。それこそ、もう玄都山に行く必要はなく、このまま撫寧県で一生を過ごすという選択も悪くないのでは、と沈嶠《シェンチアオ》が思うほどに、遠くに感じられたのだ。

しかし、沈嶠《シェンチアオ》の胸は相変わらず時々微かに苦しくなったり、骨は繋がってまだ間もないからか、雨の日には刺すように痛んだりした。脳内を一瞬過る過去の出来事や、四肢や百骸《ひゃくがい》（人の体にある骨）を時折流れていく真気は、今の沈嶠《シェンチアオ》はまだ完全な状態ではないことを彼に思い知らせた。

撫寧県から西へ行くと、懐州《かいしゅう》に辿り着く。大きな州で周国にも近いため、かなり厳重に警戒態勢が敷かれている。この地の刺史《しし》（州の長官）はいつも皇帝が直々に任命することになっており、検校《けんぎょう》（官名の一つ。物事の点検などを行う）も頻繁に巡視に訪れ、戒厳令が出されるのもしばしばだった。

天下は分裂して久しいが、各国は国を跨ぐ貿易や互市《ごし》（対外交易の場）を禁じてはいない。ただし、懐州の刺史申不易《シェンブーイー》だけは、奇妙なことばかりを行っていた。任に就いてからというもの、彼は周と斉の国境にある互市を閉じるように命じ、それに参加したことが分かった商人は全て容赦なく罰したのだ。そして、皇帝にこう上奏した。曰く「互市は周国の密偵が忍び込みやすく、本国の国境の防衛布陣などの情報を漏らしてしまう可能性がある。そのため、斉国のほかの場所の互市も閉じたほうがいい」と。斉帝高緯《ガオウェイ》はその意見を受け入れなかったものの、申《シェン》不易《ブーイー》の忠誠心を大いに褒め称え、表彰をするよう宣旨まで下した。

申不易《シェンブーイー》は政にかなり力を入れており、斉国の高官や貴族にもあらん限りの力を尽くして取り入った。それもあって、申不易《シェンブーイー》の肩を持つ皇帝の側近は多く、申不易《シェンブーイー》はちょっとした県尉《けんい》（県内で治安を担当する官吏）から今や一つの州の刺史にまでなったのだ。まさしく、とんとん拍子の出世である。

町に入ればまた金を使うだろうと考え、沈嶠《シエンチアオ》と陳《チエン》恭《ゴン》は町の外にある寺に泊めてもらい、足を休めることにした。一日休んでからまた町に行き、必要なものを調達すれば、午後にはもう町を出発できる。

寺は出雲寺《しゆつうんじ》といい、名前に寺とついているものの、前に二人が仮住まいとしていたあの荒れた廟といい勝負だった。三人しか僧侶がおらず、住職は年老いた和尚で、あとの二人はその和尚に引き取られた若い僧侶だった。

粗末な建物で、僧侶が生活する部屋も二つしかない。一つは年寄りの住職が住み、もう一つは僧侶二人が使っている。それ以外は共用の寝所しかなかった。

陳《チエン》恭《ゴン》は貧しい生活に慣れている。撫寧県の荒れた廟では、共用の寝所どころか、布団すらなかったのだ。こんな寺暮らしでも彼にとっては上等である。沈《シエン》嶠《チアオ》も話が分かる人間なので、流れに身を任せ不満を言うことはなかった。

二人は部屋に入ると、自分たちよりも先に来ている一行がいることに気づいた。合わせて四人。全員若い男で、部屋の中には二つの大きな箱が置かれていた。

陳《チエン》恭《ゴン》は常日頃見知らぬ人間に対して、ある種の敵意と警戒心を抱いており、簡単に馴れ馴れしく声を掛けることはない。沈嶠《シエンチアオ》は目が悪く、挨拶をしようにも相手の姿すらはっきり見えない。先客四人も距離を縮めようとはせず、陳恭《チエンゴン》と沈嶠《シエンチアオ》に気づかれないように二人を観察していた。しかし、二人の足取りに力がなく、身なりも粗末であるのを見て、それ以上注意を払わなくなった。

程なくして、僧侶二人が夜具《やぐ》を抱えてやってきた。元々広くない寝所である。二人が加わると、そこはさらに狭く感じられた。

こんな状況が嫌で、陳恭《チエンゴン》は堪らず呟く。

「六人でも狭いのに、また二人増えるなんて！」

それを聞いた僧侶の一人が、小声で言う。

「すみません、あちらの方々のお連れには若い女性がいらっしゃるのです。拙僧《せっそう》たちと同じ場所で寝泊まりするのは都合が悪いので、部屋を譲りました。これならお互いに都合がよくなりますから」

女性なら一人で部屋を使うことになっても仕方ない。陳恭《チエンゴン》は気に食わないと思ったが、それ以上何か言うわけにもいかない。先客四人が刀剣を持ち歩いているのを見かけた後は、さらに何も言えなくなった。不意に、陳恭《チエンゴン》は視界の端にあるものを捉え、途端に興奮し始めた。食事に行く隙を見て、沈嶠《シエンチアオ》に囁く。

「見たか。あいつら、六合幇の奴らだぞ！　服と箱に六合幇の印があるのを見たんだ、撫寧県のとそっくりだった！」

沈嶠《シエンチアオ》は小さく笑って、「私は目が悪いんです、見えるわけがないでしょう?」と言う。

それでも、陳恭《チエンゴン》の興奮は収まらない。

「もし機会を見て奴らに話しかけて喜ばせたらさ、俺も六合幇に入れてくれると思うか?」

沈嶠《シエンチアオ》は陳恭《チエンゴン》が六合幇に憧れているのを知っている。ずっと旅を続けてきたが、その初心は変わっていないようだ。

しかし、沈嶠《シエンチアオ》はゆっくりと窘《たしな》めた。

「それは言わないほうがいいかと」

「なんで?」

そう問いかける陳恭《チエンゴン》に、沈嶠《シエンチアオ》が答えた。

「君は彼らと距離を縮めようとしてるようですが、私たちがいる時、あの方々は一言もしゃべろうとしていません。警戒心が強いのか、もしくは私たちとしゃべりたくないのか。そのどちらかです。いずれにせよ、おそらく君の願いは叶わないかと」

陳恭《チエンゴン》は腹を立てたが、沈嶠《シエンチアオ》の言うことは一理あると認めざるを得なかった。

「フンッ。分かってんだ。ああいう奴らは、どうせ揃って俺みたいな底辺の生まれを馬鹿にしてるってな。いつの日か、俺もみんなの頭を踏んづけられるくらい偉くなって、あいつらを跪かせてやる！」

沈嶠《シエンチアオ》は、陳恭《チエンゴン》の心のわだかまりが、彼の幼い頃から今までの経験に由来するものだと分かっている。自分が何を言ったところでそれを解くことは絶対にできないだろうと思い、それ以上説得しようとはしなかった。

出雲寺は貧しい寺だったので、出された精進料理もこの上なく質素だった。一杯の白粥《しらかゆ》に、寺で漬けられた漬物が数皿。味は悪くなかった。

ゆっくりと食べている沈嶠《シエンチアオ》とは真逆で、陳恭《チエンゴン》はあっという間に自分の分を平らげた。六合幇の者たちに近づけなかったので機嫌が悪く、数口でさっさと食事を終わらせてしまうと、部屋に引っ込んでしまった。

陳恭《チエンゴン》が去ってから間もなくして、沈嶠《シエンチアオ》らと同じ部屋に泊まっている人たちのうちの二人が、食事をしにきた。

沈嶠《シエンチアオ》の目は光こそ捉えられるものの、事物をはっきりと見ることはできない。長い間目を使うとまだ痛むので、ほとんどの時、沈嶠《シエンチアオ》は目を閉じている。やむを得ない時以外は、目を使わないようにしているのだ。

この時、沈嶠《シエンチアオ》はこちらに向かう三つの人影が、もう一つの長机に座ったのがぼんやりと見えた。そのうちの一人は裙《くん》（スカート）を身に着けているようで、どうやら女性であるらしい。

沈嶠《シエンチアオ》には分かっていた。六合幇はきっと何か重要なものを護送しているのだろうと。だから部屋にいた四人は全員で食事に来ることはせず、二人を見張りのために部屋に残しているのだ。一緒にいる一人の女性は、若い僧侶の部屋を借りたという客人だろう。

沈嶠《シエンチアオ》は手探りでお粥を食べ終えると、竹杖を手に取ろうとした。

ところが、竹杖は摑む前に傾き、カタッと音を立てて地面に倒れてしまった。

沈嶠《シエンチアオ》は微かに眉を寄せる。竹杖にはまだ手を触れていなかったのだ。なんの理由もなく倒れるわけがない。

「うっかりぶつけてしまいました。ごめんなさいね」

女性が柔らかい声でそう言うと、腰を曲げて竹杖を拾い上げ、沈嶠《シェンチアオ》に差し出す。

竹杖を受け取り、沈嶠《シェンチアオ》は「いえ」と言って相手がいるであろう方向に軽く会釈をした後、立ち上がり外に出ようとする。

女性は再び口を開いた。

「ここで会ったのも何かのご縁ですし、お名前をお伺いしても？」

「沈《シェン》と申します」

「沈《シェン》さんは町へ行かれる予定ですか？」

「はい」

「町には宿屋も宿駅もたくさんあるでしょう。なのになぜ町に入ってから泊まる場所を探さず、このおんぼろな寺に泊まることにしたのです？」

明らかに、沈嶠《シェンチアオ》の素性を探ろうとする質問だ。普通なら、「そっちもここに泊まっているじゃないか。なんで他人のことに口を出すんだ」と言い返していただろう。しかし、人の好い沈嶠《シェンチアオ》は素直に答えた。

「持ち金があまりなくて。町で宿を探すと費用もかさみますし、それなら、明日の早朝に町に行こうと思ったのです。そうすれば、町に泊まる必要もありませんから」

沈嶠《シェンチアオ》の声はかなり耳心地が良く、親しみやすい雰囲気を纏っている。粗布で作られた服を着ていても、上品さは隠しようがなく、陳恭《チェンゴン》と同類とは思えない。

これほど風格も気質も相容れない二人が、一緒に旅をしている。だからこそ、見ている人は二人の関係を謎に思って、探りを入れたくなってしまうのだ。

よりにもよって、二人とも全く武芸のできない一般人である。

沈嶠《シェンチアオ》の回答は納得のいくものだったので、女性もそれ以上文句のつけようがない。彼女は優しく続けた。

「すみません、私としたことが。失礼いたしました。私の苗字は雲《ユン》、雲拂衣《ユンフーイー》と申します」

沈嶠《シェンチアオ》は頷く。

「雲《ユン》さん、どうぞごゆっくり。私はお先に失礼いたします」

「お気をつけて」

沈《シェンチアオ》嶠は竹杖を手に、道を確かめながらゆっくりと出口のほうに向かっていく。

その後ろ姿を眺めながら、雲拂衣《ユンフーイー》は何も言わずに少し眉を寄せた。

傍にいた胡語《フーユー》が口を開く。

「副帮主《ふくほうしゅ》（帮会の二番手。一番手は帮主）、あの二人がここに現れたのは、おそらく偶然じゃないですぜ。あの小僧ならまだしも、沈《シェン》とかいう奴、目が見えねぇようですが、本当に見えねぇんなら、ふらふらと出歩くなんてしませんよ。もしかしたら、オレたちの荷物を狙ってるやもしれません」

双子の兄である胡言《フーイエン》が呆れたような顔で言う。

「お前でも気づくようなことを、副帮主が気づかないとでも思ってんのか？」

雲拂衣《ユンフーイー》が口を開いた。

「さっきあの人を探ってみたわ。でも内力《ないりょく》（内息が生み出す力）がなく、私の名前も聞き覚えがない様子だった。嘘をついているようには思えないとはいえ、とにかく今夜は気をつけましょう。町の中は人が多くいろんな話が飛び交うから、入らないほうが安全だと思っていたけど、ここにいるのもあまり得策ではないようね」

胡語《フーユー》が言う。

「あの荷物の中にはいったいどんな珍しい宝が入ってるっていうんです？　出発してからというもの、もう二回も襲われてますぜ。しかも敵の腕はどんどん上がるばかり。ここから建康まで、まだかなり南下しないといけません。もし荷物を奪われたらと思うと、怖ぇんです。物を失くしたなんてのは大したことじゃありません。それで六合帮の名声を台無しにしちまうことのほうが、よっぽど由々しき事態です」

雲拂衣《ユンフーイー》一行は人数こそ少ないものの、六合帮の精鋭と言える者ばかりが集まっている。副帮主の雲拂《ユンフー》衣《イー》すら任に就いているのだから、全員の力を合わせれば、相当に強いのだ。

それでも、彼らは少しの油断もできなかった。

雲拂衣《ユンフーイー》は首を横に振る。

「何があろうと必ず建康へ送り届けるようにと、幇主が厳命されたの。それから、幇主から手紙があったけれど、洛州《らくしゅう》へ急ぐそうよ。私たちと合流なさってから、一緒に南下してくださるって」

幇主が遠からぬ先にいると聞いて、胡言《フーイエン》も胡語《フーユー》も勇気づけられた。そして、六合幇がこれほどまでに重んじているあの二つの箱に何が入っているのかについて、また論じ始めた。

六合幇は長江の南にも北にも勢力を広げている。

長年に亘って、受けた仕事は数え切れない。護送した荷物の中には皇宮の宝もあったが、それでも、これほど上層が重要視する物は初めてである。

副帮主が自ら護送し、幇主が迎えにくるなど、いまだかつてないことなのだ。

胡言《フーイエン》も胡語《フーユー》も竜門《りゅうもん》派《は》に属し、江湖でも有数の武芸の達人である。まだ若いこともあって、二度襲撃を受けても闘志を削がれるどころか、ますます闘志をみなぎらせていた。

しかし二人と違って雲拂衣《ユンフーイー》は、ひそかに心に憂いを抱いていた。

「とにかく、幇主に会うまでは、やっぱりもっと警戒しましょう」

＊＊＊

その夜。

郊外は町の中よりもさらに静かで、人を身震いさせるような静寂に包まれていた。

小さな寺では特にすることもなく、人々は早々に床に就いた。

沈嶠《シェンチアオ》たちと同じ寝所で寝ているのは、胡言《フーイエン》・胡《フー》語《ユー》の兄弟以外には、六合幇の堂主《どうしゅ》が二人いた。武芸の腕はどちらも胡言《フーイエン》・胡語《フーユー》より上で、これほど錚々《そうそう》たる顔ぶれが揃うのは江湖においては滅多にないことである。陳恭《チェンゴン》は江湖のことには疎いものの、ここにいる人間たちは全員相当の強者《つわもの》だということは分かっていた。

六合幇に加わるため、陳恭《チエンゴン》はあらゆる手を尽くして彼らに近づこうとした。けれども、結局は陳恭《チエンゴン》の無駄な努力に終わった。六合幇の者たちは冷淡で、沈嶠《シエンチアオ》に対してのほうが陳恭《チエンゴン》に対するよりも幾分友好的だった。

何度か近づこうと試したものの、陳恭《チエンゴン》はとうとうやる気をなくして、寝台に横たわった。上手くいかないことにどうしようもなく腹を立てたり、自分の誠意が足りないのだろうかと考えたりした。

(明日になったら、俺は掃除か雑用でいいから六合幇に入りたいと言おう。そうすれば、受け入れてくれるかも)

あれやこれや悶々と考えていると、当然目も冴えてしまう。何度か寝返りを打った後、陳恭《チエンゴン》はふと、近くで寝ている六合幇の人間たちが何やら物音を立てていることに気づいた。

彼らの動きは俊敏で、サッと服を着て靴を履くと、瞬く間にいなくなってしまった。不思議に思い、陳《チエン》恭《ゴン》も起き上がって様子を見にいこうとすると、突然隣から手が伸び、彼を押さえつけた。

驚く陳恭《チエンゴン》。しかし、すぐに気がついた。自分を押さえているのは沈嶠《シエンチアオ》だ。

「いけません。ここにいるのです」

沈嶠《シエンチアオ》が小声で言う。

「扉の隙間から見るだけだって、大丈夫だから」

言うや否や、外から大きな怒鳴り声と、取っ組み合いをするような音が聞こえてきた。

陳恭《チエンゴン》はたちまち緊張と興奮を覚える。また一歩、自分の思い描く江湖に近づいた気がしたのだ。

ところが、陳恭《チエンゴン》が扉を少し開いた瞬間、指先に痺れが走った。そして扉はそのままバンッと音を立てて大きく開かれ、気流が台風の如く吹き込んできた。陳恭《チエンゴン》は避けることができず、痛みに呻いて後方に転がった。腰が寝台の縁にぶつかり、悲鳴を上げる。

しかし、これはまだ始まりにすぎない。間髪入れず、陳恭《チエンゴン》の喉は誰かの手によってグッと押さえ込まれた。

相手が陳恭《チエンゴン》の腕を軽く上に引っ張ると、陳恭《チエンゴン》は為す術なく相手とともに〝飛び上がった〟。屋内から屋外へと、視界が一変する。

陳恭《チエンゴン》は驚き慄いて目を見開くが、声の一つすら出せない。なんとか地面に足をつけた後、誰かが笑いながら話す声が耳に届いた。

「三郎《サンラン》（三男）、お前は馬鹿だなぁ。こいつ、見るからに武芸ができない様子だぞ。六合幇の奴ですらないのに、捕まえてどうする気だ？」

「はあ？　こいつ、六合幇の奴じゃないのか⁉　くそっ、道理で楽勝だったわけだ。なるほど、役立たずを捕まえちまったのか！」

三郎こと慕容迅《ムーロンシュン》は罵詈雑言を吐きながら、陳恭《チエンゴン》の肩を摑む手にグッと力を込める。あまりの痛みに陳《チエン》恭《ゴン》の目から涙が溢れ出した。

（まずい、俺、殺される！）

初めて死を意識して、陳恭《チエンゴン》は沈嶠《シエンチアオ》の言うことを聞かなかったのを激しく後悔した。大人しく部屋の中に隠れていたらいいものを、わざわざ野次馬をしたばかりに。

江湖はまだ遠く離れていたが、生死は陳恭《チエンゴン》のすぐ傍にあった。

陳恭《チエンゴン》の首に激痛が走る。喉をつぶされてしまいそうだ。

しかし次の瞬間、陳恭《チエンゴン》を殺そうとしていた慕容《ムーロン》迅《シュン》は「ん？」と声を漏らし、意外なことに手を引いて体を離した。喉の圧迫がなくなると同時に、陳恭《チエンゴン》の体から力が抜ける。彼はその場に蹲り、激しく咳き込んだ。

慕容迅《ムーロンシュン》は、陳恭《チエンゴン》を殺そうとした時、部屋にもう一人いることを既に知っていた。この小物二人をはなから気にかけていなかったが、いざ手を下そうとしたところ、そのもう一人が奇襲をかけてきたのである。

自分に向かってきた竹杖には、少しも内力が込められていない。慕容迅《ムーロンシュン》は楽勝で摑めるだろうと思っていたが、竹杖の縁に手が触れた途端、杖は奇妙な軌道を描いて逸れ、慕容迅《ムーロンシュン》の背中の急所に向かったのだ。

慕容迅《ムーロンシュン》は陳恭《チェンゴン》から手を放し、横に避けなくてはならなくなった。

「誰だ！」

慕容迅《ムーロンシュン》は目を細め、襲い掛かってきた人物をまじまじと見る。

「私たちは六合幇の一員ではありませんし、ただの一般人です。ちょうどこの寺に一晩泊めてもらっているだけで、あなたがたの恩讐とは無関係です。どうか大目に見て、私たちを見逃していただけませんか」

沈　嶠《シェンチアオ》が懇願した。

夜で辺りは暗く、沈嶠《シェンチアオ》には慕容迅《ムーロンシュン》が見えていない。だいたいの方向を推測して、そちらに向かって拱手するしかなかった。

慕容迅《ムーロンシュン》はひと目でそれを見抜いた。

「お前、目が見えないのか！」

＊　＊　＊

出雲寺は、ちっぽけな寺にもかかわらず、一晩のうちに様々な出来事が次々と起きていた。

雲拂衣《ユンフーイー》はある程度予想していたとはいえ、今夜の状況はその想定を遥かに上回っていた。

雲拂衣《ユンフーイー》は袖を巻き上げ、掌を打ち出す。体が、後ろにふわりと舞った。その姿は美しく、仙人のような雰囲気を漂わせている。ただ、ひらひらと踊っているだけのように見えるが、この一掌にどれほどの力が含まれているのかは誰も想像がつかないだろう。

敵は両袖を振り上げてくるりと回すと、雲拂衣《ユンフーイー》の攻撃をあっさりと受け流してしまった。その時、雲《ユン》拂衣《フーイー》にははっきりと見えていた。相手の両袖からは柳の葉の如く薄い蟬翼刀《せんよくとう》が滑り出していたことを。きらりとした光は一瞬で消え失せたが、彼女が繰り出したすさまじい掌風も同じように跡形もなくなった。

かなり手強い相手だ。雲拂衣《ユンフーイー》はそう思った。

「雲拂《はら》いて、花雨《かう》、衣に残さず。さすが六合幇の二番手だ。雲拂衣《ユンフーイー》は女子だから、傀儡《かいらい》だと皆が言うが、そいつらはおそらく君と実際に手を合わせたことがないのだろうな！」

この一言とともに、打ち出された真気が音もなく雲拂衣《ユンフーイー》に襲い掛かる。雲拂衣《ユンフーイー》は微かに顔色を変えた。先ほどまでの落ち着きは失せ、両手を素早く動かして次々と掌を打ち出す。すると、その手から溢れた真気が蓮の花のような形の壁となって浮かび上がり、雲拂衣《ユンフーイー》はそれを前へ押し出した。

ぶつかり合う二つの真気。雲拂衣《ユンフーイー》はここに来てようやく、相手の真気の変化を予測できないことに気づいた。それはどんな穴にも入り込む針のようで、隙間を見つければ少しもずれることなく突き刺さってくる。掌に触れると、冷たい気が肌から血肉へ、真っ直ぐ骨の髄まで滲み込んでくるのを雲拂衣《ユンフーイー》は感じた。

手を引こうにも時すでに遅し。相手は少しも雲拂《ユンフー》衣《イー》に反応する隙を与えるつもりがないようだ。一つ去ってはまた一つと、春の川で波打つ水のように、凄まじい勢いでどんどん積み重なっていく。痛い目に遭わされ、雲拂衣《ユンフーイー》もこれ以上無理に抵抗したくはない。前方に隙ができてしまうが、それでも後ずさるしかなかった。

着地した雲拂衣《ユンフーイー》は、胸元に鈍い痛みを感じていた。喉の奥に血が込み上げるも、吐き出さずに飲み込んで、何事もないように問いかける。

「あなたは誰です?」

雲拂衣《ユンフーイー》の顔色が至って普通だったので、相手は「おや?」と呟き、多少訝りながらも賞賛した。

「斉国の中でも、私のこの一撃を受けられる者はほとんどいない。なかなかやるじゃないか」

「あなたは、いったい誰ですか?」

雲拂衣《ユンフーイー》はもう一度問いかけた。

相手は尊大に手を後ろに組んで、嘲笑う。

「君たちは今斉国にいる。この国の物を国境から運び出そうとしているのに、朝廷が口を出してはいけないと？　もし六合幇が今日、それをここに残していってくれるのなら、君たちを見逃し、無事に斉国から離れられるようにしてやろう！」

　斉国の朝廷などと言い出したので、雲拂衣《ユンフーイー》は内心ドキリとする。すぐに我に返り、「あなた、斉国の人？　まさか、慕容沁《ムーロンチン》⁉」と問いかけた。

　燕《えん》朝が滅びてから、慕容《ムーロン》一族はいくつもの王朝を転々としていた。今ここにいる現当主の慕容沁《ムーロンチン》は、確かに慕容《ムーロン》皇族の末裔であることを鼻にかけているが、既に斉国の手先になり下がり斉帝高緯《ガオウェイ》のために尽力している。斉国一の高手として名を轟かせているので、周りの者たちは彼に取り入ろうと、顔を合わせればお世辞ばかりを並べ立てるほどだ。

　普段なら、慕容沁《ムーロンチン》が来たところで、雲拂衣《ユンフーイー》は彼と一戦交えるのを恐れたりはしない。しかし、今慕容《ムーロン》沁《チン》は明らかに自分が護送している荷物が目当てで、必ず手に入れると言わんばかりの勢いだ。ということはつまり……。

「劉青涯《リウチンヤー》と上官星辰《シャングワンシンチェン》は？」

　僅かに顔色を変えた雲拂衣《ユンフーイー》が口にしたのは、一緒に来た二人の堂主の名だ。

　それを聞いて、胡言《フーイエン》は驚いて答える。

「劉《リウ》堂主と上官《シャングワン》堂主は部屋で荷物を守っていますし、荷物が奪われるなどはあり得ないかと……」

　雲拂衣《ユンフーイー》は低い声で言った。

「よもや、慕容《ムーロン》家の当主にして、立派な斉国一の高手ともあろう者が、奇襲をかけるのに手下まで連れてくるとはね。誰かに知られたら笑われるわよ！」

　慕容沁《ムーロンチン》が鼻で笑う。

「六合幇の雲《ユン》副幇主が直々に仕事に当たっているのに、私が手を抜くなんてとてもできないだろう？　それに、今夜ここにいるのは我々だけではないようだ……暗がりに隠れているのはどこの虫けらだ？　さっさと姿を見せろ！」

　周囲はしんとしていて、その言葉に応える者はいなかった。

　雲拂衣《ユンフーイー》は眉を寄せた。今のところまだ姿を現していない寺の住職とあの二人の若い僧侶のことが脳裏を過る。驚いて気絶してしまったのだろうか。それとも、三人の身に何かあったのだろうか。

慕容沁《ムーロンチン》の問いが答えを得る前に、荷物の捜索に遣わされた慕容迅《ムーロンシュン》と先ほど彼を三郎《サンラン》と呼んだ拓跋良《トゥオバーリアン》哲《ジャー》が沈嶠《シエンチアオ》と陳恭《チェンゴン》、それに六合幇の二人の堂主を捕まえて戻ってきた。

「主様、あの箱の中には細々としたものしかなく、目当てのものはありませんでした」

慕容沁《ムーロンチン》にそう報告しながら、拓跋良哲《トゥオバーリアンジャー》は乱暴な動きで陳恭《チェンゴン》を地面に押し付ける。

ここに来る途中、ずっと痛みに呻いていた陳恭《チェンゴン》をうるさいと思った拓跋良哲《トゥオバーリアンジャー》は、彼の唖穴を突いた。陳恭《チェンゴン》は顔を苦痛で歪め、叫ぶことすらできない。

沈嶠《シエンチアオ》の扱いは多少マシだった。おそらく先ほど沈嶠《シエンチアオ》が見せた技に、慕容迅《ムーロンシュン》は若干身構えたからだろう。とはいえ、慕容迅《ムーロンシュン》は沈嶠《シエンチアオ》の肩をしっかりと拘束していた。

普段は威風堂々としている六合幇堂主の劉青涯《リウチンヤー》と上官星辰《シャングワンシンチェン》は、体じゅうの重要な経穴を突かれて、ひどいあり様だ。散々な醜態だったが、必死に歯を食いしばって声が出そうになるのに耐えていた。

慕容沁《ムーロンチン》は彼らを一瞥する。

「雲《ユン》副幇主、もし手下の命が惜しければ、大人しく荷物を出せ」

雲拂衣《ユンフーイー》はため息を漏らす。

「私たちが運んでいる二つの箱は劉《リウ》堂主たちの部屋にあるから、手下と持っていけばいいわ。私の力不足よ、何も言うことはない」

慕容沁《ムーロンチン》は冷やかに笑う。

「あの二つの箱は、どうせ目くらましだろう。馬鹿にしているのか。本当の荷物は、いつでも肌身離さず持ち歩いているんじゃないか？」

慕容沁《ムーロンチン》が言うや否や、六合幇の者も雲拂衣《ユンフーイー》に驚きの目を向けた。

雲拂衣《ユンフーイー》は表情を曇らせる。

「そんな噂、どこで摑んだの？　しかも、それを真に受けるなんて。この箱は、陳国に送るように言われたものよ。持ち主もちゃんと分かっている。太子《たいし》少師《しょうし》（皇太子を補導する官僚）の薛容《シュエロン》様よ。そういえば、慕容《ムーロン》当主の同僚でもあるわね。病で亡くなられた後、奥様が六合幇に、遺物を少師様の故郷に届けてほしいと頼まれたの。幇主と薛《シュエ》少師様は昔に付き合いがあったから、私が護送するようにと命じられた。それだけのことよ！」

　慕容沁《ムーロンチン》が問いかける。

「あの箱の中に入っているのは全部薛容《シュエロン》が昔使っていたものばかりで、ほとんどが書物だ。書物二箱など、その場で処分すればいいものを、なぜ斉国から遥々南へ運ぶ？」

「私に聞かれても分かるわけないでしょ」

「君たちは出発してから、何度か罠にかけられたり、襲われたりしただろう。まさか、そいつらはみんな薛容《シュエロン》の二箱の古本を狙っていたとでも言うつもりか？」

「薛《シュエ》少師様がご存命の時に、私腹を肥やしたと思っている人がいるからじゃないかしら。それで、あの二つの箱に入っているのも金銀財宝だと思ってるんだわ。少師様は清廉潔白《せいれんけっぱく》で、ほとんど財産すら残さなかったことも知らずにね」

　答えた雲拂衣《ユンフーイー》に、慕容沁《ムーロンチン》は冷たく言う。

「薛容《シュエロン》の遺物には、『滄海拾遺《そうかいしゅうい》』という本がある。雲《ユン》副幇主、それを渡してくれ」

「本は全部あの二つの箱に入ってる。そこにあればあるし、なければない。箱はもう好きにしてって言ったでしょう。これ以上何を渡せって言うの？」

　慕容沁《ムーロンチン》は慕容迅《ムーロンシュン》ら仲間たちに目を向ける。慕容《ムーロン》迅《シュン》は叔父の視線を受けて答えた。

「叔父上、あらゆる場所を探しましたが『滄海拾遺』という本は見つかりませんでした」

　突然、クスクスと笑い声が辺りに響く。

「慕容《ムーロン》当主は本当に辛抱強くていらっしゃる。こんな堂々巡りをしていたら、雲《ユン》副幇主は最後までとぼけるよ。ずばっと言えばいいじゃない、『滄海拾遺』っていうのは表紙だけ。中身は『朱陽策』の妄意巻《もういかん》だから、さっさとそれを出せって」

（まさか、まだほかに誰かいるのか⁉）

胡言《フーイエン》と胡語《フーユー》の兄弟は驚きを露わにして、慌てて顔を上げて周囲を見回した。しかし、見えるのは生い茂っている木の枝と静まり返った寺だけ。その声の主は、いったいどこにいるというのだろう？

ところが次の瞬間、二人は縁柱の後ろに人影を見た。

陳 恭《チェンゴン》は痛みを堪えて、しばらく皆の会話に耳を傾けていたが、全く意味が分からなかった。六合幇に入るという大志はとうに消え失せている。しかもこっぴどくやられてしまったせいで、全身から汗が噴き出るほどの痛みを感じていた。痛みが少しばかり和らいだ頃、陳恭《チェンゴン》はなんとか顔を上げて件の人影に目を向ける。見なければよかったのだが、見た途端に陳恭《チェンゴン》は驚愕した。

月光に照らされたその人物は髪がなく、僧衣を身に着けている。明らかに、出雲寺の若い僧侶の一人ではないか！

寺に女性の客人が来たから、二人の僧侶は部屋を雲拂衣《ユンフーイー》に譲り、陳恭《チェンゴン》たちのところにやって来ていた。

先ほど陳恭《チェンゴン》が起きて様子を窺った時は、明かりがなく周りも暗かったので、六合幇の者たちが外に出たのは分かっていたが、二人の僧侶がまだ部屋の中にいるかどうかまで注意を払ってはいなかった。

しかし今聞いてみると、僧侶の声は最初耳にしたものとは完全に変わり、愛らしい女性の声になっている。

陳 恭《チェンゴン》はすっかり混乱してしまった。いったい何がどうなっているのか、見当もつかない。

けれども、彼以外の人たちが注目したのは、誰かが僧侶になりすましているのか、はたまた初めから僧侶が偽物だったのかではない。

その声が「朱陽策」という三文字を口にした途端、全員が表情を大きく変えたのだ。

雲拂衣《ユンフーイー》が問う。

「今度は誰なの？　コソコソと今まで身を隠して、何か悪いことでもしていたんじゃないのかしら？」

〝僧侶〟が甘えたような声で答えた。

「悪いことも何も、あたしはこっそり忍び込んで、こっそり目当てのものを盗っていこうとしてただけ。でも、雲《ユン》副幇主がそうさせてくれなかったし、慕容《ムーロン》当主まで出てくるんだもん。姿を現すしかなかったんだよ」

雲拂衣《ユンフーイー》が、この言葉の主の素性を探ろうと、眉を寄せて注視すると、再び僧侶は笑いながら続けた。

「雲《ユン》副幇主は慎重に音もなく行動していたつもりだろうけどさ、都を離れた時から無数の人に狙われてるって、気づいていないんだね。前の二回の襲撃を仕掛けたのは雑魚にすぎないから大したことはなかったけど、今夜はずいぶんと凄腕が集まっているよ。あたしたち合歓宗と慕容《ムーロン》当主以外にも、まだすごいお方が隠れているんじゃない？　月も星もいい感じに出ているし、こうして普段は滅多に会えない人たちが一堂に会するのも珍しい。だったらほかの人も全員呼び出して、みんなで顔合わせをしようよ。この『朱陽策』をどうやって分配するかも話し合えるし。強い人が貰うか、いくつかに分けてみんなでそれぞれ持つか、とかね」

彼女は茶化すように面白おかしく言ったが、その場にいる誰も笑おうとはしなかった。

雲拂衣《ユンフーイー》は意気消沈した。

慕容沁《ムーロンチン》一人ならまだなんとか相手にできるが、そこにどう出るか分からない合歓宗が加われば、かなり厄介なことになる。しかも彼女の言うことが確かなら、まだ姿を現していない何者かが、暗がりに身を潜めているようだ。

慕容沁《ムーロンチン》は低い声で言い放つ。

「雲《ユン》副幇主、その目で見ただろう。今夜の出雲寺は手練ればかりが多く揃っている。一人で全員に立ち向かうなど、とてもじゃないが無理だぞ。もし大人しく『朱陽策』を差し出してくれれば、私は朝廷の名の下に君たちを逃がし、無事に国から出してやろう」

「慕容《ムーロン》当主は確かに朝廷の方だけど、斉国内の勢力から見れば、その台詞を言う資格があるのは合歓宗のほうだよ」

女性の声で話す、温厚で平凡な顔立ちをした僧侶が、ニコニコとそう言いながら縁柱の後ろから出てくる。

彼女はただ出てきただけなのに、傍にいた慕容《ムーロン》迅《シュン》はいきなり「うわっ」と声を上げて慌てて沈嶠《シェンチアオ》から手を放し、後ろに何歩も下がった。

その様子を視界に捉えて、慕容沁《ムーロンチン》は僅かに体を動かし、一瞬にして慕容迅《ムーロンシュン》の前に移動した。慕容沁《ムーロンチン》の袖から二つの微かな光がサッと飛び出す。それに続くように慕容沁《ムーロンチン》も若い僧侶に飛び掛かった。

月明かりの下で、陳恭《チェンゴン》は二人が袖を勢いよくはためかせて戦うのをぼんやりと眺めていた。光と影が重なり、生死を賭けた対決とはなんたるかが、咲き誇る桃花の如く鮮やかに目の前で繰り広げられる。

陳恭《チェンゴン》は、六合幇に受け入れられなかったことに腹を立てていた自分が、どれほど愚かだったのかを悟った。自分が幼稚で、江湖に関してあまりにも無知だったことも。

堪らず、陳恭《チェンゴン》は沈嶠《シェンチアオ》に視線を向ける。

沈嶠《シェンチアオ》は、相変わらずあの竹杖を持って静かにそこに立っていた。体の半分は暗闇に隠れ、意識しなければそこにいることが分からないくらいだ。

沈嶠《シェンチアオ》という人間は、これ以上にないくらい平凡に見えるが、様々な謎に包まれているようにも思える。彼を理解できないどころか、どこから知っていけばいいのかも分からないほどだ。

慕容沁《ムーロンチン》と僧侶が戦っている中、雲拂衣《ユンフーイー》は周囲の様子を窺った。ある考えが過り、彼女は足を動かした。

その足運びはかなり速く、たった一歩で普通の人の十歩分を進む。軽やかで、少しの痕跡も残さない。

ところがこの時は、一歩踏み出しただけで、山のように強大な力が雲拂衣《ユンフーイー》にのしかかり彼女の動きを止めた。

戦いの真っ最中だった慕容沁《ムーロンチン》と僧侶が、ともに矛先を雲拂衣《ユンフーイー》に向けたのだ。

僧侶がふっと艶やかに笑って雲拂衣《ユンフーイー》に詰め寄る。

「雲《ユン》副幇主ってば、ほんと薄情者。まだ手下がここにいるのに、一人で逃げようだなんて。一幇会の主としてあり得ないし、そんなことをしたという話が広まったら誰もついてこなくなるよ」

雲拂衣《ユンフーイー》は自分が彼らの目当ての物を持っていると分かっている。劉青涯《リウチンヤー》たちは慕容沁《ムーロンチン》たちにとって重要な人物ではない。慕容沁《ムーロンチン》たちも全く彼らに構おうとしていない様子なので、しばらくは安全だろう。

そう考えたからこそ、彼女は一人で逃げようと決断したのだ。僧侶が挑発してきたが、雲拂衣《ユンフーイー》は何も言い返さなかった。慕容沁《ムーロンチン》一人で手一杯である。そこに合歓宗の女が加わったので、負担は倍増していると言っても過言ではない。

雲拂衣《ユンフーイー》たち三人を中心として、円のように広がった三つの真気が入り混じってぶつかり合う。とばっちりを食わないように、周囲の者たちは下がるしかない。しかし、劉青涯《リウチンヤー》と上官星辰《シャングワンシンチェン》は動けないので、運悪く咄嗟に身を引くことができなかった。不運にも誰かの真気に当たったのか、口を大きく開き血を吐いた。胡言《フーイエン》と胡語《フーユー》は驚きのあまりに青ざめ、二人を円の外へ連れ出そうとするが、円に近づくことすらできない。

僧侶と慕容沁《ムーロンチン》は手を組んでいるように見えるが、実のところ、相手が自分を陥れるのではないかとお互いに警戒している。それもあって、技を放つ際も少し力を残していた。雲拂衣《ユンフーイー》は敵が二人の一対二の状況で、自分の負けを確信していた。しかし目の前の二人はそれぞれ疑心暗鬼になっているので、雲拂《ユンフー》衣《イー》はそこになんとか微妙な均衡を見つけ、必死に持ちこたえた。

とはいえ、この危うい均衡はすぐに打ち破られる。慕容沁《ムーロンチン》はなぜか、いきなり考えを変えた。彼の武器である蟬翼刀の光は雲拂衣《ユンフーイー》の顔を掠め、水を氷に変えて霜を降らさんばかりの凄まじい寒風を纏いながら、なんと僧侶のほうに向かっていったのだ。雲拂《ユンフー》衣《イー》の行く手を阻んでいた若い僧侶は、その勢いに為す術もなく、さっと身を躱《かわ》して避けるしかない。それでも、薄い刃は影のようにしつこく彼女に付き纏った。

実力で言えば、慕容沁《ムーロンチン》の腕は僧侶より上である。ただ、さっきは二人とも雲拂衣《ユンフーイー》に狙いを定めていたので、その差ははっきりとは分からなかった。ところが今、形勢が変わり、僧侶のほうが不利になった。背後には縁柱、頭上には軒。追い込まれて逃げ場のない状態で、不意に僧侶は、傍にへたり込んでいる陳恭《チェンゴン》を視界の端に捉えた。なんの躊躇いもなくそちらに手を伸ばし、自分の盾にしようとする。

それは一瞬の間に起きた。武芸の腕前が大したことない、もしくはできない者にとって、三人の動きは光が点滅しているぐらいのもので、細かいところまでは全く見てとれない。

陳恭《チェンゴン》に至っては、僧侶が自分に手を伸ばして盾にしようとしているとは露知らず、ぼんやり雲拂衣《ユンフーイー》と慕容沁《ムーロンチン》のほうを見ている。

ただし、沈嶠《シエンチアオ》は気づいていた。

今の沈嶠《シエンチアオ》には全く内力がなく、武功も少ししか覚えていない。あれこれ忘れたりすることもしばしばだ。時折咳き込んで血を吐くし、目だってほとんど見えない。けれども、このまま何もせずに傍観していることはできなかった。

沈嶠《シェンチアオ》は陳恭《チェンゴン》を助けることにした。

思い切り押し倒された時、陳恭《チェンゴン》は何が起きたのか全く分からなかった。

僧侶は捕まえようとしていた人物が竹杖にすり替わったのを見て、思わず「あれ？」と声を漏らす。

状況が目まぐるしく変わる中、蟬翼刀の光はすぐ目の前まで迫ってきていた。僧侶は竹杖から手を放し、白くて柔らかい手で花を摘まむかのように、強引にその薄い刃を受け止める。

薄い刃は真気の壁を破って入り込み、僧侶の手に刺さった。全力で押さえていなければ、もっとひどいことになっていただろう。

僧侶の手は血だらけになった。

あの竹杖が途中で邪魔しなければ、今頃とっくに身代わりを盾にして、自分はこんな怪我をせずに済んだのに。そう思った僧侶の顔に、残酷な殺意が浮かび上がる。雲拂衣《ユンフーイー》と慕容沁《ムーロンチン》に構わず、すぐさま指を曲げて鉤爪のように爪を立て、沈嶠《シエンチアオ》に摑みかかろうとする。

慕容沁《ムーロンチン》が雲拂衣《ユンフーイー》を放って僧侶に矛先を向けたのは、今夜、雲拂衣《ユンフーイー》が逃げることは不可能だと気づいたからである。それなら雲拂衣《ユンフーイー》を引き留めるのは誰でもいいのだ。

果たして、彼の予想を裏付けるように暗闇の中、遠くから玉磬《ぎょっけい》（玉で作った磬という打楽器）の透き通った音が聞こえてきた。通常なら耳目が清められるような音だが、雲拂衣《ユンフーイー》には千本の針が体を突き刺すか、万本の剣が心を貫くかというほどの、尋常ではない苦痛をもたらした。そのせいで、体に巡らせようとしていた真気も内力も滞ってしまう。

（今度は誰⁉）

雲拂衣《ユンフーイー》は恐れ慄く。もうこれ以上留まっていられないと、全力で逃げ出そうとした。しかし、まるで何か網にでも掛かったかのように、一歩たりとも動けない。

雲拂衣《ユンフーイー》は、自分の腕前は天下の十大に入らずとも、それほど無力ではないと自負していた。ところが、今その考えがどれほど甘かったのかを思い知らされた。この人物は姿を現していないのに、既に自分を身動きできないほど抑え込んでしまっているのだから。

（今持っているアレは、今夜私の手から離れる定めにあるということなの？）

雲拂衣《ユンフーイー》は絶望した。

時を同じくして、僧侶は沈嶠《シェンチアオ》に手を伸ばしていた。その速さは稲妻の如く、少しの躊躇いや滞りもない。一騎討ちなら、雲拂衣《ユンフーイー》や慕容沁《ムーロンチン》には敵わないかもしれないが、弱々しく見える沈嶠《シェンチアオ》一人なら倒すのは余裕で、むしろ容易いとも思えた。

沈嶠《シェンチアオ》が先ほど陳恭《チェンゴン》に摑みかかる僧侶を止めるのに使った技は、確かに精妙だったが、相手の不意を突いたから上手くいった。

僧侶が本気になった今、沈嶠《シェンチアオ》は反撃する力を全く持ち合わせていない。

山河をひっくり返さんばかりの猛烈な真気が、天まで届くほどの殺意を伴って、勢いよく襲い掛かってくる。僧侶と沈嶠《シェンチアオ》の間にはまだ五、六歩ほどの距離があったが、沈嶠《シェンチアオ》は早くも息苦しさを感じていた。胸骨がじくじくと痛み、目の前が真っ暗になる。立っている地面すら感じられず、全身から力が抜けていく。ただ胸元だけは火に炙《あぶ》られているかのように、熱がこもって苦しい。口から血を吐けばすっきりするのではないかと思えるほどだった。

僧侶は沈嶠《シェンチアオ》が誰であろうと知ったことではなかった。彼女にとって、沈嶠《シェンチアオ》は余計なことに首を突っ込み過ぎたのだ。自分の立場を弁《わきま》えないから、殺されても文句は言えない。

このような人物は、どれくらい美しい顔をしていても無駄である。

彼女にとって、沈嶠《シェンチアオ》は既に死んでいるも同然なのだ。

しかし、その指先が沈嶠《シェンチアオ》の首に触れようかという時、また予想外のことが起きた。

それは沈嶠《シェンチアオ》の仕業ではない。

いきなり暗闇から手がぬっと伸びてきて、僧侶の手首を握ったのだ。

ゆっくりとした、なんの変哲もない、ありふれた動き。

その手の指は長くて白く、滑らかで傷痕一つない。長年裕福な暮らしをしてきた、高貴な身分であろうことが分かる男の手だった。

僧侶はその手の美しさを愛でるどころか、ひどく驚き慄いた。

手がどこから出てきたのか、さっぱり分からない。しかも手首を摑まれたまま、全く反撃できないときた。

「きゃあ！」

手首に激痛が走り、僧侶は我慢できずに悲鳴を上げた。

どんな男でもそんな女性の声を聞いたなら、可哀想なことをしたと思うだろうし、そうじゃなくても少しは手加減するだろう。しかし、残念なことに彼女は今温厚で大人しそうな僧侶の顔をしているので、純粋な女性ほど同情を引き寄せられない。摑んでいる人間も冷酷無情だったから、手首の骨は無残にも砕かれた。次の瞬間、僧侶の体も宙に浮かぶ。逃げたのではない。放り投げられてしまったのだ。

華奢《きゃしゃ》な体が勢いよく縁柱にぶつかり、柱が揺れた。僧侶は力なく地面に転がると、何度も血を吐き出した。

片方の手首は骨を砕かれ、もう片方の手は既に蟬翼刀の薄い刃に切り付けられてしまっている。血だらけの両手は、惨めなことこの上ない。

にもかかわらず、僧侶は自らの惨状など、どうでもいいかのように、ジッと自分を痛めつけた人物を睨んだ。そして、血を吐きながら、少し聞き取りづらい口調で問いかける。

「あなた、だれ……」

黒い服を着たその人物が答える。

「そんな目で私を見るな。桑景行《サンジンシン》と元秀秀《ユエンシウシウ》が手を組んだとしても、私に必ず勝てると大言壮語できん。お前ごときなら、なおさらだ」

僧侶・白茸《バイロン》は微かに表情を変えた。

「お名前をお伺いしても？」

しかし、白茸《バイロン》の質問は誰かが投げた問いかけで答えを得た。

「晏《イエン》宗主はなぜ、こんなところに？」

晏《イエン》宗主……晏無師《イエンウースー》⁉

にわかには信じがたく、白茸《バイロン》は目を瞠る。

合歓宗でも一番地位のある弟子の白茸《バイロン》は、頻繁に晏《イエン》無師《ウースー》の名を耳にしていた。魔門の三宗は源を同じくするが、不仲になってすでに久しい。特に晏無《イエンウー》師《スー》が失踪して閉関したこの十年間、合歓宗は浣月宗が弱っているのをいいことに、隙あらば何度でも手を出したのだ。再び江湖に姿を現した晏無師《イエンウースー》に傷を負わされたのは……自業自得と言えるだろう。

晏《イエン》無師《ウースー》は冷ややかに笑い、「老いぼれ坊主も来ているのだ。私が来てはいけない道理などないだろう？」と言い放った。

その時、手に玉磬を持つ僧侶が暗闇からゆっくりとこちらに向かってきた。しかし、晏無師《イエンウースー》の言う「老いぼれ坊主」とはほど遠い、玉のように美しい顔立ちである。年齢は三十代ぐらいに見える。僧衣は雪のように白く、汚れ一つない。何も言わずとも、上から下まで〝高僧《こうそう》〟といった雰囲気を漂わせている。

　僧侶が姿を現した途端、慕容迅《ムーロンシュン》や拓跋《トゥオバー》良哲《リアンジャー》などの若者はともかくとして、慕容沁《ムーロンチン》と雲拂衣《ユンフーイー》はさすがにサッと顔色を変えた。

　慕容沁《ムーロンチン》が声を張り上げる。

「まさか周国の国師ともあろう雪庭《シュエティン》禅師《ぜんし》（高僧に対する敬称）と、一代の宗師である晏《イエン》宗主といった仙人のごときお二人が、斉国へ忍び込み、コソコソと暗がりに隠れて『朱陽策』を奪おうとするなど、漁夫の利でも狙っていらっしゃるのですか？　なかなかに恥知らずですな！」

　雪庭《シュエティン》禅師と呼ばれた僧侶が口を開く。

「慕容《ムーロン》当主、そう激高せずに。晋国公《しんこくこう》（ここでは宇《ユー》文護《ウェンフー》のことを指す）が亡くなってから、周国の陛下は仏と道を禁じました。拙僧はもはや周国の国師ではなく、今宵ここへ来たのは、故人から頼まれただけにすぎません。どうか雲《ユン》副幇主、それを渡していただけませんか。元の持ち主に返せば、そのお方の宿願も遂げられますゆえ」

　白茸《バイロン》はペッと血を吐き出して、クスクスと笑った。

「こんな厚顔無恥な坊主、初めてだよ。自分が欲しいだけのくせに、わざわざ故人の依頼だなんてさ。みーんな知ってるよ。陶弘景《タオホンジン》亡き後、『朱陽策』は持ち主がいなくなったって。まさか陶弘景《タオホンジン》が夢枕に立って、『朱陽策』を全部集めて、焚き上げてほしいとでも言ってきたわけ？」

　雪庭《シュエティン》禅師は無表情で合掌している。白茸《バイロン》の言葉など、全く耳に届いていない様子だ。

　その場にまた二人加わったので、慕容沁《ムーロンチン》と白茸《バイロン》はもう軽々しく雲拂衣《ユンフーイー》に手を出せなくなった。雲拂衣《ユンフーイー》はさらに意気消沈した。

　祁鳳閣《チーフォンゴー》が死んでからというもの、天下で十本の指に入る人たちより、武功の強い者はいない。

　そして、雪庭《シュエティン》禅師と晏無師《イエンウースー》はどちらもこの十名のうちに名を連ねているのだ。雪庭《シュエティン》禅師の力は計り知れず、上位三名に食い込んでいる可能性が高い。

晏《イエンウースー》無師は長年失踪していたが、江湖に再び姿を現した途端、玄都山の掌教を破った新たな突厥最強の昆邪《クンイエ》を打ち負かしている。

いずれにせよ、雲拂衣《ユンフーイー》が太刀打ちできる相手ではない。なのに、その二人が一度に揃って現れるとは。

今、皆が血眼で探しているものを六合幇の幇主・竇燕山《ドウイエンシャン》が託してくれたことを思い出して、雲拂衣《ユンフーイー》は苦渋に満ちた表情になる。

それをしかるべき場所に届けるために、力を尽くしたくないわけではない。ただ、今夜のこの状況は本当に予測できなかったのだ。

襲撃してきた者たちは互いに不仲だが、狙いは一つ。それは、自分が持っている『朱陽策』だ。

陶弘景《タオホンジン》が著した『朱陽策』は五巻ある。それぞれ五行《ごぎょう》（万物を形成する木火金土水の五元素）にならい識神《しきしん》、鬼魄《きはく》、游魂《ゆうこん》、濁精《だくせい》、妄意《もうい》に分かれ、それぞれ人間の五臓六腑に対応している。儒、仏、道の三家の思想を融合した未曽有の奇書と称されるほど貴重なものだ。現在、そのうちの三巻は周国の宮中、玄都山、そして天台宗にあるが、残り二巻の行方は知られていない。

玄都山と天台宗はそれぞれが一巻ずつ所持している『朱陽策』の力を借りて、道と仏を確実に牛耳り、天下武学の大宗さながらだ。祁鳳閣《チーフォンゴー》に至っては、その縁に与り、巡り合わせもあって天下一になった。

確かにその弟子の沈嶠《シェンチアオ》は不甲斐なくも、山頂から突き落とされてしまったが、それは沈嶠《シェンチアオ》自身が未熟だっただけのこと。『朱陽策』とはあまり関係がない。たとえ一巻しか『朱陽策』を手に入れられなくとも、その精髄を学び取り、無窮《むきゅう》の奥深さを悟ることができれば、祁鳳閣《チーフォンゴー》のように天下一とも言われる力を手にする可能性もある。

今、行方が知られている三巻は各々の門派がきちんと保管しており、強引に奪おうとしても無理だ。一方、残った二巻は持ち主がいないので、力ある者であればそれを手に入れられる。だから、雲拂衣《ユンフーイー》が『朱陽策』のうちの一巻を持ち歩いているという噂が密かに流れた時、それを奪いに来る者たちが次から次へと現れたというわけだ。

六合幇の面々は真実を知らず、あの二つの箱の中には世にも稀な宝があるとばかり思っていた。ところが、雲拂衣《ユンフーイー》が『朱陽策』を持っていると知ると、全員が呆気に取られてしまった。

そこにいる者は、皆にらみ合ったまま沈黙が続く。お互いに警戒し、誰も先に動こうとはしなかった。

慕容沁《ムーロンチン》は奪おうという心づもりはあるが、自分が動けばきっと雪庭《シュエティン》禅師と晏無師《イエンウースー》が止めに入るだろうと分かっていた。

渦中の雲拂衣《ユンフーイー》は内心苛立っていたが、もはやどうすることもできない。

今夜乗り越えることができても、明日さらに噂が広まれば、奪いに来る人間はもっと増えるだろう。もしかしたら泰山の碧霞宗や臨川学宮の者まで来るかもしれない。そうなったら、六合幇はもはや穏やかに日々を過ごせなくなる。

雲拂衣《ユンフーイー》は心を決めた。最善の道が求められないのなら、相対的に良い方法で妥協するしかない。彼女は、そこにいる者たちの中で、最も信頼のおけそうな人間に声をかけた。

「能ある者が手に入れる、とはよく言ったものね。六合幇は実力不足よ。無理やり宝を隠して運ぼうとしても、災いを招くばかり。私は平安を手に入れる代わりに、『朱陽策』を差し出すわ。禅師、恐れ入りますが、それをお渡しするので、私と部下たちの無事をお守りいただけませんか?」

雪庭《シュエティン》禅師は「南無阿弥陀仏《なむあみだぶつ》」と唱えて承諾した。

「雲《ユン》副幇主は大義をよく弁《わきま》えていらっしゃる。拙僧は必ずや、心と力を尽くしましょう!」

雲拂衣《ユンフーイー》は密かに歯噛みをしながら、懐から小さな竹筒を取り出した。胡言《フーイエン》と胡語《フーユー》は思わず首を伸ばし、白茸《バイロン》までもが背筋を伸ばした。この女性の腕よりも細いどこにでもあるような竹筒の中に、誰もが欲しがる『朱陽策』が入っているとは、想像しがたい。

白茸《バイロン》は両手に傷を負っており、争いにはとても加われない。彼女は縁柱に凭れ掛かり、高みの見物を決めた。

慕容沁《ムーロンチン》は早くも動き、一つの影と化した。目当ては例の竹筒だ。

ところが、慕容沁《ムーロンチン》が雲拂衣《ユンフーイー》に近づく前に、雪 庭《シュエティン》禅師が放った掌風はすでにふわりとその背後まで迫っていた。同時に途切れることのない玉磬の音が、真っ直ぐ彼の心に入り込む。慕容沁《ムーロンチン》は少し前の雲拂《ユンフー》衣《イー》と全く同じ状態になっていた。突然足が千斤《きん》（現代の約五百キログラム）ほど重くなったように感じ、胸が苦しく吐きそうになる。

疑いようもなく、これは玉磬のせいだと気づき、慕容沁《ムーロンチン》は自らの聴覚を封じた。ただし、その手は動きを止めず雲拂衣《ユンフーイー》の手元にある竹筒に向かっている。

何を考えているのか、晏無師《イエンウースー》もそこに加わった。微かに動いたかと思うと、一瞬のうちに晏無師《イエンウースー》は慕《ムー》容沁《ロンチン》の背後に移動した。

晏 無師《イエンウースー》が伸ばした手は竹筒を奪おうとしている慕容沁《ムーロンチン》ではなく、雪 庭《シュエティン》禅師を遮ったのだ。

瞬く間に、二人は数十手以上を交わした。あまりの速さに陳恭《チェンゴン》は目が眩み、何が起きているのかすら分からない。胡言《フーイエン》や胡語《フーユー》のような新進の手練れでも、五里霧中といった様子だ。

陳 恭《チェンゴン》はめまいを感じていたが、それでも目の前の光景から目を逸らせない。夢中になって見ていると、沈嶠《シェンチアオ》が突然彼の肩を摑んで、小声で「立って、行きますよ！」と言った。

普段なら、沈嶠《シェンチアオ》が一言言えば、陳恭《チェンゴン》は三言くらい返し揚げ足を取るが、珍しいことに今回は大人しくその言葉に従った。何も言わず、陳恭《チェンゴン》は歯を食いしばってなんとか立ち上がり、逃げ出そうとする。

けれども次の瞬間、陳恭《チェンゴン》は背中を何かに引っ張り上げられ、体ごと宙へ浮かび上がった。あまりの恐ろしさに、思わず大声で叫ぶ。晏無師《イエンウースー》が屋根に彼を放り出した時、陳恭《チェンゴン》の両足はすっかり力が抜けていて立つことができず、危うく屋根から転がり落ちそうになる。

今夜は本当に運が悪い。陳恭《チェンゴン》は絶望しながら、恐る恐る周囲を見渡すと、同じ屋根には晏無師《イエンウースー》ともう一人いることに気づいた。

沈嶠《シェンチアオ》も屋根に上げられていたのだ。

しかも、沈嶠《シェンチアオ》の手には竹筒――晏無師《イエンウースー》が無理やり持たせた――がある。捨てるわけにも、このまま持っているわけにもいかず、どうしたらいいのか分からない沈嶠《シェンチアオ》は、呆然としながら仕方なく口を開いた。

「私たちはここに泊めてもらっている、取るに足らない者にすぎませんし、江湖のことには無関係です。関係のある方々で解決すれば良いものを、このように私たちを巻き込んで愚弄するなど、晏《イエン》宗主、どうかおやめください」

晏無師《イエンウースー》は笑みを浮かべる。

「愚弄などとんでもない。お前たちの利になるようなことをしてやっているのだ。天下の誰もが欲するものが、今お前の手の中にある。本当にほんの僅かでも嬉しいと思わぬのか？」

晏無師《イエンウースー》が介入したのは、まさか竹筒を、それとは全く無関係で、この場で一番価値のない二人に渡すためだとは、誰が予想できただろうか。全員が揃って沈嶠《シェンチアオ》に視線を向けた。瞳をぎらつかせ、沈嶠《シェンチアオ》の体に視線で穴を開けんばかりの勢いである。

雪庭《シュエティン》禅師は眉を寄せた。

「晏《イエン》宗主、なぜ関係のない者を巻き込むのです？」

晏無師《イエンウースー》は気にした風もなく、袍についている玉の飾り房を弄る。

「これに書かれている内容が知りたいのだろう？　このまま争っていても仕方がない。それなら、皆で利益を分かち合えばよい。私が読めば、ほかの者は信じぬだろう。だが、お前が読んだところで私も信じぬ。それなら、こいつに読ませればいい。どこまでこいつが読むか、そして読まれた分をお前たちがどれくらい理解できるかは、お前たちの運次第だ」

晏無師《イエンウースー》の行動は大胆で不遜《ふそん》、かつ型破りなのは誰でも知っている。だから、晏無師《イエンウースー》の言葉を白茸《バイロン》は密かに喜んだ。

今夜合歓宗から来ているのは白茸《バイロン》一人のみである。自分は怪我をしているし、雪庭《シュエティン》禅師や晏無師《イエンウースー》たちもいるので、『朱陽策』を手に入れるのは夢のまた夢である。

晏無師《イエンウースー》の提案通りになれば、『朱陽策』の内容をほんの二、三言しか聞けず、どれくらい自分のためになるか分からないとしても、帰ったら最低限の報告はできる。

そう考えて、白茸《バイロン》はジッと目を逸らさず沈嶠《シェンチアオ》が持つ竹筒を見つめた。

慕容沁《ムーロンチン》たちも同様に沈嶠《シェンチアオ》の動向を見守っていたが、雪庭《シュエティン》禅師だけは違っていた。

「晏《イエン》宗主。そちらのお方は江湖者ではないのでしょう？　この場で『朱陽策』を読ませて、その情報が広まったとしましょう。すると、『朱陽策』を手に入れたいと切望しながらそれを手に入れられなかった者たちの中に、必ずや残酷な悪人がいて、そちらのお方に手を出します。間接的に、彼を殺すことになってしまいますぞ！」

晏無師《イエンウースー》は気だるそうに答えた。

「老いぼれ坊主よ、ずいぶんと偽善的なことを言うものだな。国師だった頃に、お前はおそらく周国の宮中にある『朱陽策』を読んでいるだろう。天台宗で学んだ後にそれを裏切った時、お前の師慧聞《フイウェン》はまだ生きていた。お前は奴に評価されていたようだから、天台宗の『朱陽策』も読んだのかもしれない。今夜の一巻を加えれば、お前は五巻のうち三巻に目を通したことになる。うまい汁を吸っておきながら割を食ったふりをするというのは、まさにお前のような奴を言うのだろうな」

晏無師《イエンウースー》の言葉に賛同して、慕容沁《ムーロンチン》まで雪庭《シュエティン》禅師を皮肉った。

「禅師は大層な人格者でいらっしゃる。『朱陽策』の中身を聞きたくないのであれば、今すぐ立ち去れば良いでしょう。なぜ他人の行く手を妨げ、長々と議論をしようとするのです？　もしや、独り占めできないのが不満ですかな？」

雪庭《シュエティン》禅師はため息を一つ漏らすと、ついに黙り込んだ。

晏無師《イエンウースー》は沈嶠《シェンチアオ》の背中にある重要な経穴を二本の指で押さえ、「読め」と促した。

周囲の人間からは、晏無師《イエンウースー》は沈嶠《シエンチアオ》を脅しているように見えるだろう。ただ、沈嶠《シエンチアオ》だけは分かっていた。晏 無師《イエンウースー》は何か特別な方法を使ったようで、一瞬にして沈嶠《シエンチアオ》の詰まっているいくつかの経脈を通じさせたのだ。たちまち温かい真気が全身に広がって視界が徐々に明瞭になり、普通の人となんら変わらなく見えるようになった。

誰も、沈嶠《シエンチアオ》の命は晏無師《イエンウースー》に救われたのだと思わないだろう。その時から二人の関係が始まったとはいえ、沈嶠《シエンチアオ》も晏無師《イエンウースー》が特別自分を目にかけているとは決して思ってはいない。沈嶠《シエンチアオ》の脳裏にぼんやりとある考えが浮かび、晏無師《イエンウースー》のことがまたいっそう恐ろしく感じられた。

沈 嶠《シエンチアオ》は諦めて、竹筒を持ち上げる。ゆっくりとそれを開けると、中から巻かれた竹簡《ちくかん》（文字を書くのに使う竹の札）を取り出した。

竹はかなり薄く削られており、広げると三尺（約一メートル）程度の長さになった。

書かれている文字はかなり小さかったが、沈嶠《シエンチアオ》の視力は一時的に回復し、月光の助けもあってだいたいは読めるようになっていた。

全員が目をぎらつかせながら、沈嶠《シエンチアオ》を凝視している。

もし視線に実体があったら、それが沈嶠《シエンチアオ》に突き刺さっておそらく上から下まで全身が穴だらけになっていることだろう。

沈 嶠《シエンチアオ》は目を細め、文字をつまびらかに追いながら、ゆっくりと一字一句読み上げた。

「脾《ひ》は意を藏《かく》し、後天《こうてん》は妄意と為《な》り、先天《せんてん》は信と為り……」

全く内力がないので、沈嶠《シエンチアオ》の声量は当然普通の大きさである。しかしその場にいる者のほとんどは人並み以上に耳聡《みみざと》いので、明確に聞き取ることができた。

竹簡に書かれた内容は多くない。いくら沈嶠《シエンチアオ》がゆっくり読んでも、半時辰もしないうちに全て読み終わった。

口がカラカラに乾いた沈嶠《シエンチアオ》は、竹簡を晏無師《イエンウースー》に返した。晏無師《イエンウースー》がその背に当てていた指を引っ込めると、感じていた温かさは一気に消え失せ、沈嶠《シェンチアオ》の視界はまたゆっくりと暗闇に包まれた。しかも、目を使いすぎたからか、沈嶠《シェンチアオ》の両目は火に炙られたかのように、じりじりと痛み始める。

沈嶠《シェンチアオ》は思わず片手で目を押さえ、もう片方の手で竹杖を使いふらつく体を支えた。僅かに腰を曲げ、荒い息を整える。

晏無師《イエンウースー》はそんな沈嶠《シェンチアオ》に構わず、竹簡を手に取ると何も言わずに袖をパッと揺らし、それを放った。すると、竹簡はたちまち粉々になって空中に散り、消えてしまった。

一堂、呆気に取られる。

若く気の短い慕容迅《ムーロンシュン》は堪らず叫んだ。

「『朱陽策』がどれほど貴重なものか分かってんのか！　それをこんな風に破壊してしまうなんて！」

晏無師《イエンウースー》は淡々と言う。

「失われたからこそ、貴重だと言える。さっきこいつが読んだだろう。どれくらい覚えていられるか、それはお前次第だ」

慕容迅《ムーロンシュン》は息を乱して晏無師《イエンウースー》を睨みつけるが、何も言い返すことができない。

晏無師《イエンウースー》は軽く手を叩いて袖に付いた粉末を払うと、踵を返す。少しも未練がない様子だ。

この世で晏無師《イエンウースー》を引き留められる者など、ほとんどいない。雪庭《シュエティン》禅師は動かず、ほかの者たちも彼の後ろ姿が暗闇に紛れていくのを眺めるしかなかった。

白茸《バイロン》はもう怪我どころではなく、晏無師《イエンウースー》に続くようにしてすぐさまその場を後にした。追いかけるためではない。どこかで今自分が覚えた内容を書き記そうとしているのだ。

慕容迅《ムーロンシュン》と拓跋良哲《トゥオバーリアンジャー》は慕容沁《ムーロンチン》に目を向ける。慕容《ムーロン》沁《チン》は黙ってやや考えた後、決断して「行くぞ！」と言った。

三人は雲拂衣《ユンフーイー》たちには目もくれず、身を翻して去っていった。

雪庭《シュエティン》禅師は軽くため息をこぼし、雲拂衣《ユンフーイー》に別れの言葉を告げた。

「雲《ユン》副幇主、今夜のことにはさぞかし驚かれたことでしょう。どうか、拙僧の代わりに竇《ドウ》幇主によろしくお伝えください」

雪庭《シュエティン》禅師も去ろうとした雲拂衣《ユンフーイー》の行方を遮った一人ではあったものの、彼女が持っていた巻はすでに破壊されてしまったので、雲拂衣《ユンフーイー》は咎める気が全く起きなかった。ただ淡々と、「お気をつけて」とだけ返事をした。

雪庭《シュエティン》禅師がいなくなると、雲拂衣《ユンフーイー》は胡言《フーイエン》と胡語《フーユー》に二人の堂主を助け起こさせてから、沈嶠《シェンチアオ》と陳恭《チェンゴン》に言った。

「お二方が今夜経験した災難は、全て六合幇によってもたらされたものよ。本当に申し訳なく思っているの。これからどちらへ向かわれるのかしら？　もし良かったら、私たちがお送りするわ」

以前であれば、陳恭《チェンゴン》は喜んでこの申し出を受け入れただろう。しかし今夜の出来事で、陳恭《チェンゴン》は人の上には人がいる、天の外にも天があることを知った。興味はかなり薄れてしまったが、江湖に足を踏み入れられるせっかくの機会も捨てがたい。どのように答えればいいかと逡巡していると、沈嶠《シェンチアオ》が先に返事をした。

「ご厚意、痛み入ります。元々南へ向かい、親戚のところに身を寄せようとしていたのですが、このようなことに巻き込まれるとは全く思いもよりませんでした。今ではすっかり怖くなって、なるべく早く南へ行こうと思っています。ただ、私たちは一般人ですし、江湖の争いには巻き込まれたくありません。その点をどうか、ご了承いただければと思います」

雲拂衣《ユンフーイー》は少し考えてから、問いかける。

「先ほど読まれた内容は、まだ覚えていらっしゃるかしら？」

沈嶠《シェンチアオ》は首を横に振った。

「私たちは貧しい家に育ちました。ここにいる従弟《いとこ》は文字が読めませんし、私自身も読み書きが少しできる程度で古典など読んだことがありません。加えて、目も悪い。先ほどのお方は何やら神通力でも使って、手を私の背中に押し付けて竹簡の文字が見えるようにしてくださいました。ただ、読み終えて手が離れた途端、また見えなくなったのです。覚えているなんてとんでもありません」

沈嶠《シェンチアオ》の目は焦点が合わず、白目部分も微かに青みがかっていて、確かに目を患っている様子だ。彼が嘘をついていないと知り、雲拂衣《ユンフーイー》は残念に思ったものの、無理強いはしなかった。

「まあいい。私たちは夜通しで道を急がなくてはならないから、先に行くわ。もし何か急用で助けてほしいことがあれば、町の中にある六合幇の分堂でこの雲拂衣《ユンフーイー》の名前を言ってちょうだい」

沈嶠《シェンチアオ》は感激したように礼を述べ、陳恭《チェンゴン》はちらりと沈嶠《シェンチアオ》を見た後、同じように礼を言った。

雲拂衣《ユンフーイー》たちはすぐに旅立つ支度をし、胡言《フーイエン》と胡語《フーユー》は負傷した二人の堂主を連れて、一行は持ってきた二つの箱もそのままに町へと向かった。彼らがいなくなると寺は、あっという間に荒んだ空気に包まれた。

雲拂衣《ユンフーイー》たちの姿が視界から消えると、陳恭《チェンゴン》はそっと沈嶠《シェンチアオ》の肩を叩いた。誰かに聞かれてはいけないと、声を潜めて問いかける。

「一緒に行こうって誘われたのに、なんで断ったんだよ？　あいつらと一緒にいたほうが安全じゃないのか？」

沈嶠《シェンチアオ》は目にまだ痛みがあったが、陳恭《チェンゴン》の言葉を聞くと笑みを浮かべた。

「では先ほど私が答えた時、なぜ私を遮って一緒に行きたいと申し出なかったのです？」

陳恭《チェンゴン》は少し躊躇って、「あいつらに比べたら、当然あんたのほうが信用できるからさ」と答えた。

沈嶠《シェンチアオ》はため息をこぼす。

「あの雲《ユン》副幇主が同行を持ち掛けたのは、おそらく自分が聞いた内容が完璧ではないかもしれないと思って、私たちにそれを書き記すのを手伝ってほしいためです。今夜の事件で、情報はきっとすぐに広まり、みんなあらゆる手を使って写しを手に入れようとするでしょう。あの方々と一緒に行けば、万が一何かあった時、真っ先に差し出されるのは私たちです」

陳 恭《チェンゴン》はハッとして罵った。

「それであの女、いきなりあんな親切になったのか。なるほど、最初から悪だくみがあったというわけだな。あんたが止めなかったら、俺、本当にあいつらについていくところだったぜ！」

「これは私の推測にすぎません。ただ、『朱陽策』がそれほど貴重なら、あの人たちはきっと忘れてしまうのをひどく心配するでしょうし、どこかでまずはそれを書き記すはずです。そうしてできあがった写しは、きっとみんなが奪い合う。私たちは一般人ですし、同行すればとばっちりを食らうだけで、いいことはありませんから」

陳 恭《チェンゴン》はしおしおとうなだれた。

「確かに、あんたの言う通りだよ。撫寧県で見かけた六合幇の分堂が威風堂々としていたから、入りたいと思ったんだ。でも今夜から、その夢はもう二度と見ないことにする。俺は武芸も全くできないし、あそこに入ったところで一生雑用係だろうからな！」

二人は共に部屋に戻った。先ほどの出来事から既に半時辰近く経ち、ようやく沈嶠《シェンチアオ》の目の痛みが少し和らいだ。しかし、瞼を開けても結局何も見えない。沈 嶠《シェンチアオ》の視力はまた大怪我をした当初の最悪な状況に戻ってしまっていたのだ。

さっき晏無師《イエンウースー》は、元々数カ月、あるいは数年かけなければ正常に戻らないような沈嶠《シェンチアオ》の目を、何か特別な方法で一番いい状態にまで回復させた。一時的に見えるようになったが、また元通りになってしまったので、おそらくここから回復するにはさらに長い時間がかかるだろう。

沈 嶠《シェンチアオ》は思わず苦笑する。

彼は晏無師《イエンウースー》という人物の冷淡さと無情さを骨の髄まで思い知らされた。初めに自分を助けたのも、たぶん自分のためを思ってではない。

ただ、今夜……晏無師《イエンウースー》がここに現れたのは、本当に偶然なのだろうか？

不意に、陳恭《チェンゴン》が沈嶠《シェンチアオ》の袖を引っ張り、少し怯えた口調で問いかけた。

「なあ、さっきの坊さんが偽者だったんなら、元々寺にいた住職と若い坊さん二人はどこにいったんだ？　その……もしかして、もう殺されてるんじゃないよな？」

沈嶠《シェンチアオ》は何も言わない。

この沈黙が答えだと思ったのか、陳恭《チェンゴン》も顔面蒼白になって口を噤んだ。

天も地も、何一つ怖くないと自負している陳恭《チェンゴン》は、初めて強い力を持ちたいと心の底から思った。

この世の中じゃ、ある程度の実力がなければ、いつ生贄《いけにえ》となり下がり、何が何だか分からぬまま死ぬかも分からないのだから。

＊＊＊

果たして、寺の住職と二人の若い僧侶は息絶えていた。

死体は住職の部屋にあり、犯人はそれを隠そうともせず部屋に適当に放置していた。陳恭《チェンゴン》はその光景に腰を抜かし、死体をどこかに安置する余裕もなく半ば這うようにして沈嶠《シェンチアオ》のもとに戻る。沈嶠《シェンチアオ》の姿を見て、ようやく少し落ち着きを取り戻した。

両目とも見えない沈嶠《シェンチアオ》だが、静かに座っているだけで、なぜか彼から力を貰えるような気がするのだ。

陳恭《チェンゴン》は唇をブルブル震わせて尋ねる。

「もしかして、あの坊さんに変装した女が殺したのか？　あんなに強いんだから動きと口を封じるだけでいいのに、なんで殺すんだ？」

「たぶん、これがあの方のやり方なのでしょうね」

沈嶠《シェンチアオ》はしばし黙ってから続けた。

「何かをするのに、理由を必要としない人たちがいます。その人たちは他人を凌駕《りょうが》していると自負し、いいことをするのも悪いことをするのも、自分次第なんです」

陳恭《チェンゴン》はぼんやりと地面を見た。住職の死体に付いていた、乾いた血の痕が目の前をちらつく。今夜起きた全ての出来事は、陳恭《チエンゴン》が過去十数年で見聞きしたものをすっかりひっくり返した。その驚愕からまだ抜け出せないのだ。

(誰かに好きなように支配されて、殺されるような人間には絶対ならないぞ。俺は、他人を凌駕する奴になるんだ)

陳恭《チエンゴン》はそう考えながら、今夜出会った強者たちを思い浮かべる。

冷静沈着で、俗世からかけ離れた雪庭《シュエティン》禅師よりも、不遜に振る舞い、好き勝手に行動していた晏無《イエンウー》師《スー》のほうが、陳恭《チエンゴン》の尊敬の情をより駆り立てた。

沈嶠《シェンチアオ》は陳恭《チエンゴン》がそんなことを考えているとは露知らず、すっかり怯えてしまったのだろうと思って、慰めるようにその肩をポンポンと叩いて優しく言った。

「出会えたからには縁がある、とも言います。住職は私たちを泊めてくれましたし、恩があります。明日の朝、一緒に住職たちを葬りましょう」

陳恭《チエンゴン》は長く息を吐き出しながら、「分かった」と答えた。

＊＊＊

翌日の早朝、二人は簡単に住職と僧侶たちの亡骸を埋葬してから、町に入った。

昨晩の一件から陳恭《チエンゴン》はすっかり怖じ気づいてしまい、すぐにでも町から出たくて堪らない様子だった。遠くから六合幇の分堂の看板が視界に入っても近づくどころか、沈嶠《シェンチアオ》を引っ張って早く離れようとする。

沈嶠《シェンチアオ》は苦笑しながら、陳恭《チエンゴン》に言った。

「私たちは名前を知られていませんし、気に留める者はいないかと。昨夜あの場にいたほかの方々を狙うでしょうから、そんなに心配しないでください」

言うや否や、塀のほうで誰かが「ぷっ」と吹き出した。

「心配する必要はあると思うけどなぁ。というか昨日の夜は暗くてよく見えなかったけど、まさかあなた、こんなに整った綺麗な顔をしているなんてね。

うっかり見落としちゃうところだったよ！」

甘ったるい声は、聞き覚えがある。

そう思った陳恭《チエンゴン》はブルリと体を震わせて顔を上げる。塀の上には、赤い服を着た一人の若い女性が座っていた。黒髪を結い上げ金の輪で留め、美しく魅力的な笑みをこちらに向けている。声こそ昨晩の若い僧侶のものだったが、それ以外は頭の天辺から足の爪先まで、どこにもその面影がない。

普段これほど美しい女性が町を歩いていたら、陳《チエン》恭《ゴン》はきっと何度か盗み見していただろう。けれどもこの時、出雲寺の僧侶たちの惨い死に様が脳裏に蘇り、陳恭《チエンゴン》はゾワゾワと寒気がして二度見する勇気さえ湧かなかった。

白茸《バイロン》はニコニコと笑顔を見せる。

「どうしたの、そんなにビクビクしちゃって。また会えたんだから、喜ぶところでしょ。あたし、わざわざ二人に会いに来たんだよ！」

目が見えない沈嶠《シエンチアオ》は、声のするほうに拱手するしかない。

「そちらのお嬢さん、私たちになんのご用です？」

白茸《バイロン》は唇を尖らせる。

「お嬢さんって、堅苦しいなぁ。あたしは白茸《バイロン》っていうの。ちなみに白茸《バイロン》は、牡丹《ぼたん》の別名だから、牡丹ちゃんって呼んでくれてもいいよっ！」

言いながら白茸《バイロン》はひらりと二人の前にやってきた。沈嶠《シエンチアオ》にかなり興味があるようで、彼女はいきなり手を伸ばし、沈嶠《シエンチアオ》の顔に触れようとする。

指先が触れる寸前に沈嶠《シエンチアオ》は気づいて、後ろに二歩ほど下がった。

白茸《バイロン》はクスクス笑いながら、単刀直入に言う。

「昨日の夜、あなたはあの巻を読んで、もう一人のあなたは初めから最後まで傍で聞いてたでしょ。書いてあったことは少なからず覚えてるよね。あたし、これからその内容を全部書き記そうと思ってるんだけど、ちょっといくつか記憶が曖昧になっていることがあって、すっごく助けてほしいの。ちゃんと終わったらお礼として、お金でも美人でも、欲しいものぜーんぶ願い通りにあげるよ～」

最後の一言にはどんな男の心をも揺さぶるほどの、なんとも言えぬ艶めかしさがたっぷりと含まれている。

陳恭《チエンゴン》は耳がじわりと熱くなり、そのまま頷きそうになったが、自分の肩に置かれていた手に力が籠もったのを感じ、ハッと我に返った。すぐさまブンブンと音を立てんばかりに首を横に振る。

「俺、字が読めないんだよ！」

沈嶠《シェンチアオ》も続ける。

「お門違いですよ。彼は文字が読めませんし、私は目が見えないのです。昨夜もただ書かれている文字を読み上げただけで、内容も理解していません。読み終わったら中身は忘れましたし、私たちでは力になれないかと」

白茸《バイロン》は笑顔を崩さない。

「今は二人ともまだ混乱してるだろうし、思い出せなくて当然だよ。あたしと一緒に帰ってからじっくり考えれば、いろいろ思い出せるかもね。あたしみたいな美人のお願い、ほんとに断っちゃっていいの？」

言うなり、沈嶠《シェンチアオ》たちの返事を待たずに白茸《バイロン》は真っ直ぐ二人に手を伸ばしてきた。

陳恭《チエンゴン》の脳内で警鐘が鳴り響き、すぐさまその場から逃げなければと思った。ところがどういうわけか、女性の美しく白い手が伸びてくるのを目にして、全く体に力が入らない。ただその手が自分の肩を撫でるのを眺めていることしかできず、とうとう陳恭《チエンゴン》は足から力が抜け、その場にへたり込んでしまった。

「師妹《しまい》はずいぶんと機嫌がいいらしい。また人を殺そうとしているのか？」

その時、老けた声とともに現れたのは、声とは真逆の極めて美しく若い顔の男だった。

その男、霍西京《フォシージン》は身軽に塀から飛び降りると、微かに顔色を変えた白茸《バイロン》に笑いかける。

「滅多に会えない師兄がここにいるんだぞ。嬉しくないのか？」

白茸《バイロン》は、沈嶠《シェンチアオ》と陳恭《チエンゴン》のことはひとまず置いておき、いきなり現れた招かれざる客を注視する。

「とんでもない。久々だったから、驚きと嬉しさでどうすればいいのか分からなかっただけですよ」

霍西京《フオシージン》は半笑いで白茸《バイロン》を一瞥してから、視線を陳《チエン》恭《ゴン》から沈嶠《シエンチアオ》に向けた。途端にひどく興味津々な顔つきになり、白茸《バイロン》に問いかける。

「そこにいる方はずいぶん麗しい顔立ちだ。師妹、どうせ殺すのなら、先にそいつの顔の皮をくれないか？　その後で殺せばいい」

白茸《バイロン》はそっと沈嶠《シエンチアオ》の前に立った。

「ご冗談を。この人たちを殺そうとなんて思っていませんから。それよりも師兄、どうしてここに？　まさか、あたしと積もる話をしに遠路はるばる来たわけじゃないでしょ？」

「師妹に昨晩たいそうな〝縁〟があったと聞いてな。ちょうどここを通りかかったから、ついでに寄り道をしたんだ」

「何が言いたいんです？　あたし、全然分かんないですよ！」

霍西京《フオシージン》は軽く鼻を鳴らした。

「昨晩、六合幇が『朱陽策』の一巻を持って郊外の寺に現れたが、それは晏無師《イエンウースー》に破壊されたらしいじゃないか。師妹もその場にいたんだろう？　しかも、聞くところによると、晏無師《イエンウースー》はあの巻を破壊する前に、誰かに読ませたと。利口で賢い師妹のことだ。聞いた内容をきっともう書き記して、師尊に渡す手はずを整えているよな？」

白茸《バイロン》はベッと舌を出して、幼い女の子のように怒った表情を浮かべる。

「あたしは師尊孝行ですもん。そういうものは当然、師尊にお渡ししますよ。師兄、まさかと思いますが、噂を聞きつけて手柄を横取りしにきたんですか？　そうはさせませんからね！」

「俺にいい考えがある。それを俺が保管するというのはどうだ？　一緒に帰って師尊にご報告すればいい。そうすれば、師妹は大事なものを失くす心配をしなくて済むだろ？」

白茸《バイロン》が笑う。

「師兄、あたしを馬鹿だと思ってるんですか？」

霍西京《フォシージン》も笑って、「ずいぶんと俺は疑われているんだな。師兄は心が痛いぞ！」と返した。

師兄妹は和気藹々と会話しているように見えて、一言一言は真綿に包まれた針のように、相手の隙と弱点を狙っている。

白茸《バイロン》は一刻たりとも気を緩められなかった。沈《シエン》嶠《チアオ》が陳恭《チェンゴン》を連れて逃げ出そうとしているのに気づいていたが、気を回す余裕がない。うっかり霍西京《フォシージン》の術中にはまらないよう、ひたすら相手に全ての注意を向けるしかなかったのだ。

霍西京《フォシージン》が眉を吊り上げる。

「奴らが逃げたぞ。師妹、追わないのか？」

白茸《バイロン》はニコニコと答えた。

「あの人たちより、師兄のほうが大事かなって」

感情たっぷりの言葉。しかし二人とも、それは真っ赤な嘘だと分かっていた。

＊＊＊

陳恭《チェンゴン》はどうやって沈嶠《シエンチアオ》に引っ張り上げられ、走り出したのか、全く分からなかった。沈嶠《シエンチアオ》は目が見えないので、竹杖をついていても足元がおぼつかない。陳恭《チェンゴン》にしても体に力が入らず、後ろから沈嶠《シエンチアオ》に道を指し示してやることしかできない。おおよそ半時辰走った頃、とうとう陳恭《チェンゴン》は我慢できずに息を切らして、「ちょ、ちょっと一休みしようぜ、これ以上走れない……」と言った。

沈嶠《シエンチアオ》は速度を落とし、険しい表情のまま、すぐ近くにある宿屋に向かっていく。

陳恭《チェンゴン》は慌てて問いかけた。

「俺たちは町から出るんじゃないのか？　早くここから出て逃げないと、あの妖女に追いつかれちまうぞ！」

「あちらもきっと私たちが町から出ると考えているでしょうから、なおさら出てはいけないのです。町の中にいれば人も多いので、簡単には見つからない。まずは宿で一晩休み、明日機会をうかがって町を出ましょう。あの男性がいるので、彼女もすぐには私たちを追いかけてこられないはずです」

二人は宿屋に入り、部屋を一つ借りた。先ほど沈《シェン》嶠《チアオ》の足取りは確かに速かったが、陳恭《チエンゴン》はその顔に滲む濃い疲労の色に気づいていた。彼は自分よりもずっと体が弱く、普段なら少し歩くだけで息が荒くなるのを思い出して、少し可哀想に思う。

「今夜、俺は床で寝るよ。寝台はあんたに譲るから」

体力が限界に近かったので、沈嶠《シェンチアオ》も遠慮はしなかった。昨晩、晏無師《イエンウースー》に真気を注ぎ込まれて目を酷使してからというもの、全身に力が入らない状態が続いている。今まで気を張り詰めていたのでなんとか持ちこたえることができたが、肩の力を抜いた途端、すぐにでも気絶してしまいそうだった。

陳恭《チエンゴン》は訝しげに問いかける。

「なあ、あの二人って師兄妹だろ。なんで敵同士みたいになってんだ。それにあの男もちょっと変だよな。声は爺さんのようなのに、顔はあんなに若いなんて！」

沈嶠《シェンチアオ》はこめかみを揉みながら、「あの方は偸天換日《とうてんかんじつ》を使っているんです」と答えた。

「なんだ、それ？」

なんだか威勢のいい名前である。

「つまり、顔変えの術です。他人の顔の皮を剝いだ後、何かしらの秘術《ひじゅつ》を使って自分の顔に貼り付けているんです。そうすれば、永遠に若く、美しさを保つことができる。あの二人はどちらもかなり厄介です。不仲でなければ、今日は逃れられなかったでしょうね」

その言葉に陳恭《チエンゴン》は全身が粟立ち、「そんなえげつないやり口があるのか！」と声を上げた。

沈嶠《シェンチアオ》はそれ以上起きていられず、服も脱がずに寝台に横たわった。体を僅かに丸め、真っ青な顔に眉を微かに寄せた様子は、瀕死の人そのものだ。

共に旅を始めた頃、陳恭《チエンゴン》は沈嶠《シェンチアオ》がいつ倒れてしまうかと心配していたが、毎日こんな様子なので、今ではすっかり慣れた。

ふと思いついたことがあって、陳恭《チエンゴン》は問いかける。

「あれ、確か前に、何も覚えてないって言ってたよな。なんであの男がそういう術を使ったって知ってるんだ？」
「まあ、たまにちょっと思い出すので」
陳 恭《チェンゴン》はひくりと口角を引きつらせた。
「もう寝ましょう。明日も早いですから」
沈 嶠《シェンチアオ》は明らかにそれ以上何も言いたくない様子で、寝返りを打ち陳恭《チェンゴン》に背中を向けた。
仕方がなく、陳恭《チェンゴン》も大人しく寝ることにした。
その夜、陳恭《チェンゴン》は悪夢を見た。顔の皮を剥がされ、皺だらけの老人の顔に変えられてしまう夢だ。鏡を見ても自分だと分からないほどで、陳恭《チェンゴン》は驚いて目を覚ました。外はすっかり明るくなっていて、寝台はもぬけの殻だった。
沈 嶠《シェンチアオ》がいない。
陳 恭《チェンゴン》はドキリとして、飛び起きる。混乱していた。寝台に触れてみるとすでに冷たく、外に捜しにいこうかと考えていたその時、扉を開けて沈嶠《シェンチアオ》が中に入ってきた。
陳 恭《チェンゴン》はホッとして、「どこに行ってたんだよ？」と尋ねる。
二人が共に旅をしてきたこの期間、陳恭《チェンゴン》は口には出さないが、いつの間にか沈嶠《シェンチアオ》がそこにいるのが当たり前になっていた。
沈 嶠《シェンチアオ》は目が見えず、体も弱い。普通なら、彼は生活をするうえでいろいろな不便があるから、陳恭《チェンゴン》の手伝いが必要だと皆思うだろう。しかし実際にはほとんどの場合、陳恭《チェンゴン》は沈嶠《シェンチアオ》の言うことに従っていた。そのおかげで、二人はあまり回り道をせずに済んでいるのだ。
沈 嶠《シェンチアオ》は扉を閉じて、そっと言う。
「私たちは今日、ここでお別れをしましょう」
陳 恭《チェンゴン》はぎょっとして飛び上がり「なんで！」と叫ぶ。
「白茸《バイロン》は彼女の師兄をあしらってから、私たちを捜しに戻ってくる可能性があります。また、六合幇の同行の申し出を断りましたが、彼らは後悔して何かしようとするかもしれません」

そこでいったん言葉を切って、沈嶠《シェンチアオ》はため息を漏らした。

「それからあの慕容沁《ムーロンチン》。おそらく朝廷に仕える手練れでしょう。もし朝廷側の人間を使って私たちを捜させたら、それこそあっという間に見つかってしまう。私は目が見えず、君は文字が読めないとはいえ、『朱陽策』の誘惑はやはり大きすぎます。多くの人が一生をかけても手に入れられないその内容を、私たちは耳にしてしまったんです。しかも、あの場にいた者の中で、私たちは一番弱い。江湖者なら誰であろうと、私たちを殺せます」

陳恭《チェンゴン》は言葉に詰まる。

「なっ、なら、どうすりゃいいんだよ？　俺たちだって好きで聞いたわけじゃないぞ！　しかも、あれはすごく難しい言葉ばかり使ってたし、あんなのわざわざ聞こうとは思わないっての！」

「匹夫《ひっぷ》罪なし、璧《たま》を懐《いだ》いて罪あり、という言葉があります。凡人が不相応な宝を手にすれば、災いを招くことになる。私たち二人が昨晩行動を共にしたところはもう見られているのです。従って、これからは別の道を進むしか方法はありません」

しばし考えていたが、陳恭《チェンゴン》は残された手は確かにこれしかないと気づいた。本当に彼らと手を交えることになったら、おそらく二人とも一撃でやられてしまうだろう。心が激しく揺れ動き無力感がさらに深まっていく――陳恭《チェンゴン》は役に立たない自分が恨めしくて仕方がなかったが、どうすることもできない。

「……分かった」

陳恭《チェンゴン》はなんとか納得して、沈嶠《シェンチアオ》に目を向けた。

「ただ、あんたは一人で大丈夫か？」

沈嶠《シェンチアオ》は笑う。

「大丈夫も何も、撫寧県にいた時、私は一人でもちゃんとやれていたでしょう？」

それもそうか、と思いながらも、陳恭《チェンゴン》はなんだか気が晴れない。

「じゃあ町を出たら俺たち、また会えるか？」

「縁に任せましょう。君はまだ、六合幇へ行くつもりですか？」

陳恭《チェンゴン》は首を横に振る。彼の考えははっきりしていた。

「あの副幇主は俺のことを知ってるから、六合幇なんて行ったらそれこそ飛んで火に入る夏の虫だ。俺があの厄介な一巻の中身を聞いたことをみんな知ってるし、きっと俺から何か聞き出そうとするだろうよ」

「では、これからどちらへ？」

陳恭《チェンゴン》は肩を落とす。

「まあ、様子を見ながらなんとかするさ。そのうち持ってる金を使い果たして、どこかに落ち着くことにするかもしれないし。結局飯は食わねぇといけないからな」

「六合幇はなんと言っても大きく、入るのも大変です。入れたとして、必ずしも良い扱いを受けられるとは限りませんし、それなら清く正しい小さな幇会に入ったほうがいい。君の賢さをもってすれば、きっとすぐに出世するでしょう」

「なるようになるだろ。俺、北に行くよ。鄴城に行ってみる。あそこはかなり栄えてるって聞いたんだ。きっと出世する機会も多いはずだ」

そう言いながらも、陳恭《チェンゴン》はあまり気が乗らない様子だった。持っている荷物は服二着ほどなので、それを包めばいつでも出発できる。

去り際、陳恭《チェンゴン》は振り返り、沈嶠《シェンチアオ》をもう一度見た。竹杖を前に置いて、彼は静かに座っている。両目はやはり焦点が合っていなかったが、顔は自分のほうに向けられ、見送ってくれているようだ。

なぜか、陳恭《チェンゴン》は不意に鼻の奥がつんと痛むのを感じた。

「その……元気でな」

沈嶠《シェンチアオ》は頷いて、「君も」と返した。

縁もゆかりもない二人が偶然出会い、巡り合わせで旅をして、ゆえあって別れて進む。いたってありふれたことだが、十代の陳恭《チェンゴン》は、冷静にそれを受け止める術をまだ知らない。

陳恭《チェンゴン》が去って間もなく、沈嶠《シェンチアオ》も町から出ようと旅支度をした。町の南門から出る予定なので、陳恭《チェンゴン》と鉢合わせすることはないだろう。彼と別れることにしたのは、敵の狙いを分散させるためだが、沈《シエン》嶠《チアオ》にはほかにも理由があった。

＊　＊　＊

陳　恭《チエンゴン》はビクビクしながら町を出たが、尾行する者も行く手を阻む者もいないとみて、やっと安心した。

懐州は周国に近く、旅の商人も頻繁に行き来している。町の城門の外では、たくさんの人が物を売っていた。売り声はあちこちから上がり、かなりの賑わいだ。これまで恐ろしい人たちから逃れることで頭がいっぱいだったので、陳恭《チエンゴン》は細かく周りの様子を見ていなかった。しかし今、改めて賑やかな市に身を置くと、十代の少年の好奇心が頭をもたげた。

とはいえ、長居する勇気はない。陳恭《チエンゴン》は辺りを一通り軽く見物してから、できたてで熱々の烙餅《ラオビン》（捏ねた小麦粉を丸く伸ばして焼いたもの）を二つ買った。官道（国道）に沿って北へ向かう途中で食べるためだ。

しばらく進んだところで、ふと後ろから馬の蹄の音が聞こえてきた。人の泣き声までも耳に入り、陳《チエン》恭《ゴン》は急いで振り返る。すると、数人の男が馬を疾走させて城門から飛び出し、こちらに向かってきているではないか。その後ろには手に弓や矢を持った多くの人間が、馬に乗ってぞろぞろと続いている。

状況が飲み込めず、陳恭《チエンゴン》はしばし立ち尽くした。一行はどんどん近づいてきて、後ろに続く人間たちが弓を構えてこちらを射ようとしているのが目に入り、陳恭《チエンゴン》はようやく我に返った。途端に肝をつぶして、次の瞬間には一目散に走り出したが、頭の中はまだ混乱したままだ。どうしていきなりこんなことになったのか、さっぱり分からない。

陳　恭《チエンゴン》だけではない。城門辺りにいた人々もたちまち混乱して、悲鳴を上げながら逃げ回っている。

陳　恭《チエンゴン》は振り向くことすらできずに必死に逃げた。どこに行っても何かしらの災いに巻き込まれるのだから、自分は本当についてない。

少しの間走っていると、宙を劈《つんざ》く矢の音が聞こえてきた。矢は陳恭《チェンゴン》の耳のすぐ横を掠め、目の前の草むらに突き刺さる。

陳恭《チェンゴン》は腰が抜け、危うく前に倒れそうになった。

背後からは時折、叫び声や人々が地面に転倒するような音が聞こえる。その合間に、馬に乗った者の笑い声も響く。相当に楽しそうな様子だ。

誰かがお世辞を言う。

「さすが郡王様、素晴らしいです。これぞまさに百歩離れたところから柳の葉も射止められるという、百発百中の腕前ですね！」

笑い声が突然止み、郡王と呼ばれたその人物がにわかに声を張り上げる。

「前にいる、その足が一番速い奴。誰も狙うのでないぞ、あれは私の獲物だ！」

陳恭《チェンゴン》より足が速い者など、この場にいるだろうか？　いや、いない。

陳恭《チェンゴン》は何が起きているのかを察した。

高官や貴族の多くは狩りを好む。しかし、中には少々変態的な嗜好の者がおり、動物ではなく生きた人間ばかりを狩ろうとする。囚人や奴隷を逃がして一生懸命走れと命じ、生きた的となった彼らを矢で射るのだ。その人たちが生きようが死のうがどうでもいい。これがいわゆる〝人狩り〟だ。

陳恭《チェンゴン》がこのことを知ったのは、撫寧県から出た後だった。当時はそんなことがあるなんてと、周りの人たちと驚いたものだが、講釈師《こうしゃくし》（講談をする者）が語る物語のような光景が今、自分の目の前で繰り広げられている。全く面白くない状況だ。

これが〝人狩り〟だと気づき、陳恭《チェンゴン》の心臓が飛び出しそうなくらいに早鐘を打った。

彼は突然立ち止まると、向きを変えて素早くその場にひれ伏し、大声で許しを乞う。

「どうか命だけはお許しください！　手前は獲物でもなければ、囚人でも奴隷でもありません！　良民《りょうみん》なんです！」

「良民がなんだ？　殺そうが生かそうが、私の勝手だ！」

先頭にいた人物、穆提婆《ムーティーボー》は陳恭《チェンゴン》の言うことなどものともせずに笑う。そうしてはっきり陳恭《チェンゴン》の顔を見てから、「おや？」と声を漏らした。

「そなた、顔を上げてみよ」

陳恭《チェンゴン》は覚悟を決めて、ひどく怯えながら顔を上げる。

穆提婆《ムーティーボー》は興味津々の様子だ。

「少し肌が黒いが、まあ整った顔だな。手足も柔らかそうだ。もしそなたを見逃してやったら、どう報いてくれる？」

陳恭《チェンゴン》は何がなんだか分からぬままに答える。

「手前は牛馬《ぎゅうば》のように働きます。好きなように使っていただければ……」

穆提婆《ムーティーボー》は軽く笑う。

「ならよい。誰か、こいつを連れて帰って綺麗に洗え！」

陳恭《チェンゴン》は幼くして家を出ているので、全くの世間知らずというわけではない。自分を見る周りの人たちのいわくありげな表情。そして、この人物の先ほどの言葉。それらを繋ぎ合わせ、陳恭《チェンゴン》はハッとした。

（俺を男寵《なんちょう》「男の愛人」にする気か！）

男寵を持つのは斉国、特に上層貴族にとっては珍しいことではない。斉国の皇帝たちの中にも、男女構わずどちらも愛でていた人物がいた。上の者がやれば下の者も真似るので、男色が盛んになったのだ。

陳恭《チェンゴン》は、ここにいるのが斉帝の最もお気に入りの臣下であることは全く知らない。それでも、陳恭《チェンゴン》は相手の心づもりを察して肝をつぶし、頭を何度も地面に打ち付けながら、大声で訴えた。

「どうかお許しください！　手前は大した顔立ちをしていませんし、連れていかないでください！」

穆提婆《ムーティーボー》の表情が曇る。

陳恭《チェンゴン》の心臓はバクバクと激しく鼓動した。

沈嶠《シェンチアオ》からいくつか技を教わったが、今は多勢に無勢。おまけに皆刀剣を携え、目をぎらつかせている。自分の生半可な武功では到底敵わないし、それどころか、目の前の人物に近づく前に無数の矢に貫かれてしまうだろう。

何も恐れるものはないと思っていた陳恭《チエンゴン》は、この時、やっと自分があまりにも幼稚だったことに気づいた。今まで怖い物知らずだったのは、危機的状況になっても自分で対処できていたからだ。しかし今、ここにいるのはどんな身分なのかも知れない権力者らしき人間たちだ。いや、身分など知る必要もない。きっと自分では到底逆らえない相手だからこそ恐ろしい。

傍にいた従者が笑いながら、

「郡王様、これほど身の程知らずな奴は初めて見ましたよ！」

と言う。

さらに誰かが同調した。

「その通りです。こいつの顔立ちは特段秀でているというわけでもありませんし、郡王様のお目に留まっただけでも、運がいいというもの。なのに断るなんて、この場で射殺《いころ》したほうがマシですよ！」

穆提婆《ムーティーポー》は目を細め、ゆっくりと弓を構える。

「お伝えしたいことがあります！」

陳恭《チエンゴン》は頭の中が真っ白になる。深く考える前に、その口はすでに動いていた。

「手前は大した見た目ではございませんし、お目を留めていただくほどの価値はありません。ですが、し、知り合いが一人います！ そいつは手前よりもずいぶん、いえ、郡王様がお連れのどの方々よりも、美しいのです！」

穆提婆《ムーティーポー》の後ろにいるのは、美男子ばかりである。陳恭《チエンゴン》の言葉を聞いてどっと笑いが起こり、皆口々に世間知らずな陳恭《チエンゴン》を愚弄した。

「そんな田舎臭い格好で、我らよりも美しい者を知っているだなんて！」

穆提婆《ムーティーポー》は何も言わず白い羽根の付いた矢を取り出して、今にも射ようとしている。

陳恭《チエンゴン》の全身から冷や汗が吹き出る。しかし、命が懸かっているので一生懸命大声で叫んだ。

「そいつとは別れたばかりで、まだ町の中にいるはずです！ 信じがたいと思われるのなら、ご案内しますから！　すごく綺麗な顔をしているのですが、ただ、目が不自由でして。見えないんです。お、お気に召すといいのですが！」

目が見えない、と聞いて穆提婆《ムーティーポー》はようやく興味を持ったようだ。

「そう言えば、私はまだ目の見えぬ者で遊んだことがない。そのような者なら、寝台に縛り付ける時、目を隠す必要もないのだろうな？」

不埒《ふらち》な物言いに、周囲で密やかな笑い声が上がった。

なるほど、この権力者たちは少しも節操がないのだ、と陳恭《チエンゴン》は思い知る。しかし、言ってしまったことをいまさら後悔してももう遅い。沈嶠《シエンチアオ》は自分より腕が立つのだから、もしかしたら彼らを撃退できるかもしれない。それに、町の中に行っても、沈嶠《シエンチアオ》はすでにいなくなっている可能性もある。

いろいろな考えが頭の中を過る。陳恭《チエンゴン》が身動きせずぼんやりと座っていると、馬を近づけてやってきた従者が顎を持ち上げ、見下すように命じた。

「さっさと案内しろ！」

陳恭《チエンゴン》は歯を嚙みしめる。

「その、じ、実はそいつ、体も弱くて。確かに顔は良いのですが、興を削いでしまうかも……」

穆提婆《ムーティーポー》は冗談交じりに言い放った。

「それならなおさら良いではないか。ぐったりしているのを弄べば、また違った楽しさがあるかもしれん。それに、もしその途中で死んだのなら、そいつの体が弱かっただけのこと。私のせいにはできん！　道案内をしたくないのなら、そなたがそいつの代わりになれ。そなたは病弱でないのだから、どんな風に遊んでも問題はないだろう？　裸になって、私の飼っている狼犬と遊んでみるのはどうだ？　奴らはちょうど発情期だが、交わる相手を見つけてやれなくて困っていたのだ！」

陳恭《チエンゴン》は目を見開いた。まさか、これほど残虐な人間がこの世にいるとは。穆提婆《ムーティーポー》が放った言葉に、陳恭《チエンゴン》は全身を震わせ、反駁《はんばく》する気もすっかり消え失せた。

（沈嶠《シエンチアオ》、俺を責めるなよ。俺だって、こうする以外、方法がないんだ）

陳恭《チエンゴン》は内心で呟いた。

＊　＊　＊

一行を連れて町に戻った陳恭《チエンゴン》は、沈嶠《シエンチアオ》と一緒に滞在していた宿屋に向かった。彼がここを離れてから、まだ半日程度しか経っていない。

宿屋の主人は陳恭《チエンゴン》を覚えていた。戻ってきただけではなく、後ろにぞろぞろとたくさんの人を連れているのを見ては疎《おろそ》かにできず、慌てて近寄ってきた。

「これはいったい……？」

陳恭《チエンゴン》は振り返って穆提婆《ムーティーポー》を一瞥する。穆提婆《ムーティーポー》は粗末な宿屋を見て眉を寄せて鼻を覆い、中に入ろうとしなかったので、数名の従者が陳恭《チエンゴン》とともに宿屋についてきたのだ。

「俺と一緒に来た奴はまだいるか？」

陳恭《チエンゴン》は手で杖をつく振りをする。

「目が悪くて、竹杖をついていた奴だ」

主人は急いで答える。

「あぁ、はい、まだ部屋におりますよ。降りてきていません」

陳恭《チエンゴン》は内心喜んだが、すぐに一抹の申し訳なさを覚える。しかしそれも一瞬だった。

穆提婆《ムーティーポー》の従者が、眉を寄せて陳恭《チエンゴン》を怒鳴りつけたからだ。

「もたもたするな、早く部屋に連れていけ！」

その男は化粧をしていて、気取っている。陳恭《チエンゴン》は相手を一瞥して、それ以上見る気が失せた。ただ、逆らうわけにもいかず、のろのろと彼を連れて上の階に向かうしかない。沈嶠《シエンチアオ》が既にここから立ち去っていてほしいという思いと、まだいてほしい、という矛盾した思いを抱えながら。

上の階に行き、陳恭《チエンゴン》は扉を叩いた。

三度目で、中から予想通り、聞き慣れた声が聞こえてきた。

「どなたですか？」

その瞬間、陳恭《チェンゴン》はなんとも形容しがたい気持ちになった。ゴクリと一度唾を飲み込んでから、やっと「俺だよ」と答える。

「陳恭《チェンゴン》くん？　どうして戻ってきたのです？　早く中へ」

少し意外そうだったが、沈嶠《シェンチアオ》の声は相変わらず穏やかだった。

陳恭《チェンゴン》は複雑な気分になって、一気に罪悪感が湧き上がる。

「なんで中に入らないんだ？」

穆提婆《ムーティーポー》の従者が焦れて、思い切り陳恭《チェンゴン》を押した。前に躓《つまず》いた勢いで、陳恭《チェンゴン》が扉を開く。

沈嶠《シェンチアオ》は窓辺に座っていた。顔を少し外に向け、窓の外の景色を楽しんでいるようにも見える。けれども、陳恭《チェンゴン》には分かっていた。あの夜以降、沈嶠《シェンチアオ》の目は完全に視力を失くしたのだ。

「チッ、これがお前の言う美人か。なんだ大したことな……」

沈嶠《シェンチアオ》が振り向いた途端、従者はピタリと口を噤み、言葉を継げなくなる。

下で待っていたが我慢できなくなり、上の階にやって来た穆提婆《ムーティーポー》は、目をきらりと光らせた。

彼は育ちが貧しく、勢力を手にできたのは母親のおかげだった。その後、皇帝と交流を持つようになって、やっと豪奢《ごうしゃ》な生活を送れるようになったのだ。それもあって、穆提婆《ムーティーポー》はかなり身なりを気にしている。相手も身なりで値踏みし、大したことがなければ眼中に入れないほどだ。

沈嶠《シェンチアオ》の服は当然、上等な布地が使われているわけではない。髪も服と同じ薄い青色の布で簡単に結わえているだけで、玉のかんざしすらない。

にもかかわらず、穆提婆《ムーティーポー》は彼から目を逸らせずにいた。

粗末な格好は、その男の美しさを全く損なっていなかったのだ。

それどころか、沈嶠《シェンチアオ》が無表情にこちらを〝見た〟時、穆提婆《ムーティーポー》は喉の渇きすら覚えた。このまま相手を押し倒し、その服を引き裂いて気のむくままに蹂《じゅう》躙《りん》したいという衝動が芽生える。

「陳恭《チエンゴン》くん、誰を……？」

少し茫然とした声に、穆提婆《ムーティーボー》はますます興奮した。

この者が眉を寄せて泣き出す時、どれほどの悦びをもたらしてくれるのだろう？

穆提婆《ムーティーボー》は考えた。まずはこいつを懐州に引き留めて、心行くまで弄ぼう。その後、斉帝高緯《ガオウェイ》に送ってやればいい。高緯《ガオウェイ》は自分と同じく、普通とは異なるもので遊ぶのを好む。このような目の見えない美人を送れば、皇帝は大いに喜ぶに違いない。そこまで考えて、穆提婆《ムーティーボー》は「そなた、名はなんという？」と沈嶠《シェンチアオ》に問いかけた。

沈嶠《シェンチアオ》は微かに眉を寄せて質問に答えず、「陳恭《チエンゴン》くん？」とだけ呼びかけた。

沈嶠《シェンチアオ》は目が見えていないと分かっていたが、それでも陳恭《チエンゴン》は無意識にその視線を避けた。

穆提婆《ムーティーボー》はその様子を目にして小さく笑う。

「この陳恭《チエンゴン》とやらが私に言ったのだ。ここに美人がいて、しかも、私が連れていた誰よりも綺麗だとな。ずいぶんと世間知らずで嘘ばかり吐く小僧だと思って、ついてきてみたら、どうだ。なるほど、奴の言葉は全く大げさではなかったな」

穆提婆《ムーティーボー》は、無表情で黙り込んでいる沈嶠《シェンチアオ》を気にした風もなく続けた。

「私は城陽《じょうよう》郡王穆提婆《ムーティーボー》、今の陛下にも深く気に入られている。もし私とともに来てくれるのならば、今後は好きなように贅沢をさせてやろう。権力も富もそなたの意のままだ。もうこんな粗末なところにいる必要はないぞ」

それを聞いて沈嶠《シェンチアオ》はため息をこぼした。

「陳恭《チエンゴン》くん、君が私の居場所を教えたのですか？」

陳恭《チエンゴン》は心を決めて答える。

「仕方がなかったんだよ！　もし連れてこなかったら俺がそい……郡王様に奉仕しないといけなくなるんだ！」

沈嶠《シェンチアオ》は首を横に振る。

「まさか彼らをここに案内したら、自分は難を逃れられると？　そちらの城陽郡王様に聞いてみなさい。君を逃がしてくれるかどうかを」

穆提婆《ムーティーポー》は声を上げて笑った。

「その通りだ。こいつはそなたの指の一本ほどにも及ばぬが、手足はしっかりしているうえに頭の回転も速い。顔もマシなほうだ。このような者を召使いにするのも悪くないからな！」

陳恭《チェンゴン》は仰天する。

「さっき、逃がしてくれると言っていたじゃないか！」

穆提婆《ムーティーポー》は陳恭《チェンゴン》を全く気に留めていなかった。軽く手を振ると、傍にいた従者がすぐ前に出て、陳恭《チェンゴン》を捕らえる。

穆提婆《ムーティーポー》は沈嶠《シェンチアオ》に向かっていった。

彼が近づいてくるのを感じたのか、沈嶠《シェンチアオ》は卓《つくえ》の縁を支えにようやく立ち上がる。お辞儀をして迎えようとしているらしい様子だったので、穆提婆《ムーティーポー》は口元に笑みを湛えた。全てが思い通りに進んでいる。

権力に対して、世の中の人々は畏怖と羨望のどちらかを抱く。恐れる者は戦々恐々として距離を取り、羨望を抱く者は飛んで火にいる夏の虫の如く、なりふり構わず近寄ろうとする。最初は嫌がっていても、すぐに慣れて豪奢な生活や傍にいる女性たちの美しさの虜になるはず。そうなったら、身を引こうとしても、もはや不可能だろう。

「そなた、名はなんという？」

「沈嶠《シェンチアオ》と申します」

「大喬《ダーチアオ》小喬《シャオチアオ》（三国時代の姉妹。美貌で知られている）の喬か？　なるほど、その名の通りだな」

「いいえ、山に喬《たか》いで、嶠です」

穆提婆《ムーティーポー》は眉を吊り上げて笑みを浮かべる。

「百神を懐柔《かいじゅう》し、河《か》、嶠嶽《きょうがく》へ及ぶ（『詩経』の『周《しゅう》頌《しょう》・時邁《じばい》』の一句。武王は神々を宥め、黄河や泰山をも気に掛けることができるくらい明君であるという意味）か？　その嶠の字は少し勢いが強いな。美人が持つべき名ではないぞ」

沈嶠《シェンチアオ》は表情を変えず、「私はとても良い名だと思っています」と言った。

「分かった分かった。気に入ってるのならそれでいい。字《あざな》（成人するとつけられる別名）はあるのか？　あるいは、小嶠《シアオチアオ》と呼ぼうか。それとも阿嶠《アーチアオ》がいいか？」

笑う穆提婆《ムーティーボー》の口調には、多少相手を甘やかすような、譲歩の色が滲んでいる。

沈嶠《シェンチアオ》が腰を曲げて竹杖を拾おうとすると、襟から真っ白ですらっとした首筋が覗き、見る者の心をざわつかせる。

穆提婆《ムーティーボー》は堪らず、手を伸ばして沈嶠《シェンチアオ》を支えようとした。その勢いのまま相手を懐に抱き込み、美しい人と距離を縮めるつもりだった。

沈嶠《シェンチアオ》は体温が低く、病のせいで痩せている。その手首を握った時、穆提婆《ムーティーボー》は薄い皮膚の下にある骨を感じたほどだ。

穆提婆《ムーティーボー》は様々な美人を目にしてきている。普段ならきっと触り心地が悪いと嫌がり、相手にしなかったはずだ。ところがこの時、穆提婆《ムーティーボー》は心が乱れ、いても立ってもいられなくなる。

「阿嶠《アーチアオ》……」

穆提婆《ムーティーボー》はその二文字を口にした。

二文字しか言えなかった。口にした途端、穆提《ムーティー》婆《ボー》は胸元に痛みを感じたのだ。

見ると、竹杖はいつの間にか穆提婆《ムーティーボー》の胸の真ん中に押し当てられていた。

穆提婆《ムーティーボー》も即座に上半身を反らせ、片手は竹杖に摑みかかり、もう片手を沈嶠《シェンチアオ》に打ち出した。

穆提婆《ムーティーボー》は決して心が広い人間ではない。人畜無害に見えるこのか弱そうな美人が自分を密かに謀ったことに苛立ち、情け容赦もなく攻撃を仕掛けた。

穆提婆《ムーティーボー》も武芸ができる。二、三流の腕ではあるが、攻撃が万が一にでも沈嶠《シェンチアオ》に当たれば、死なずとも重傷は避けられない。

ところが意外にも、十中八九握ったはずの竹杖が軽く手から滑り、穆提婆《ムーティーボー》は摑むことができなかった。

それだけではない。穆提婆《ムーティーボー》が沈嶠《シェンチアオ》に打ち出した掌も当たらなかったのだ。

病弱な美人だと思っていた沈嶠《シエンチアオ》は、絶妙な足運びでそれを躱し、竹杖で穆提婆《ムーティーポー》の腰を一度叩いたのである。

沈嶠《シエンチアオ》は内力がないので、この一撃ではそれほどの衝撃にはならないはずだった。けれども、竹杖は穆提婆《ムーティーポー》のちょうど肋骨の一番脆い部分に当たり、虚を突かれた穆提婆《ムーティーポー》はすぐに真気を巡らせ防ぐことができなかった。穆提婆《ムーティーポー》は痛くて涙が出そうになり、我慢できず「うぐっ！」と声を上げて急いで後ろに下がった。

従者たちはここへきてようやく状況を飲み込み、穆提婆《ムーティーポー》を支える者、沈嶠《シエンチアオ》を捕らえようと前へ出る者が現れた。

穆提婆《ムーティーポー》はまさかここで痛い目に遭うとは露とも思わなかったので、顔色をひどく曇らせた。凶悪な色を湛える瞳で、ギロリと沈嶠《シエンチアオ》を睨みつける。脳内には沈嶠《シエンチアオ》をいたぶる方法をすでに百種類以上思い浮かべていた。

「そいつを生け捕りにしろ！」

穆提婆《ムーティーポー》が連れてきた従者たちは皆腕が立つ者ばかりである。こちらが多勢だからと、目が見えず病弱そうな沈嶠《シエンチアオ》を侮っていたが、全員、返り討ちにされてしまった。

沈嶠《シエンチアオ》はたった一本の竹杖で、近づこうとする者全員を倒したのだ。

しかも、相手側の人数が多いと気づいたのか、沈《シエン》嶠《チアオ》はさっさと片付けようとますます容赦のない手を繰り出した。目が見えないために弱々しく思えるその顔に、今冷たく険しい色が滲んでいる。後ろに回り、沈嶠《シエンチアオ》を捕らえようとした者もいたが、杖に打たれ、数歩よろよろと後ずさった。沈嶠《シエンチアオ》は手加減せず、そのまま相手を窓から突き落とす。

落ちた従者の悲鳴に全員が怖じ気づき、一瞬にして動きを止めた。

「まだやりますか？」

無表情で衆人を〝見渡す〟沈嶠《シエンチアオ》。竹杖を地面に突き、山のようにピシリと立って微動だにしない。

相変わらず顔面蒼白ではあったが、微かな冷酷さがそこに混じる。

陳恭《チエンゴン》は完全に呆気に取られていた。

あの荒れた廟で、沈嶠《シエンチアオ》が何人かの物乞いを負かしたのを見た時、陳恭《チエンゴン》は、病気になる前の沈嶠《シエンチアオ》は相当腕が立ったのだろうと思った。しかしその後出雲寺で、晏無師《イエンウースー》や雪庭《シユエティン》禅師たちの戦いを目の当たりにし、上には上がいることを知ったので、沈嶠《シエンチアオ》は大したことがないのだと思い直した。

今、陳恭《チエンゴン》は沈嶠《シエンチアオ》が隠し持つ多くの秘密を覗き見したような、それでいて自分はかやの外に追いやられまだ何も知らないような気分だ。

穆提婆《ムーティーポー》は恥をかかされたと苛立ち、沈嶠《シエンチアオ》に激しい怒りを感じていた。いっそ殺してしまいたいが、それだけでは恨みを晴らせない。生きたまま連れ帰り、たっぷり弄んでやろうと心に決めた。その後、手下にくれてやって死ぬまで辱めなければ、この恨みは晴らせないだろう。

辺りを見渡し、穆提婆《ムーティーポー》は誰もが躊躇って前へ出ようとしないのを見て、思わず罵った。

「こんなに多くの者が首を揃えているのに、まさか目の見えぬ者に勝てぬのか！　相手は一人、全員で圧し掛かるだけでも簡単に潰せるだろう！」

それでも、誰も動こうとしない。すっかり恐れをなしてしまったのだ。皆、体じゅうに多少なりとも傷を負っている。沈嶠《シエンチアオ》がこれほどまでに竹杖を使いこなすなど、誰も予想だにしていなかった。

沈嶠《シエンチアオ》は淡々とした表情でその場に佇んでいるだけで、何も言わない。穆提婆《ムーティーポー》たちが立ち去るか、引き続き挑んでくるのを待っている様子だ。

穆提婆《ムーティーポー》が冷やかに笑う。

「さっきは内力を使わなかったな。確かに巧みな技だったが、それではどうあがいても長くは持たん。それに、この宿屋はもう包囲させている。状況を悟ったなら、大人しく跪いて許しを乞え。生かしてやらないこともないぞ。さもなくば……」

「さもなくば？」

沈嶠《シエンチアオ》が聞き返す。

穆提婆《ムーティーポー》は残虐さを滲ませて「さもなくば……」

と続けようとしたところで、沈嶠《シェンチアオ》が掌を打ち出した。沈嶠《シェンチアオ》には内力がないと思い込んでいた者たちは驚愕した。掌風を当てられた棚が傾く。

予期せぬ事態に、その場にいた全員が棚を避けようとした。穆提婆《ムーティーポー》もそうしようとしたが、棚は彼のすぐ背後にあったので下がるわけにはいかず、かろうじて横に身を躱した。ところが、沈嶠はその隙を狙って、穆提婆《ムーティーポー》の背後に回り込み、その背中に掌を振り下ろそうとする。

穆提婆《ムーティーポー》は身を翻して反撃を仕掛けた。しかし、沈嶠《シェンチアオ》はまさにその動きを待っていたようだ。彼は袖を捲り上げると片手で穆提婆《ムーティーポー》の手首を掴んで、窓辺まで下がり、もう一方の手で穆提婆《ムーティーポー》の喉元をグッと押さえる。

その光景に、周囲の人々はますます軽率に動けなくなる。

痩せて骨すらも感じ取れるほどの手が、ここまで強い力を持っていたとは。穆提婆《ムーティーポー》は呼吸もままならず、沈嶠《シェンチアオ》の片手にしっかりと手首の急所の経穴を押さえられ、真気すら使えずにいた。

「こんなことを、して、ゲホッ……墓穴を掘っているようなものだぞ！」

楽勝だとばかり思っていたのに、まさかこのような反撃を食らう羽目になろうとは。穆提婆《ムーティーポー》は憤死しそうになったが、やはり軽々しくは動けない。

いかにも弱々しい沈嶠《シェンチアオ》が全員を打ちのめすなんて、誰が想像できただろうか。

「墓穴かどうかは分かりませんが、私を行かせてくれなければ、あなたが先にここで死ぬことになります」

沈嶠《シェンチアオ》の口調は落ち着き払っていた。声量も大きくはなく、時折低く咳き込んだりしているが、その声からは怒りの色は感じられない。

「身分の高い方の命を、取るに足らない私の命と引き換えられるのですから、いい取り引きでしょう」

（こんな奴を人畜無害でひ弱と思うなんて、いったいどんな目をしていたんだ！）

穆提婆《ムーティーポー》は仕方なく、沈嶠《シェンチアオ》を睨みつける従者たちを下がらせることにした。

「外の奴らに、撤退しろと伝えるのだ！」

沈嶠《シェンチアオ》はため息をこぼした。

「もっと早くそうおっしゃればいいものを。それでは、私を町の外まで送ってもらいましょうか。それから、馬車も一台お願いします」

穆提婆《ムーティーポー》は冷笑する。

「目も見えんくせに、馬車で何をするつもりだ？それとも何か、御者も一人つけろと言うつもりか？」

沈嶠《シェンチアオ》はしばし考える。

「確かにそうですね。ご面倒をお掛けしますが、郡王様にはもう少し付き合っていただきましょう。郡王様がいらっしゃれば、御者もあなたの命令に逆らえませんし、遠くまで行けるでしょうから」

そんなことを言われ、穆提婆《ムーティーポー》は鬱屈とした気分になる。

穆提婆《ムーティーポー》は沈嶠《シェンチアオ》と町を出た後、無理やり馬車に乗せられた。穆提婆《ムーティーポー》が人質になっているため、御者も従わないわけにはいかない。

馬車は二日かけて、西へ進み続けた。周国の国境に辿り着き、沈嶠《シェンチアオ》は穆提婆《ムーティーポー》の従者はすぐにはやってこないと確認してから、御者に馬車とともに先に帰るよう言った。そして穆提婆《ムーティーポー》を脅し、国境の延寿《えんじゅけん》県のとある宿屋に入る。そこで沈嶠《シェンチアオ》はまず穆提《ムーティー》婆《ポー》を気絶させてその男根を使えなくした。今後二度と悪事を働かせないためだ。その後、穆提婆《ムーティーポー》を適当な部屋に放り込むと、一人その場を後にした。

沈嶠《シェンチアオ》は宿屋を出ると、城門に急いだ。しかし、すぐに足が止まってしまう。通りからそれた人気《ひとけ》のない路地に行き、壁に凭れた。堪えきれずに、腰を曲げて血を吐き出す。

すると、すぐ傍で何者かが嘲笑った。

顔を上げなくても沈嶠《シェンチアオ》はそれが誰かが分かった。袖で口角の血を拭いそのまま腰を下ろす。

いつの間にか現れた、青袍を身に着けたその人物は、顔立ちは美しいが横柄な雰囲気を纏っている。細長い目尻にいくつか刻まれた細かい皺が、なんとも言えぬ魅力を醸し出していた。

晏無師《イエンウースー》は手を後ろに組み、顔を真っ青にしてすっかり弱っている沈嶠《シエンチアオ》を見て、舌打ちして呟く。

「お前は陳恭《チエンゴン》を災いに巻き込むまいと思って、別れたのだろう。だがせっかくの善意は、瞬く間に裏切られた。あの陳《チエン》という奴は自分が穆提婆《ムーティーボー》の慰み者になりたくないがために、お前を差し出したのだぞ。善意を踏みにじられてどんな気分だ?」

沈嶠《シエンチアオ》は気持ち悪くてたまらず、口を押さえた。もう少し血を吐いて、すっきりしたくてたまらない。

「私の気分など関係ありません。あの夜出雲寺で、『朱陽策』を読んだのは私です。陳恭《チエンゴン》は文字が読めません。たとえ彼が人並み以上の記憶力を持ち、文言をいくつか覚えていたとしても、中身までは理解できない。だからもし六合幇が後で捜しにくるなら、きっと私を狙います。別れることにしたのは、彼に害が及ばないようにするためです。もし私のせいで何かあったら、良心が痛みますから」

長く話したので、沈嶠《シエンチアオ》は体がきつくなった。仕方なくそこでいったん言葉を切って一息吐いてから、再び続ける。

「私には未来を見通す力はありません。陳恭《チエンゴン》が穆《ムー》提婆《ティーボー》に会い、しかも窮地から抜け出すために私を差し出すなど、予想できませんでした。ただあの時、将来自分に不利なことをする可能性があるからといって、当たり前のように彼を盾にするなんて、私にはできるはずがありません」

晏無師《イエンウースー》は怒りを通り越して笑いそうになる。

「沈《シエン》掌教は海のように広い心をお持ちのようだ。だが、残念なことに玄都山は全員がお前のような人格者ではない。だから、祁鳳閣《チーフォンゴー》の立派な弟子なのに、昆邪《クンイエ》に崖から落とされる羽目になったんだろう?」

沈嶠《シエンチアオ》は首を横に振って何も言わなかった。

沈嶠《シエンチアオ》の記憶は曖昧で、いろいろなことを途切れ途切れにしか覚えていない。思い出せたものもあれば、相変わらず思い出せないものもあり、晏無師《イエンウースー》の言っている戦いもあまりはっきりとは記憶にない。だから何も言いようがなかった。

その時、晏無師《イエンウースー》が突然掌を振り上げて攻撃を仕掛けてきた。

子どもの戯れのような軽々しい力試しといったものではない。たっぷりと三割の功力が込められた攻撃だ。

二人の今の力の差を考えれば、三割の功力どころか、一割でも、沈嶠《シエンチアオ》は対抗できない。

誰かがこの場にいたら、晏無師《イエンウースー》が沈嶠《シエンチアオ》を殺そうとしていると思い、沈嶠《シエンチアオ》の天命ももはやここまで、この災いから逃れられまいと考えるに違いない。

沈嶠《シエンチアオ》の呼吸が荒くなる。血が喉の奥まで込み上げるが、吐き出さぬよう必死に堪えた。晏無師《イエンウースー》の真気は本人同様すこぶる横暴で、荒れ狂う波の如く真っ直ぐ沈嶠《シエンチアオ》に襲い掛かる。今にも実体を持ちそうだ。

一歩間違えば命を落としかねない状況にもかかわらず、沈嶠《シエンチアオ》の内心は落ち着き、謎めいた捉えがたい何かが浮かび上がっていた。

彼の視界は相変わらず真っ暗だが、その瞬間、そこに果てしない天の川が浮かび上がった。

宇宙は混沌とし、天地は浩蕩《こうとう》としている。太古より、創造が無限に繰り返されてきたが、中でも人間は些細な存在にすぎない。もし天人合一を成し得て、神仙と化して虚《うつろ》へ戻れば、すなわち山河も、日月も、蒼穹《そうきゅう》も、雲錦《うんきん》（美しい雲）も我《われ》となる。万事万物、二度と自らを妨げるものはなくなる。

沈嶠《シエンチアオ》は今、そんな感覚を抱いていた。

断続的な記憶のおかげか、はたまたあの夜読んだ『朱陽策』が心に深く刻み込まれているからか、自身でも分からない。脳裏には見慣れた文字が浮かび上がり、枝葉の隙間から漏れる月光のような光が余すところなく心を照らし、汚れのない純粋な境地に達する。

滞っていた真気が、微かに四肢と百骸を巡り始める。一筋、また一筋と、途切れることなく、動き始めた。

晏無師《イエンウースー》の一撃は泰山が圧し掛かるかの如くに圧迫感があり、暴風のように素早い。普通なら、はっきりと肉眼で見ることが不可能なそれを、沈嶠《シエンチアオ》は明

確に捉えた。ただ、背後は壁で避ける場所がないので、沈嶠《シエンチアオ》は正面から晏無師《イエンウースー》を迎え撃つほかない。沈嶠《シエンチアオ》は弱った体で、晏無師《イエンウースー》の三割の力に立ち向かった。

晏無師《イエンウースー》は祁鳳閣《チーフォンゴー》や崔由妄《ツイヨウワン》など、天下でも一、二を争う高手や一代の宗師と互角に戦える高手だ。その実力は空恐ろしいものがある。仮に、斉国一で皇帝御用達の高手慕容沁《ムーロンチン》であったとしても、晏無師《イエンウースー》のたった三割の実力に対しても真剣に応じざるを得ないのだから、沈嶠《シエンチアオ》にあっては言うまでもないだろう。

なのに、沈嶠《シエンチアオ》はなんとその力に耐えることができた。

壁に叩きつけられ、押し潰されてもいなければ、血を吐いて絶命してもいない。

顔からは血の気がほとんど消え失せ、透き通るほどに蒼白だったが、足は微動だにせず踏みとどまっている。彼の袖は襲い来る気に大きくはためいた。髪を束ねていた布も解け、長い髪が垂れて風に激しく舞う。

二つの気がぶつかり合う。片や強く、片や弱かったが、意外にもしばし拮抗《きっこう》していた。

晏無師《イエンウースー》は微かに眉を吊り上げたが、それは驚きというよりも、やはりそうか、と言わんばかりの表情だ。

——玄都山の心法たるもの、清静にして為《い》なく、世と争わず、弱きに遭えば則《すなわ》ち弱く、強きに遭えば則ち強く。円融《えんゆう》に碍《がい》無く、天心、水の如く明るきものなり。

沈嶠《シエンチアオ》の脳裏を、この言葉が過る。

しかし、彼はすぐに気づいた。自分の潜在的な力が引き出されたのは、玄都山とは全く関係ない。むしろ……。

沈嶠《シエンチアオ》が繰り出した真気は、意外にも晏無師《イエンウースー》のそれと微かに混ざり合う兆しすら見せている。対峙しながらも、お互いに影響し合う二つの真気。明らかに、源は同じではないか！

とはいえ、やはり二人の実力はかけ離れすぎていた。晏無師《イエンウースー》はそれ以上のことをする必要はなく、少し力を増すだけで沈嶠《シェンチアオ》は耐えられなくなった。顔は土気色《つちけいろ》になり、また一口血を吐き出す。

しかし、晏無師《イエンウースー》は深追いをせず、そこで手を引いた。

「やはりな」

晏無師《イエンウースー》が興味津々といった風に呟く。

「お前の脈をとった時にそうではないかと思ったのだ。お前は玄都山ですでに『朱陽策』のうちの一巻を修練したな。あれは祁鳳閣《チーフォンゴー》から授けられたものだろう？」

激しい耳鳴りがして、沈嶠《シェンチアオ》は晏無師《イエンウースー》の声が空の向こうから聞こえてくるように思えた。ずるずると壁に沿って地面に座り込む。

「つまりあの夜出雲寺では、わざと私に『朱陽策』を読ませたと？」

「その通り。『朱陽策』は全部で五巻ある。游魂巻は玄都山にあるが、祁鳳閣《チーフォンゴー》の衣鉢を受け継いでいるのなら、きっとお前はそれを読んで修練したに違いない。でなければ、半歩峰のようなところから落ちて死なないはずがない。お前のように一縷の生気が残されているなどあり得ぬうえに、視力や武功の回復などもってのほか。自分でもおかしいと思わなかったのか？　そんなことが可能になったのは、かつて修練した『朱陽策』を、お前の体が覚えているからだ。一時的に記憶がなくとも、『朱陽策』の真気はとうにお前の体の一部になり、ゆっくりと調子を整えている。あの夜、妄意巻を読ませたのは、その力を借りて、元々修練したものを引き出そうと考えたからだ。お前が二巻分の内容を融合させ、完全に会得できるかどうかを見ようと思ってな」

沈嶠《シェンチアオ》はもはや虫の息である。

「私はただの廃人です。晏《イエン》宗主に気にかけていただくほどの価値はありませんよ」

晏無師《イエンウースー》はフッと謎めいた笑みを浮かべた。

「『朱陽策』の妄意巻が世に現れ、多くの者が奪い合った。だがあいにく原本は私が出雲寺で破壊し、内容を直に聞いたのはその場にいた数人のみ。奴らはきっと聞いた文言を書き記すだろう。読む者を混乱させるために、偽の情報も加えるに違いない。それによって微妙に内容が異なる複数の『朱陽策』が世に出れば、これもまた奪い合いになる。あの夜その場に駆け付けられなかった門派は多い。情報を聞きつけたら、いても立ってもいられなくなるだろう。奴らがなんとしても正しい内容の写本を手に入れたいと思えば、皆が陰に陽にしのぎを削り、次から次へと騒ぎが起こる。どうだ、かなり愉快だと思わぬか？」

沈嶠《シエンチアオ》は目を閉じた。

「それはあなたにどんな利益をもたらすのです？」

「利点は当然あるが、お前には関係ないのだから気にする必要はない。ただ、この件でお前も相当な利を得たことだけは覚えておけ。なにせこの世では、よほどの縁がなければ、五巻のうち一巻をひと目見ることすらできぬのだ。お前のように、そのうちの二巻を読むなどなおさらのこと。このまま修練を続ければ、昔の腕を回復できるやもしれん。お前はきちんと私に感謝するべきではないのか？」

「晏《イエン》宗主……」

晏無師《イエンウースー》は沈嶠《シエンチアオ》の顎を掴み、無理やり顔を上向かせた。

「この前までは師尊と呼んでいただろう？　ずいぶん早く呼び方を変えたものだな」

「……き……そう、です」

沈嶠《シエンチアオ》の声は、もごもごとくぐもって聞き取りづらい。

晏無師《イエンウースー》は少し腰をかがめ、頭を下げて耳を寄せる。

その途端、沈嶠《シエンチアオ》は口から大量の血を吐き出した。晏無師《イエンウースー》は手を離す暇なく、血が手にかかる。

晏無師《イエンウースー》の瞳に殺気が滲んだ。

沈嶠《シエンチアオ》は力なく続ける。

「血を吐きそうだと、言ったでしょう。わざとじゃ、ないですから……」

言い終える前に沈嶠《シエンチアオ》の体が傾き、そのまま気絶してしまった。

＊　＊　＊

こんこんと眠り続けている間、沈嶠《シェンチアオ》は自分が丸ごと宙に浮いているような気分だった。ゆらゆらと、心すら遥か遠くのほうに漂っていく。どれくらい経っただろうか、それは再び今の体という入れ物にやっと戻ってきた。

目を開けると、沈嶠《シェンチアオ》は隣で誰かがため息を吐くのを聞いた。

「これほど苦しい人生なら、生きていてなんの意味がある？　いつまで経っても死ねないというのは、辛くないのか？」

晏無師《イエンウースー》の声だ。

「……」

この人はおそらくどこかがおかしいのだろう、と沈嶠《シェンチアオ》は思った。

晏無師《イエンウースー》は心の赴くまま、しかも相当に常軌を逸した行動を取る。『朱陽策』妄意巻のような貴重な書すら、破壊すると言えばその言葉通りに、少しの手加減もしなかった。

誰もが熱望する『朱陽策』の一巻を読む機会も、あっさりと沈嶠《シェンチアオ》に譲った。

陳恭《チェンゴン》が裏切り、穆提婆《ムーティーポー》が手下を連れて襲い掛かってきた時も、おそらく晏無師《イエンウースー》は傍にいたのだろう。なのに、手助けしないどころか止めもせず、沈嶠《シェンチアオ》が自分の力だけで逃げ出してからようやく姿を現した。その後、突然沈嶠《シェンチアオ》の命を奪うかのように手を出してきたかと思えば、結局沈嶠《シェンチアオ》の体内に残っていた『朱陽策』の真気を目覚めさせた。

しかし、晏無師《イエンウースー》の一連の行動は、沈嶠《シェンチアオ》の能力を高く買い、何とかしてその力を磨こうとしているゆえだとは、とてもではないが沈嶠《シェンチアオ》には思えない。唯一言えるのは、晏無師《イエンウースー》は気まぐれで気分も変わりやすいから、本当は何を考えているのか常識では推し量りづらいということだ。

晏無師《イエンウースー》が言う。

「穆提婆《ムーティーポー》の従者が主を捜しにきたぞ。陳恭《チェンゴン》も一緒だ。奴のせいでお前は穆提婆《ムーティーポー》のような佞幸《ねいこう》（媚びを売って寵愛を得る者）に目をつけられたのだろう。陳恭《チェンゴン》を殺したいのであれば、まだ間に合う」

沈嶠《シェンチアオ》は何も言わずに首を横に振り、肘をついてゆっくりと体を起こした。何度か血を吐いたあと、胸の詰まりがすっきりして、鈍い痛みもなくなっていることに気づく。おそらくたまたま淤血《おけつ》（経脈などで滞っている血）を吐いたことが、傷の治りを助けたのだ。

「ありがとうございます、晏《イエン》宗主」

礼を述べる沈嶠《シェンチアオ》に、晏無師《イエンウースー》は素っ気なく返事する。

「お前がそんなに早く淤血を吐き出せるとは思っていなかった。私はただ、『朱陽策』の真気を無理やり引き出そうとしただけだからな」

その言葉に隠された意味を沈嶠《シェンチアオ》は察していた。もしお前が自分で乗り越えられず死んでしまったらそれまでだ、である。

「晏《イエン》宗主はこれから何を？」

「お前と玄都山に行く」

「……」

沈嶠《シェンチアオ》はひくり、と口角を引きつらせた。

「晏《イエン》宗主は大変お忙しいでしょうに、なぜわざわざ私のような者に大事な時間を費やすのです？」

晏無師《イエンウースー》は〝優しく〟沈嶠《シェンチアオ》の頬を撫でる。沈嶠《シェンチアオ》は晏無師《イエンウースー》が大事なものを愛でるかのように自分の顎を持ち上げ、まじまじと見るのに抗えず、されるがままになるしかない。

「玄都山には游魂巻があるが、私はそれがどこにあるのかを知らない。あれほど広い場所だ。そこにいる者全員を私が倒せたとしても探すのはなかなかに手間がかかる。だが、お前がいれば事足りる」

「私に中身を思い出して、書き写してほしいということですか？」

晏無師《イエンウースー》は嘲笑った。

「書かれたものを一字一句覚えなければならないのは、あの凡人たちだけだ。私は周国の宮内にある巻を習得しているうえ、妄意巻も読んでいる。五つあるうちの二つを手にしているのだ。『朱陽策』がどのような流れで書かれているかは理解しているという自負がある。お前が書いた嘘か実《まこと》かも分からぬようなものを読むより、それを読んで精髄を身に着けたお前と直に手を交えたほうがいい。さすれば、玄都山の巻の奥深さを探るのも容易いはずだからな」

　さらに晏無師《イエンウースー》は続けた。

「先天の境界に辿り着くために本当に必要なのは、形式でもなければ、模倣でもない。道は人が切り開くもの。陶弘景《タオホンジン》が三家の長所を融合して『朱陽策』を書いたのなら、私は当然奴よりさらに優れた武功を生み出せるはずだ」

　この上なく傲慢で尊大な言葉だ。しかし、よく考えてみれば、確かにその通りである。

　晏無師《イエンウースー》が一宗の主になり、武功も天下に誇れるほどになっているのは、当然彼自身の実力ゆえだ。さすがは天下の上位に名を連ねる宗師級の人物であると言えよう。

　とはいえ、このような人物と日がな一日顔を合わせているのは、面白くないうえに苦痛でしかない。

　晏無師《イエンウースー》は手を離して淡々と言う。

「お前はもう目が覚めたのだから、明日、ここを発つぞ」

　沈嶠《シェンチアオ》は突然の言葉に呆れて「ほかに選択肢はないのでしょうか？」と聞いた。

「傷が浅いうちにお前が自分の足で向かう。それか、今からもう一度手合わせをし、傷を負ったお前を私が連れていく、そのどちらかだ」

「……」

　沈嶠《シェンチアオ》は言葉を失った。

第三章　再びの玄都山

近道をするため、晏無師《イエンウースー》は長安を通らず洛州《らく》に南下し、そこから淯州《いく》と随州《ずい》を通る道を選んだ。沈嶠《シエンチアオ》にしても、晏無師《イエンウースー》と一緒なら、安全な官道を進む必要はない。

距離はかなり縮まったが、周国と斉国の国境近くの平穏ではない地域を通ることになった。昨年末の災害以降、干ばつが広がり、あちこちが流民で溢れ返るようになった。沈嶠《シエンチアオ》たちは、道中で多くの人々がより物資が豊かにある周囲の州や県へ向かおうとするのを見た。

武芸の腕で言えば、晏無師《イエンウースー》に匹敵する者はこの天下にほとんどいないが、旅の供として彼は相応しくない。沈嶠《シエンチアオ》は体調がまだ回復しきっておらず、目も見えたり見えなかったりで正常な状態ではない。今はせいぜい光と影が見える程度だ。だからといって晏無師《イエンウースー》は沈嶠《シエンチアオ》を慈しんだり、優しくしたりすることは一切なかった。晏無師《イエンウースー》は馬車に乗る必要がないので馬車を雇わず、相変わらずのんびりと前を歩いている。「ついて来られるならついて来い、ついて来られなくてもついて来い」と言わんばかりだ。

こうして一人が前を、一人が後ろについて歩くこと数日。間もなく湘州《しょう》の町に入ろうというところで、二人はまた流民の一団に出会った。

彼らは元々暮らしていた光州《こう》で飢饉《ききん》が起きたため、遠路はるばる豊かな湘州に移らざるを得なくなったのだ。ところが湘州に着いてみると、あろうことか刺史は城門を開けようとしなかった。それどころか、刺史は兵士たちに警備を強化させ、流民を一人たりとも中に入れるなと命じたのだ。

流民たちは運を天に任せ次の場所に向かう気力はないので、そこに留まるしかない。それは、ゆっくりと死にゆくのを待っているのも同然だ。

確かに、湘州の刺史のやり方は行きすぎかもしれないが、管理の観点から理解できるところはある。

町の食料には限りがある。そもそも他地域から来た流民を受け入れること自体、湘州にとっては負担でしかないのだ。もし今後食料が不足したら、湘州の民が飢えてしまう。斉帝高緯《ガオウェイ》は、遊びほうけるばかりで、朝廷の政務には一切関わろうとしていない。そのせいか、朝廷が支給する食料は現地に到着する前に関わる者たちの手によって少しずつ搾取され、いつの間にかなくなってしまう。また、もし湘州の刺史がこの流民たちを全員迎え入れたとしても、朝廷から褒賞《ほうしょう》されることはないのだ。

湘州からは、西南に向かって数日進むだけで、汴《べん》州の横にある玄都山に辿り着ける。

玄都山に近づくほど、晏無師《イエンウースー》の機嫌は良くなっていくようだ。

晏《イエンウースー》無師は歩調を緩めて沈嶠《シェンチアオ》がついてくるのを待ち、現地の風物や文化について話をして聞かせた。二人の関係を知らなかったら、長年の友人が共に旅しているように見えるだろう。

晏《イエンウースー》無師が沈嶠《シェンチアオ》に言う。

「湘州は戦国の時代、楚《そ》の領地だった。ゆえに楚の風習がかなり根強く残っており、人が多く豊かな地と言えたのだ。だが、残念なことに高緯《ガオウェイ》はここをきちんと治める気がない。高《ガオ》家が数代に亘って心血を注いで統治された豊かな地も、奴の手で荒廃してしまうだろうな」

晏《イエンウースー》無師には斉帝に対する敬意が微塵もなく、口を開けば呼び捨てにした。

沈《シェンチアオ》嶠は目を細める。ぼんやりとだが、城外に多くの人が集まっているのが見える。老人や婦女、子どもがほとんどだ。まだ暑くない気候だから良かったが、そうでなければ今頃疫病が広がっているだろう。沈嶠《シェンチアオ》は思わず首を横に振り、ため息を吐いた。

「民の暮らしは本当に苦しいものです」

晏《イエンウースー》無師は淡々と語る。

「このような光景はここに限ったものではない。西晋末に五胡の侵略があってからというもの、権力の奪い合いが起き、多くの血が流れ無数の命が絶たれた。飢饉が毎年起こり、特に国境では隣り合う国が互いに責任をなすりつけ合い、面倒な流民を他国に押し付けたくてたまらないのだ。逆に豊作となれば、今度は隣国を飲み込もうと頻繁に戦を起こす。国内では軍の反乱もしばしば。政権が数年も経たぬうちに交代し、王朝名もころころと変わる。国を治めることに熱心になれないのも無理はない。とはいえ、斉国の場合は度を超しているがな」

「ですが、晏《イエン》宗主は周国で高い地位にあり、申し分のない俸禄《ほうろく》も貰っていると聞きました。それに、周帝からも重用されていると。大方、周国が天下を統一する可能性が高いと思ってらっしゃるのでしょう?」

晏無師《イエンウースー》は手を後ろで組んで、ゆったりと答える。

「明君か暗君かにかかわらず、皇帝たるものは皆似たり寄ったりだ。自分の欲望を抑えられる者か、抑えられない、もしくは抑えようともしない者か程度の違いでしかない。周の現皇帝の宇文邕《ユーウェンヨン》は戦と殺しを好むが、仏と道を禁じて儒も好かず、どれかに近寄ろうともしない。だから宇文邕《ユーウェンヨン》に残された選択肢はかなり少ないのだ。そして私の魔門三宗統一には、奴の助力が必要だ。宇文《ユーウェン》家の先祖は鮮卑人だが、中原に入ってから長く、とうに漢化している。周国の制度も漢制と全く違わぬ。皇帝という立場で見れば、南の陳国より劣っているわけではないだろう」

ここ数日様々な話を聞いて、沈嶠《シェンチアオ》も大まかな天下の勢力図が頭に入った。

あの夜出雲寺で晏無師《イエンウースー》を止めた雪庭《シュエティン》禅師も、元々は周国を支持していた。ただし、彼が支持していたのは周国の前摂政宇文護《ユーウェンフー》であり、宇文邕《ユーウェンヨン》ではない。

雪庭《シュエティン》禅師は天台宗の出身だ。天台宗の現宗主法一《ファーイー》とは師兄弟の間柄であるが、天台宗本宗の立場は陳国寄りだ。この件は天台宗の内部の恩讐にも関わっており、ひと言では説明しにくい。

元々自分のものであった権力を取り返した宇文《ユーウェン》邕《ヨン》は、宇文護《ユーウェンフー》が残した影響を消すためにも、当然仏門を重用し続けるわけにはいかない。それもあって、現在雪庭《シュエティン》禅師の一派は周国ではかなり厄介な立ち位置にあるのだ。完全に地位を失っているわけではないが、宇文邕《ユーウェンヨン》が長く在位すればするほど、雪庭《シュエティン》禅師が過去の栄光を取り戻すのは夢のまた夢である。

宇文邕《ユーウェンヨン》にしてみれば、儒仏道の三家はそれぞれの要求があり、関わってしまったが最後、施政にいずれかの色がついてしまうのは避けられない。それは宇文邕《ユーウェンヨン》のような主体性のある皇帝であれば回避したいものだ。一方、浣月宗には浣月宗の目的があるものの、明らかにほかの宗派よりも協力相手に相応しい。宇文邕《ユーウェンヨン》にどれかの学説を広めるよう要求したり、彼の考えに色を付けたりすることもないのだから。

話しながら、二人は城門のほうに向かった。

一般の人々や旅商人が城内に入る時は、流民に絡まれるのを防ぐために通常は連れ立って動く。そこに男性の護衛があればなおさら良い。というのも、空腹に喘ぐ流民が盗賊になる可能性があるからだ。施しがないと分かると、強奪へと方法を切り替える。もし美しい婦女や子どもが、窮地に追い込まれた流民の手に堕ちてしまったら貞節を守れないどころか、それこそ文字通りに鍋で煮られ、汁にされてしまう。

そんな中、晏無師《イエンウースー》と沈嶠《シェンチアオ》という風変わりな二人組はかなり人目を引いた。

一人は手に何も持たず、もう一人はいかにも病み上がりの弱々しい様子で竹杖をついている。どこからどう見ても、普通の旅人には見えない。

道端にいる流民は時折、強請《ねだ》るような視線を向けてくる。晏無師《イエンウースー》はひと目で手に負えない人物であることが分かるので、彼らは晏無師《イエンウースー》にではなく、優しく話しかけやすそうな沈嶠《シェンチアオ》に寄っていくしかない。

その中に、一組の夫婦がいた。三、四人の子どもを連れていて、もはや人に見えないほどに痩せ細っている。傀儡か、歩く屍《しかばね》の如く、顔には表情すらない。一番上に見える子どもは六、七歳ほど。一番幼い女の子は二、三歳ほどで、フラフラと歩いていたが両親も抱き上げる気力がないため、母親の服を摑んで、よろめきながらその後ろをついていくしかない。

このままいけば、最終的に一番幼い子どもは両親の食料のために、ほかの家の子と交換されるだろう。もしくは、両親にそのまま食べられてしまうか、である。こんな乱世では、人は苦境に陥れば、生きるために肉親の情も後回しにされてしまうのだ。

夫婦は通りすぎる沈嶠《シエンチアオ》を見て、ドサリと跪いて食べ物を乞うた。沈嶠《シエンチアオ》は少し考えてから、懐から油紙に包まれた煎餅《ジエンビン》（小麦粉などを水で溶かして平べったく焼き上げたもの）を取り出し、一番幼い女の子に渡した。

夫婦は大いに喜び、何度も叩頭《こうとう》（跪き、頭を地面につけてお辞儀する）して礼を言った。ところが次の瞬間、夫はサッと子どもから煎餅を奪うと、大きく一口かじったのだ。妻と子がじっと自分を見ているのに気づいて、しばらく躊躇った後、ようやく嫌々ながら煎餅を分け、小さなひとかけらを妻に差し出した。

妻はそれを受け取り、自分は食べずに、大事そうにいくつかに分ける。そして、子どもたちに与えた。

煎餅は小さく、たった数口でなくなってしまった。周りにいた流民は羨ましさのあまり、虎視眈々《こしたんたん》と沈嶠《シエンチアオ》を見つめる。

夫は沈嶠《シエンチアオ》に頼み込んだ。

「子どもたちは何日も食ってねぇんです。こいつらが町に入るまで持ちこたえられるように、どうかもう一つ！」

しかし、沈嶠《シエンチアオ》は断った。

「私も裕福ではありませんし、二枚しか持っていないのです。一枚はあなたたちにあげましたが、自分の分も残しておかないと」

夫は沈嶠《シエンチアオ》がまだ食べ物を持っていると聞いた途端、表情を変えた。沈嶠《シエンチアオ》の両目に光がなく、竹杖を頼りにしているのを見て、邪《よこしま》な思いが生まれる。彼はいきなり沈嶠《シエンチアオ》に飛び掛かった。

しかし、沈嶠《シエンチアオ》の袖にすら触れないうちに、なんと夫の体は反対側へ吹き飛び、どさりと地面に落ちた。

悲鳴が上がる。

沈嶠《シエンチアオ》は相変わらずの病弱な様子で、たった今人を一人吹き飛ばしたようにはとても見えない。

沈嶠《シエンチアオ》は自分の善意がこのような結果になるとは全く思っていなかったようだ。男の妻子はあまりのことに驚愕し、抱き合って震えていた。

同じく動き出そうとしていた流民たちも、この光景を目にして軽率に動けなくなる。

夫はなんとか体を起こし、許しを乞うどころか、今度は沈嶠《シエンチアオ》を罵った。

「いっそのこと、俺を殺せよ！　この偽善者め。頭を下げて施しの礼を言われたかったんだろ？　助けるんだったらなんで最後まで助けねぇんだよ！　もう一枚持ってんなら、なんで渡さねぇんだ！　嫌なら最初から渡さなきゃいいだろうが！　ちょっとだけうまい汁を吸わせておいて、腹を満たしてくれねぇなんて、人殺しと同じだろ！」

沈嶠《シエンチアオ》はため息をこぼして頭を横に振り、何も言わずに男に背を向けて立ち去る。

晏無師《イエンウースー》は後ろで手を組んで、近からず遠からずの距離から冷静に一部始終を傍観していた。手を出すことも立ち去ることもせず、沈嶠《シエンチアオ》を待っているようだ。その顔には笑っているようでいないような表情が浮かんでいる。

とんでもない一手を見てしまったからには、沈《シエン》嶠《チアオ》が食べ物を持っていると知っても、周りの人間たちは沈嶠《シエンチアオ》が立ち去るのを大人しく見ているしかない。

沈嶠《シエンチアオ》が近くまで来るのを待って、晏無師《イエンウースー》は口を開いた。

「一斗《と》の米は恩となり、一担《たん》の米は仇となる（困っている時に与えたちょっとした助けは感激されるが、与えすぎると頼りにされ、止めた時に恨まれる）。この言葉を聞いたことは？」

沈嶠《シエンチアオ》はため息を漏らす。

「私が軽率でした。苦しんでいる者は多い。私一人の力では、全ての人を救うなどできないのに」

晏無師《イエンウースー》が皮肉る。

「父親すら子の生死に構わぬ状況だというのに、お前ときたら逆にその子を気に掛けている。沈《シエン》掌教はずいぶん慈しみ深いようだ。だが人の性《さが》は貪欲で満足を知らず、お前の好意も理解できない。もしさっきお前が自分を守れなければ、今頃鍋で煮られて汁にされているぞ」

沈《シエンチアオ》嶠は真剣に考えて答えた。

「もし自分を守れないのなら、私は初めからこの道を進んでいません。遠回りをしてでも、流民がいる場所を避けます。人は利を取り、害を避けるもの。私も聖人ではないので、例外ではありません。ただ、苦しんでいる人を見たので、忍びなくなっただけです」

沈《シエンチアオ》嶠は善良な行いを貫こうとするが、晏無師《イエンウースー》は人の性は悪であると信じている。根本的に合わない二人なのだ。晏無師《イエンウースー》はもちろん力ずくで沈嶠《シエンチアオ》を死地《しち》に追いやることができるが、たとえその首を絞めたところで、沈嶠《シエンチアオ》は考えを変えないだろう。

その出来事で、やっと和らいだ二人の雰囲気はまたぎくしゃくしてしまった。

「あの、すみません！」

小さく、弱々しい声が背後から聞こえてくる。

振り向いた沈嶠《シエンチアオ》の視界に入ったのは、ぼんやりとした輪郭だ。痩せていて背も小さい。おそらく子どもだろう。

少年は沈嶠《シエンチアオ》に駆け寄り、その前に跪くと真剣に三度、音が立つほど頭を地面に擦《す》りつけた。

「さっきは食べ物をお恵みいただきありがとうございました。父が無礼なことをしてすみません。ぼ、僕は頭を下げることしかできませんが、どうか大目に見てくれませんか！」

当然子ども相手に文句を言うはずもなく、沈嶠《シエンチアオ》は一息吐いて前に出て、少年を支え起こした。

「気にしていませんから。あと数日で仏誕《ぶったん》です。湘州の人々は仏を崇拝しているので、その時になればお粥をあなたたちに施すでしょうし、流民を少しは中に入れるでしょう。まだ生き残れる可能性はありますから」

少年は目を輝かせて、何度も礼を言った。

「教えてくださってありがとうございます！　どうかお名前を教えてくれませんか？　今後機会があれば、必ずやこの恩に報いるために、長寿を祈る位牌《いはい》を作ります！」

沈嶠《シェンチアオ》はその頭を撫でて、優しく諭す。

「その必要はありません。しっかり母君と弟や妹の面倒を見てあげてください」

少年は大きく頷いて、声を潜めて言う。

「安心してください。さっき母がくれたあの餅、僕、食べずに全部こっそり妹にあげましたから！」

悲しみが沈嶠《シエンチアオ》の胸に広がる。少年の物分かりの良さに内心で感嘆し、少し考えてから、やはり残していた煎餅を取り出し、少年に差し出す。

「これを。もう父君に見つからないように」

少年はあまりの飢えにやせ細り、肌も土気色だった。しかし、どこから力を出しているのか、頑としてそれを受け取ろうとしない。最終的に、沈嶠《シエンチアオ》は無理やり煎餅を少年に押し付けた。

「これ以上断ったら、周りの人に見つかってまた騒ぎになりますよ」

少年はそう言われて、ようやく煎餅を受け取り、また沈嶠《シエンチアオ》に叩頭して頼む。

「どうか、お名前を教えてください！」

「沈嶠《シエンチアオ》です」

「しぇん、ちあお……」

少年は何度かその名前を繰り返す。嶠《チアオ》の文字を他の何らかの文字として受け取ったのかもしれなかったが、沈嶠《シエンチアオ》はそれを正そうとはしなかった。

少年は名残惜しそうにしながら、その場を後にした。

「もう時間も遅い。早く町に入るぞ」

晏無師《イエンウースー》はそう促しただけで、皮肉を言わなかった。不思議に思い、沈嶠《シエンチアオ》は笑いながら問いかける。

「何も言わないのですか？」

晏無師《イエンウースー》は淡々と答えた。

「愚かなことをしたがる者はどうしてもいる。言ったところで耳を貸さぬのだから、わざわざ無駄話をする必要もないだろう？」

沈嶠《シェンチアオ》は軽く鼻を摩り、笑って何も言わなかった。

この世は悪意だらけだ。だからと言って沈嶠《シェンチアオ》は、善良な心もあることを否定したくなかった。

あの子どものささやかな善意に引き替えられたのだから、煎餅にもかなりの価値があったと言えよう。

＊＊＊

玄都山の麓には、玄都鎮《げんとちん》という小さな町がある。

長年平和が続き、天下に名を轟かせている道門の嫡《ちゃく》流《りゅう》と隣り合わせていることを、住民たちはあまり気にしていないようだ。山から下りてきた道士たちを見かけた時、せいぜい彼らには特に礼儀正しく敬意を持って接するぐらいである。

玄都山は天下一とも言われる立派な道門だが、たまに山を下りて買い物をする時は値段通りに支払い、公平な取り引きを行う。一度もその力を盾に平民を虐げたことはない。それもあって、玄都鎮の人々は、自分たちが玄都紫府の道士たちの近くに住んでいることを誇りに思っていた。

とはいえ、それだけである。人は玄都山に入って道士になれば俗世を離れる。そこでの生活は、山の麓の人々が送る「日の出とともに働き始め、日没とともに休む」日々とは、全く別の世界なのだ。

沈嶠《シェンチアオ》と晏無師《イエンウースー》が玄都鎮を訪れた時、普段のどんな時よりも賑やかだった。行き来する人の中には武《ぶ》林《りん》（武術ができる者の社会）に属する者や、道士のような格好をした者も少なくない。

晏《イエンウースー》無師が口を開いた。

「十日後に、玄都紫府は玉台論道《ぎょくだいろんどう》を行い、天下の道《どう》統《とう》を定める。賢者や名士も広く招き、皆でともにこの盛挙《せいきょ》を完成させるつもりらしい。聞いた話だが、その他の有名な門派も人をここへ遣わすそうだ。臨川学宮と天台宗からも、使者が来るぞ」

「天下の道統を定める、とはどういうことです？」

二人は茶楼の二階で、外を見ながら話している。

晏《イエンウースー》無師は茶を一口飲んで言った。

「掌教のお前がいない以上、玄都山には仕切り役が必要だろう。今の掌教は誰なのかを天下に公表しなければ、何者がその地位にいるか、世間の者たちは分からぬままだ。だから、そいつは何かしら口実を作って顔を出さないといけない。お前が掌教だった頃は、それこそ誰にも知られたくないと言わんばかりに控えめだったようだが、他の者にも同様に振る舞えと言うわけにはいかぬだろう?」

沈嶠《シェンチアオ》は晏無師《イエンウースー》の少し皮肉を帯びた喋り方にはとっくに慣れていた。

晏無師《イエンウースー》の身分と地位からすれば、彼が一目置く事物はかなり少ない。玄都山では既に亡くなった祁《チー》鳳閣《フォンゴー》以外、晏無師《イエンウースー》にとって、きちんと評価するに値する人物はいないのだ。

晏無師《イエンウースー》は確かに移り気だが、沈嶠《シェンチアオ》は気立てがよく、何を言われても基本的に怒らないので、二人は滅多なことでは喧嘩をしない。ここまでの道中、二人の関係は敵のように見えて敵ではなく、友のように見えて友でもないような、なんとも言えぬある種の均衡を保っていた。

「あそこは何を?」

沈嶠《シェンチアオ》は階下のある場所に注意を引き付けられた。目を細めてみたが、どうしてもはっきり見えない。沈嶠《シェンチアオ》の目は短期間で完全に回復するのはやはり無理のようだ。昼間で光が十分にあっても、長く目を使うと涙が止まらなくなる。

「粥と薬の布施《ふせ》だ」

晏無師《イエンウースー》は未来を予見できるわけではない。当然知りたいと思ったことは、前もって誰かに調べさせていた。この町についても同様だ。

桂花糖藕《けいかとうく》(きんもくせいやもち米、レンコンなどで作られる料理)を一つ箸で取り、口に運んでから、晏無師《イエンウースー》はのんびりと答える。

「郁藹《ユーアイ》が掌教代理になってから、一日と十五日に弟子を玄都鎮に遣わしているのだ。祭壇を作り、祭礼を行ったり、道蔵《どうぞう》(道教の経典を集成したもの)の解説や宣伝をしたりしている。なんでも玄都紫府の弟子による雨乞いはかなり効き目があるらしい。今では雨の降らぬ日が長く続くと、沔州の刺史までもが人を遣り、奴らに山から下りて雨乞いをするように頼むほどだ。玄都山の信徒はますます増えている。ほかの場所はさておき、この玄都鎮は玄都紫府を相当に崇拝しているぞ」

高みの見物といった晏無師《イエンウースー》の様子とは裏腹に、沈《シエン》嶠《チアオ》の眉間の皺は深くなっていくばかりだった。

「全部思い出したのか」

疑問ではなく、断定の口調で放たれた一言。

胸にわだかまっていた淤血を吐き出してから、沈《シエン》嶠《チアオ》は体こそまだ弱っていたが、その表情が茫然とするのは日に日に減っていた。記憶を取り戻すのは時間の問題だった。

晏 無師《イエンウースー》はそれに気づいていたが、口に出してはいわなかった。沈嶠《シエンチアオ》がどれほど思い出したのか、分からないからだ。けれども、今の様子からしておそらく大方の記憶は戻っているだろう。

沈 嶠《シエンチアオ》は否定せず、ため息をこぼした。

「玄都山は掌教が数代替わりましたが、一度も世俗の出来事に関わったことはありません。だからこそ、王朝が変わってもずっと穏やかに過ごせているのです。陶弘景《タオホンジン》がいい例です。あれほど驚くべき才能を持ち天下一と賞賛されていたのに、政に関わってしまったがために、その死後、茅山にある上清派は瓦《が》解《かい》し、門弟《もんてい》も四散してしまった。郁藹《ユーアイ》はいったい何をしようとしているのでしょう？」

晏 無師《イエンウースー》は眉を吊り上げる。

「祁鳳閣《チーフォンゴー》はそのようにお前に教えたのか？ そんな考え、甲羅に頭を隠す亀、臆病者となんら変わらぬ。もし奴一人だけなら独りよがりでも構わんが、一派を司る掌教ともあろう者が向上心もなく、日がな一日門派の避世《ひせい》（俗世から離れること）ばかり考えるとは。このままでは玄都山は天下一の道門という地位を守れまい。掌教代理の、お前の師弟郁藹《ユーアイ》のほうが、お前よりもずいぶん冴えていると思うぞ」

玄都山は数代を経て、天下一の道門の名声と地位を手に入れた。歴代の掌教は道家の思想である清静《せいせい》無為《むい》を貫き通し、徹底して世俗と距離を置き、世の情勢にも決して干渉しようとしなかった。それは祁《チー》鳳閣《フォンゴー》の武功が天下に冠絶《かんぜつ》した時ですら、例外ではなかったのだ。

その後、沈嶠《シェンチアオ》が掌教を受け継ぎ、この控えめな姿勢をさらに徹底した。世の人は、玄都山は新しい掌教になり、その苗字が沈《シェン》ということぐらいしか知らない。だから今、沈嶠《シェンチアオ》が晏無師《イエンウースー》とあちらこちらに行っても、誰も彼の正体に気づかないのだ。

晏無師《イエンウースー》は高慢で、控えめどころか心の赴くままに行動する。当然、沈嶠《シェンチアオ》のような振る舞いを軽蔑していた。

しかし、そんな晏無師《イエンウースー》の言葉を聞いても沈嶠《シェンチアオ》は怒ることなく、

「今夜、山に登り、郁藹《ユーアイ》と会って話そうと思っているのですが、晏《イエン》宗主も一緒に行かれますか？　それとも、下で待ちますか？」

と聞いただけだった。

「なぜ玉台論道の場に顔を出し、皆の前で郁藹《ユーアイ》を詰問して、本来お前が持つべき掌教の座を取り返さないい？」

沈嶠《シェンチアオ》は首を横に振る。

「そんなことをしては、玄都山の名声に大きな影響を与えてしまいます。おそらく今回の件は何か事情があると思うので、まずは郁藹《ユーアイ》からしっかり話を聞かないと」

晏無師《イエンウースー》は興味がない様子で、「あぁ、なら聞きに行くがいい」と返した。

天下一の道門として、玄都山は非常に名高く、そんなところにひとりで乗り込もうなどという者はほとんどいない。それをしようとする沈嶠《シェンチアオ》に、晏無師《イエンウースー》は今日はもう少し多めに飯を食べようぐらいの口調で返事をし、全く気にかけた風もない。

晏無師《イエンウースー》がさり気なく指で皿の縁を撫でると、皿の上に適当に盛られていた青豆の炒め物は、たちまち三層に綺麗に積み重なった。しかも、どの層の青豆もきっちり同じ数だ。手を触れずに真気で物を操るというこの技だけでも、恐ろしいほど入神の域に達している。

〝魔君〟すなわち晏無師《イエンウースー》が再び江湖に姿を現したものの、実際広く知られているのは昆邪《クンイエ》との一戦のみである。それも昆邪《クンイエ》が沈嶠《シェンチアオ》を負かしたので、その昆《クン》邪《イエ》を倒した晏無師《イエンウースー》の名も共にすこぶる謎めいた存在として広まったのだ。ただ実のところ、晏無師《イエンウースー》の今の腕前がどれほどのものかを本当に知っている者は少ない。

敵をあっさり殺すその腕で、青豆の炒め物を綺麗に三層に並べる晏無師《イエンウースー》の姿を見たら、人はどんな感想を抱くのだろうか。

晏無師《イエンウースー》は沈嶠《シェンチアオ》に問いかける。

「お前の今の功力はおそらく全盛期の三割にも満たぬぞ。一人で登れるのか？」

「裏山の断崖に小道が通っています。地勢が険しく、守る者もいません。陣法《じんほう》が敷かれて簡単には入れなくなっているのですが、それを知らずに、部外者が軽率に立ち入れば、めまいがして崖から落ちる可能性があります。いくら優れた腕があっても、役に立ちません」

晏無師《イエンウースー》は元々高みの見物程度にしか思っていなかったが、それを聞いて少し興味を抱いた。

「それなら、逆にどんなものか見てやろうではないか」

＊＊＊

夜になって、賑やかだった玄都鎮は静まり、星空の下で眠りについた。

山に向かった沈嶠《シェンチアオ》は、角を曲がって方向を変えたかと思えば、歩きやすそうな石階段を避けて、わざわざ険しい坂を上る。一見、行き当たりばったりに思えるが、理由がある。石の道や草木はすでに陣法の一部になっているからだ。知らない者がここを歩けば十中八九罠にかかるだろう。落とし穴に落ちずとも、警報が発動され、玄都山の弟子に気づかれるのがおちだ。

晏無師《イエンウースー》は、沈嶠《シェンチアオ》と郁藹《ユーアイ》との話し合いも、玄都山内部の恩怨も、どうでもよかった。彼が興味を持ったのは、むしろこの道に敷かれている陣法なのだ。

晏《イエン》無師《ウースー》は、沈嶠《シェンチアオ》とは距離をとってついていく。沈《シェン》嶠《チアオ》の足の運び方をじっくりと観察しながら、仔細に考えを巡らすのも、なかなかに面白いと思いながら。

沈《シェン》嶠《チアオ》が僅かながらも功力を回復しているおかげもあって、たったの一時辰ほどで、二人は山頂に到着することができた。

玄都山は高くて険しく、麓に比べると山頂はずいぶんと冷え込んでいる。見渡すと白い霧にほんのりと包まれ、多くの道観や立派な建物が折り重なるように存在していた。ひっそりと孤独に建っているその様は、まさしく道家の俗を絶つ姿勢と清廉高潔であろうとする心を体現している。

幼い頃からここで育った沈嶠《シェンチアオ》にとっては、とっくに見慣れた景色だ。けれども今、彼は全く懐かしいと思わず、それどころか胸に大きな石がのしかかっているようで、今すぐ大きなため息を吐きたくなった。

とはいえ、沈嶠《シェンチアオ》にはそんな暇はない。木々に身を隠しながら近道を進んで真っ直ぐ二階建ての建物に向かう。

しかしすぐに、沈嶠《シェンチアオ》は足を止めた。目を細め、離れた場所からそこを眺める。なんだか妙に感じたのだ。

玉虚閣《ぎょくきょかく》という名のその建物は、歴代の掌教が住む場所で、沈嶠《シェンチアオ》自身もかつてそこに住んでいた。

沈《シェン》嶠《チアオ》が崖から落ちてから、郁藹《ユーアイ》が掌教代理を務め、玄都山の管理を受け継いでいる。今の玄都山の派手な行為の数々を見れば、郁藹《ユーアイ》の野心と意図はすぐに分かる。それもあって、沈嶠《シェンチアオ》は、郁藹《ユーアイ》はもう玉虚閣に住み込んでいるのだと思っていた。

にもかかわらず、楼の入口はきつく閉ざされており、蠟燭の明かりも見えない。中には誰も住んでいない様子だ。

郁藹《ユーアイ》は玉台論道を待ち、そこで正式に掌教になってから移り住むつもりなのだろうか？

沈《シェン》嶠《チアオ》はしばし考えて、もし玉虚閣に誰もいないのなら、郁藹《ユーアイ》が元々住んでいた場所へ行ってみようと思い立った。

その直後である。沈嶠《シェンチアオ》は、衣を羽織り蠟燭を手に持った人物が玉虚閣に向かっていくのを見た。

確かに見覚えのある姿だが、沈嶠《シェンチアオ》の視力は昔よりもずいぶん衰えているため、確信が持てない。しばし眉を顰めて見つめ、やっとそれが自分の師弟・郁《ユー》藹《アイ》らしいことが分かった。

夜になって人の姿はないものの、付近の建物は基本的に掌教が静かに修行するためのもので、関係者以外は近寄ってはいけないことになっている。陣法で守られているので、弟子も立ち入る術はない。それはかえって、沈嶠《シェンチアオ》にとって都合が良かった。

少し考えて、沈嶠《シェンチアオ》はもっと距離を縮め、真相を探ってからこの後の動きを決めることにした。

郁藹《ユーアイ》が蠟燭を持って玉虚閣へ入る。沈嶠《シェンチアオ》は二階の一室に微かな明かりが灯ったのを目にした。

そこは沈嶠《シェンチアオ》がかつて住んでいた部屋だ。

沈嶠《シェンチアオ》は今の自分の力を買い被り、郁藹《ユーアイ》の腕前を見くびっていた。少し近づいただけだったが、中から声が聞こえてきた。

「そちらの招かれざる客人はどなたですか？」

玉虚閣からの声が、まるで耳元で炸裂したかのようで、沈嶠《シェンチアオ》は耳鳴りを感じた。胸に鈍い痛みが走り、彼は思わず三歩ほど後ずさる。郁藹《ユーアイ》は声に内力を込めていたのだろう。

「私だよ、郁《ユー》師弟」

気を落ち着かせ、沈嶠《シェンチアオ》が口を開いた。

郁藹《ユーアイ》には聞こえると沈嶠《シェンチアオ》は踏んでいた。

果たして、次の瞬間、玉虚閣から微かな音が聞こえたかと思いきや、人の姿が沈嶠《シェンチアオ》の目の前に現れた。

「掌教師兄⁉」

かなり驚いた口調だが、喜びの色もそこには混じっていた。

沈嶠《シェンチアオ》が現れたことを、郁藹《ユーアイ》は意外に思っているようだが、同時にかなり喜んでいるようだ。

玄都山は天下一の道門だが、内部では普通の人たちが想像するような腹の探り合いはない。

幼い頃から今まで、沈嶠《シェンチアオ》は穏やかで平和な環境で育った。

師の祁鳳閣《チーフォンゴー》は慈しみ深く、先生のようで父のようでもあり、弟子たちには、周囲が思うほど厳しく接することはなかった。師兄弟も本当の兄弟のように、人目のないところでは、上下関係なしにじゃれ合っていた。

周りが優しく接してくれるので、沈嶠《シェンチアオ》も自ずと優しい心を持つ人間に成長した。

沈嶠《シェンチアオ》が玄都山に入った時、彼は祁鳳閣《チーフォンゴー》が取った五人の弟子の二番目で、一番弟子でもなければ、最後の弟子でもなかった。

中途半端な立場ではあったが天賦の資質があり、謙虚で優しい人柄ゆえ、祁鳳閣《チーフォンゴー》に一番可愛がられた。そして最終的に、衣鉢を継ぐことになったのだ。

郁藹《ユーアイ》は三番目の弟子である。沈嶠《シェンチアオ》より二歳年上だったが、彼よりも入門が遅かったため、沈嶠《シェンチアオ》を「師兄」と呼ばなくてはならない。それなのに郁藹《ユーアイ》は幼い頃、いつも沈嶠《シェンチアオ》に纏わりついては自分を「師兄」と呼ばせようとした。もちろん、その企みは全て失敗に終わったのだが。

二人は年が近く、幼い頃からずっと一緒にいるので仲も良い。沈嶠《シェンチアオ》にこの世で一番信頼している者は誰かと聞けば、きっと師尊である祁鳳閣《チーフォンゴー》と自分の師兄弟たちだと答えるだろう。

もし師兄弟の中で順位をつけるのなら、おそらく郁藹《ユーアイ》が一番だ。

沈嶠《シェンチアオ》は山に登る前、郁藹《ユーアイ》は自分と再会したらどう思うだろうかと考えた。死んだはずの自分が生きていたことに驚くかもしれない。あるいは、後ろめたさに恐れ戦くだろうか。会いたくないと言わんばかりに嫌悪を顔に浮かべるかもしれない。

しかし、郁藹《ユーアイ》がこんなに驚喜《きょうき》するとは想像していなかった。表情ははっきりと見えないが、声から喜んでいることは偽りではないと分かる。

言いたいことはたくさんあったが、どこから話せばいいか分からない。郁藹《ユーアイ》は「掌教師兄」と呼んだきり口を噤んだ。じっくり沈嶠《シェンチアオ》を観察しているようだ。沈嶠《シェンチアオ》は仕方なく、最もありきたりな言葉で切り出した。

「玄都山は全て上手くいっているかい？」

相手が答えないので、沈嶠《シェンチアオ》は微かに首をかしげる。

「三師弟？」

「その目、どうしたんだ？」

郁藹《ユーアイ》の声はすぐ近くで響いた。沈嶠《シェンチアオ》は無意識に後ずさろうとしたが、手首を摑まれてしまう。

「目、どうしたんだよ？」

郁藹《ユーアイ》がもう一度問いかけた。

「昆邪《クンイエ》との一戦で崖から落ちて、目を覚ましたらもうこの状態だったよ」

沈嶠《シェンチアオ》はそっけなく答えた。

沈嶠《シェンチアオ》の手首を摑んだまま、郁藹《ユーアイ》は「動かないで。脈をとってみるから」と言った。

沈嶠《シェンチアオ》は必要ないと言おうとしたが、手を振りほどくことができず、されるがままになるしかない。

郁藹《ユーアイ》は集中して脈をとり、しばらくしてやっと口を開いた。

「内力があるようでないような状態だ。これはいったい？」

沈嶠《シェンチアオ》は淡々と言う。

「私に毒を盛った時、もうこうなると分かっていたのでは？」

郁藹《ユーアイ》の手がぴたりと動きを止める。その隙を突いて、沈嶠《シェンチアオ》は手を引っ込めた。

郁藹《ユーアイ》ほどの手練れなら、どれほど暗く、蠟燭の明かりが微かでも、周囲を見通すことができる。

郁藹《ユーアイ》はしげしげと沈嶠《シェンチアオ》を見た。顔色は蒼白でかなり痩せており、ずいぶん苦労をしたことが分かる。袖から覗く、竹杖を握る手は痩せ細り、思わず心が震えてしまうほどだ。

郁藹《ユーアイ》はそっとため息をこぼした。

「戻ってきたのなら、このまま残ってくれ。あの件は、またゆっくり説明するから」

沈嶠《シェンチアオ》は首を横に振った。

「玄都山は新しい掌教を立てるというのに、私のような玄都山の面目を潰した人間がここに戻ってきたら、やりづらいだろう？」

郁靄《ユーアイ》は怪訝な顔をする。

「新掌教だなんて、誰がそんなことを？」

「十日後の玉台論道は、新掌教を定める儀式ではないのか？」

郁靄《ユーアイ》は首を横に振ろうとしたが、そうしても沈《シエン》嶠《チアオ》が見えないのだと気づいて、口を開いた。

「師兄が崖から落ちて失踪してから、ずっとあちこち捜させていたんだ。でも、どこを捜しても見つけられなくて。生きているのなら居場所を、死んだとしても亡骸《なきがら》を確認したかった。しかし、師兄が生きている限り、玄都山の掌教は変わらない。私は確かに事務を執っているが、代理でしかない。取って代わろうとは思っていないんだ」

以前なら、郁靄《ユーアイ》が何を言っても沈嶠《シエンチアオ》は鵜呑みにしていただろう。しかし、今や状況が変わり、沈嶠《シエンチアオ》は簡単には信じられなくなっていた。

ややあって、沈嶠《シエンチアオ》は口を開いた。

「あの日、昆邪《クンイエ》と戦っている時、自分の内力が半分以上減っていることに気づいた。真気も滞って上手く巡らず、なんとか粘ってみたが、結局無駄だった。きっとどこかで毒を盛られたのに違いないと考えたんだ。でも、自分がいつ、どこで毒を盛られたのか分からなかった。ただ、どうあっても、私は君を疑わなかった」

郁靄《ユーアイ》は俯いて黙り込む。袖に隠された手は微かに震えていた。

そうだ。幼い頃から今まで、郁靄《ユーアイ》に対して、それどころか玄都山にいる全ての人に対して、沈嶠《シエンチアオ》は少しも信頼の気持ちを出し惜しんだことはない。

それは、沈嶠《シエンチアオ》が無知蒙昧《むちもうまい》だったからでも、単純で騙されやすかったからでもない。沈嶠《シエンチアオ》はあくまでも彼らを信じていたからだ。この世の善意を微塵も疑わず、自分と一緒に育ってきた人や物事を信じていた。共に育ってきた師兄弟たちが自分を裏切るなどあり得ない、と思っていたのだ。無防備だったから、あっさり郁靄《ユーアイ》の罠にはまった。

沈　嶠《シエンチアオ》が続ける。

「その後崖から落ちて、私はしばらく昏睡状態になった。目を覚ましても一切の記憶がなく、一日じゅうぼんやりと過ごしていたよ。やっといろいろ細々としたことを思い出したのはごく最近になってからだ。昆邪《クンイエ》と戦う前夜、一緒に寝たいと君は私の部屋を訪れた。昔のことをたくさん話してくれて、小師妹に好意を寄せているが、彼女は誰に対しても冷たいので悩んでいる、だから私に聞いてもらうしかない、と。昆邪《クンイエ》との戦いの後、小師妹との仲を取り持ってほしいとも言っていたね」

郁藹《ユーアイ》は黙ったままだ。

「昆邪《クンイエ》が手合わせを申し出る手紙を送って来た時、私は応えるつもりはなかった。ただ、君が師尊と昆《クン》邪《イエ》の師父狐鹿估《フールーグー》との戦いを持ち出し、私が応じなければ師尊と玄都山の名声を損なうかもしれないと言ったから、私も気持ちを変えたよ。小師妹のことも、その後何度も私の前で彼女への思いを打ち明けていたね。でも、小師妹の前では一度も気持ちを抑えられないような表情や素振りを見せることはなかった。私は全く疑わず、いつも君を慰めて小師妹と二人きりになれるよう機会を作ったけれど、今思えばそれも全部嘘だったのだろう？」

郁藹《ユーアイ》はようやくため息を吐いて、口を開いた。

「そうだ。小師妹にそんな思いを抱いたことは一度もない。それに当時師兄に話したことも全て、師兄に誤解をさせて警戒心を解くためだ。決戦前に師兄と二人きりで話をする機会を作る必要もあった。師兄は師尊の衣鉢を受け継ぎ、腕は師兄弟たちの中でも最強。普通の毒では効き目がないから、天下の奇毒相見歓《そうけんかん》を使うしかなかった。あれは即効性はない。だが、量を上手く調整すれば、いつの間にか深く体に染みこんで、天寿を全うしたように見える。でも、決して師兄の命を奪おうとしたわけじゃないんだ。相見歓だって少ししか使っていない。ただ昆邪《クンイエ》との戦いで負けてもらおうとしただけだ。師兄の武功をもってすれば、崖から落ちても死にはしない。重傷を負って、せいぜい数カ月養生すれば元に戻る。でも、予想外のことが起きてしまった」

沈嶠《シェンチアオ》の眉間の皺が深くなる。

「相見歓は極めて珍しい毒だ。西域から戻ってきた張　騫《ジャンチエン》が中原に持ち込んだ後、相見歓は行方不明になったと聞いている。皇宮にもないくらいだから、玄都山にあるはずがない。どこでそれを手に入れた？」

郁藹《ユーアイ》が答える前に、沈嶠《シェンチアオ》は何かに思い当たったのか驚きの表情を見せる。

「まさか、昆邪《クンイエ》？　昆邪《クンイエ》から、手に入れたのか？」

「……そうだ」

「私を掌教の座から引きずり下ろすために、突厥人と手を組んだのか⁉」

沈　嶠《シェンチアオ》の顔にようやく僅かな怒りが浮かび上がる。

「師尊は確かに私に掌教の座を譲ったが、君も知っている通り、私は一度も掌教という立場にこだわったことはない。ここ数年、玄都山の仕事も君がよく手伝ってくれたおかげで上手くいっていた。言ってくれれば、君に掌教の座を譲ったのに。どうしてわざわざ突厥人と手を組むなんて回り道をしたんだ⁉」

沈　嶠《シェンチアオ》は気持ちが昂り、語調も強くなる。言い終えると、堪えきれず咳き込んだ。

郁藹《ユーアイ》は沈嶠《シェンチアオ》の背中をさすろうと手を伸ばしかけたが、躊躇った後、結局引っ込めた。郁藹《ユーアイ》はゆっくりと語る。

「玄都山はこのままだとダメになると思ったんだ。門を閉ざし外のことには干渉しない。天下一の道門だからと言って、永遠に優勢を誇っていられると思ったら大間違いだぞ！　周囲を見るがいい。道門では青城山純陽観が勢いづいてきている。観主の易辟《イーピー》塵《チェン》は同じく天下の十大の一人だが、名声は師兄より遥かに高い。逆に我ら玄都紫府は師尊が亡くなられてから、師尊の名声の名残以外何も残っていないじゃないか。師兄の腕前は易辟塵《イーピーチェン》に劣ってはいないし、もし世に出れば天下一の座だって狙えるのに、名利《みょうり》を求めようとせず、むしろ山奥で存在感を消している。このままじゃ、いくら玄都山は歴史が長いと言っても、いつかは取って代わられる！」

郁藹《ユーアイ》はさらに激高して言う。

「世情は乱れ、道門は分裂してそれぞれ主張を唱えている。仏、儒の両門は天下で言いたいことを言えるように、あの手この手を使い明君が天下を奪おうとするのを補佐しようとしている。魔門の奴らだってそこに一枚嚙んでいるんだ！　でも、玄都山だけは避世して干渉せず、耳を塞ぎ何も聞こうとしない。手に宝剣を握っているのに使わずにいるなんてあり得ない。もし将来仏門か儒門の補佐をする君主が天下を統一したら、道門の居場所はなくなってしまう！」

郁藹《ユーアイ》は一転、語調を緩めた。

「師兄、私は一度もあなたに取って代わろうとしたことはない。突厥人は同族じゃないから、志すものが違うのも分かっている。突厥人と手を組んだのは、あくまでも計画を進めるため。もし師兄が掌教の座にい続ければ思い通りにさせてくれないと考えたから、そうするしかなかったんだ。戻ってきたのなら、ここでしっかり養生してくれ。いいだろう？」

「なら、十日後は？」

郁藹《ユーアイ》は呆気に取られ、「どういう……？」と聞き返す。

「私が玄都山に戻ったとして、師兄弟やほかの弟子たちにはなんと言うつもりだ？　十日後の玉台論道では、世人にどのように説明する？」

すぐに答えられずにいる郁藹《ユーアイ》に、沈嶠《シェンチアオ》が畳みかけた。

「君と突厥人は、いったい何をしているんだ？」

「申し訳ないけど、それはまだ言えない」

「もし私が反対したら？」

郁藹《ユーアイ》は黙り込んでいる。

「もし反対したら、私を監禁するつもりだろう。そして、名ばかりで人の前に姿を現さない掌教になれば、君の計画の妨げにもならない。そうだろう？」

郁藹《ユーアイ》は沈黙を保っている。

沈嶠《シェンチアオ》はため息をこぼした。

「幼い頃の君は体が弱く、私より二つ上だったが、年上には見えなかった。病気の時はことさら甘えん坊になっていたね。玄都山の後輩や弟子たちには見くびられないように日々威厳を見せ、成熟した一面を見せるようになったのは、大人になってからだった。今でも私は覚えているよ。君が私の後ろを追いかけて、師兄と呼んでほしいと纏わりついてきたあの光景を！」

過去の話になり、郁藹《ユーアイ》は少し表情を和らげた。

「私も覚えている。子どもの時は性格が良くなくて、誰に対してもつんけんして、皆にばつの悪い思いをさせることもしばしばだった。小師妹だって私を避けていたが、師兄が一番優しく、いつも私を受け入れてくれていた」

「だが、いくら私が優しくとも越えてはいけない一線がある。掌教の座を狙い、私が昆邪《クシイエ》に負けるように仕組んだことについては、私自身が無防備で、君を見誤ったのが悪いのだから何も言えない。けれど、突厥人は野心に満ち、中原を長い間狙っている。玄都山はどこかの国が天下を争奪するのを手伝ったことはないが、突厥人と手を組むのもあり得ない！」

郁藹《ユーアイ》は苦笑する。

「そう言うと思ったよ。でなければ私も苦心して、こんなにいろいろと手を回したりはしない」

「数代に亘り掌教たちが行ってきた避世の原則は、全てが正しいとは言えないかもしれない。けれど、突厥人との結託を避けたのは決して誤っていない。今改心すれば、まだ間に合う」

そう言った沈嶠《シエンチアオ》に、郁藹《ユーアイ》は怒りを露わにする。

「私はもう決めたんだ。後戻りはしない。玄都山は私が育った場所だ。より良くなるように願っているし、その気持ちは師兄に劣らない。師兄はどうしてそんな聖人ぶっているんだ！　この世で正しいのは自分だけ、ほかの人は全員間違っているとでも言いたいのか⁉　なら、ほかの弟子に聞いてみればいい。ここ数年玄都山は引き籠もりっぱなしだ。弟子たちも口には出さないが、心に不満を抱いているかもしれないぞ。玉台論道の後、私は正式に門戸を広く開けて弟子を受け入れると宣言するつもりだ。そうすれば、玄都山の名声と地位はさらに上がる。天台宗と臨川学宮ばかりが美名を独り占めするなど、絶対に許さない！」

沈嶠《シェンチアオ》はしばし黙り込んだ。郁藹《ユーアイ》は気持ちを吐き出し、胸を上下させ息を整えている。夜風の中、二人は無言で向き合っていた。

郁藹《ユーアイ》は急に切ない気持ちになった。何があろうと、自分たちはもう、昔のように親密な間柄には戻れないのだ。

ついに、沈嶠《シェンチアオ》は口を開いた。

「君が心を決めたのなら、私はもう言うことはない」

「どこに行くつもりなんだ？」

沈嶠《シェンチアオ》は淡々と答える。

「私は昆邪《クンイエ》に敗れ、玄都山の体面を損なった。周囲が言わずとも、私には掌教を担う資格などない。君が毒を盛った件に関しては証拠がないから、皆の前で訴えても誰も信じてはくれないどころか、私が悔しさのあまりでたらめを言っていると思うだろう。君は全て計算し尽くして行動しているのだから、私がどこへ行こうが関係ないだろう？　どうせ君の妨げにはならない」

郁藹《ユーアイ》は優しく、「ひどい傷を負っているんだから、残って治すべきだ」と答えた。

沈嶠《シェンチアオ》は首を横に振って、その場を去ろうとする。

その時、背後からすっかり冷え切った郁藹《ユーアイ》の声が響いた。

「行かせはしないぞ」

「それでも私が出ていくと言ったら？」

それには答えずに、郁藹《ユーアイ》は聞き返した。

「玄都山は師兄が育った場所だ。一緒に暮らしてきた師兄弟もいるのに、無情にもここを捨てて、立ち去るつもりなのか？」

郁藹《ユーアイ》は道理で沈嶠《シェンチアオ》を説得し、情でその心を動かそうとした。しかし、沈嶠《シェンチアオ》は考えを変えない。

「突厥人と手を組むことに、私は絶対同意しない」

頑固な沈嶠《シェンチアオ》に、郁藹《ユーアイ》は冷たく言う。

「師兄の同意があろうがなかろうが、関係ない。玄都山にいる七名の長老のうち、四名は私に賛成している。ほかの三名は閉関しているから、口は出さない。私たち師兄弟にしても、大師兄はお人好しだから話したところで無駄だろう。四師弟と小師妹は確かに師兄が戻ってくればとても喜ぶだろうが、師兄に賛同するとは限らない。だから、玄都山の改革は避けられないんだ。私は、自分が生きている間にこの宗門が落ちぶれていくのを見たくない。それはほかの者も同じだ。そうでなければ、私はこんな短期間で局面を落ち着かせ、掌教代理になってはいない。彼らの黙認と支持がなければ、一人ではとても成し得ないことだからな。師兄や師尊、それに数代前の掌教の考えはもう通用しない。天下は混乱し激しく変動しているのに、玄都山は我関せずとばかりに独立独歩で進んでいくなど、どうしてできよう？」

その夜はひどく静かで、空を飛ぶ鳥も消え、風までもが止んだようだ。枝のざわめきも聞こえない。ありとあらゆるものが動きを止めてしまったかのようである。

明月はいつの間にか雲の間に隠れ、辺りは暗闇に包まれた。郁藹《ユーアイ》が持つ蝋燭の灯は揺らぎ、明かりは徐々に弱くなって、フッと消えた。

目が見えなくなってからというもの、暗い夜も明るい昼も、沈嶠《シェンチアオ》にとっては大差なくなった。

沈嶠《シェンチアオ》とて人間である。傷を負えば痛み、苦境に陥れば悩む。しかし、彼はそれでも、行く手には希望があると常に信じて、楽観的に向き合おうとしていた。記憶が徐々に甦ってくると多くの疑問が心の中に浮かんだが、沈嶠《シェンチアオ》は意気消沈せず、まず玄都山で郁藹《ユーアイ》から直接話を聞こうとずっと思っていたのだ。

ところがこの時、真実を突きつけられ、沈嶠《シェンチアオ》は突然ひどい疲労感に包まれた。一本の手が彼を掴み、冷たい海の中に引きずり込もうとしているようにも感じられる。

沈嶠《シェンチアオ》は思わず竹杖をきつく握りしめた。

その表情に、郁藹《ユーアイ》は少し胸の痛みを感じた。しかし、こうなってしまったからには、はっきり言わないといけないこともある。

「師兄、名利を求めない人なんていない。玄都山は天下一の道門だ。明君を支える実力もあり、道門の影響力を天下に知らしめることだってできる。なのに、なぜあえて隠遁者《いんとんしゃ》のように山に籠もる？　あなたを除いて、玄都山のほとんどの人間は、外に出るべきだと考えている。師兄が甘すぎるんだ！」

沈嶠《シェンチアオ》は深く息を吸い込んだ。

「昆邪《クンイエ》は突厥人だ。まさか、彼らと手を組んで突厥人の中原侵攻を手助けするわけではないだろう？」

「もちろん違う。言っただろう、昆邪《クンイエ》と手を組んだのは計画を遂行するためにすぎないと。いくら玄都山が避世をやめるためだとしても、突厥を選んだりはしない。突厥人は凶暴で残虐だ。明君などと、とてもじゃないが呼べないからな」

沈嶠《シェンチアオ》はきつく眉を寄せた。郁藹《ユーアイ》は玄都山を何か大それた計画に巻き込もうとしているのだとぼんやり思ったが、頭が混乱していて、それがどういうことなのかがまだはっきりと摑めない。

「師兄が戻ってくれれば、また昔のように、本当の兄弟みたいにわだかまりなく過ごせる。師兄の目はよく見えず、内傷も負っているのだから、ここに来るのもかなり大変だったんじゃないか？　そんな体じゃ遠くまで行けないだろう。玄都山こそ、師兄の家なんだから」

沈嶠《シェンチアオ》はゆっくりと首を横に振った。

「君は君の輝かしい道を進みなさい。私は厳しくとも自分の道を行く。そんな傀儡のような掌教になど、私はならずともよい。今後は……」

沈嶠《シェンチアオ》は縁を切るというような強い言葉を使おうとした。けれども、幼い頃から今まで、二人で一緒に過ごした場面が脳裏を過る。

仲良く過ごした日々が、ありありと浮かび上がる。それらは縁を切る、という一言ですぐに断ち切れるようなものではないのだ。

沈嶠《シェンチアオ》はそっとため息をこぼし、結局何も言わずに口を一文字にきつく結ぶと、踵を返して歩き出した。

昔祁鳳閣《チーフォンゴー》に師事していた弟子たちの中で、沈嶠《シェンチアオ》は一番の資質の持ち主だったのはもちろんだが、師が天下一なので、当然ほかの弟子たちも優れている。

祁鳳閣《チーフォンゴー》の弟子に取られるくらいだから、才能も資質も皆上等なのだ。

もし立ち去ろうとしているのが以前の沈嶠《シェンチアオ》なら、郁藹《ユーアイ》は止められなかっただろう。しかし、今の沈嶠《シェンチアオ》に、郁藹《ユーアイ》はもう気兼ねせず彼の前にサッと移動した。

「師兄、行くな」

低い声でそう言うと、沈嶠《シェンチアオ》を殴って気絶させようと手を振りかざした。

ところが、沈嶠《シェンチアオ》はとっくに彼の動きを予想していた。スッと一歩後ろに下がり、郁藹《ユーアイ》の手を防ぐように竹杖を持ち上げる。

郁藹《ユーアイ》は竹杖に手を伸ばした。しかし、ほぼそれを摑んだと思ったのに、郁藹《ユーアイ》の手は宙を掠めた。

竹杖はその手をすり抜け次の瞬間、郁藹《ユーアイ》の手首に向かっていったのだ。

郁藹《ユーアイ》は微かに眉を寄せた。指で竹杖を弾いて、もう片方の手を沈嶠《シェンチアオ》の肩に伸ばす。風もないのに袖がはためき、郁藹《ユーアイ》はそのまま沈嶠《シェンチアオ》の背後に移動し、行く手を阻もうとした。

郁藹《ユーアイ》が沈嶠《シェンチアオ》の肩を摑む。微かな痛みが沈嶠《シェンチアオ》を襲ったが構わず、今度は手に持った竹杖を郁藹《ユーアイ》の腰に叩きつけようとする。そこには郁藹《ユーアイ》が幼い頃、木から落ちた時にできた古傷がある。当時、骨折するほどの怪我を負い、回復した後も郁藹《ユーアイ》の心に影を落とし、彼はいつも無意識にそこを庇おうとしてしまう。

沈嶠《シェンチアオ》の功力は今や全盛期の三割程度しかなく、郁藹《ユーアイ》には全く敵わない。けれども幼い頃から知っているので、目が見えなくても沈嶠《シェンチアオ》は郁藹《ユーアイ》の一挙手一投足を知り尽くしていた。これから彼がどのような手に出るのかも。しかも、郁藹《ユーアイ》は自分を殺しはしないと確信していたので、沈嶠《シェンチアオ》は躊躇なく技を繰り出した。

郁藹《ユーアイ》も明らかに、沈嶠《シェンチアオ》の心づもりが分かっている。二人はしばし手を交える。郁藹《ユーアイ》は少しずつ苛立ちを感じ始めた。この戦いを長引かせたくない。郁藹《ユーアイ》は片方の掌に真気を込め、沈嶠《シェンチアオ》の肩を攻撃した。

掌風の音を聞いて、沈嶠《シェンチアオ》は無意識に竹杖を持ち上げて守りに入ろうとしたが、真っ直ぐ彼の元に向かってきた真気は、竹杖を真っ二つに折ってしまった。沈嶠《シェンチアオ》は数歩後ろに下がり、よろめいてその場に倒れ込んだ。

「阿嶠《アーチアオ》、もうここまでにして私と一緒に帰ろう。あなたが戻ってきたと知ったら、小師妹たちがきっと喜ぶはずだ！」

郁藹《ユーアイ》は前に出て、沈嶠《シェンチアオ》を助け起こそうとする。

何も言わず黙り込む沈嶠《シェンチアオ》。

その手首を握った途端、郁藹《ユーアイ》は沈嶠《シェンチアオ》が半分になった竹杖を自分に叩きつけようとするのを目にした。

微かだが風雷のような勢いを帯びている。

相手が油断する時まで、沈嶠《シェンチアオ》はずっと力を蓄えていたのだ！

これほどに深手を負い、目も見えないのに、まだ抵抗する余力があるなど、郁藹《ユーアイ》は想像だにしていなかった。

郁藹《ユーアイ》は、今の沈嶠《シェンチアオ》には全盛期の三割ほどの功力しかないことを知らない。そのため、骨まで凍てつかせるほどの寒風を纏った竹杖を受け止める自信がなく、素早く体を横にして躱した。ところが、沈嶠《シェンチアオ》はそこで動きを止め、それ以上戦おうとはせず身を翻して、来た道を戻りはじめた。

軽功を使って跳ぶように進む沈嶠《シェンチアオ》は、目が見えなくとも幼い頃からここで育っていたので、なんとか進む道を見分けることができた。郁藹《ユーアイ》が追ってきていたが、沈嶠《シェンチアオ》は音で彼の位置を判断すると、振り返ることなく半分になった竹杖を後ろに投げつけた。

郁藹《ユーアイ》は沈嶠《シェンチアオ》を引き留めようと決意しているので、もはや手加減するつもりはない。袖をくるりと一度回して、投げつけられた竹杖を打ち返した。

音を立てて飛んできた竹杖が沈嶠《シェンチアオ》の肩を掠め、服を引き裂く。途端に、そこから血が噴き出した。痛みに思わず体が少しぐらついたが何とか堪え、沈嶠《シェンチアオ》はそれでも前に進み続けた。

間もなく郁藹《ユーアイ》が沈嶠《シェンチアオ》に追いつき、勢いよく手を打ち付ける。沈嶠《シェンチアオ》は避けられず、背中に郁藹《ユーアイ》の一撃を受け、大きく血を吐き出してドサリと前に倒れ込んだ。体を丸め、ゼイゼイと荒い息を吐く。

「もうこれ以上逃げるな！」

郁藹《ユーアイ》は腹を立て、沈嶠《シェンチアオ》を引き起こそうと手を伸ばす。

「いつからこんな頑固者になったんだ。師兄を傷つけたくなどないのに、なぜ言うことを聞かない！」

「監禁されると分かっていて逃げぬのは、愚か者だけだ！」

暗闇からそう言って鼻で笑う声が聞こえてくる。声音《こわね》はひんやりとした響きで、どこから聞こえてくるのか分からない。

郁藹《ユーアイ》は驚いて足を止める。周囲を見回したが、声の主を見つけられない。

「誰だ、出てこい！」

「一代の寵児祁鳳閣《チーフォンゴー》の弟子なら、皆それほどぼんくらであるはずはないと思っていた。なのに、その一人沈嶠《シェンチアオ》は半ば廃人になり、もう一人の郁藹《ユーアイ》は掌教代理になったくせに武芸の腕は大したことがない。祁鳳閣《チーフォンゴー》も草葉の陰で嘆いているぞ」

そして現れたのは、嘲るような表情の晏無師《イエンウースー》だった。

郁藹《ユーアイ》は、自分の能力では、目の前の人物がどこから出てきたのか、それまでどこに隠れていたのかもはっきり察知できなかったことに気づいた。

内心狼狽《うろた》えつつも、平静を取り繕う。

「そちらのお方はどなたですか？　このような深夜に玄都山に何用です？　もし恩師の旧友であれば、正殿へどうぞ。お茶でおもてなしいたしましょう」

「祁鳳閣《チーフォンゴー》のいない玄都山はつまらぬ。そんなところの茶など、飲まずともよい。そもそも、お前には私と面と向かって茶を飲む資格すらないのだ」

郁藹《ユーアイ》は玄都山の存在を再び世間に知らしめようとしているので、下調べはかなりしている。それにしても、これほどまでに尊大で不遜な話しぶり、計り知れないほどの武芸の腕前を持つ者はいったい誰だろう。郁藹《ユーアイ》は脳内の知識をひとしきり漁り、とある人物の名前に行きあたった。

「晏無師《イエンウースー》？　まさか、魔君晏無師《イエンウースー》!?」

晏《イエン》無師《ウースー》は眉根を寄せる。

「魔君などという二つ名は、気に入らんな」

郁藹《ユーアイ》は無視して、険しい顔つきで問いかける。

「晏《イエン》宗主、玄都山になんの御用です？　今は門派の内務の処理で忙しく、丁寧なおもてなしはできません。日を改めて昼間に来ていただければと」

「私がいつ来るかは、お前ごときが口を出すことではない」

郁藹《ユーアイ》はなぜ晏無師《イエンウースー》が突然ここに現れることができたのか考える。玄都山は誰でも簡単に立ち入れるような場所ではなく、晏無師《イエンウースー》や汝鄢克惠《ルーイエンコーフイ》のような宗師級の高手であっても、自由に訪ねてくることは不可能だ。だとすると、晏無師《イエンウースー》の入山を可能にしたのは、裏山にあるあの崖に沿った小道だろうか。

郁藹《ユーアイ》ははたと思い当たって沈嶠《シェンチアオ》に視線を向けた。

沈嶠《シェンチアオ》は僅かに俯き、表情は見て取れない。彼は傍の木の幹を探り、それを支えになんとか立ち上がる。風が吹いただけで倒れそうだ。

果たして、風が強くなり、衣をバタバタとはためかせたが、沈嶠《シェンチアオ》は何があっても倒れまいと言わんばかりに、しっかりとそこに佇んでいた。

晏無師《イエンウースー》が現れたのを少しも意外に思っていない様子に確信し、郁藹《ユーアイ》は驚きと怒りの声を上げた。

「阿嶠《アーチアオ》、魔門の奴とつるんでいるのか⁉」

その言葉に沈嶠《シェンチアオ》はゆっくりと血の匂いの混じる息を吐き出す。口角から溢れ出した鮮血を拭い、かすれた声で答えた。

「君は突厥人と結託《けったく》しているのに、私が魔門の者と一緒にいてはいけない道理などないだろう？」

沈嶠《シェンチアオ》の返事に、郁藹《ユーアイ》は言葉を失う。

そこに、晏無師《イエンウースー》が火に油を注ぐように、冷やかに畳みかけた。

「祁鳳閣《チーフォンゴー》は狐鹿估《フールーグー》を見逃し、その結果、弟子が狐《フー》鹿估《ルーグー》の弟子に崖から突き落とされる羽目になった。おまけに、別の弟子は掌教になる野心に駆られ、突厥人と結託して自分の師兄を陥れたときた。こんなことになっていると祁鳳閣《チーフォンゴー》があの世で知ったら、怒りで棺桶から飛び出してくるだろうな」

辛辣な皮肉に、郁藹《ユーアイ》の怒りは増すばかりだった。

それでも、なんとか抑え込んで、冷たく言い放つ。

「晏《イエン》宗主、招かれてもいないのに深夜に訪れるなど、いささか無礼ではありませんか。私はまだ処理すべき事務があります。お見送りはできませんが、どうぞお引き取りを！」

「笑止。どこに行こうが本座《ほんざ》（高位者の一人称）の勝手だ。この世で本座の自由にならぬ場所などない。もし祁鳳閣《チーフォンゴー》がそう言うのなら、まだ顔を立ててやらんこともないが、お前はどこの馬の骨だ？」

郁藹《ユーアイ》はこれほど無礼に罵られたのは初めてだ。彼は元々決して穏やかな人間ではなかったが、ここ数年は沈嶠《シエンチアオ》の影響でずいぶん丸くなっていた。しかし、今夜の出来事で気性の荒さが戻ってきそうだ。

郁藹《ユーアイ》が袖の中に隠した指が微かに動く。知らせを送って誰かを呼びつけようと思ったが、結局そうしなかった。沈嶠《シエンチアオ》は玄都山で好かれていて、人望も厚い。確かにほかの者たちは、玄都山が新たに俗世と繋がりを持ち、明君を支持して天下の争いに参加するという郁藹《ユーアイ》の目論見《もくろみ》に賛同してはいるものの、掌教が替わるのに全面的に賛同してはいないだろう。さらに、今の沈嶠《シエンチアオ》の様子を見れば、長老や師兄弟たちも同情して、考えを変えるかもしれない。そうなれば局面は混乱するばかりで、ますます制御しづらくなる。

そこまで考えて、郁藹《ユーアイ》はサッと袖を振った。その手の中に長剣が現れる。

これは祁鳳閣《チーフォンゴー》が弟子に渡した三本の剣のうちの一つだ。〝山河同悲〟は沈嶠《シエンチアオ》に、〝天為誰春《てんいずいしゅん》〟は一番下の女弟子顧横波《グーホンボー》に。そして、〝君子不器《くんしふき》〟は今郁藹《ユーアイ》が握っている。

長剣の放つ光は幾層にも重なり合い、虹になって夜空を跨ぐ。これほどまでに眩い剣光は玄都山の滄《そう》浪剣訣《ろうけんけつ》（剣訣は剣を持たないほうの手の構え。剣の型に合わせて変わる）を極致にまで極めなければ放てないものである。次から次へと押し寄せる波の如く、静から動に至り、突然嵐と雷が訪れたかのように、天地を席巻する。

今の郁藹《ユーアイ》に相対した人間は、暴風雨に見舞われたように感じることだろう。地面を穿《うが》つほどの強い勢いで雨が降り注ぎ、冷たい風が吹き荒れて利器の如く五臓六腑を貫いていく。そんな誰もかもを震え上がらせる、剣光の暴風雨だ。

いつの間にか、晏無師《イエンウースー》の体も宙に浮かび上がっていた。一見、風に巻き上げられ、ただ漂っているだけに見える。晏無師《イエンウースー》は依然片手を背後に回したまま、もう片方の手は真っ直ぐ前に押し出している。袖を一度回して払うように動かすと、天地をも覆い尽くさんばかりの剣光の雨が一瞬にしてほとんど消されてしまった。

続いて人差し指を差し出す。これは半歩峰で玉《ユー》生煙《ションイエン》にしたのと全く同じ動きだ。

異なるのは、玉生煙《ユーションイエン》に対しては五割の功力しか使わなかったが、今は八割を使っていることだ。

空中に広がっていた剣光は、サッと一つの光の輪になって、刃先に集まり、正面から晏無師《イエンウースー》の指とぶつかった。

二人の体から爆発的に溢れ出した真気は、互いに接触した一点から、たちまち円状に広がっていく。中央にいる二人の袖も激しくはためいているが、円の外側にいる者を襲う真気の勢いはさらに激しい。

二人が戦い始めた時点で沈嶠《シェンチアオ》は傍に退避していたが、影響を避けられず、危うくその場に崩れ落ちそうになる。

郁藹《ユーアイ》の刃先に注がれた真気は、高波の如く強烈な勢いを纏って、晏無師《イエンウースー》の頭を目がけて真っ直ぐに襲い掛かった。

滄浪剣訣はその名の通り、祁鳳閣《チーフォンゴー》が昔東の滄海《そうかい》（青々とした海のこと）を見た時に編み出した一組の剣訣だ。その後数度の改良を経て、玄都山の弟子が全員習う入門の武功となった。入門と言っても、使う人が異なれば、上下優劣がつく。

たとえば今の郁藹《ユーアイ》は、すでに「型だけではなく精髄をも摑んでいる」境地にまで達している。滄浪剣訣の中に自ら悟ったことも編み込み、自由自在に使いこなしているのだ。ほとんど人剣一体に近く、もはや分けることができない。

それほどの強烈な攻撃にもかかわらず、晏無師《イエンウースー》はたった指一本で受け止めてしまった！

とはいえ、その指は剣を止めたからといって静止しているわけではなく、視界に残影すら残さないほど高速で動いているのだ。指先に目でもついているかのように、何度も異なる場所を突く。それらは全部、郁藹《ユーアイ》が真気で築き上げた障壁の、最も弱い部分を的確に狙っていた。

郁藹《ユーアイ》はふと、師の祁鳳閣《チーフォンゴー》がまだ生きていた頃、天下の頂点に立つ高手について論評してくれた時のことを思い出す。晏無師《イエンウースー》の名前も挙がっていた。当時は誰もが、祁鳳閣《チーフォンゴー》の一番の好敵手は突厥の宗師である狐鹿估《フールーグー》だと思っていたが、祁鳳閣《チーフォンゴー》は晏無師《イエンウースー》の資質をもってすれば、あと数年もしないうちに狐《フー》鹿估《ルーグー》を超え、自分も倒されるかもしれないと言った。晏無師《イエンウースー》の武功はすでに形式にこだわらず、気ままに変化する境地に達しているのだから、と。

普通の人間にとって、『朱陽策』は深奥な武功を身に着け、武術の頂点に立たせてくれるものである。ところが、晏無師《イエンウースー》は『朱陽策』を参考程度にしか思っていない。自分の武功で不足している部分を補うものであり、頭からそっくりそのまま気を修練するほどではないと考えているのだ。

晏無師《イエンウースー》の武功には、かなり名の知れた〝春水指《しゅんすいし》法《ほう》〟という技がある。晏無師《イエンウースー》と手を交えたことのある祁鳳閣《チーフォンゴー》は、かつて二句の詩でそれを表現していた。

「春水の柔波《やわなみ》、照影《しょうえい》を憐れむ。一片《いっぺん》の痴心《ちしん》（思い焦がれる心）、倶《とも》に灰と成《な》る」

女性が朝露の如く儚い愛を詠嘆しているようにも聞こえるこの詩を、郁藹《ユーアイ》は当初あまり理解できなかった。

しかし今、郁藹《ユーアイ》はようやくこの詩の後半がどういうことを意味しているかを知った。

指法とともに繰り出された怒涛のような真気は、郁藹《ユーアイ》の攻撃を止めただけではない。郁藹《ユーアイ》がなんとか剣気《けんき》で練り上げた障壁すら、ほとんど崩してしまったのだ。今、郁藹《ユーアイ》はすっかり気落ちして、体に力が入らなくなった。彼の思惑は祁鳳閣《チーフォンゴー》の言う通り、まさしく一片の〝痴心〟として全て灰になったのである。

郁藹《ユーアイ》は仕方がなく、剣気を最大限まで引き上げた。すぐに、爆発的に広がる煙霞《えんか》のような勢いで蒸気が辺りに立ちこめる。地面から風が巻き起こり、巨石が砕け散って轟音が響き渡った！

あまりの音に、沈嶠《シェンチアオ》は耳鳴りがして、少しの間何も聞こえなくなる。

静かな夜に轟いた音は、玄都山にいるほかの者たちを驚かせるのに十分だった。次々と明かりが灯る。皆、衣を羽織ってこちらに駆けつけようとしているようだ。

全ては郁藹《ユーアイ》の予想を遥かに超えていた。音もなく速戦即決しようとしたのに、意外なことに晏無師《イエンウースー》が現れ横やりを入れてきたので、事態は制御できない状態になってしまった。

二人は攻撃をやめて手を引いた。郁藹《ユーアイ》は三歩下がり、晏無師《イエンウースー》は二歩下がった。

郁藹《ユーアイ》は全力で戦いに臨み、晏無師《イエンウースー》は八割の功力しか使っていない。どちらが凄腕かなど、自明のことだ。

片や晏無師《イエンウースー》は落ち着き払って、見物でもするような表情を浮かべている。

片や郁藹《ユーアイ》は歯を食いしばり、黙り込む。長老数名が手を組めば、勝手に玄都山に押し入った晏無師《イエンウースー》という常軌を逸した者は捕まるだろう。そうなれば、沈嶠《シェンチアオ》も当然残る羽目になる。ただ、郁藹《ユーアイ》は玄都山のほかの者が沈嶠《シェンチアオ》と顔を合わせることはどうしても避けたかった。

考えている間に、皆に先んじて誰かが駆け付けた。

祁鳳閣《チーフォンゴー》の一番弟子・譚元春《タンユエンチュン》だ。

譚元春《タンユエンチュン》は沈嶠《シェンチアオ》や郁藹《ユーアイ》の師兄にあたる。資質は平凡で、穏やかな性格をしており、何かあれば真っ先に事を荒立てず鎮静させようと考えるお人好しだ。

彼の性格と腕前では掌教にはなれないが、思いやりがあるので、沈嶠《シェンチアオ》を含め師兄弟たちは皆彼を尊敬していた。沈嶠《シェンチアオ》が掌教になってから、譚元春《タンユエンチュン》は長老となり、普段は下の代の弟子たちを教えたりしている。

「郁師弟《ユー》？」

譚元春《タンユエンチュン》は郁藹《ユーアイ》を見て、驚きを露わにする。

「さっきの物音は、君たちが……？　こちらは？」

郁藹《ユーアイ》は「浣月宗の晏《イエン》宗主です」と答えた。

そっけない紹介だったが、譚元春《タンユエンチュン》はハッと息を呑む。

魔門の魔君がなぜここに⁉

晏無師《イエンウースー》は機嫌よく、声を発した。

「お前が祁鳳閣《チーフォンゴー》の一番弟子か？　お前の師父は昔私と戦い、私に勝った。なのに、今や奴の弟子は揃って役立たずばかりだ。お前も一度私と戦うか？」

「……」

譚元春《タンユエンチュン》は黙って郁藹《ユーアイ》に目を向ける。郁藹《ユーアイ》は低い声で代わりに答えた。

「晏《イエン》宗主は卓越した腕前をお持ちですが、玄都山は人が多い。貴殿一人を引き留めるなどわけもない。まさか晏《イエン》宗主は玄都山の風景が美しいからと、長く留まるおつもりではないでしょう？」

晏無師《イエンウースー》は軽く鼻で笑う。

「祁鳳閣《チーフォンゴー》のいない玄都山など、少しの価値もない」

そして沈嶠《シェンチアオ》に目を向け、晏無師《イエンウースー》は皮肉を口にした。

「まだ名残惜しくて立ち去れぬのか？　師弟に監禁され、手に手を取ってかつての師兄弟の情を懐かしむつもりか？」

譚元春《タンユエンチュン》はこの時やっと、近くの木の下に誰かが立っているのに気づいた。木の陰に隠れて呼吸もひどく弱っており、さらに晏無師《イエンウースー》が先に声を掛けてきたので、全く気づかなかったのだ。

その姿を目にして譚元春《タンユエンチュン》はさらに驚き、すぐさま声を上げた。

「掌教師弟⁉」

沈嶠《シェンチアオ》は木の幹に手をついて、声のするほうにあいさつ代わりに軽く会釈をする。

「大師兄（一番上の師兄への呼称）、お変わりありませんか？」

譚元春《タンユエンチュン》は驚喜して数歩前に進む。

「無事かい？　いつ戻ってきたんだ、どう……」

郁藹《ユーアイ》は「大師兄！」と声を上げて譚元春《タンユエンチュン》を止めた。

譚元春《タンユエンチュン》はさっきの晏無師《イエンウースー》の言葉を思い出し、言葉を飲み込んで郁藹《ユーアイ》を見た。

「これはいったい？」

郁藹《ユーアイ》ではなく沈嶠《シエンチアオ》が口を開いた。

「大師兄、もう郁《ユー》師弟を新しい掌教に推薦しようとしているのですか？」

譚元春《タンユエンチュン》は困った表情を浮かべ、郁藹《ユーアイ》を見てから沈嶠《シエンチアオ》を見た。彼は社交辞令などが苦手なので、もはや事実を白状するしかないと覚悟する。

「君がいない間は、郁《ユー》師弟が全ての内務に当たっていたんだよ。以前から君を手助けしていたし、玄都山の全てを一番よく知っているのも郁《ユー》師弟だからね。君が崖から落ちてから、長老数名が話し合い、まず郁《ユー》師弟を代理に立てようということになった。それで……えっと、でも、戻ってきたのなら何より。まずは傷を治して、ほかのことはまた後で話せばいいから！」

沈嶠《シエンチアオ》ははっきり分かっていた。もしこのまま残ったとしても、昆邪《クンイエ》に負け重傷を負ったという事実がある限り、再び掌教の座を担うのは絶対に不可能なのだ。ほかの人が気にしなくても、沈嶠《シエンチアオ》自身が掌教を続けるなど厚かましくてできない。玄都紫府は必然的に郁藹《ユーアイ》が掌握することになる。それなら、自分が残ろうが残るまいが、郁藹《ユーアイ》が突厥人と手を組むのを止めることはできない。今の自分は、まさに組板《まないた》の鯉でしかないのだ。

そこまで考えて、沈嶠《シエンチアオ》は内心ため息をこぼした。

躊躇いはもうない。

「晏《イエン》宗主、お手数をおかけしますが、私も一緒に連れていってください！」

「阿嶠《アーチアオ》！」

「師弟！」

同時に発せられた言葉。郁藹《ユーアイ》の声は怒りを帯びていたが、譚元春《タンユエンチュン》のそれは驚きを伴っている。沈嶠《シエンチアオ》がいつから魔門と関わるようになったのか、全く分からない様子だ。

晏《イエン》無師《ウースー》は眉を吊り上げる。沈嶠《シェンチアオ》の決心は意外ではなかったものの、興味深いと思った。晏無師《イエンウースー》はあえて言う。

「今ならまだなかったことにできるぞ」

遠くで微かに見えている明かりが、徐々に近づいてくる。玄都山の弟子たちがこちらに急いでいる物音も伝わってきた。

目の見えぬ者は耳聡《みみざと》いという。沈嶠《シェンチアオ》もはっきりと目が見えるわけではないが、耳は物音をしっかり聞き取れるのだ。

彼は首を横に振り、「いえ」と答えた。

晏《イエン》無師《ウースー》が沈嶠《シェンチアオ》を連れ去ろうとしているのを見て、郁藹《ユーアイ》は驚きと怒りで剣を手に引き留めようとする。

「待て！」

しかし、晏無師《イエンウースー》は避けることも躱すこともせず、沈《シェン》嶠《チアオ》の腰を摑んで彼を前に押し出した。一瞬にして、郁藹《ユーアイ》の攻撃の標的が沈嶠《シェンチアオ》に替わる。

譚元春《タンユエンチュン》は驚愕して、「三師弟、やめなさい！」と声を上げた。

郁藹《ユーアイ》もぎょっとして、慌てて手を引いて後退する。

晏《イエン》無師《ウースー》は声を上げて笑うと、沈嶠《シェンチアオ》の腰を抱えたまま、彼を連れてあっという間にどこかに行ってしまった。

ただその笑い声だけは、まだ広々とした周囲に響き渡っている。

郁藹《ユーアイ》は怒り心頭だった。

「恥知らずな変人め！」

第四章　天下の情勢

高手は、皆揃って高手たる風格があるが、中には面子を重んじる者や自尊心を手放せない者もいる。ただ、身分も地位も高い高手は、誰かを身代わりにするなどということは普通はできない。それが恥ずべきことであると知っているからだ。そんな厚かましいことができるのは、『朱陽策』を破壊すると言えばその通りにやる晏無師《イエンウースー》くらいだろう。郁藹《ユーアイ》が怒り狂うのも、沈嶠《シエンチアオ》が言葉を失うのも無理はない。

晏無師《イエンウースー》は沈嶠《シエンチアオ》を連れて一気に山を下り、玄都鎮を抜けて、彼らが初めに立ち寄った町の郊外にある宿場まで来た。小さな木立がいくつかあり、広々としている。

晏無師《イエンウースー》は沈嶠《シエンチアオ》を下ろした。

沈嶠《シエンチアオ》は「ありがとうございます」と拱手する。

郁藹《ユーアイ》と手を交えた時に、沈嶠《シエンチアオ》は少し負傷し、全身の気血が滞っていた。ようやく今になって少しずつ手足が温かくなり、感覚が戻りつつある。

晏無師《イエンウースー》はそんな沈嶠《シエンチアオ》の様子に構わず嘲笑した。

「それで、お前はいったいなんのために玄都山に行ったのだ？　結局あの日私が言ったことを証明しただけにすぎん。自分に利益になると思えば、人は他人のことなど全く考えないのだ。だから、幼い頃から一緒に育ってきた師兄弟たちは、躊躇いもなくお前を裏切った。掌教の座を手にするためなら、お前が崖から落ちても気に掛けぬ。祁鳳閣《チーフォンゴー》は、玄都山は公明な正道の宗門だと自慢したが、弟子のやり方は我が魔門にも劣らぬ。全く感心させられるな！」

もちろん、晏無師《イエンウースー》は沈嶠《シエンチアオ》が崖から落ちて以降、玄都山の者たちがずっと彼を捜していたのを知っている。晏無師《イエンウースー》が沈嶠《シエンチアオ》を助けて連れ帰ってしまったため、彼らは沈嶠《シエンチアオ》を見つけられなかった。とはいえ、晏無《イエンウー》師《スー》は玄都山の肩を持つつもりは全くない。むしろ沈《シエン》嶠《チアオ》が意気消沈し、落ちぶれた情に脆い掌教から、天下をひどく恨む人間へと変わっていく様を見たいと思っているのだ。

沈　嶠《シェンチアオ》は晏無師《イエンウースー》の言葉に答えず、傍に大きな石を探り当てるとゆっくりと腰を下ろした。

郁藹《ユーアイ》は少し頑固で、功名心が強い。幼い頃から何事も極めたがった。玄都山にいなければ、今頃もう一人の晏無師《イエンウースー》になっていてもおかしくはない。けれども、ここ数年郁藹《ユーアイ》が無私になって、玄都山のために全身全霊を尽くしてきたのも事実である。実の兄弟のように愛し合う師兄弟たちの中で育てば、どんなに冷酷な人間でも性格は変わる。なんと言っても郁藹《ユーアイ》は晏無師《イエンウースー》ではない。以前であれば、沈嶠《シェンチアオ》は郁藹《ユーアイ》がこんなことをするなど、信じなかっただろう。師の祁鳳閣《チーフォンゴー》にしても、もし生き返ることがあったら予想外に思うに違いない。

郁藹《ユーアイ》は昆邪《クンイエ》との戦いで、沈嶠《シェンチアオ》が敗北するように仕向けた。衆人の目の前で突厥人に負けたので、沈《シェン》嶠《チアオ》は地位も名誉も失った。だから郁藹《ユーアイ》が沈嶠《シェンチアオ》の後を継いでも、当然だと思われる。沈嶠《シェンチアオ》が生きていたとしても、この状況で掌教の座に戻るなどという厚かましいことはできない。まさにこれは、一度苦労してしまえば、あとは気楽に構えていられる方法だ。

そう考えれば納得できる。しかし郁藹《ユーアイ》は気持ちを高ぶらせながら自分には苦衷《くちゅう》があり、沈嶠《シェンチアオ》を陥れたのは玄都山が天下のほかの宗門を凌駕するためなのだと正直に告白したことを考えると、事態は少し妙に思えてくる。

もしそのほかにも何かわけがあるのだとすれば、郁藹《ユーアイ》が昆邪《クンイエ》と秘密裏に手を組んだのは、沈嶠《シェンチアオ》が崖から転落した一件だけではないだろう。ほかのもっと重要なことでも、突厥人と協力しているのかもしれない。

沈　嶠《シェンチアオ》は眉を寄せる。頭は針で刺されているかのようにチクチクと痛み、どれほど考えても答えを見つけられない。

晋が南遷し、五胡の侵略があってから、近年各国の政権は頻繁に代わっている。ただ、胡の風習が色濃く残る周や斉のような国は、漢代の制度を踏襲するようになり、徐々に漢化していた。そんな国々が天下を統一するというのならかろうじて受け入れられるが、突厥のようにいまだに草原で放牧し、たびたび中原に侵入するような野蛮な民族の者が、明君になるなど、とても考えられない。

突厥人は、気が変わりやすく残酷だという印象を人々は強く持っている。よほどの利益がない限り、郁藹《ユーアイ》も世間が大罪と見なすようなことを平然とやってのけはしないだろう。

それなら郁藹《ユーアイ》が企んでいることとはいったいなんだろうか？　突厥が郁藹《ユーアイ》に、もしくは玄都山にもたらす利益とはなんだろうか？

これらについて、沈嶠《シェンチアオ》は晏無師《イエンウースー》に意見を聞くことはできない。

二人は比較的近しくなっているとはいえ、友人というほどではないのだ。晏無師《イエンウースー》は気まぐれで、信用できるかどうかも分からない。そんな相手と立ち入った話をするなど、なおさらあり得ないことだった。

沈嶠《シェンチアオ》は心の中で繰り返し考えるしかなかった。

しかしいくら考えても、薄い紙で隔てられているかのように、肝心な部分が見えてこない。

不意に、晏無師《イエンウースー》が口を開いた。

「もう十分休んだか？」

沈嶠《シェンチアオ》は茫然と顔を上げる。考え事をしていたので、心ここにあらずな表情だ。

「十分に休んだのなら、私と手合わせをしろ」

「……」

しばしの沈黙の後、沈嶠《シェンチアオ》は苦笑を浮かべる。

「私ではとても晏《イエン》宗主に敵いませんよ。前にも試したでしょう？」

晏無師《イエンウースー》は怪訝な顔をする。

「手合わせのためでなければ、なぜ私がお前を連れてきたと思っている？　お前の生死など、私にはどうでもいい。『朱陽策』の游魂巻が欲しければ、玄都山で探せばいいだけのこと。お前のような足手纏いをわざわざ連れ歩く必要などない。お前は今五巻ある『朱陽策』のうち二つを読んでいる。武功が回復するのも時間の問題だろう。このような機会など、誰でも手に入れられるものではない。私はずいぶん前から『朱陽策』に精通した者の手を借りて、陶弘景《タオホンジン》が編み出したこの武功を研究しようと思っていたのだ。自分と手合わせをするわけにもいかぬし、坊主の雪庭《シュエティン》を手慣らしに使うわけにもいくまい。となれば、お前が一番相応しいだろう?」

沈嶠《シェンチアオ》は口元を引きつらせる。なんと言えばいいのか分からず言葉を失う。

ややあって、沈嶠《シェンチアオ》はやっと答えた。

「私の功力は現在三割程度しかありません。先ほど郁藹《ユーアイ》と手を合わせて傷も負ったので、今は相手にならないかと」

「だから私は慈悲深く、お前がここでしばし休むのを許してやったのだ」

沈嶠《シェンチアオ》は呆れて、「今さらですが無理矢理玄都山に残されるのも、悪くない選択肢のように思えてきました」と言った。

「お前は今記憶を取り戻した。ということは、以前習得した分の『朱陽策』を全部思い出し、自由に使えるだろう。そこに出雲寺で聞いた分を加えれば、全体を十分に理解できるうえに、さらに一つ上の境地に到達できる」

沈嶠《シェンチアオ》は少し考えて、素直に頷く。

「確かにその通りです」

晏無師《イエンウースー》の動機は不純で、沈嶠《シェンチアオ》を自分のために利用してやろうとか、単なる好奇心ゆえの行動をとることもしばしばだが、『朱陽策』を読ませてくれたことについては、自分はきちんと晏無師《イエンウースー》に感謝するべきだろう。

そう思って、沈嶠《シェンチアオ》は続けた。

「邸宅を離れてから、まだ晏《イエン》宗主にしっかりとお礼を申し上げていませんでしたね。晏《イエン》宗主がいなければ、私は今頃、半歩峰の麓を彷徨う亡霊になっていたことでしょう」

「お前が感謝すべきなのは、その体内にある『朱陽策』の真気だ。それがなければ、私とてお前を助けなかった。それほど暇ではないのだからな」

沈嶠《シェンチアオ》は冗談交じりに返す。

「……分かりました。そのうち師尊にお線香をあげて、『朱陽策』を継がせてくださった礼をしますよ」

「私が郁藹《ユーアイ》と手を交えた時、奴の体からは朱陽策の真気を感じ取れなかった。大方、祁鳳閣《チーフォンゴー》が受け継がせたのはお前一人だけだろう」

沈嶠《シェンチアオ》は頷く。

「そうです。あの日、游魂巻を受け継いだのは私だけです。しかも師尊は口頭で覚えるようにと、書き写すのを許してくれませんでした。皆、玄都山には『朱陽策』が一巻あると言っていますが、私は今でも、それがまだ玄都山にあるかどうかを知らないのです」

その言葉は晏無師《イエンウースー》の興味を引いた。

「祁鳳閣《チーフォンゴー》は玄都山が末永く続き、弟子がみんな立派になってほしいと思わなかったのか？　なぜ、お前だけに游魂巻を受け継がせたのだ？」

沈嶠《シェンチアオ》はゆっくりと答える。

「それは以前私も師尊にお尋ねしたのですが、答えを得られませんでした。師尊と陶《タオ》真人様は古くからの友人であり、真人様が『朱陽策』を完成させた後、後悔したことがあるとおっしゃったのだそうです。この書が世に出回れば、天下で果てのない争いを引き起こし、どれほど血が流されるとも分からない、と。師尊もそうお考えだったのでしょう。師尊は故人が生涯の心血を注いで作ったものが後世に伝わるようにと願われた一方で、それが広まり、世人がそれを巡って奪い合ったり殺し合ったりすることを望まなかった。だから、このような矛盾した決断をしたのではないかと」

晏無師《イエンウースー》は鼻で笑った。

「生ぬるい奴め！　この件もそうだが、昔狐鹿估《フールーグー》を完全に殺さず、後顧の憂いを残したこともそうだ！　そんなに優柔不断では、武芸の腕が群を抜いていても宝の持ち腐れにすぎん！　玄都山の弟子に武芸など習わせる必要もなかろう。玄都山を普通の道観にしたほうがよっぽど良い。争いのない世界をなどと言うのなら、まず自分から始めれば良いものを」

辛辣な言葉だが、全く理に適っていないわけではない。
沈嶠《シエンチアオ》とその師の似ている点を挙げれば、仁心と、いつも他人を思いやる優しさだ。ただ、沈嶠《シエンチアオ》は祁《チー》鳳閣《フォンゴー》と異なるところもある。近頃旅をして、貧しい生活、苦しむ人々、そして天下の門閥《もんばつ》が全て世局に巻き込まれていくのを目にした。それゆえ、沈《シエン》嶠《チアオ》の考え方は徐々に変化してきているのだ。玄都山はこの世の中に存在しているのだから、平穏に外側に身を置いて超然としていることはできないと気づいた。遅かれ早かれそこに入らなければならないのだ。

あいにく、沈嶠《シエンチアオ》が玄都山を変えようと行動する前に、郁藹《ユーアイ》は素早く彼に取って代わった。そして玄都山を徹底的に未知なる方向へと導き始めたのだ。

沈嶠《シエンチアオ》は微かに首を垂れ、深く考え込む。
近くにいた晏無師《イエンウースー》は音を立てず、なんの前ぶれもなく指で攻撃を仕掛けてきた。

目が見えなくなってから、沈嶠《シエンチアオ》は意識して聴覚を鍛えていた。晏無師《イエンウースー》が動く微かな音を聞き取り、急いで石を叩いて飛び上がり、サッと後ろに下がる。

玄都山の〝天闊虹影《てんかつこうえい》〟は天下においてもひと際抜きんでている軽功だ。沈嶠《シエンチアオ》の姿は、揺蕩《たゆた》う碧水か、風に揺れる蓮の葉を思わせる。しなやかに舞う柳のようで、言葉に表せぬほど風流だ。その様子から全盛期の沈嶠《シエンチアオ》の功力が微かに窺えた。

もちろん今、沈嶠《シエンチアオ》の功力は完全に回復したわけではなく、晏無師《イエンウースー》の動きは彼の何倍も素早かった。一瞬遅れて、直前まで沈嶠《シエンチアオ》が座っていた石は大きな音を立てて砕け散った。欠片が沈嶠《シエンチアオ》目掛けて次々に飛んでくる。

幸いなことに、沈嶠《シエンチアオ》はすぐに真気を巡らせたので、顔に傷がつくことはなかった。しかし、鋭利な石の欠片は袖の一部を引き裂き、沈嶠《シエンチアオ》の手首を掠める。
真っ白な手首から血が流れ落ちた。
「春水の柔波《やわなみ》、照影《しょうえい》を憐れむ。一片《いっぺん》の痴心《ちしん》、倶《とも》に灰と成る、ですか。まさしく、評判通りですね！」

沈嶠《シエンチアオ》は言いながら、手首の傷に構わず意識を集中させて、相手が立てる物音に耳を傾けた。

晏《イエンウースー》無師なら、手を出したからには相手がどうなろうと絶対に容赦しないだろう。

今まで晏無師《イエンウースー》とともに過ごした日々の中で、沈《シエン》嶠《チアオ》はそれがはっきり分かっていた。

今日の手合わせは、おそらく相手が満足するまで続けられる。でなければ、死んでも無駄死にだ。

春水指法は晏無師《イエンウースー》を有名にした絶技の一つである。かねてこの指法を使い、無数の手練れを倒してきた。祁鳳閣《チーフォンゴー》すらわざわざ二句の詩で表現していたことからも、その巧みさが並外れていることが分かる。

時を経るにつれ、晏無師《イエンウースー》の腕は強くなるばかりで、この指法も当然威力を増している。

ただ、この技が実は剣法に由来していることを知る者はほとんどいない。

その昔、晏無師《イエンウースー》は巧みな剣の使い手だった。肌身離さずに持ち歩いていた剣もあったが、その後なくしてしまい、ほかに満足のいく武器も見つけられなかったので、晏無師《イエンウースー》は思い切って指を剣の代わりにしたのだ。怪我の功名とでも言うべきか、そこからこの指法が編み出されたのである。名前の響きこそ優美ではあるが、いざ対峙すると、その疾風や驟雨《しゅうう》の如く強烈な勢いを肌身に感じることだろう。

一見、晏無師《イエンウースー》の動きは相手の肩に落ちた葉を払っているかのように、優雅で優しくゆっくりとして見える。しかし、見えている指はすでに残影でしかない。それどころか、どの〝影〟が晏無師《イエンウースー》の本当の指なのか分からない。

沈嶠《シエンチアオ》は目が見えないので、視覚に惑わされることはないが、別の感覚がより鋭敏になっている。

沈嶠《シエンチアオ》は、泰山が圧し掛かってくるかのような、四方八方から押し寄せる巨大な圧迫感を覚えていた。彼を丸ごと潰してしまうほどの勢いで、真気が激しく揺れ動く。しかも、この圧迫感は均等に襲ってくるのではなく、晏無師《イエンウースー》の指法に合わせて肩が重くなったかと思えば、次は首筋を狙われる。動きが予想できず、防御のしようがない。

体の周りをみっちりと壁に囲まれるように、沈《シエン》嶠《チアオ》は晏無師《イエンウースー》が作り出した圧力に丸ごと包み込まれた。

真気は折り重なって潮水さながらに次々に押し寄せる。後退することも、前進することもできない。沈《シエン》嶠《チアオ》の内力が消耗してしまったら、晏無師《イエンウースー》の春水の如く優しい指先に体を撫でられるがままである。

　そうなれば、死あるのみ。

　沈嶠《シエンチアオ》には三割の内力しかなく、おそらく二流の武芸者にも及ばないだろう。そんな腕前で晏無師《イエンウースー》の攻撃に抗い、生き残ろうとするなど、夢のまた夢である。しかし、今の沈嶠《シエンチアオ》には玄都山で身につけた武功だけではなく、『朱陽策』一巻分の助力がある。たった一度聞いただけで、覚えた内容を完全に自分のものにできたわけではないが、記憶の回復はすなわち、敵に立ち向かう力の回復を意味している。以前のように、受け身になることはもうないのだ。

　沈嶠《シエンチアオ》は袖を振り上げ、晏無師《イエンウースー》同様手を剣の代わりにして、ある仕草をした。

　滄浪剣訣の初手、清風徐来《せいふうじょらい》である。

　沈嶠《シエンチアオ》の使う滄浪剣訣は、郁藹《ユーアイ》が晏無師《イエンウースー》と戦った時に使っていたのと同じものだ。

　玄都山は確かに天下に名を馳せているが、独自の武功は少なく、剣訣も二組しかない。

　それは、祁鳳閣《チーフォンゴー》が至高の武術とは天下の多くの道理――大巧は拙なるが如し――と同じだと信じていたからだ。それゆえ、多くの技を習うよりも二組の剣訣を極致まで、それこそ好きに手を加えたり、自由自在に制御できたりするくらいに極めたほうがいいと、考えていたのだ。

　清風徐来は〝清風徐《おもむ》ろに来《きた》る〟というその名の通り、初手は穏やかで温かく、吹き付ける清らかな風を思わせる。沈嶠《シエンチアオ》は指をくっつけて剣の代わりにこの一手を繰り出すと、ようやく懐かしい感覚が蘇った。

　丹田《たんでん》から綿々と現れた真気は、陽関《ようかん》、中枢《ちゅうすう》、至陽《しよう》などの経穴に沿って上に昇り、風府《ふうふ》に集まった。そして四瀆《しとく》と外関《がいかん》に向かっていく。

　晏無師《イエンウースー》の鉄壁の真気が四方八方から襲い掛かってきた時、沈嶠《シエンチアオ》もちょうど真気を指先まで導いていた。

剣光の如く白い跡が一筋現れる。剣気だ。

剣気を放った途端、沈嶠《シェンチアオ》はすぐに技を変えた。滄浪剣訣の〝琴心三畳《きんしんさんじょう》〟を真似て、指で数度突く。そのどれもが、晏無師《イエンウースー》が真気で生み出した〝網〟の節目にぴたりと当たっていた。

轟音が響く。煙が立ちこめ、星が降ったかのように、光の点が網の目に散らばった。

この場に誰かいたら、二人の間から放出される激しい光芒《こうぼう》に目を奪われてしまうだろう。目の見えない沈嶠《シェンチアオ》は、真気への深い理解だけで晏無師《イエンウースー》が敷いた攻勢を破ったのだ！

晏無師《イエンウースー》が攻撃を仕掛けてから沈嶠《シェンチアオ》がその技を破るまで、渦中の二人はずいぶん長い時間を要したように感じるかもしれないが、傍で見ている人間にとっては一瞬の出来事にすぎない。

晏無師《イエンウースー》は沈嶠《シェンチアオ》の反撃を予想外に思ったが、すぐに興味津々な表情になる。

晏無師《イエンウースー》は、今度は掌を使うことにした。雲か魑《ち》魅魍魎《みもうりょう》の如くひらりと舞い、異なる方向から三度、沈嶠《シェンチアオ》に向かって掌を打ち出した。

この三掌は勢いよく注がれる山からの奔流か、あるいは海を限りなく覆い尽くす濃霧さながらの威力を伴っている。この攻撃に比べれば、さっきの技はもはや子ども騙し。この時になってようやくその優雅な仮面を外し、凶悪で獰猛《どうもう》な本性を露わにしたのだ。

三方向から襲い来る攻撃。

それを受ける沈嶠《シェンチアオ》は一人で、手も二本しかない。三方向からの攻撃を同時に防ぐのは不可能だった。

沈嶠《シェンチアオ》は後退を選んだ。

先ほど晏無師《イエンウースー》の攻勢を破ったので、もう彼の後ろを遮る真気はないからだ。沈嶠《シェンチアオ》は数歩下がる。しかし、その数歩の間に、晏無師《イエンウースー》の三掌はすぐ近くまで迫ってきていた。

いくら晏無師《イエンウースー》が凄腕だといっても、人間であることに変わりはなく、同時に三掌を打ち出すことはできない。攻撃がどれほど素早くとも、三掌それぞれに速度の差が生まれる。ただ、あまりにも速すぎるために、人はひとつひとつの攻撃をはっきり見分けることができないだけなのだ。

ところが、沈嶠《シェンチアオ》にはそれができる。そもそも目が見えないのだから。

沈嶠《シェンチアオ》は目では見ず、耳で聞いていた。

怪我をしてからというもの、沈嶠《シェンチアオ》は昔なら想像すらできなかった数多くの苦難に見舞われた。記憶が回復すると以前の状態と対比ができるので、苦しみは一層鮮明になった。

沈嶠《シェンチアオ》は躊躇い、戸惑い、親しい人の裏切りにひどく心を痛めたこともある。

しかし、今この瞬間、沈嶠《シェンチアオ》の心は穏やかだった。

玄都山で掌教を務めていた頃も平穏だったが、それは一度も挫折を味わったことのない平穏さだ。

けれども今は、様々な苦しみ、多くの挫折や苦境を経験したゆえの穏やかさである。

荒れ狂う波が収まり、月が高く昇った。海と空が溶けあったかのようで、果てが見えない。

激しい感情の起伏も、悲しみも喜びもない。

まるで、晩春に生い茂る草、初秋の空に連なる雲、井戸に映るたった一つの灯、月が照らす瑠璃《るり》……それほど、平穏なのだ。

沈嶠《シェンチアオ》は三掌の違いが分かった。その手は蓮の花の如く、素早く開いたり閉じたりして、それぞれ滄浪剣訣の〝浪起蒼山《ろうきそうざん》〟、〝日月其中《にちげつきちゅう》〟、〝紫気東来《しきとうらい》〟を結ぶ。

たとえ玄都山の弟子がここにいたとしても、きっとこれらが滄浪剣訣に由来しているとは気づかないだろう。沈嶠《シェンチアオ》の手によって繰り出される技の数々は、目まぐるしく変化し、すでに原形を留めていないのだ。

一方、もし祁鳳閣《チーフォンゴー》がここにいれば、沈嶠《シェンチアオ》が使っているのは剣の型《かた》そのものだけではなく、今や沈《シェン》嶠《チアオ》は剣気の域を突破し、剣意の境地に至っていると分かるはずだ。

剣は様々な武器の頂点にあり、元来武術の中でも崇められる存在である。江湖で武術を習う者の十中八九は剣を使う。とはいえ、その多くは奥深い剣法とは呼べず、何かの境地に達するなど叶わぬ夢だ。
剣には剣気、剣意、剣心《けんしん》、剣神《けんじん》の四つの境地がある。

気で剣を統べることができれば、その人物は〝剣気〟の境地に至っているといえる。先天高手なら皆当然その境地に至り、武功を失う前の沈嶠《シェンチアオ》も例外ではなかった。

沈嶠《シェンチアオ》は幼い頃から剣を習っており、資質にも恵まれていた。二十歳で早くも型の域を脱して〝剣気〟の境地に達していた。その後、祁鳳閣《チーフォンゴー》から『朱陽策』を一巻受け継ぎ、そこに書かれた真気の練り上げ方法と自らの剣気を合わせ、剣の腕をさらに上の次元へと高めた。何もなければ、〝剣意〟の境地に達するのも時間の問題だったのだ。

しかし、よりによって半歩峰の戦いで沈嶠《シェンチアオ》は崖から落下し、全てが唐突に止まってしまった。

沈嶠《シェンチアオ》の体内に『朱陽策』の真気が僅かでも残っていなければ、全て最初からやり直すことになっていただろう。苦労して長いこと修練してきた武功も、水の泡となってしまったはずだ。

晏無師《イエンウースー》ともあろう者が、それに気づかないはずがない。攻撃をしかけ続けた結果、沈嶠《シェンチアオ》が耐えきれずに倒れるどころか〝剣意〟の境地に達したことは、さすがの晏無師《イエンウースー》も意外に思った。

同時に、晏無師《イエンウースー》は微かな興奮を覚える。

沈嶠《シェンチアオ》に自分と戦うよう迫ったのは、彼の体内に『朱陽策』の真気があるからだ。沈嶠《シェンチアオ》との戦いを通して、『朱陽策』の精髄が引き出されるような、何かしらの啓発を受け、自分が創り出した武功を補完しようとした。

だから晏無師《イエンウースー》は、沈嶠《シェンチアオ》が強さを見せれば見せるほど気をよくした。

一方、沈嶠《シェンチアオ》の心は相変わらず静かで穏やかだった。

〝剣意〟の境地に達してから、彼の心も新たな世界に踏み込んだ。そこは捉えどころがなく澄んでいて、言葉にできないくらい幽玄である。

広大な天の下に地は果てしなく広がり、いくつもの川が流れ、高い山が鋭く聳え立つ。

しかし同時に、その世界の天地はあまりにも狭く、前後左右、足の踏み場すらないのだ。

だが、どんなところであろうと、剣意の在り処こそ、道意の在り処となる。

一は二を生み、二は三を生み、三は万物を生み出す。

足下に地がなくとも、立って歩けば地が生まれ、目が光を捉えずとも、光は心に自ずと宿る。

その心境に至った沈嶠《シェンチアオ》は、晏無師《イエンウースー》の攻撃の軌跡を明確に感じ取れるのだ。

沈嶠《シェンチアオ》は静かに待ち構えた。

晏無師《イエンウースー》の一本の指が沈嶠《シェンチアオ》の眉間を突こうとする。

沈嶠《シェンチアオ》は下がらず、手を持ち上げてそれを迎えた。

右手を上げ、掌を広げてその一指を遮る。

瞬時に、硬い石が砕け、流れ星が暗闇を横切ったような衝撃が走る。

沈嶠《シェンチアオ》は耳元で轟音を聞いた。その直後彼の口や鼻から血が溢れ出し、耐えきれずに体が後ろへ吹き飛ぶ。太い木の幹にぶつかり、沈嶠《シェンチアオ》は思い切り地面に叩きつけられた。

晏無師《イエンウースー》は「ん？」と漏らして、驚きの表情を浮かべる。

その一手に、晏無師《イエンウースー》は内力の半分を込めていた。今の沈嶠《シェンチアオ》の内功ではいくら剣意の境地に達していたところで、結局根基《こんき》（土台）は傷ついたままなので、どうしようもない。それなのに、晏無師《イエンウースー》の指を捉えて遮っただけでなく、すぐさま息絶えることがなかったのは、奇跡とも言える。

沈嶠《シェンチアオ》の資質や潜在能力は確かに驚くべきものだ。親しい人間に裏切られるという衝撃を受けても剣意の境地に達することができるとは、祁鳳閣《チーフォンゴー》が衣鉢を受け継がせるのも頷ける。

ただ、沈嶠《シェンチアオ》は死んでいないとはいえ、もちろん無傷でもなかった。

そもそも晏無師《イエンウースー》の攻撃を受け止めるなどあり得ないのに、無理やりそれをやってのけたのだ。玄都山で郁藹《ユーアイ》と戦って消耗していたこともあり、沈嶠《シェンチアオ》は力尽きて気絶していた。

晏《イエン》 無師《ウースー》は腰を曲げ、沈嶠《シェンチアオ》の顎を掴む。その顔は冷たい玉のように真っ青で、唇には色がない。今にも息絶えてしまいそうだ。

崖から落ちて重傷を負ってからというもの、沈《シェン》嶠《チアオ》は十日に九日はこのような顔色をしている。ここでさらに状態が悪化したようだ。

ただ、顔には全く血の気がないが、両目はきつく閉じられ、長い睫は羽のようで弱々しさの中に見る者の欲をかき立てる美しさが漂っている。気を失っているので、ますます従順で可愛らしく思えた。

穆提婆《ムーティーポー》もこのような人好きのする見た目に惑わされて、食人花を誰かを頼りにしないと生きていけない根無葛《ねなしかずら》（つる性の寄生植物）と間違えたのだろう。

しかし、この花は気立てが良く情に脆い。だからいつも面倒事に巻き込まれてしまう。自分から首を突っ込んでいるようにも見えるが、情に流された結果どうなるかは自分でも分かっていて、対処の方法は考えているようだ。それこそ情に脆いからと彼を甘く見れば、見る目がないと言われても仕方ない。

「ずいぶん大変な思いをして、惨めな人生を送っているな。師父が死に、掌教の座も奪われた。幼い頃から一緒に育ってきた師兄弟は、裏切ったか、お前のやり方を認めていないかのどちらかだ。孤立して、深手も負い、玄都山からも去らなければいけなくなった。お前には、もう何もないのだ」

晏《イエン》 無師《ウースー》は優しい声音で、そっと沈嶠《シェンチアオ》の耳元で誘惑の言葉を囁いて宥める。

「これ以上惨めに生きていく必要などない。我が浣月宗に入り、『鳳麟元典』を修練すれば、私が修練した『朱陽策』もお前に伝授してやろう。そうすれば、早々に武功が回復するのはもちろん、もっと腕を上げることもできる。掌教の座を取り返すのも、郁藹《ユーアイ》を殺して復讐することだって容易いぞ。どうだ？」

今、沈嶠《シェンチアオ》の意志はかなり弱っている。意識が朦朧としていて抵抗する力はなく、心は侵入されやすい状態だ。さらに、晏無師《イエンウースー》は魔音摂心《まおんせっしん》という技まで使い、何度も何度も沈嶠《シェンチアオ》の耳の中へ、その内心へ、真っ直ぐ言葉を伝えて沈嶠《シェンチアオ》が持つ道心を強烈に刺激していた。

沈嶠《シェンチアオ》は苦しさに眉を寄せ、微かにもがく。晏無師《イエンウースー》は手を緩めずに、言葉を繰り返す。

「昆邪《クンイエ》と手を組んだ郁藹《ユーアイ》のせいで、お前は崖から落ち、身に着けていた武功は全てなくなった。奴が憎くないのか？　武功も地位も失い、陳恭《チェンゴン》や穆提婆《ムーティーポー》のような雑魚までもが、これ見よがしにお前の前で跳ね回っている。本当に少しも、恨めしくないのか。ん？　あいつらを殺したくないのか？　それも手伝ってやれるぞ」

ここを通る者がいれば、きっと二人は親しく睦言《むつごと》でも交わしているのだと思うことだろう。しかし、事実はそれと全く異なっている。

晏無師《イエンウースー》の手にさらに力が籠もり、沈嶠《シェンチアオ》の顎に赤い痕が浮き出た。翌日にはあざになることだろう。

ただ、沈嶠《シェンチアオ》の苦痛はそれが理由ではない。繰り返し吹き込まれる、逃げることも、躱すこともできない数々の言葉のせいだ。

沈嶠《シェンチアオ》は必死に歯を食いしばった。既にほとんど意識がないとはいえ、潜在意識の中では一本の紐が彼をがんじがらめにして、答えられないように縛り付けている。

いったん承諾してしまえば、本心を失い始めてしまうからだ。

「なぜ同意せぬ？　たったの一言。お前が口を開きさえすれば、私はなんでも、お前のためにやってやろう」

（そんな人にはなりたくない。やるとしても、自分でやるべきだ）

「そんな人？　どんな人になりたくないのだ？　恩には恩を、仇には仇を返したほうがいいだろう？　殺したい奴は殺せばいい。先に裏切ったのはあいつらだ。お前は何も、あいつらに申し訳が立たないようなことはしていない」

沈嶠《シェンチアオ》は首を横に振った。口角から新たに血が溢れ出し、その顔に浮かぶ苦痛の色もますます濃くなる。常人なら、このような虐げに耐えきれずとうに音を上げているだろう。しかし、沈嶠《シエンチアオ》は頑なに口を閉ざしていた。

この世には世間の険しさを知らず、盲目的に善意を施しては、自分にも相手にも迷惑を掛ける者がいる。

逆に、世間の険しさを見通しても初心を変えず、依然として優しく情に脆い者もいる。

しかし、人の性は悪なり。ありとあらゆる不遇を経験し尽くしても心を変えぬ者など、本当にいるのだろうか？

晏無師《イエンウースー》は小さく笑い、沈嶠《シエンチアオ》の口角に付いた血を拭う。わきの下に手を回し、沈嶠《シエンチアオ》を抱き上げると、町のほうに戻っていった。

＊＊＊

沈嶠《シエンチアオ》は、ずいぶん長いこと眠っていたように思った。しかし昏睡していても、全く意識がなかったわけではない。近くで誰かが大声で話していたり、身体の下で馬車の車輪がゴロゴロと前に進んでいたりするのが分かる程度には感覚が残っていた。

寝ていても、沈嶠《シエンチアオ》の体内の真気は巡り続けている。『朱陽策』を修練していたおかげだ。沈嶠《シエンチアオ》の傷は、極めてゆっくりとではあったが、いつの間にか少しずつ回復していた。

目を覚ますと、息苦しさや吐き気はすっかり消えていた。けれども、ずっと昏睡状態だったせいで、意識を取り戻しても夢うつつで、ぼんやりとしてしまう。沈嶠《シエンチアオ》は頭を抱え、困惑の表情を浮かべた。

周囲を見回し、沈嶠《シエンチアオ》は自分が馬車の中にいることに気づいた。馬車は止まっているが、ここがどこなのかは分からない。

じっくりと記憶を辿る。確か、気を失う前は晏無《イエンウー》師《スー》と手を交えていた。とすれば、晏無師《イエンウースー》が自分をここに連れてきたということなのだろうか？

考え込んでいると簾《すだれ》が上がる音がして、沈嶠《シエンチアオ》は反射的に視線をそちらに向けた。

「起きたのか?」

その一声で、沈嶠《シェンチアオ》は総毛立った。

晏 無師《イエンウースー》とは深い間柄にあるわけではないが、性格とやり口は多少理解している。目の前にいる人物の声や纏う雰囲気が以前の晏無師《イエンウースー》のままでなければ、沈 嶠《シェンチアオ》は彼が何かに憑依《ひょうい》されたと思うだろう。

その名を聞けば誰もが顔色を変えるほど、道理にもとり勝手気ままに振る舞い、口を開けば皮肉や嫌味が飛び出すような魔君は、いつからこんなに優しい口調で話すようになったのだろう?

沈 嶠《シェンチアオ》は戸惑いながら、「晏《イエン》宗主……何かあったのですか?」と問いかけた。

「お前は深手を負い、ずいぶん長いこと眠っていた。幸いなことに体内にある『朱陽策』の真気が功を奏してお前の心脈を守ったから、もう少し休養すれば大方よくなるだろう。今、郢《えい》州に入ったところだ。宿を取ったから、さあ行こう」

晏 無師《イエンウースー》は一歩前に踏み出すと腰を曲げて、沈 嶠《シェンチアオ》を横抱きにして抱き上げた。

沈 嶠《シェンチアオ》は全身に鳥肌が立ち、今すぐにでも逃げ出したくなった。だが、いかんせん数日昏睡して目を覚ましたばかりなので体に力が入らず、全く抵抗できない。されるがままになるしかなかった。

晏 無師《イエンウースー》は優しい笑みを浮かべ、化け物でも見ているような様子の沈嶠《シェンチアオ》のことは意に介さず、彼を抱えたまま宿に入ると、客たちの視線を一身に受けながら裏庭に出る。前を歩き二人を案内する宿の使用人が何度も振り返るが、晏無師《イエンウースー》は全く気にしない。

「言っておきますが、うちの宿自体もそうですがね、庭も郢州城で一番綺麗なんです。どうです、この盆《ぼん》景《けい》と水流。金持ちのお宅の庭と比べても、いい勝負でしょう。春らしい景色をご覧になりたければ、わざわざ郊外の高い丘に登って見る必要はありません。この庭で、郢州城の春をぜーんぶお楽しみいただけますよ!」

使用人は饒舌《じょうぜつ》で口も上手いが、残念なことに沈《シェン》嶠《チアオ》は目が見えず、彼の言う「綺麗」がどれほどのものかが分からない。ただ、その態度からすると、おそらく宿代は相当なものだろう。

晏《イエン》無師《ウースー》は使用人の話すことに興味津々で、遮ることなく最後まで続けさせた。たまに晏無師《イエンウースー》が一言二言、感想を口にすると、使用人はさらに勢いづいて延々と細部に亘って庭園を紹介した。

成人男性を抱きかかえているのに、疲れるどころか、まだ庭をのんびり散歩する余裕がある晏無師《イエンウースー》に、使用人はますます畏敬の念を抱いた。

しかし、沈嶠《シェンチアオ》の体は今すぐ休息を必要としていた。あれほど眠ったのに、また疲労を感じてうっかり晏《イエン》無師《ウースー》の腕の中で眠りそうになる。

使用人がやっと気を利かせて立ち去ると、晏無師《イエンウースー》は沈嶠《シェンチアオ》を寝室に運び、窓辺に置かれた竹の寝台に寝かせた。

寝台には分厚くて柔らかい羊毛の布団が敷かれている。横になった途端、沈嶠《シェンチアオ》は全身の骨が心地良さに声を上げたような気さえした。

晏《イエン》無師《ウースー》は、沈嶠《シェンチアオ》の傍に腰を下ろした。

「一部屋しか借りていないのですか？」

そう問いかける沈嶠《シェンチアオ》に、晏無師《イエンウースー》はゆったりと答えた。

「そんなわけないだろう。だが、ここを借りたのは私だ。どこに座ろうが、私の勝手だろう。この数日間、昏睡しているお前の世話をしたのも私だぞ。感謝しないどころか、言外に私を追い出そうなど、玄都山掌教のすることか？」

（それは、あなたの振る舞いが異常すぎるからです）

沈《シェン》嶠《チアオ》は心の中で呟いた。

その時、晏無師《イエンウースー》の手が突然伸び、沈嶠《シェンチアオ》の襟の皺を直した。沈嶠《シェンチアオ》は驚く。単に訝しむだけではなく、恐怖も感じた。

ひと眠りして目を覚ましたら、晏無師《イエンウースー》の気性が激変していたなどと言われても信じられるはずがない。晏《イエン》無師《ウースー》はいったい何を考えているのだろうか。

「晏《イエン》宗主、どうかからかわないでください」

「からかっているだと？　ほかの連中はさておき、浣月宗の弟子たちがどれほど私にこうして穏やかに接してほしいと思っているのか、分かるか？　私に優しくされるなど、願っても叶わないことだぞ！」

沈嶠《シェンチアオ》はひくりと口角を引きつらせる。

「もしかして、私は寝ている間知らずに晏《イエン》宗主の気分を害してしまったのでしょうか？　そうであればお詫びいたします。私は目が見えませんので、ご容赦いただければと」

晏無師《イエンウースー》はいきなり笑い出した。

「沈嶠《シェンチアオ》よ、皆口を揃えてお前が大人しく誠実だと言うが、そうでもないな。自分が見えぬことを盾に他人の口を塞ごうとするような者を、誠実だとは言わぬぞ」

沈嶠《シェンチアオ》は口を噤んで黙り込む。

晏無師《イエンウースー》は右手の三本の指で沈嶠《シェンチアオ》の脈をとる。それを躱せなかったのか、そもそも躱そうとしていなかったのか、沈嶠《シェンチアオ》はピクリと震えた。

「まだ目は見えぬのか？」

沈嶠《シェンチアオ》は頷いた。

「おそらく気を失う前に真気を使い果たしてしまったからでしょう。今は目の周りが微かに熱を持っているようで……おそらく回復まで、また時間がかかるかと」

「なに、急ぎではない。ここから周国までは距離がある。馬車に乗っていくから、ゆっくり休めばいい」

沈嶠《シェンチアオ》は眉を寄せ、「周国に？」と尋ねた。

「なんだ、行きたくないのか？」

ところが晏無師《イエンウースー》の問いかけは、思いがけず余計なものであった。

二人は門派から、過去、気性、人となりや物事の進め方まで、塵ほども似たところがない。それどころか晏無師《イエンウースー》のように高慢な人間なら、ここまで落ちぶれた沈嶠《シェンチアオ》がなぜこれほど平静でいられるのか、想像すらできないはずだ。しかも今日のように堂々と晏無師《イエンウースー》に連れられて町に姿を現したら、そのうち、きっと誰かが沈嶠《シェンチアオ》がかつて玄都山の掌教であったことに気づく。そうなれば、あることないこと様々に言われるだろう。

沈《シェン》嶠《チアオ》の足を掬った挫折を、何度も思い起こさせる者は必ず出てくる。天下一の立派な道門の掌教なのに、師弟に裏切られ武功も地位も失った。彼が玄都山のために良かれと思ってしてきたことは、全く賛同が得られず、皆にやり方が間違っていると思われている。幼い頃から大切にしてきた物事が全てひっくり返されたと言っても過言ではない。

加えて沈嶠《シェンチアオ》は今、目が見えず昼も夜も変わらない。慣れない環境ではすぐ躓いてしまうので、朝起きて身支度を整えることさえできない。

敵に直面した時には音で位置を判断するしかないというような心許《こころもと》なさよりも、日常の些細なことのほうがいっそう深い挫折感を与えるのだ。

晏《イエン》無師《ウースー》はこのような敗者の心理は理解できないし、理解しようとも思わない。興味があるのは、沈《シエン》嶠《チアオ》という人物に対してである。

身に着けた武功を全て失い、他人の命を簡単に奪える立場から、あらゆるところで他人に好き勝手されるほど弱者に成り下がったのだ。正気を失うとまでいかずとも、不安でいっぱいになり、苛立ち、気が塞いでしまうだろう。

この至って穏やかな人物のどこに、平静さを保つ強い芯があるのだろうか？

晏《イエン》無師《ウースー》の問いに沈嶠《シェンチアオ》は頷く。

「また晏《イエン》宗主の行程にご迷惑を掛けることになりますね。本当に申し訳ありません」

沈《シェン》嶠《チアオ》は周国行きを断るか、異議を唱えると思っていたが、まさかこれほど従順な態度を見せるとは。晏《イエン》無師《ウースー》は意外に思った。

「玄都山に帰ってもいいのだぞ。玄都鎮に住み、機を見てほかの師兄弟や長老と会ったらどうだ。奴らは郁《ユー》藹《アイ》と違う考えを持ち、お前が掌教の座を奪還するのを支持してくれるかもしれん」

晏《イエン》無師《ウースー》は親切そうなふりをして言う。自分を焚きつけ唆《そそのか》しているのだろうと分かっていたが、沈《シエン》嶠《チアオ》は変わらず首を横に振って答えた。

「私は昆《クン》邪《イエ》に敗れていますし、今の腕前では何もできません。戻ったところで、私には玄都山の掌教を務める資格はありませんから。それに、郁藹《ユーアイ》が掌教代理になれたということは、きっと彼が玄都山で発言権を握っているのでしょう。そんな場所に身を置けば、かえって服従させられてしまいます。だったら距離を取ったほうがいい。いろいろと見えてくることがあるかもしれませんし」

そこまで言うと、沈嶠《シェンチアオ》は小さく笑った。

「以前、晏《イエン》宗主は私が世間知らずで人の心を分かっていないから、こんなことになったとおっしゃっていたでしょう。晏《イエン》宗主は周国でも重要な地位にいらっしゃる。晏《イエン》宗主についていけば学べることも多いはずですし、私もまた過ちを犯したり、同じ轍《てつ》を踏んだりせずに済むので、ご一緒するのは私にとってむしろ喜ぶべきことですよ」

晏 無師《イエンウースー》は眉を吊り上げる。

「郁藹《ユーアイ》が突厥と手を組んだことは、不問にするつもりか?」

首を横に振って、沈嶠《シェンチアオ》は答えた。

「晏《イエン》宗主も分かっていらっしゃることと思いますが、それには何か裏があるのでしょう。師尊に負けてから二十年もの間音沙汰がなかった狐鹿估《フールーグー》の命を受けて、昆邪《クンイエ》が再び江湖に足を踏み入れた。きっと私と戦うなどという単純な目的ではないはずです。郁藹《ユーアイ》と裏で手を結んだことにも、何かほかに企みがあるに違いない。そういえば、晏《イエン》宗主も昆邪《クンイエ》と手を合わせたことがあると聞きました。昆邪《クンイエ》は無鉄砲な輩と思いますか?」

晏 無師《イエンウースー》は包み隠さずに答えた。

「奴の資質は悪くない。次の狐鹿估《フールーグー》になるのも時間の問題だろう。私と戦った時、向こうは全力を振り絞っているように見えたが、私には敵わなかった。だが、明らかに奴には余力があった。なぜ全てを出し切らぬのか分からず、私は何度もけしかけたが、同じだった。とはいえ、奴はそれで面倒くさくなったのか、突厥に逃げ戻ったがな」

つまり、もし本当に無鉄砲な輩なら、晏無師《イエンウースー》に勝てないと分かっていたとしても、それほど長く余力を残して我慢をしていることなどあり得ないのだ。

沈嶠《シェンチアオ》は僅かに眉を寄せて考えた。

いろいろなことが繋がって大筋が微かに見えてきたが、ごちゃごちゃと絡まった巨大な糸の塊のように糸口が摑めず、不可解なところもまだたくさんある。

沈嶠《シェンチアオ》はため息をこぼした。

「確かに晏《イエン》宗主の言う通り、私は天下の情勢がほとんど分かっていないようです。古い殻に閉じこもって進歩しようとしない、まさに井の中の蛙だったのかもしれません。だから、今でも彼らの考えが少しも理解できないのでしょうね。郁藹《ユーアイ》の件は、私にも責任があります」

晏無師《イエンウースー》は鼻で笑った。

「ずいぶんとしみじみ言うものだな！　絶対的な実力を前にすれば、謀略など意味をなさん。実力があれば、皆殺しなど容易いこと。奴らはお前を裏切ることができるのだから、仕返しされる覚悟もできているはずだ。まさか奴らの企みを暴いた後、理解して許すつもりではないだろうな？」

沈嶠《シェンチアオ》は、晏無師《イエンウースー》の〝気に食わなければ殺す〟というやり方にはほとほと呆れていた。

「郁藹《ユーアイ》が玄都山を支配できたのは、私の師兄弟や玄都紫府の長老たちが黙認しているからで、お人好しの大師兄も、私よりも彼のほうが何百倍も掌教に相応しいと思っていると晏《イエン》宗主は言いたいのでしょう。だからといって、私が彼らを皆殺しにしていいというわけではない。皆、玄都山の大黒柱です。彼らがいなければ、どうして門派を名乗れましょう？」

晏無師《イエンウースー》は悪意を込めて言う。

「将来的にお前の武功が回復し、掌教の座に無事返り咲けたとしても、師兄弟たちとの関係はもう元には戻らぬぞ。奴らがお前を裏切ったことは、喉に刺さった魚の骨のように、いつまでも違和感として残り続ける。それに奴らも、お前が以前のことを気にしないと言ったからといって、本当にそれを信じるとでも？」

晏無師《イエンウースー》はいつの間にか距離を縮め、熱い吐息が沈嶠《シェンチアオ》に迫った。

沈嶠《シェンチアオ》は少し居心地悪そうに顔を横に向ける。

「誰の心にも邪念はあります。それに従って悪事を働くか、働かないかの違いだけです。責め立てる必要などないでしょう？」

「ほう？　それなら、お前の心の中にも邪念があるということか？　お前の邪念はなんだ？　私に話してみろ」

と、晏無師《イエンウースー》は畳みかける。

後ずさろうとする沈嶠《シェンチアオ》。しかし、晏無師《イエンウースー》に腰を引き寄せられ、仕方がなく僅かに腰を弓なりに曲げた。

いつの間にか、沈嶠《シェンチアオ》は壁の隅まで追いやられ、背中はピタリと壁にくっついている。背後には掛け軸があるようで、軸の部分が肩の下のほうに食い込み、痛みが走る。

「阿嶠《アーチアオ》、お前の邪念はなんだ。話してみろ」

「阿嶠《アーチアオ》」と呼ばれ、沈嶠《シェンチアオ》は全身が粟立つ。しかし、驚きの表情を浮かべる前に、相手の低い声音に幻惑されたかのようにぼんやりとして「私は……」と言いかける。


コンコンコン！

扉を叩く音が響いた。

沈嶠《シェンチアオ》はビクリと震え、意識が覚醒する。

「今、私に魅惑術を⁉」

「これは魔音摂心という術だ。浣月宗も日月三宗の一つ、合歓宗にできることなら当然私にもできる。あの白茸《バイロン》という小娘は、まだこの技をしっかり習得できていない。何度か聞いておけば、今後はもう易々と引っ掛からなくなるぞ」

見破られても、晏無師《イエンウースー》は少しも恥ずかしいとは思わないらしい。それどころか「本座に手を出してもらえるのは光栄なことだぞ」と言わんばかりの傲慢な口ぶりだ。

沈嶠《シェンチアオ》は、晏無師《イエンウースー》の屁理屈に苛立ちを通り越しておかしくなってしまった。

「それなら私は晏《イエン》宗主にお礼までしないといけないということですか？」

「あぁ、すればいい」

入ってきたのは手に湯碗を持った宿の使用人だっ

た。

「お書きいただいた処方箋通りに薬を煎じました。それから、厨房で蓮子漿《れんししょう》（蓮の実を加熱して潰してできる、少しどろりとした飲み物）と甘味《あまみ》も作りました。先に軽くおつまみください。食事時になったら料理を届けますので」

処方箋通りに薬を調合して煎じるのは、本来は薬屋の仕事である。しかし、晏無師《イエンウースー》は宿屋にかなりの金を渡しており、それこそばら撒くような勢いだったので、宿屋は晏無師《イエンウースー》を財神のようにもてなした。全力で機嫌を取ろうとしているのだ。

晏無師《イエンウースー》は薬の入った湯碗を受け取ると、沈嶠《シェンチアオ》に言った。

「お前の傷には養生が必要だ。薬は養生を助けるからな。おいで、私が飲ませてやろう」

「……」

沈嶠《シェンチアオ》も使用人も無言になる。

ひと目で極めて傲慢な性格だと分かる人間から放たれた、思いやりに満ちた言葉。どう見ても、どう聞いても違和感しかなかった。少し前に二人が軽く言い合ったことを知らない使用人は、このあまりにも優しい声音にすっかり呆気に取られている。

確かに一人はひ弱そうだが、どこからどう見ても男だ。まさか……この二人は断袖《だんしゅう》（男性同性愛者）なのか？

使用人は思わず身震いをした。

晏無師《イエンウースー》が何をしようとしているのかさっぱり分からず、沈嶠《シェンチアオ》はもはやお手上げ状態だった。

先ほどまで魔門の魅惑術で自分の心の邪念を引き出そうとしていたくせに、使用人を前にしたら態度が豹変する。あまりに移り気なので、逆に感心してしまうほどだ。

晏無師《イエンウースー》は二人の反応を無視して、匙を持って沈《シェン》嶠《チアオ》を見つめる。口調がまた少し優しくなった。

「大丈夫。私が吹き冷ましたから、熱くないぞ」

沈嶠《シェンチアオ》がなんとか、「晏《イエン》そう……」と声を絞り出したところで、口に匙を突っ込まれる。途端、薬の苦みが口内に広がり、沈嶠《シェンチアオ》はもはや口を閉じて飲み込

むしかない。そうして、晏無師《イエンウースー》は次から次へと沈《シエン》嶠《チアオ》の口に匙を運んで、あっという間に薬は半分まで減った。沈嶠《シエンチアオ》を見つめる視線は真剣で気遣いの色が滲み、穏やかな笑みまで浮かべている。この上なく愛おしい宝でも見ているかのようだ。

沈嶠《シエンチアオ》には晏無師《イエンウースー》の表情が見えないが、使用人には見えていた。彼は全身が総毛立つ。ここにいて、この断袖のお方に気に入られたらどうしよう。その後、自分を連れていきたいなどと言われたら、たまったもんじゃないぞ！

そう考えた使用人はすぐさま盆を置いて、愛想笑いを浮かべる。

「お二方、どうぞごゆっくり。手前はこれで失礼いたします、また何かありましたら鈴を鳴らしていただければ！」

晏無師《イエンウースー》は軽く返事をしただけで、振り向きもしない。使用人はホッとして、額に滲んだ冷や汗を拭うと、そそくさとその場を後にした。

二人きりになるや否や、晏無師《イエンウースー》は湯碗を沈嶠《シエンチアオ》に押し付け、「自分で飲め」と言い放った。

「……」

沈嶠《シエンチアオ》は言葉を失う。彼は匂いで、この湯碗の中に入っているのは、気血を補う薬材ばかりだと分かっていた。しかし、晏無師《イエンウースー》の態度の変化があまりにも奇妙だったので、思わず沈嶠《シエンチアオ》は尋ねた。

「晏《イエン》宗主、先ほどの使用人に何か怪しい点でもあったのですか？」

「いいや」

「ではなぜ……」

さらに聞こうとする沈嶠《シエンチアオ》に、晏無師《イエンウースー》は突然笑い出した。

「なんだ、飲ませてもらうことに味を占めたのか？　本座に残り半分も飲ませろと？」

「……」

黙った沈嶠《シエンチアオ》の顎を、晏無師《イエンウースー》が掴む。

「こうしてみると、まあ悪くない顔立ちだな。魔門三宗の弟子は魅惑術を修練し、顔立ちは皆悪くはないが、お前ももしそんな憔悴《しょうすい》した様子でなければ、むしろ奴らより勝っているぞ」

抵抗できないほどの怪我をしている状態で、顎を摑まれたらどうしようもないが、今の沈嶠《シェンチアオ》は意識もはっきりしている。彼は堪えきれずに後ろに顔を反らして晏無師《イエンウースー》の手を払った。

晏無師《イエンウースー》は抵抗せずに手を離す。

「皮杯児《ひはいじ》という言葉を聞いたことは？」

晏無師《イエンウースー》が問いかけた。

「いえ、なんですか？」

ひどく真面目な口調で問われたので、沈嶠《シェンチアオ》も真剣に聞き返す。

晏無師《イエンウースー》は笑いながら答えた。

「妓館《ぎかん》（遊女屋）で妓女《ぎじょ》が客に口移しで酒を飲ませることだ。本座に皮杯児で薬を飲ませてほしいのなら、やってやらないこともないぞ」

沈嶠《シェンチアオ》は聖人君子だ。自身を厳しく律し、心は清く雑念もない。このようにからかわれたのは初めてで、彼は口をきつく一の字に結んで黙り込んだ。蒼白だった顔はうっすらと赤みを帯びたが、恥じらいゆえではなく微かな苛立ちからだった。

晏無師《イエンウースー》はからかうだけからかい、沈嶠《シェンチアオ》の顔色の変化が面白かったのか、声を上げて笑う。

沈嶠《シェンチアオ》は怒りで少し青ざめた。

それからというもの、晏無師《イエンウースー》は沈嶠《シェンチアオ》をからかうことがやみつきになったようで、いつも他人の前で芝居を打ち、沈嶠《シェンチアオ》の顔色がコロコロと変わるのを見ようとした。

沈嶠《シェンチアオ》はそのうちに慣れて、何度か繰り返されるうちに淫猥な言葉や薄情な物言いに対して動じなくなった。ところが、晏無師《イエンウースー》は飽きるどころか、いっそうひどく沈嶠《シェンチアオ》をからかった。なんとしても沈嶠《シェンチアオ》の限界を探り出そうとしているようだ。

晏無師《イエンウースー》は沈嶠《シェンチアオ》に同行を迫ったものの、行動を制限することはなかった。もちろん、沈嶠《シェンチアオ》は今の状態ではどこへでも自由に行けるわけではないので、彼はほとんどの時を部屋で大人しく過ごしていた。窓辺で雨風の音や木の葉の音に耳を傾けたりして、誰にも迷惑を掛けることなく。

とはいえ、まれに例外もある。この宿は大きく、商人やら官吏やら、行き来する者も多い。郢州城でも一、二を争う規模で、情報集めにはもってこいの場所なのだ。晏無師《イエンウースー》がここに滞在することにしたのは、当然この宿が町で一番美しく、眺めの良い中庭があるからというわけではない。

宿屋は広間と大小の個室がある。小さいものは数人で貸し切って話をするため、大きいものは客寄せのためのもので、大まかに士農工商（士人、農民、職人、商人）といった身分で使い分けられている。

商人であれば、商人が多い部屋に行きたいと申し出ることができる。見知らぬ者同士でも、食事を共にすれば知り合いになれたり、ついでに人脈を広げて商売ができたりするからだ。まさに一石二鳥である。それは、士人や江湖者たちにとっても同じだった。時折商人なのに士人のふりをして、何がなんでも士人の集まる部屋に紛れ込もうとする者がいる。しかし、だいたいは嘲笑される羽目になるので、普通はそこまで厚かましいことはしない。

晏無師《イエンウースー》は身分としては江湖者だが、別の肩書きもある。郢州はすでに周国の領土なので、もし太子少師という官職を表に出せば、郢州の官吏はすぐさまご機嫌伺いに来るだろう。けれども、彼はどちらの身分の部屋にも入らず、沈嶠《シェンチアオ》を連れて商人たちのいる部屋に入った。

沈嶠《シェンチアオ》は暗闇の中にいるのにすっかり慣れていた。晏無師《イエンウースー》が前を歩いて案内してくれるので、竹杖をついてその後ろにゆっくりとついていくだけでいい。支えを必要とはしていないのだが、晏無師《イエンウースー》はわざわざ彼の手首を握って介助する。あまりに仲睦まじい様子に、周りの人々は視線を逸らしたくなるほどだ。沈嶠《シェンチアオ》は手を引き戻せず、されるがままになるしかない。

この町に来てからというもの、晏無師《イエンウースー》は傍に誰かがいる時は絶えず、沈嶠《シェンチアオ》に最大限の優しさをもって接していた。

事情を知らずに二人を見た者は、特に沈嶠《シェンチアオ》のことを男寵の類と思い込んでしまうようだ。とはいえ、目の見えない男寵など見たことがない。奇妙な二人が歩いてくると、人々は興味津々といった様子でジロジロと沈嶠《シェンチアオ》を眺め回した。

二人は同じ卓に腰を下ろした。晏無師《イエンウースー》は手伝おうとする給仕人を断り、自ら碗や箸を並べる。そして沈嶠《シェンチアオ》の手を取り、どの皿にどのような料理が入っているのかを、丁寧に一つずつ教えた。この場にもし浣月宗の者がいたら、おそらく我が目を疑い、この人物を晏無師《イエンウースー》だと認めないだろう。

数日前であれば、沈嶠《シェンチアオ》はいたたまれなくなっていた。しかし鳥肌というものは、慣れると引いてしまう。顔色一つ変えずに箸を受け取ると、沈嶠《シェンチアオ》は礼を述べて頭を下げ、ゆっくりと料理を味わい始めた。

周りのことなど全く意に介さない二人に、人々は興を削がれてしまう。心の中で多少文句を言ってから、元々話していた話題に意識を戻した。

この部屋にいるのは南へ北へと旅をする商人ばかりだ。お互い知り合いというわけではないが、打ち解けて人脈を作ろうという気持ちでこの場にいる。そもそも商人は生まれつき社交的なので、間もなく賑やかな雰囲気が戻ってきた。

一人の男が口を開いた。

「周の君主が南下して、陳を征伐すると聞いたんだが、本当か？　ご存じの方がいたら、どうか教えてくれ。私はここ数年、頻繁に北や南を行き来しているから、もしそうなら備えをしておかなければいけない。いざとなったら荷物を失くすのは大した問題ではないが、命まで落としたらたまったものじゃない！」

ほかの人々もその話を聞いて、すぐに「確かにそうだ」と賛同の声を上げた。

誰かが男に問いかける。

「徐二郎《シューアルラン》、その情報はどこから聞いたんだ？」

徐二郎《シューアルラン》と呼ばれた男が答える。

「親戚からだ。この地の使君《しくん》（勅使）のところで雑役をしているから、おそらく本当だと思う」

別の人間が口を挟んだ。

「その話、俺も聞いたが、十中八九本当のことだぞ。

よく考えてみろよ、周帝は即位してからというもの、大志を抱き、国をよりよく治めようと励んでいらっしゃる。今や南方は豊かで、陳国の領地も広い。周帝が各国の統一を目指しているのであれば、まずは陳国を手に入れないといけないないだろう！」

「それは違うと思う！」

すぐに誰かが反論した。

「二年前、太建《たいけん》（年号）の北伐で陳国は周国と手を組み、斉国に対抗しただろ。それからまだそんなに経っていないのに、周国は盟友の情を蔑ろにして陳国を潰そうなど、これが本当なら全く仁義のない行動だ。天下の人々にも軽蔑されるぞ！」

「はっ！　ずいぶんと面白いことを！　仁義のない行動だって？　俺たちは商売人なんだから、利益が多いか少ないかを考えるべきだ。仁義にどれほどの価値があるっていうんだ？　それで飯は食えるのか？」

人々は口々に意見を言い、今にも喧嘩が起きそうな空気になる。徐二郎《シューアルラン》は慌てて場を収めようとした。

「まあまあ、皆さん熱くならずに！　私たち商売人が一番覚えておかねばならないのは、仲良くすれば財を成せる、ということ。国家に関わる大事など、上の方々が心配することで、私たちには関係ないだろう？　今気にしなければならないのは、実際に戦うか否か、どの国とどの国が戦うかということなんだ！」

そう言われて、ギスギスとした雰囲気はやっと少し和らいだ。議論していた二人もばつが悪そうに再び腰を下ろし、食事に戻る。

部屋には軽装で、南方の生まれらしい顔立ちをした男がいた。それまで黙っていたが、ここへ来てようやく口を開いた。

「今、皆さんがされた推測は全て誤りかと。周の君主が他国に戦いを仕掛けるつもりがあるのなら、真っ先に陳国を標的にはしないでしょう。もし陳と周の間を行き来して商売をするなら、現時点ではまだ安全ですよ」

誰かが、「それはどういうことです？」と聞き返す。

男は答える。

「柿は柔らかいものから先にもぎますし、戦う時は弱いものから狙います。陳国に比べれば、斉国という柿のほうが柔らかい。斉国でなければ、突厥でしょう。とにかく、現時点で周の君主は陳国に手を出すことはありませんよ」

沈嶠《シェンチアオ》も手に持った箸を置いて、姿勢を正した。集中して話を聞こうという顔になっている。

以前は一派の頂点に立って道門を取り仕切っていたが、玄都山自体、外部に関わろうとしていなかった。沈嶠《シェンチアオ》もわざわざ自分から外の状況を知ろうともしなかったので知識には限りがあり、あちこちを旅する商人の足元にも及ばないのだ。こうして玄都山を離れてからというもの、知識の少なさという自分の弱点が徐々に露わになり、沈嶠《シェンチアオ》もそれをはっきりと自覚している。だから誰かが天下の情勢について話をする時はいつでも、注意深く耳を傾けるようにしているのだ。


「突厥？」

誰かが怪訝そうに言う。

「周の君主がなぜ突厥を？　中原の素晴らしい場所を放っておいて、なぜ鳥すらも寄り付かないような不毛な地を攻め落とそうとするんだ？」

男は答える。

「中原が征伐を繰り返している間、突厥人も同じように北方で領地を広げ、強力なペルシア帝国を倒したことがあります。華夏《かか》（中国）は物産が豊かで傑出した人物もいます。今や華夏は弱っているので、志の大きい突厥人は、この好機を逃がしはしないでしょう。佗鉢可汗《トウオボーカガン》が在位している今、突厥は未だかつてないほど強く、繁栄しています。傲慢な彼らの野心は大きく、中原を侵そうとするのであれば、真っ先に斉と周の二国へ矛先が向かうでしょう。一方、斉国の国力は日に日に衰えてきているので、周国が手を出すのにちょうど良く、片や突厥は周国にとって災いの種です。周の君主が本当に優れた人物であれば、この二つの主要な目標を逃さないでしょう。

それに比べれば、大陳は当然後回しになる。そもそも大陳だって誰かが適当に手を出して潰せるような弱国ではありません。宇文邕《ユーウェンヨン》が南下して大陳を征伐するなど簡単にはできませんし、心配しすぎですよ」

「確かに一理あるな」

皆、ひそひそと言葉を交わした。

「大陳と呼ぶということは、もしかしてあなたは陳国のお方ですか？」

誰かが問いかけると、男は正直に「まさしく」と答えた。

また別の人間が尋ねた。

「振る舞いを見る限り、あなたは商人というより士人のように見受けられますな。この部屋は商人が多く集う場所ですし、ここにいてはご身分に傷がついてしまうのでは？」

男は軽く咳払いをした。

「私は士人でもなければ、商人でもありません。賑やかだったので、ちょっと顔を出してみただけです」

ここにいるのはあちこちを旅する商人である。先ほどの堂々とした話しっぷりといい、ピシリと松のように伸びた背筋といい、男が世家か豪族の出身であるのは一目瞭然だ。ただ、男はそれを明かすつもりがなさそうなので、商人たちもそれ以上は追及しなかった。話題はそのまま元に戻り、周国の風土や人情についての話になった。

沈嶠《シェンチアオ》は男の話で何かを感じたのか、考えに耽り続けた。そして我に返ると、いつの間にか晏無師《イエンウースー》から差し出された素鵝《そが》（湯葉をガチョウの肉に見立てた精進料理）を口に入れていた。

晏無師《イエンウースー》は甘く優しく、「阿嶠《アーチアオ》、美味しいか？」と問いかけてくる。

「……」

沈嶠《シェンチアオ》は何も言い返せず、しかし口から出すのも品がないので、なんとか飲み込むしかなかった。沈《シェン》嶠《チアオ》の表情は微かに歪んだ。

晏無師《イエンウースー》について多少なりとも知っていなければ、

晏無師《イエンウースー》は自分を男寵にしようとしているのだと沈嶠《シエンチアオ》は本気で思うところだろう。しかし実際には、晏無師《イエンウースー》は気まぐれに沈嶠《シエンチアオ》の顔色が変わるのを見て楽しんでいるにすぎない。半歩峰で、思いつきから彼を助けたのと同様に。

〝いい人〟という言葉は、晏無師《イエンウースー》には全く無縁である。晏無師《イエンウースー》が何かをするのは、決して人を助けて喜ばれるためではない。普通ならば晏無師《イエンウースー》は自分を思って助けてくれたわけではないし、どうせ気まぐれだからと、気負わずに平気でいられる。しかし、沈嶠《シエンチアオ》は立派な君子である。穏やかで上品な人柄ゆえ、晏無師《イエンウースー》から恩恵を受けたと思っているのだ。晏無師《イエンウースー》が当初何を考えていたにせよ、多くの恩があると思っているので、よほど極悪非道なことをしない限りは、晏無師《イエンウースー》の好きなようにさせて文句を言うつもりはなかった。

しかし、沈嶠《シエンチアオ》がこういった性格だからこそ、晏無師《イエンウースー》はしきりに彼をからかおうとする。沈嶠《シエンチアオ》の限界を探ろうとして、彼の表情が変わるといくらか気分を良くするのだ。

晏無師《イエンウースー》が汁を掬った匙を再び沈嶠《シエンチアオ》の口元へ運ぶと、沈嶠《シエンチアオ》は今度こそ罠に掛かるまいと何がなんでも口を開けようとしなかった。

事情を知らない周りの人たちの目には、一人が食べさせ、もう一人は嫌がっているがまんざらでもなさそうであるようにしか映らない。だから、二人の関係に一層確信を持った。断袖は魏《ぎ》や晋の頃から至るところで見られ、珍しくはない。見聞の広い商人たちはそれが分かっているので、堂々としている二人を見て内心驚きながらも、騒ぐことはなかった。

沈嶠《シエンチアオ》は病のせいでずいぶん痩せてしまい、掌教だった頃の威厳もほとんど失ってしまっている。怒ったり、顔を険しくしたりしていない時の沈嶠《シエンチアオ》は、完全に病弱で人畜無害な美人だ。晏無師《イエンウースー》は確かに手強い人物のように見えるが、時折沈嶠《シエンチアオ》をからかっているところを見ると、とても大事にしているというわけではなさそうだ。その様子を見ていて嗜好を同じくする者が、堪らず二人に声を掛けた。

「お二方、ご機嫌いかがですか。お名前を存じ上げず、失礼いたします。私《わたくし》は周方《ジョウファン》、隴西《ろうせい》の生まれで、家は代々商いをしております。お近づきになりたいのですが、ご縁をいただけませんか？」

晏 無師《イエンウースー》は立ち上がることなく、座ったまま気怠げに「何用だ？」と問いかける。

周 方《ジョウファン》は隴西でも有名な金持ちだ。晏無師《イエンウースー》が名乗りもせず、それどころか冷淡な態度を見せたので、不快感を覚えたがそれでも続けた。

「こちらのお方は愛寵《あいちょう》ですかな？　金《きん》二十で買いたく思いますが、お譲りいただけませんか？」

晏 無師《イエンウースー》は「ハッ」と声を漏らすと、沈嶠《シエンチアオ》に視線を向けた。

「阿嶠《アーチアオ》、見ろ。お前は江湖者にならずとも、その顔だけで金を稼げるではないか。こいつに売った後、また隙を見つけてお前を連れ出し、新たな買い手を探すというのはどうだ？　さすれば、ひと月も経たぬうちに長安の大きな家で美しい下女に仕えてもらえるほど儲けられるぞ！」

口から出まかせを言う晏無師《イエンウースー》には慣れているので、その言葉を無視して、沈嶠《シエンチアオ》は周方《ジョウファン》に言った。

「誤解されているようですが、私は男寵ではありません」

口を開くと、おもむろに上品な風格が漂う。それだけで、周方《ジョウファン》は自分の申し出が明らかに軽率だったと悟った。このような人が、男寵になるわけがないのだ。

「失礼いたしました。どうかお気を悪くなさらないでください」

周 方《ジョウファン》は少しばつが悪そうに問いかける。

「お名前を教えていただけませんか？　お近づきになれればと思うのですが」

「沈嶠《シエンチアオ》と申します」

「『南に喬木《きょうぼく》あり』の喬ですか？」

「『百神を懐柔し、河、嶠嶽へ及ぶ』の嶠です」

周 方《ジョウファン》は「あぁ」と声を漏らして、気まずそうに笑った。

「珍しい文字をお使いで。今日のことはまぁ、喧嘩をしなければ友になれない、とも言いますし、どうかご無礼をお許しください。また今度、必ず改めてお詫びに参りますから」

沈嶠《シェンチアオ》は笑いながら答える。

「お気になさらずに。わざわざお越しいただかなくても結構です。ご馳走させてください」私は目が悪いので、上手くもてなせないでしょうし。また縁があってお会いした時は、粗酒ではありますが、ご馳走させてください」

そこまで言われれば、周方《ジョウファン》もこれ以上は続けられない。拱手して二言ほど軽く別れの挨拶をすると、その場を後にした。

晏《イエン》無師《ウースー》は終始黙ったまま興味深そうにこの様子を眺め、周方《ジョウファン》が去ってからようやく笑って口を開いた。

「阿嶠《アーチアオ》、お前は本当に可愛くないな。あと少しだったのに、金二十が翼を生やして逃げてしまったぞ」

このような会話は、一日に十回はなくとも九回はある。とっくに慣れているので、沈嶠《シェンチアオ》は聞かなかったことにした。


その後、沈嶠《シェンチアオ》は部屋に戻ろうとしたが、晏無師《イエンウースー》は彼を止めた。

「初春の今、郊外は花盛りだ。見てから戻ろう」

晏《イエン》無師《ウースー》が何かを言う時は、意見を聞いているのではなく、既に決まったことを伝えているにすぎない。

沈《シェン》嶠《チアオ》は今、武芸の腕こそ晏無師《イエンウースー》に敵わないが、二人で一緒にいる時は全く決定権がないわけでもない。晏無師《イエンウースー》の提案に、沈嶠《シェンチアオ》は首を横に振った。

「いえ、晏《イエン》宗主はどうぞご自由に。私はやはり部屋に戻ります」

しかし、晏無師《イエンウースー》はその手首を掴み、引き留める。

「お前は一日じゅう部屋に引き籠もり、ぼうっとしている以外何もしていないだろう。本座はお前を思いやり、気晴らしさせてやろうとしているのだ」

「……」

沈《シェン》嶠《チアオ》は言葉を失う。確かにいつも部屋に籠もっているが、ぼうっとしているわけではなく、打坐《だざ》をして修練しているか、『朱陽策』の研究をしているのだ。そのおかげもあって、ここ数日で体は徐々に良くなってきており、功力もゆっくりと戻りつつある。今ではもう怪我をする前の四、五割程度まで回復した。ただ、『朱陽策』という書はあまりにも奥深い。今になっても、沈嶠《シェンチアオ》は師の祁鳳閣《チーフォンゴー》が伝授してくれた一巻を、完全に会得しているとは、とてもではないが言えないほどだ。

さらに先日、妄意巻が新たに加えられた。皆が喉から手が出るほど欲しがるものを手に入れたことは、狂喜すべき最高な出来事である。しかし、沈嶠《シェンチアオ》は日夜研究を重ねるうち、陶弘景《タオホンジン》があらゆることに精通し、著した内容がこの上なく深甚《しんじん》であること、そしてそれはちょっとやそっとでは会得できるようなものではないことを痛感していた。目が悪く、昼間でもあちこち出歩けない。だから沈嶠《シェンチアオ》はいっそ部屋に引き籠もり、黙々と考えに耽ることにした。すると、たまに得られるものもあるので、つくねんと座っていても楽しいと思えた。

しかし、晏無師《イエンウースー》は一旦何かしようと決めると、相手に拒否という選択肢を与えない。戦っても勝てないので、沈嶠《シェンチアオ》は仕方がなく、晏無師《イエンウースー》に引っ張られて歩き出すほかなかった。

「晏《イエン》宗主、お待ちを」

数歩も歩かぬうち、後ろから声が聞こえてきた。

二人は足を止めて振り返る。沈嶠《シェンチアオ》は目を細めて見ようとした。頻繁に傷を負って体の状況も安定していないので、沈嶠《シェンチアオ》の目は良くなったり悪くなったりを繰り返している。いい時は大まかな輪郭が見えるが、悪い時は手を伸ばしても五本の指が見えないほどだ。最近は幾分回復しているので、沈嶠《シェンチアオ》が日の光を借りて声の主が着ている服の色を見ると、彼は先ほど部屋で堂々と話していた男だった。

晏無師《イエンウースー》の身分をずばり言い当てたということは、明らかに事前に調べてあったのだろう。もしかしたら商人の部屋に姿を現したのも、沈嶠《シェンチアオ》たちが狙いだったのかもしれない。

黄色い衣の人物が徐々に近づいてきて、二人から五、六歩離れたところで止まった。そして拱手をする。

「臨川学宮門下、謝湘《シエシアン》。初めて晏《イエン》宗主にお目に掛かります」

謝湘《シエシアン》の傍にはもう一人おり、こちらは謝湘《シエシアン》より少し年上のようだ。

「臨川学宮門下、展子虔《ジャンズーチエン》です。晏《イエン》宗主、ご機嫌いかがですか」

晏無師《イエンウースー》は特に態度を変えずに、展子虔《ジャンズーチエン》をちらりと見やってから謝湘《シエシアン》に視線を戻した。

「お前が汝鄢克恵《ルーイエンコーフィ》の最も気に入っている弟子か?」

「お褒めに与《あずか》り、恐れ入ります。確かに、汝鄢《ルーイエン》宮主は私の師です」

晏無師《イエンウースー》は不思議そうに聞き返す。

「どうしたら私が褒めていると勘違いできる? その後に、大したことはないな、が続くのだぞ」

謝湘《シエシアン》は口角を引きつらせた。

「……」

沈嶠《シェンチアオ》も展子虔《ジャンズーチエン》も言葉を失う。

沈嶠《シェンチアオ》は、普段から晏無師《イエンウースー》にあれやこれやとちょっかいを掛けられているので、こんな仕打ちにはもう慣れている。刀剣に匹敵するほどの鋭い皮肉や当てこすりにはすっかり感覚が麻痺してしまっているのだ。それでも目の前の若者に同情を禁じ得ない。

謝湘《シエシアン》の名は聞いたことがあった。陳郡謝《シエ》氏の出身で、臨川学宮の当代における最も優れた弟子だ。聞くところによれば、汝鄢克恵《ルーイエンコーフィ》は謝湘《シエシアン》を育成し、衣鉢を継がせようとしているのだという。汝鄢克恵《ルーイエンコーフィ》からすでに武功の精髄を直に伝えられ、謝湘《シエシアン》自身も師の期待に応えて、若くしてその腕はすでに若い代の高手の中でも上位にある。

それだけではない。儒学においても、師に勝る勢いであるらしい。臨川学宮は頻繁に天下の儒学学生を招いて儒学の討論を行うが、謝湘《シエシアン》は毎回、首位を獲得している。謝湘《シエシアン》自身も際立って優秀なのはもちろんだが、周囲の人間はその師汝鄢克恵《ルーイエンコーフィ》の面子を立てて、いつも礼儀正しく接する。それゆえ、このような冷やかしにも似た言葉は一度も聞いたことがなかった。

汝鄢克恵《ルーイエンコーフィ》に大事にされるほどの弟子なので、逆上して怒るような人間ではない。怒りはサッとその顔を過ったものの、すぐに冷静さを取り戻した。

「私は宮主の命に従い、お招きの書状を届けに来たのです。五月の五日、長安の会陽楼《かいようろう》でお顔合わせを願いたく」

晏無師《イエンウースー》は鼻で笑った。

「会いたいのなら、汝鄢克恵《ルーイエンコーフィ》が自分で来ればいいだろう。ずいぶんお高くとまっているものだ」

言い終えると、晏無師《イエンウースー》はその場から立ち去ろうとする。謝湘《シエシアン》は低い声で問いかけた。

「晏《イエン》宗主から教えを乞うため、お手合わせの機会をいただけますか？」

晏無師《イエンウースー》は小さく笑って、いきなり沈嶠《シエンチアオ》を指さした。

「信じるか？　お前はこいつにすら勝てないぞ」

沈嶠《シエンチアオ》の外見はいい目くらましであり、さっき食事の際に晏無師《イエンウースー》が見せた仲睦まじい様子のせいで、謝湘《シエシアン》は勘違いをしている。彼は眉を寄せ、沈嶠《シエンチアオ》を見もしない。

「一代の豪傑ともあろう晏《イエン》宗主が、なぜ自らの器量を下げてまで、男寵で私を侮辱しようとなさるのです？」

晏無師《イエンウースー》は会話の間に少し離れた沈嶠《シエンチアオ》をまたぐいっと傍に引き寄せ、蜜すら溢れ出しそうな甘い口調で言う。

「阿嶠《アーチアオ》、こいつはお前を馬鹿にしているぞ。このまま泣き寝入りするのか？」

「……」

沈嶠《シエンチアオ》は不思議に思った。

自分はただ傍にいただけで、ひと言もしゃべっていない。なのになぜ、巻き込まれているのだろう？

とはいえ、晏無師《イエンウースー》が口を挟まずとも、沈嶠《シエンチアオ》は謝《シエ》湘《シアン》と手を交えてみたいと思っていた。

先ほど謝湘《シエシアン》が情勢を分析した言葉から判断するに、彼は決してほらを吹くような、口先だけの輩ではないと分かるからだ。

だから、沈嶠《シエンチアオ》は口を開いた。

「さっきご高説を拝聴し、私もかなり得るものがありました。もう少しご教授いただけませんか？」

　褒め言葉を嫌う者はいない。確かに、謝湘《シエシアン》は沈《シエン》嶠《チアオ》に対してあまりいい印象を抱いていなかったが、敬意を表されればそれ以上不機嫌を露わにはできない。しかし、謝湘《シエシアン》が手を交えたいと思っていたのは晏無師《イエンウースー》である。無名な沈嶠《シエンチアオ》が相手となれば、勝負に勝とうが負けようが、自分の面子に関わる。そう考えて、謝湘《シエシアン》は淡々と答えた。

「お褒めに与りありがとうございます。しかし、私は師の命もありますゆえ、その暇はないかと」

　晏無師《イエンウースー》は冷やかに口を出す。

「私と戦いたいのだろう？　こいつに勝てれば、相手になってやろう」

　臨川学宮は儒門の宗派だ。それに加えて、汝鄢《ルーイエン》克恵《コーフイ》は今、天下の上位三名に名を連ねるほどの高手である。その弟子である謝湘《シエシアン》も当然腕が立つ。

　以前、沈嶠《シエンチアオ》はほとんどの時間を玄都山で過ごし、俗世に関わったことはあまりなかった。よく言えば俗世離れしている、だが、悪く言えば、こうして天下の動向にあまりに無関心だったせいで、玄都山の一件を引き起こす災いの種が埋められたのだ。沈《シエン》嶠《チアオ》は今、世間を渡り歩き、様々な人と日々触れ合っている。武功を昔と同じ腕前に戻そうにも一朝一夕ではできない。部屋に引き籠もって熟考していても、回復が早くなったりはしないのだ。

　だから沈嶠《シエンチアオ》は、晏無師《イエンウースー》が単に煽っているのが分かってはいたが、謝湘《シエシアン》に再度乞うた。

「私は才能がありませんし、お相手いただけますと幸いです」

　謝湘《シエシアン》は沈嶠《シエンチアオ》の来歴を知らない。以前の沈嶠《シエンチアオ》の身分と地位、それに腕前をもってすれば、彼は自らの師と比肩《ひけん》するほどの人物であったことも、もちろん知らないのだ。謝湘《シエシアン》は自制心があるが、ここまで晏無《イエンウー》師《スー》に馬鹿にされると、さすがに苛立ちを隠せなかった。

　謝湘《シエシアン》は怒り、我慢できずに冷やかに笑った。

「分かった。なら相手をしてやろう！」

言うや否や、謝湘《シエシアン》は沈嶠《シエンチアオ》に摑み掛かろうとした。
指を微かに曲げ、稲妻の如く沈嶠《シエンチアオ》に向かう。彼の動きはまるで今にも散ろうとする梅の花か、その香りを振りまく優しい女性のように美しい。花吹雪が舞い、無数の木々に花が咲き誇っているのが見えるほど、生き生きと煌びやかな光景だった。

臨川学宮の武功は少し古風で素朴に感じられるが、大巧若拙《だいこうじゃくせつ》な風格を持つ。しかし今、謝湘《シエシアン》が使った〝摧金折玉《さいきんせつぎょく》〟は目まぐるしく、見る者をぎょっとさせる。臨川学宮で唯一、複雑さと速さで勝負をつける技であり、謝湘《シエシアン》は、とある戦いでこの技を使って一気に名を成すことになったのだ。

この一手で十中八九勝負はつくはずだった。謝《シエ》湘《シアン》とて痛手を与えるつもりはなく、沈嶠《シエンチアオ》の腕でも折って身の程を弁えろと警告するつもりだった。

ところが、謝湘《シエシアン》の指先は、沈嶠《シエンチアオ》の袖に今にも触れようとした瞬間、なんと空しく宙を摑んだのだ！

謝湘《シエシアン》は思わず「ん？」と声を漏らし、前に進んでもう一度摑もうとする。

しかし、その手はまたもや空を切った。

この上なく精妙な二手。最初の一手はまぐれで避けられたとしても、二度目はあり得ないはずなのに。

謝湘《シエシアン》も愚かではない。沈嶠《シエンチアオ》は見た目ほど弱くはなく、ましてや触れれば倒れるような存在ではないと悟った。

謝湘《シエシアン》は真剣になり、持ってきた武器——玉でできた尺——を取り出した。玉とはいえ、その材質はかなり珍しいもので、血が滴るように赤く、宝石よりも色鮮やかだった。もし真気を込められた状態でこの赤い玉尺に叩かれたら、骨すら打ち砕かれるだろう。

しかし謝湘《シエシアン》は今、何もできないでいた。玉尺を沈《シエン》嶠《チアオ》に叩き付けられないどころか、彼に近づくことすらできない。あと少しで触れられるというところで、形のない真気に玉尺を弾き飛ばされてしまう。

謝湘《シエシアン》が負けん気を出すと、玉尺はたちまち眩《まばゆ》くほの暗い赤光を放った。

光が及ぶところでは、まるで暴風雨が降り注いでいるかのように、気流がビュウビュウと唸りを上げながら沈嶠《シエンチアオ》目掛けて襲い掛かる！

銀の鉤《かぎ》の如く天を破り、地を裂かんばかりの猛烈な勢いで、吹き上がる気流は沈嶠《シエンチアオ》を丸ごと囲い込んだ。けれども、それは沈嶠《シエンチアオ》から三寸ほどのところをグルグル回るだけで、少しも距離を縮められない。

謝湘《シエシアン》は仰天する。沈嶠《シエンチアオ》の出方を窺い、この人物の腕前を分かったつもりになっていた。まさかそれが自分の予想を遥かに超えたものだとは思わなかったのだ。

沈嶠《シエンチアオ》ははっきり見えない目で見ようとはしなかった。むしろ目を閉じ、耳で聞くことにした。

謝湘《シエシアン》はスッと近づいて、沈嶠《シエンチアオ》の周りにある真気を玉尺で斬り開き、飛び上がって正面から玉尺を振り下ろそうとする。沈嶠《シエンチアオ》も同時に竹杖を持ち上げ、玉尺を止めた。

両者の武器がぶつかったが、なんと竹杖は折れなかった。

その刹那、二人は数十手を交わす。

展子虔《ジャンズーチエン》は初め気にも留めていなかったが、師弟の心配をせざるを得なくなっていた。戦う二人を、息を潜めて見守る。うっかり声を出して謝湘《シエシアン》を邪魔しないよう、呼吸は慎重になり、瞬きすらできない。

一方晏無師《イエンウースー》は、相変わらず手を後ろに組んで呑気な様子だ。その顔には、芝居を見るような満足げな表情が浮かんでいる。

臨川学宮の武功は落ち着きと優雅さを旨としている。しかし手を交えるにつれて、謝湘《シエシアン》の技は鋭くなり少しの容赦もなくなった。江湖に出てからというもの、謝湘《シエシアン》はたまに挫折を味わうことがあったが、それは先輩的な存在か手練れ、もしくは天下で十大に入る宗師級の人間を相手にした時である。彼らに負けても面目は立つが、目の前にいるこの人物は名声もないうえに目が見えないときた。

負けるなどもってのほか、引き分けでも、謝湘《シエシアン》には受け入れがたい。

戦う二人は節度を弁えている。周囲に人がいるので、なるべく狭い範囲で戦うことに努めていた。謝《シエ》湘《シアン》は少し傲慢ではあるが、無関係な人を巻き込むつもりはない。ただ、数百手交わし真気が失われていくにつれ、沈嶠《シエンチアオ》は微かに力が及ばなくなってきているのを感じた。これ以上戦っては不利になると考え、竹杖で思い切り地面を突いて飛び上がり袖を広げた。天から降臨した神仙のように、また空中から舞い降り、掌を謝湘《シエシアン》に叩き付けようとする。

謝湘《シエシアン》も沈嶠《シエンチアオ》の後に続いた。襲い来る掌に、謝湘《シエシアン》は片手の玉尺を振り下ろし、もう片手の掌を打ち出す。二人の掌は空中でぶつかり合い、どちらの体も微かに震えた。期せずして同時に真気を引っ込めると、二人はふわりと着地した。

謝湘《シエシアン》の青ざめた顔色を見て、展子虔《ジャンズーチエン》はすぐさま近寄って様子を窺った。

「師弟、大丈夫か？」

謝湘《シエシアン》は自らの胸を撫で、眉を寄せると無事だとゆっくり頷く。再び沈嶠《シエンチアオ》に向けた視線は、先ほどとは全く違っていた。

「私が思い上がっておりました」

沈嶠《シエンチアオ》は、「ご謙遜を。私も傷を負いましたから」と答える。

謝湘《シエシアン》は意気消沈していた。

「天下には眠れる龍や爪を隠した鷹のような、才能ある方があちこちにいる。私は自惚《うぬぼ》れていました。全くあのような大口を叩くべきではありませんでした！」

そして晏無師《イエンウースー》をちらりと見てから、続けた。

「晏《イエン》宗主のおっしゃる通りです。お連れすら倒せないのに、晏《イエン》宗主と手を交える資格など、どこにありましょう？」

言い終えると、謝湘《シエシアン》は軽く拱手をし、沈嶠《シエンチアオ》には目もくれず踵を返してその場を去った。

展子虔《ジャンズーチエン》は声を上げたが、謝湘《シエシアン》は振り返ろうともしないので、慌てて後を追うしかない。二歩ほど歩き出したところで、展子虔《ジャンズーチエン》は思い出したように足を止め、振り向いて沈嶠《シエンチアオ》へ拱手をすると、申し訳なさそうに笑ってから、師弟を追いかけた。

沈嶠《シエンチアオ》の顔色も決して良くはなかった。謝湘《シエシアン》は汝《ルー》

鄢《イエン》 克恵《コーフイ》の愛弟子で、臨川学宮の後継者なのだ。武芸の腕は今でこそまだ天下の十大に入らずとも、その差は乗り越えられないものではない。沈嶠《シェンチアオ》は半分しかない功力と病で弱った体で謝湘《シエシアン》と手合わせをしたが、実を言えば相当無理をして引き分けに持ち込んだのだ。

謝湘《シエシアン》はせいぜい真気が乱された程度で済んだが、沈《シェン》 嶠《チアオ》は口から血を吐き出した。

傍で見ていた晏無師《イエンウースー》がため息を吐く。

「どうやら、今日はもう花見ができないな」

そう言いながら、晏無師《イエンウースー》は沈嶠《シェンチアオ》の腰を引き寄せて横抱きにすると、宿に向かって歩き出した。

沈《シェン》 嶠《チアオ》は眉を寄せてもがく。

「晏《イエン》宗主、私は自分で歩けますから……」

「これ以上暴れたら、戻った後に皮杯児をするぞ」

「……」

晏《イエン》 無師《ウースー》という人物は宗主というよりも、ゴロツキになったほうがいっそ相応しいのではないだろうか。

沈《シェン》 嶠《チアオ》は本気でそう思った。

怪我というものは、何度か負っているうちに慣れてしまう。

部屋に戻った後、沈嶠《シェンチアオ》はひと眠りした。目を覚ますと窓の外はすっかり暗くなっていて、部屋の中はほんのりと梅の花の香りが漂っている。蠟燭の火がゆらゆらと揺れていて、晏無師《イエンウースー》は部屋におらずどこかに行ったようだ。

手探りで体を起こすと、沈嶠《シェンチアオ》は靴を履いて寝台から降りた。そして寝室を出て外側の部屋に行き、鈴を鳴らす。この一連の動きはいたって自然で、注意深く見なければ目に問題を抱えているとは気づかれないだろう。

すぐに、扉を叩く音が聞こえてきた。

使用人は沈嶠《シェンチアオ》の許しを得てから中に入り、懇《ねんご》ろな笑みを浮かべて「いかがなさいましたか?」と尋ねる。

「今の時間は?」

「酉時《とりのとき》(夕方五時から七時)を半分過ぎたところで

す」

「食事はまだあるかい？」

「ありますよ！　何が食べたいか、おっしゃっていただければ。かまどの火はついておりますし、いつでも作れますから！」

「では、手間を掛けるけれど、白粥とおかずを少々」

使用人は「はい」と応じ、それ以上注文がないとみてその場を後にしようとした。その時、沈嶠《シェンチアオ》は再び彼を呼び止める。

「もし複雑な料理も作れるのなら、猫耳《ねこみみ》（麺の一種）と牛肉の醤油煮込みも一人前お願いできないだろうか」

「お安い御用ですよ。お客さんが食べたいものは、なんでも用意できます。今すぐ作らせて、届けさせますね。少々お待ちください！」

沈嶠《シェンチアオ》は頷き、「では、よろしく頼む」と言った。

沈嶠《シェンチアオ》が頼んだ料理は作りやすい。牛肉の醤油煮込みは作り置きがあるので、切れば完成である。猫耳はその場で生地をちぎって茹でれば済むし、お粥やおかずに至ってはもっと簡単だ。半時も経たぬうちに、料理は全て部屋に届けられた。

沈嶠《シェンチアオ》はお粥を手に、ゆっくりと食べ始める。数口も食べないうちに、扉が開いた。

わざわざ体力を使って目を開ける必要はない。足音だけで、沈嶠《シェンチアオ》は相手が誰かを知った。

夜は冷えている。晏無師《イエンウースー》はひんやりとした空気を纏って中に入ると、卓の横に座った。

「お前はさっぱりした粥とちょっとした漬物で足りるぐらいだから、道中扱いやすかった。この猫耳と牛肉、さては私のために準備させたものか？」

沈嶠《シェンチアオ》は少し笑ったが、答えなかった。確かにもうすぐ晏無師《イエンウースー》が帰ってくるだろうと考えて、ついでに料理を二つ多く頼んだのだ。

晏無師《イエンウースー》は冗談交じりにからかった。

「お前と私は偶然出会い、敵のようでも友のようでもある。そんな間柄でもこのように細かい気遣いができるのだ。昔は師弟の郁藹《ユーアイ》に対して、もっと優しく思いやっていたのだろう?」

沈嶠《シェンチアオ》は碗を置いて苦笑する。

「また痛いところを。本当に、晏《イエン》宗主は傷口に塩を塗るのが得意ですね」

「お前は金城鉄壁《きんじょうてっぺき》で、何も感じないのかと思っていたぞ。どれほどの裏切りに遭おうとも、昔と変わらずにいられるとな!」

どうせまた人の性は悪なりとでも言い出すのだろうと思い、沈嶠《シェンチアオ》は口を噤んで黙り込んだ。

ところが、晏無師《イエンウースー》は沈嶠《シェンチアオ》が自分のために夜食を準備したというのがことのほか嬉しかったようで、にこやかに話題を切り替えた。

「阿嶠《アーチアオ》はこんなにも優しく、気遣いができる。もし将来好きな者ができれば、きっともっと至れり尽くせりなのではないか。お前に好かれる者は、何世にも亘って徳を積んできたのだろうな!」

阿嶠《アーチアオ》、と呼ばれて、沈嶠《シェンチアオ》は全身がゾワゾワと粟立ち、堪らずに言った。

「晏《イエン》宗主、ご冗談はおやめください。道門に身を置いておりますし、生涯妻を娶らないと心を決めているのです」

晏無師《イエンウースー》は軽く笑って、手を伸ばすと沈嶠《シェンチアオ》の髪に触れた。

「道門には道侶《どうりょ》という言葉があるのだろう。道侶になれば、俗世の礼儀作法を気にする必要もなくなる。どうせお前はもう玄都山には戻れぬのだ。どうだ、いっそのこと私と浣月宗に帰るというのは。私の弟子になりたくないというのなら、別の身分でもやろう」

その言葉に沈嶠《シェンチアオ》はゾッとして、顔色まで微かに変えた。

晏無師《イエンウースー》は思い立てばすぐ行動し、世俗の儀礼など気にも留めず、予想外のことばかりするのだ。沈嶠《シェンチアオ》は晏無師《イエンウースー》が本気で言っているのか、冗談なのかを判断できず、眉を寄せて口を開いた。

「晏《イエン》宗主のご厚情……」

厚情という単語が出るや否や、晏無師《イエンウースー》はぷっと吹き出し、沈嶠《シェンチアオ》はすぐに口を閉ざした。

とうとう我慢できず、晏無師《イエンウースー》は声を上げて笑い始める。ついには笑いすぎて腹を押さえ、卓に突っ伏してしまった。晏無師《イエンウースー》は臆面もなく、沈嶠《シエンチアオ》をからかった。

「満腹になってからの笑いは食後の甘味のようなものだという。阿嶠《アーチアオ》という調味料があるのだ、まことに堪らぬな！」

そこで、さすがに沈嶠《シエンチアオ》は自分がまたからかわれたのだと気づいた。きつく口を一文字に結び、目を閉じ心を休めることにした。そして晏無師《イエンウースー》がなんと言おうと、一言たりとも返事をしようとしなかった。

第五章　沈嶠の腕前

郢州から長安までは周国を南北に半分縦断するほどの距離があるものの、晏無師《イエンウースー》の軽功なら、二日で着くことができる。それを知っているので晏無師《イエンウースー》からの手紙を受け取った時、一番弟子の辺沿梅《ビエンイエンメイ》はすぐさま都にある師の邸宅を片付けさせた。晏無師《イエンウースー》が到着した時、すぐに住めるようにするためだ。

晏無師《イエンウースー》は朝廷で実質的な職務についてはいない。周帝に重用されているので、太子に仕える太子少師という肩書きこそ持っているが、皇太子宇文贇《ユーウェンユン》は博学な朝臣《ちょうしん》と東宮属官《とうぐうぞっかん》（皇太子のもとで働く官吏）から学んでいる。晏無師《イエンウースー》を煩わせる必要は全くないのだ。

それでも、晏無師《イエンウースー》を重んじていることを示すため、周帝は彼が都に滞在する時に使えるよう、邸宅を下《か》賜《し》した。

浣月宗は金に不自由していない。晏無師《イエンウースー》はもとより長安に邸宅を持っており、周帝が下賜した少師府（少師の邸宅）をほとんど使っていなかった。下人がいて必要なものは全て揃っているが、長い間主人が留守にしていると、どうしても手入れが疎かになってしまう。しかし、今回晏無師《イエンウースー》ははっきりと少師府に滞在すると伝えてきたので、辺沿梅《ビエンイエンメイ》も急ぎ、いろいろと準備を整えたというわけだ。

ところが、数日待っても、師尊が姿を現さない。辺沿梅《ビエンイエンメイ》は訝しんだが、晏無師《イエンウースー》のことだからあれこれ心配する必要もない、と思い直した。道中で用でもあって遅れているだけだろう。ただ、周帝は近頃頻繁に辺沿梅《ビエンイエンメイ》を参内《さんだい》させ、たびたび晏無師《イエンウースー》の消息を尋ねて、なるべく早く会いたいと言っていた。だから辺沿梅《ビエンイエンメイ》は、師尊がいつ都に到着するのかを知るため、何度か人を遣って沿道の宿駅で待たせた。

そうして今日、三月三日の桃の節句、女性たちが郊外に野遊びで出かける日になってやっと、辺沿《ビエンイエン》梅《メイ》は洛州の宿駅から知らせを受け取った。晏無師《イエンウースー》はおそらくあと二日程度で到着するだろう、とのことだった。

　師尊が来るとなれば、当然弟子は迎えにいかなければならない。辺沿梅《ビエンイエンメイ》はここ数日の用事を後に回して、自ら出迎えることにした。しかし、折悪しく桃の節句で、通りは人で溢れ返っている。平民の若い女性たちだけではなく、官吏や高貴な家の娘たちも揃って馬車に乗り、外出しようとしていたのだ。さらにたくさんの召使い、旅商人が加わり、町は元《げん》宵節《しょうせつ》にも劣らないほどの賑わいを見せていた。人がぞろぞろと歩いていて、足や肩がぶつかる。

　このような状況では、辺沿梅《ビエンイエンメイ》の優れた武芸の腕前も、行き交う人の頭や、馬車の屋根を踏んで進まない限り役に立たない。しかし、そんなことをすれば間違いなく面倒を起こしてしまうだろうし、そこまで移動速度が上がるとは思えない。辺沿梅《ビエンイエンメイ》は馬車を諦め、歩いて向かうことにした。

　付き添いの侍従の紀英《ジーイン》は、長年辺沿梅《ビエンイエンメイ》の都での暮らしの世話を担っている。忠誠心があり、腕も立つ男だ。今回は何がなんでもついていきたいというので、辺沿梅《ビエンイエンメイ》も少し考えて同行を許した。

　二人は群衆を避けて小道を進み、遠回りをした。それでも、城門で馬車に遮られて足止めを食らい、城外へ出られたのはだいぶ経ってからのことだった。

　町から三里離れたところに、茶店がある。粗末な作りで野遊びに来た人が立ち寄ることは少ないが、町に入る人を観察するのには絶好の場所だ。辺沿《ビエンイエン》梅《メイ》は茶を二杯頼むと、紀英《ジーイン》と一緒に座って待つことにした。

　紀英《ジーイン》は何だか落ち着かない様子だった。

「もしかして、一歩遅かったのでしょうか？　晏《イエン》先生はすでに町へ入ったのでは？」

「大丈夫だろう。私たちが早めに来たのだから、もう少し待ってみよう」

　紀英《ジーイン》が茶碗を持ったまま口を付けようとしない様子を見て、辺沿梅《ビエンイエンメイ》は思わず笑った。

「師尊に初めて会うわけでもあるまいし、なぜそんなに緊張しているんだ。師尊は別にお前を取って食ったりはしないぞ！」

紀英《ジーイン》は苦い顔になる。

「この間、仕事を上手くできず、お叱りを受けたのです。今回もまた叱られないといいのですが」

「安心しろ。お前が浣月宗の者ではないと分かったら、さっさとお前を殺すまで。叱ったりなどはしない」

辺沿梅《ビエンイエンメイ》の言葉に、紀英《ジーイン》は呆気に取られて「それは、どういう……？」と問いかけた。

辺沿梅《ビエンイエンメイ》は微かに笑う。

「紀英《ジーイン》の言動を上手く真似ていたところを見るに、確かに大した腕だ。私も危うく騙されるところだったが、残念なことにお前は大きな間違いをしている」

正体を見破られ、〝紀英《ジーイン》〟は誰かに仕える者が見せる独特な恭しさを取っ払った。

「ほお？　ご教示願おうか」

「紀英《ジーイン》は師尊に畏敬の念を抱いているが、どちらかと言えば恐れのほうが強い。私とともに師尊を迎えにいくと言い出すなど、あり得ないんだ。ほかは全てそっくりだったが、これだけは大きく外したな」

〝紀英《ジーイン》〟はケラケラと邪悪な笑い声を漏らした。

「さすが、晏無師《イエンウースー》の一番弟子。まあ、もとより隠し続けようとは思っていなかったがな！」

辺沿梅《ビエンイエンメイ》の顔から笑みが消える。

「お前はいったい何者だ？　紀英《ジーイン》はどこにいる？」

〝紀英《ジーイン》〟は得意げに答えた。

「その賢さをもってしても、この俺の正体が分からないのかね？　俺が誰か当てられたなら、従者の居場所など聞く必要もないだろう。昔からの仇同士が顔を合わせているんだ。分からないわけがないと思うが？」

辺沿梅《ビエンイエンメイ》は一瞬動きを止め、サッと顔色を変えた。

「合歓宗？　お前、霍西京《フォシージン》か⁉」

霍西京《フォシージン》の顔変えの術は悪名高く、顔を剝がされた者は当然生きていられない。紀英《ジーイン》は武芸ができるとはいえ、霍西京《フォシージン》にはとても敵わない。沈嶠《シェンチアオ》や陳恭《チェンゴン》が以前霍西京《フォシージン》に会った時も、白茸《パイロン》がいなければ無事に逃げることはできなかっただろう。

誰も霍西京《フォシージン》の本当の年を知らない。三、四十かもしれないし、五、六十かもしれない。霍西京《フォシージン》は一つの顔である程度の時間を過ごすと、新しい顔に変える。しかも、若く美しい者ばかりを狙うのだ。この数年、彼に顔の皮を剝がされた者は、数百とまではいかなくても、少なくとも数十人はいるだろう。それもあって正邪かかわらず、霍西京《フォシージン》の名が挙がると、皆いい顔をしない。

合歓宗は魅惑術や採補術（他人の精気を吸い取って自分のものにする）で有名なので、そもそも評判は良くない。しかし霍西京《フォシージン》のように、誰からもひどく憎まれる者だと、評判はもはや最悪と言えるだろう。

霍西京《フォシージン》は声を上げて笑った。

「辺《ビエン》殿、そんな顔をするな。そういえば、俺たちは源を同じくしているじゃないか。ここ数年会う機会がなかったから、きちんと会って親交を深めようと思っていたんだ。喧嘩や殺し合いのために来たわけじゃないぞ！」

対する辺沿梅《ビエンイエンメイ》の声は冷やかだ。

「紀英《ジーイン》は長年私に付き添ってくれた。なのにお前は紀英《ジーイン》の顔の皮を剝がし、殺した。今日は何がなんでも、仇を討ってやる！」

霍西京《フォシージン》は彼が手を出す前に、数歩急いで後ろに下がった。

「誤解しないでくれ。あの日紀英《ジーイン》の顔を見掛けた時、辺《ビエン》殿の手下だとは知らなかったんだ。皮を半分剝がしたところで、やっとあいつが教えてくれた。あんな状況では途中でやめても、どうせ顔も命も失っていたんだ。それなら俺にくれたほうがいい。この顔さえあれば、辺《ビエン》殿も時々偲ぶことができるだろう？　今日来たのは我が師の命令だ。辺《ビエン》殿の師に相談したい大事な用があるんだ」

霍西京《フォシージン》は紀英《ジーイン》という人間を虫けら同然に思っている。自らの師、桑景行《サンジンシン》の名を語れば、辺沿梅《ビエンイエンメイ》も遠慮をすると考えていた。ところが、辺沿梅《ビエンイエンメイ》は躊躇うことなく手を出した。指をくっつけて手刀にすると、霍西京《フォシージン》に斬りかかる。真気はひやりとした冷たさを伴って、霍西京《フォシージン》の頭上から振り下ろされた。

霍西京《フォシージン》は危うく斬られそうになり、数十歩後ろに下がってからやっと迎え撃つ体勢ができた。しかし、辺沿梅《ビエンイエンメイ》は逃すまいとばかりに距離をつめ、繰り出す技は全て鋭く霍西京《フォシージン》に迫る。小さな茶店はたちまち戦場と化し、二人の周りにあった卓や椅子は全て破壊された。茶店の主人と客たちは怯えて逃げ惑い、あっという間に姿が見えなくなる。

同じ春水指法でも、晏無師《イエンウースー》のそれは比類なき覇気を帯びている。一方、辺沿梅《ビエンイエンメイ》の技は疾風迅雷《しっぷうじんらい》で力強く、浣月宗の浣月刀法と組み合わされて、刀を持たずとも刀に勝る攻撃力があった。一見、揺蕩う秋の水のようだが、片手で山を切り裂くほどの勢いがある。血で道を切り開き、死体で川を埋め尽くすように、四方八方から糸一本の隙間もなく敵に襲い掛かる。

霍西京《フォシージン》は天下の十大高手の一人、桑景行《サンジンシン》に師事している。面子を捨てて師に取り入るだけでなく、美しい女性を見つけては師に引き合わせるので桑景行《サンジンシン》に気に入られ、やりたい放題だ。でなければ、人の顔の皮を剝がす悪行など許されるはずがない。今頃とうに敵《かたき》に捕らえられ、五頭の馬で体を引き裂かれているだろう。

傍若無人に過ごしているうちに、霍西京《フォシージン》は自惚れるようになった。辺沿梅《ビエンイエンメイ》など眼中になく、それどころか晏無師《イエンウースー》のこの一番弟子は、官職を与えられて浣月宗と周国朝廷の関係を取り持っているだけだ。官吏とのやり取りが多く、手よりも頭を動かしているのだろうから、武芸の腕もきっと大したことはないはずだ、と思っていた。

ところが、敵を見くびったことが災いし、すぐに打ち負かされてしまうほどではなかったものの、霍《フォ》西京《シージン》が有利な立場になるのは容易ではなかった。

辺沿梅《ビエンイエンメイ》は霍西京《フォシージン》を殺そうと思った。だが、数百手を交えても勝負がつかない。同じ魔門の出身だからといって手加減しているわけではなく、霍西京《フォシージン》とて腕が立つためである。辺沿梅《ビエンイエンメイ》は若干優位に立っていたが、戦況は拮抗《きっこう》していた。

霍西京《フォシージン》は戦いに嫌気が差してきた。このまま続けるべきなのだろうか。続ければ、辺沿梅《ビエンイエンメイ》の不意を突いて人質にし、晏無師《イエンウースー》を脅して言うことを聞かせることができるかもしれない。あるいは、師のもとに連れて帰れば、手柄を立てたことにもなる。とはいえ、どちらも魔門の出身で純粋素朴な人間ではない。不意を突こうにも容易ではなく、しばらくその機会を狙ったが結局見つけられなかった。

その時、淡々とした声が霍西京《フォシージン》の耳に届いた。

「そのような代物すら倒せぬのなら、この晏無師《イエンウースー》の弟子を名乗る資格はないぞ」

霍西京《フォシージン》は耳元で轟音が炸裂したように感じた。激しい振動に襲われ、危うく血を吐きそうになる。ゾッとして顔が真っ青になり、なりふり構わず逃げ出したくなった。

霍西京《フォシージン》の集中力が途切れたその一瞬を辺沿梅《ビエンイエンメイ》はしっかりと捉え、隙を突いて掌を打ち付けた。霍西《フォシー》京《ジン》は「わっ」と声を上げて後ろに吹っ飛ぶ。しかし、空中で体を翻し、逃げ出す体勢になった。

ところが、宙に飛び上がったその体はどういうわけかピタリと動きを止め、すぐに勢いよく地面に叩き付けられる。

霍西京《フォシージン》は息が荒くなり胸元を押さえる。その時、視界の端にとらえた木の下に、青い袍を身に着けた端正な顔の男が現れたのを見た。

その隣にはもう一人、竹杖をついた男が立っている。見るからに体が弱そうだ。

疑いようもなく、青袍の男は晏無師《イエンウースー》である。

美しい人の顔に異常な執着心を持っている霍西京《フォシージン》は、晏無師《イエンウースー》の横にいる人物を見て、すぐさま以前自分が顔の皮を剥がそうとして、白茸《バイロン》に邪魔された時の男だと気づいた。

だが今は、どうにもできない。自分の命を保てるかすらも、怪しいのだから。

「晏《イエン》宗主、ご機嫌いかがでしょうか。霍西京《フォシージン》と申します。ご老体にお目にかかるようにという、我が師桑景行《サンジンシン》の命により参りました」

霍西京《フオシージン》は緊張しながらもなんとか笑みを繕う。

かつて霍西京《フオシージン》に顔の皮を剝がされた怨霊たちは、残虐極まりない霍西京《フオシージン》にもこれほどへりくだる時があるとは思わないだろう。

悪人を痛い目に遭わせられるのは悪人しかいないとはまさしくこのことだ。霍西京《フオシージン》は今すぐにでも体を小さくして、地の割れ目に入りたくてたまらなくなった。相手の視界から消え去りたかったのだ。

「ご老体？　私はそれほどまでに老けていると？」

晏 無師《イエンウースー》はそう言いながらも、さして気にしてもいない様子だ。

霍西京《フオシージン》はなんとか聞こえのいい言葉でも並べて晏《イエン》無師《ウースー》に見逃してもらおうと思っていたが、先に出鼻をくじかれ途端に顔を強張らせた。すっかり言葉に詰まり、何も言えなくなる。

辺 沿梅《ビエンイエンメイ》はやる気持ちを抑えて、丁寧にお辞儀をする。

「師尊、お久しぶりです。近頃はいかがお過ごしでしたか？」

晏 無師《イエンウースー》は辺沿梅《ビエンイエンメイ》を一瞥した。

「毎日朝廷の官吏とのやり取りにかまけて、武芸の稽古を怠っていたようだな。だからこんな代物にも勝てぬのだ」

辺 沿梅《ビエンイエンメイ》は「師尊のおっしゃる通りです！」と恥じ入った。

〝代物〟と呼ばれた霍西京《フオシージン》の顔からは、すっかり血の気が引いている。晏無師《イエンウースー》の言葉がひどく恨めしかったが、言い返す勇気もない。

晏 無師《イエンウースー》が姿を現し、霍西京《フオシージン》はもはや甘い汁は吸えないと悟った。ここは逃げるが勝ちだが、どうやって逃げたらいいのか。晏無師《イエンウースー》と辺沿梅《ビエンイエンメイ》が話している間に、霍西京《フオシージン》は視界の端で必死に周囲を窺い、何とか逃亡できそうな方法を見出そうとした。

霍西京《フオシージン》は晏無師《イエンウースー》の弟子の手下を殺したのだ。師は手を出さずとも、弟子が仇を討つのを止めはしないだろう。皆魔門出身なので、手を汚していない者などいない。霍西京《フオシージン》は、辺沿梅《ビエンイエンメイ》がいきなり寛容になって自分を許すはずなどなく、晏無師《イエンウースー》がいれば、逃げるのはほとんど不可能だと分かっている。

霍西京《フオシージン》はサッと視線を巡らせ、晏無師《イエンウースー》の後ろに立つ沈嶠《シエンチアオ》を捉えた。

考えが脳裏に浮かぶや否や、すぐさまバッと沈《シエン》嶠《チアオ》に飛びかかった！

しかし、霍西京《フオシージン》はすぐに知ることになる。それは完全に間違った判断だったのだと。

一瞬の出来事で、誰も反応できなかった。辺沿《ビエンイエン》梅《メイ》は沈嶠《シエンチアオ》と師の関係を知らず、霍西京《フオシージン》の動きにぎょっとしたが、晏無師《イエンウースー》が動かないので自分もその場に留まることにした。

霍西京《フオシージン》の姿は残影となり、素早く脇目もふらずに沈嶠《シエンチアオ》を襲う。

もう少しで沈嶠《シエンチアオ》の手首を摑むかというその時、それはするりと逃げる魚の如く、霍西京《フオシージン》の手から逃げた。

ドキリと嫌な予感を覚えた霍西京《フオシージン》は、少しも躊躇うことなくすぐに手を引いて後ろへ飛び退いた。


もはや晏無師《イエンウースー》に目を向けることすらできない。視線を動かせば、自分の逃走の妨げになると思ったからだ。

しかし、事態はまた霍西京《フオシージン》の予想を超えていく。

反撃してきたのは晏無師《イエンウースー》ではなく、まさに自分が襲おうとしていた男だった！

彼が持つ滑らかな竹杖の先端は、地面を突くので若干割れている。山を登る士人たちは疲れを軽減するため、麓で天秤棒を担いでいる年寄りの農民から竹杖を買うことがあるというが、沈嶠《シエンチアオ》の竹杖は、そんな普通の竹杖と変わらない。

なんの変哲もない、竹杖の一撃。至って素朴で、煌びやかな様式も華もない。にもかかわらず、霍西《フオシー》京《ジン》は顔色を一変させた。相手の攻撃から湧き立つ寒気を感じ取ったのだ。それは、鋭い刀か斧でも突きつけるかのように冷やかに、真っ直ぐ襲い掛かってくる。それまで穏やかだった雲が嵐を迎えていきなり激しく動くように、竹杖の動きが豹変したのだ。

ここにきてやっと、霍西京《フオシージン》は自分が〝柔らかい柿〟だと見くびっていた人物が、実は〝火傷するほど熱いイモ〟の如く相当に厄介な存在であることを知った。

　とはいえ、後悔先に立たず。この場にいるのが沈《シェン》嶠《チアオ》だけであれば、まだ強気でいられたが、晏無師《イエンウースー》も傍にいるので、どうしても気後れする。粘って戦う気が失せて、急いで後ろに身を引くしかない。そして、霍西京《フオシージン》はあっという間に数丈（一丈は三メートル程度）下がった。

　ところが、沈嶠《シェンチアオ》もすぐに追いかけてくる。足運びはふわりと軽やかだが、大きな岩のように安定していた。しかも沈嶠《シェンチアオ》は一貫して霍西京《フオシージン》と至近距離を保ち続けていたのだ。

　傍観する辺沿梅《ビエンイエンメイ》は訝しむ。浣月宗の足運びは美しさを重視し、軽快で敏捷だ。沈嶠《シェンチアオ》が使っている足運びは確かに浣月宗のものと多少似ているが、異なる点も多い。先天八卦《せんてんはっか》（八卦が本来ある場所を示したもの）や紫微斗数《しびとすう》（伝統的な占術の一種）も微かに混じっている。次の動きは簡単に予想できそうだが、じっくり観察すれば混沌としていて、限りないこだわりが技に奥深さを加えている。

　竹杖の男は目が悪い。それは明らかな特徴だが、辺沿梅《ビエンイエンメイ》はいくら考えても江湖にいつこのような手練れが現れたのかを思い出せなかった。師尊は、さも当然と言わんばかりの様子なので、辺沿梅《ビエンイエンメイ》は胸のうちに溜まった疑問を抑え込んで手を交える二人を見ているしかない。

　沈嶠《シェンチアオ》は、霍西京《フオシージン》を殺そうとしていた。

　それは、この男が悪行の限りを尽くしているからだ。見た目が良い人物を見つければ、その顔の皮を剝がして自分の顔に被せる。興に乗るとひと月に二、三枚皮を変えることもあった。顔の皮を奪われれば、当然人は死んでしまう。しかも霍西京《フオシージン》は相手が江湖者であろうがなかろうが構わない。彼に一度目を付けられたら最後、人は逃げられず諦めるしかない。

　命を落とした被害者の家族の憎しみは、骨の髄にまで滲みる。しかし、霍西京《フオシージン》は武芸の腕が立ち、合歓宗の庇護の下にいるので、彼をどうすることもできない。復讐に乗り出した者もいたが、結局返り討ちに遭ってしまった。

仏門には「霹靂《へきれき》の如く強引な手段をもって菩薩《ぼさつ》の心の如く善行を行う」という言葉がある。同様に、道門も「除悪揚善《じょあくようぜん》（悪を排し、善を掲げる）」を重視している。沈嶠《シエンチアオ》は優しい性格ですぐに怒ったりはしないが、いったん怒りに駆られれば、それこそ結果を出すまで手を緩めない。この時、沈嶠《シエンチアオ》はすでに霍西京《フオシージン》という害悪を取り除こうと心に決めていた。少しの手加減もなく繰り出される技は鋭く、徹底的に悪を除くという頑なな意志が表れていた。

沈嶠《シエンチアオ》が怪我をする前であれば、霍西京《フオシージン》はどうあがいても敵わなかっただろう。けれども今沈嶠《シエンチアオ》の功力は以前の半分で、目も不自由だ。『朱陽策』が清めの効果を持っているとしても、相見歓はなんといっても天下の奇毒である。強烈すぎる毒は、未だ体に多少残っている。解こうと思って解けるものではないのだ。

戦いは続き、勝敗はすぐには決まらない。

霍西京《フオシージン》は沈嶠《シエンチアオ》と戦いたくなかった。晏無師《イエンウースー》は今は手を出してきていないとはいえ、虎視眈々と猛獣の如く傍におり、いつ戦いに加わる気になってもおかしくない。すぐにでも逃げ出したいが、いかんせん沈嶠《シエンチアオ》が逃がしてくれず、霍西京《フオシージン》の焦りは募るばかりだった。いっそのこと沈嶠《シエンチアオ》の首を絞めて殺してしまいたいが、そんなことができるほどの能力もないので、この泥沼にずぶずぶと沈んでいくしかない。

焦りで気が散ると、どうしても動きに隙ができる。目は悪いがほとんど全身全霊で敵に立ち向かう沈《シエン》嶠《チアオ》は、そんな隙を見逃さなかった。竹杖は剣の如く、鋭さを帯びて霍西京《フオシージン》の胸元に迫っていく！

竹杖は軽々と持ち上げられ、まるで恋人の顔を撫でていくかのように優しく動く。だが、霍西京《フオシージン》ははっきりと分かっていた。当たれば最後、竹杖は自分の胸を貫くだろう。彼は歯を食いしばり、逃げるのをやめて強引に体を後ろに反らした。なんとか相手の攻撃を避けつつ、目一杯真気を込めた掌を打ち出す。その勢いは湧き立つ風か雷のようだ。霍西京《フオシージン》は、きっと相手は後ずさるだろうと思っていた。

しかし、沈嶠《シェンチアオ》は逃げも避けもせず、勢いを弱めることすらしなかった。霍西京《フオシージン》の攻撃をものともせず、真っ直ぐ向かってくるではないか。二者がぶつかり合う。ところが、沈嶠《シェンチアオ》は怪我を負うどころか、影のようにその掌をすり抜けてしまった。

移形換影《いけいかんえい》？　霍西京《フオシージン》は驚きで顔色を失う。これは、かつて天下に名を轟かせた、祁鳳閣《チーフォンゴー》の奥義じゃないか⁉

次の動きに出る前に、霍西京《フオシージン》の背中に激痛が走った。

一本の手が自分を貫き、心臓をくり抜こうとしているような強烈な痛みに堪えきれず、霍西京《フオシージン》は悲鳴を上げる。

だが、沈嶠《シェンチアオ》の竹杖が霍西京《フオシージン》を貫通することはなかった。形のない手にきつく握られたかのように、杖を少しも前に押し出せなくなっていたのだ！

沈嶠《シェンチアオ》はサッと顔色を変える。

鼻を突く香り。沈嶠《シェンチアオ》は僅かに眉を顰めると、すぐさま杖を手放した。移形換影を使い、一瞬のうちにその場を離れる。

それは移形換影という名はついてはいるが、かなり巧みな軽功にすぎない。沈嶠《シェンチアオ》が手を離した途端、竹杖が破裂した。粉々になった欠片が沈嶠《シェンチアオ》目掛けて、勢いよく飛んでくる。

あと少しでも手を離すのが遅かったら、今頃、沈《シェン》嶠《チアオ》は竹杖と同じ状態になっていただろう。

竹杖を一瞬で壊されても、沈嶠《シェンチアオ》は動きを止めなかった。風の如く軽快に後退し、あっという間に最初に立っていた木の下に戻る。同時に、沈嶠《シェンチアオ》は袖を振り上げた。真っ直ぐ襲い掛かってきた竹杖の破片は、見えない障壁に当たったかのように、次々に地面に落ちていった。

「わたくしが寡聞《かぶん》だったのかしら。江湖にいつ、こんなすごいお方が現れたの？」

得も言われぬ香が漂い、笑い声とともに白い衣を身に着けた女が霍西京《フオシージン》の傍に現れた。

極めて美しい女だ。服がはためき、帯や襟が風に揺らぐその様子は、昔の絵から抜け出てきた神仙そのものである。ただ、その両目は絵とは異なり、決して冷やかではない。波打つように潤み、艶やかで魅惑的なのだ。その声もねっとりと骨に滲みるほどに甘いので、聞く者は体がふわふわと宙に浮くように感じる。

辺沿梅《ビエンイエンメイ》は女に気づくと、うっとりするどころか幾分警戒し、緊張感を漂わせた。

霍西京《フオシージン》は地面に倒れて吐血し、ここまでかと思っていたが、思いがけず女の姿を視界に捉えると、大いに喜んだ。その反応は辺沿梅《ビエンイエンメイ》と全く逆だ。

「宗主！　お助けください、宗主！　奴らは俺を殺そうとしているんです！」

溺れている人間が流木にしがみつくかのように、霍西京《フオシージン》は今すぐにでも女の太ももに抱きついて号泣したかったが、まだ理性がひと欠片残っていたので、衝動を抑え込んで何度も助けを求めた。

女は霍西京《フオシージン》を一瞥もせず、視線を沈嶠《シェンチアオ》から辺沿《ビエンイエン》梅《メイ》、最後に晏無師《イエンウースー》に向けるとニコニコと笑みを浮かべた。

「前回お会いしたのは十年前だったかしら。あっという間に十年も経ったけれど、晏郎《イエンろう》（郎は女性が夫や恋人に使う呼び方）は相変わらずの色男ね。見栄えは少しも変わらず、本当に虜になっちゃうわ！」

晏無師《イエンウースー》は黙ったままだったが、辺沿梅《ビエンイエンメイ》が口を開いた。

「霍西京《フオシージン》は私の侍従を殺したのです。元《ユエン》宗主は、それをまさか不問にするおつもりですか？」

元《ユエン》宗主こと元秀秀《ユエンシウシウ》は美しく輝く瞳で嫣然《えんぜん》と微笑んだ。

「霍西京《フオシージン》は確かに我が合歓宗の弟子よ。けれど、桑《サン》景行《ジンシン》の言うがままで、わたくしとは関係がないわ。今日は晏《イエン》宗主に用があって来たの。もし晏《イエン》宗主がわたくしのお願いを受け入れてくださるのなら、霍西《フオシー》京《ジン》はどうとでも好きなようにさせてあげてもいいわよ」

霍西京《フオシージン》の顔色が大きく変わった。

辺沿梅《ビエンイエンメイ》が皮肉を口にする。

「ずいぶんと無情ですね。いったん夫婦になれば、深い恩情を長く持つという言葉がありますし、桑景行《サンジンシン》は元《ユエン》宗主にとって浅からぬ関係にあるでしょう。その弟子には当然元《ユエン》宗主も多少の義理はある。なのに平気で見殺しにするなど、そんな話が広まったら合歓宗の弟子たちだって失望するのではないですか」

元秀秀《ユエンシウシウ》は泰然自若《たいぜんじじゃく》として答えた。

「ほかの人になら渡さないけれど、晏《イエン》郎なら話は違うわ。この誠意は何があっても見せておかないと！」

晏無師《イエンウースー》を見るその瞳は優しさと愛に満ち溢れているようだ。

「十年ぶりなのに、晏《イエン》郎はわたくしに何も言ってくださらないの？」

ほかの女であれば、辺沿梅《ビエンイエンメイ》は彼女と自分の師は昔何か深い仲だったのだろうと思うところだ。しかし、合歓宗と浣月宗は源を同じくしているので、元秀秀《ユエンシウシウ》の一言一言、表情のひとつひとつ、全てに魅惑術を含んでいるのだと知っている。

ただ、頭では分かっていても、元秀秀《ユエンシウシウ》の言葉を聞くたび、その笑顔を見るたび、辺沿梅《ビエンイエンメイ》はドキリとして平静でいることができない。視線をそらして無理矢理にでも彼女を見ないようにするしかない。

「前からずっと言いたいことがあったのだ」

晏無師《イエンウースー》が口を開く。

元秀秀《ユエンシウシウ》は透き通った目で、「何かしら？」と問い掛けた。

「仙女の格好をしたいのなら、売女《ばいた》のような表情《かお》を見せるな。ほかの男には効くだろうが、私は気持ち悪いとしか思えない。今度また私の前に現れるつもりなら、その顔もついでに隠しておけ。でなければ飯も喉を通らん」

「……」

辺沿梅《ビエンイエンメイ》も沈嶠《シエンチアオ》も、そして元秀秀《ユエンシウシウ》まですっかり黙り込んだ。

辺沿梅《ビエンイエンメイ》は思わず笑い出しそうになり、必死に堪える。

元 秀秀《ユエンシウシウ》は怒りで青ざめ、死人を見るような目で晏 無師《イエンウースー》を見つめた。

　しかしすぐに、彼女は再び笑みを見せた。

「晏郎《イエン》の言う通りね。帰ったらすぐ着替えるわ。あなたが好きな格好をする。喜んでくれればそれでいいもの」

　晏 無師《イエンウースー》は眉を吊り上げる。

「十年ぶりだが、少しも変わっていないな。昔と同じく聞こえのいいことを言いながら腹に一物を持っている」

　元 秀秀《ユエンシウシウ》はそれを無視して優しく問いかけた。

「静かなところに行かない？　晏郎《イエン》に詳しく説明をするわ」

「私は辛抱強くないのだ。知っているだろう」

「全く晏郎《イエン》は本当に鉄のような心をお持ちなのね。どんな女がその心を動かすのやら。昔あんなに誘い掛けても、一晩の交わりすら頷いてくれなかった。危うくわたくしはもう男にとって魅力がないのかと思うところだったわ！」

　元 秀秀《ユエンシウシウ》はため息をこぼして、「周が斉を攻めようとしているのは、知っているでしょう？」と問いかける。

「それがどうした？」

「昔、日月宗が名を轟かせていた頃、臨川学宮みたいな門派たちは、どこにあるかも分からない状態だった。今や奴らもすっかり〝鳥なき里の蝙蝠《こうもり》（強い者のいないところでは、つまらない者がのさばる）〟だけれど、それも日月宗の分裂に付け込むことができたからよ。もし浣月宗と合歓宗が誠心誠意力を合わせることができれば、老いぼれ坊主の雪庭《シュエティン》やら衒《げん》学者《がくしゃ》（論理の形式などにこだわり、学をひけらかしたりする人）汝鄢 克恵《ルーイエンコーフイ》も、もはやわたくしたちの相手ではない」

　晏 無師《イエンウースー》はいいとも悪いとも言わなかった。

　ほかの人間であれば、とっくに元秀秀《ユエンシウシウ》の自慢の魅惑術に陥落しているところだろう。しかし、晏無師《イエンウースー》のように腕が強く傲慢で、同じく魔門の出身の者ともなれば、どれほど巧妙な魅惑術も無用の長物だ。

元《ユエン》秀秀《シウシウ》は心中で恨めしく思いながらも、真摯な表情を崩さなかった。

「もし、晏郎《イエン》が周帝を説得して、斉に攻め入るのをやめさせてくれれば、わたくしは、なんでも望むことをするわ」

「それなら帰順すればいい」

晏《イエン》無師《ウースー》の言葉に、元秀秀《ユエンシウシウ》は呆気に取られ、「それはどういう?」と聞き返す。

「なんでもするのだろう? 合歓宗という名を捨て、浣月宗のもとに下るのなら、斉を見逃すように周帝を説得してやろう」

元《ユエン》秀秀《シウシウ》の笑顔が強張る。

「何もそこまで無理強いする必要はないでしょう? 臨川学宮はずっと周と斉の戦を待ち望んでいるわ。そうすれば陳は何もせずとも得るものがあるから。もし周帝を説得してくだされば、わたくしも衡《こう》州、朔《さく》州より北の土地を全て周に渡すように斉帝を説得する。その時になれば、周帝はきっと晏郎《イエン》が領土を広げてくれた功績を称えてくれるはずよ。どうかしら?」

「衡州、朔州より北は長城だ。本座の記憶が正しければ、あそこは突厥人の領地と接している」

元《ユエン》秀秀《シウシウ》が笑う。

「いともたやすく大量の土地が手に入るのよ。周帝も拒否したりしないでしょう?」

「遅かれ早かれ斉国は手に入るのだ。周帝も大を捨てて小を取り、僅かばかりの利益をほしがる必要はないだろう」

晏《イエン》無師《ウースー》はゆったりと構えて、相手が一言言えば、一言を返した。ここまできて、元秀秀《ユエンシウシウ》はやっと気づいた。晏無師《イエンウースー》は少しも合歓宗と手を組むつもりはなく、ただ自分を揶揄《やゆ》しているだけなのだ、と。

元《ユエン》秀秀《シウシウ》の顔から一切の笑みが消え去る。

「晏《イエン》郎、まだそんなに自惚れているとはね。十年前、崔由妄《ツイヨウワン》に傷を負わされたでしょう。その崔由妄《ツイヨウワン》が死んだ今、まさか自分が天下一だとでも思っているのかしら?」

「天下一かどうかは知らぬが、お前よりは強い。時折私も不思議に思うのだ。桑景行《サンジンシン》は野心に溢れた男。なのになぜお前に取って代わらず、姦夫《かんぷ》という立場に甘んじている?」

元秀秀《ユエンシウシウ》はクスクスと笑う。

「不思議なら、試してみたらいいじゃない? どうせ口先ばかりで、寝台に入れば、銀の矛先を持つ槍が実はただの蠟燭――見てくれだけの役立たずなんでしょうね!」

明らかに、晏無師《イエンウースー》の言葉に激昂したようだ。言ったそばから、元秀秀《ユエンシウシウ》の袖が大きく膨れ上がり、数十本の細長い透明な針が晏無師《イエンウースー》や沈嶠《シェンチアオ》に向かって素早く放たれる。

強風やにわか雨よりも速く針が飛び、肉眼ではほとんど見えない。

これらの針だけで晏無師《イエンウースー》を傷つけられるとは思っていない元秀秀《ユエンシウシウ》は、同時に魍魎のようにふわりと宙に浮かび上がった。その両手には、いつのまにか黒い長剣が握られている。剣光は一気に強くなり、晏《イエン》無師《ウースー》の左右と退路を封じ込めてしまった。

もとより合歓宗は、魅惑術や採補術に長けている。けれども、宗主である元秀秀の実力は侮れない。女性であることと人前で戦うことが少ないゆえに、天下の十大高手の八番目に順位づけられている。ただ、晏無師《イエンウースー》と手を交えているところから分かるように、彼女の実力はそこに留まるようなものではない。

今の晏無師《イエンウースー》と数十手交わしても劣勢にならないのだから、元秀秀《ユエンシウシウ》の実力は極めて過小評価されているということだ。

宗師と宗師の戦いは見事で、しかも激烈だ。辺《ビエン》沿梅《イエンメイ》は自分は何もできないと分かっているので、せっかくの観戦の好機を失わないよう、我を忘れてすっかり魅入られる。

霍西京《フォシージン》は、この千載一遇の機会を逃すまいと、重傷を負っているのにもかかわらず逃げ出そうとした。

ところが、軽功で数歩踏み出すや否や、背後からビュウッと風の音が聞こえてくる。躱そうとした時にはすでに手遅れで、霍西京《フォシージン》は背中がひやりとするのを感じ、反射的に視線を下げた。

一本の血の付いた枝が、背中から入って心臓を貫き、胸から突き出ていた。枝先には少し血肉が付いている。彼の心臓の肉片だ。

霍西京《フォシージン》は目を大きく見開いた。その顔はまだ辺《ビエン》沿梅《イエンメイ》の侍従のものだが、強張っているのでこの上なく奇怪である。こんな風に死ぬのが信じられないといった様子で、体を翻して仇の姿を目に焼き付けようとした。しかし、動いた途端に「グハッ」と大きく血を吐いて前にどさりと倒れ、動かなくなった。

悪事の限りを尽くした悪鬼、霍西京《フォシージン》は、ここでその命が絶えた。

自分でもその事実が受け入れがたいのか、両目を真ん丸に見開き、死んでも死にきれないと言わんばかりである。

人を殺しても、沈嶠《シェンチアオ》の表情に清々しさはなかった。傍の木の幹を支えにゆっくりと腰を下ろすと、手を交える晏無師《イエンウースー》と元秀秀《ユエンシウシウ》をそれ以上見ることなく、目を閉じて気を休めた。そして、いつの間にか眠りに落ちた。

＊＊＊

内情を知らなければ、元秀秀《ユエンシウシウ》が宗主の座を手に入れられたのは、彼女の美しさと採補術、それに桑景《サンジン》行《シン》との愛人関係のおかげだと思うだろう。一方の桑《サン》景行《ジンシン》は崔由妄《ツイヨウワン》の弟子という立場で、元秀秀《ユエンシウシウ》がしっかりと宗主の座にいられるように後押しし、同時に合歓宗で長老となり手下の役割に甘んじているのだ、と。

しかし、このように考えていた者が元秀秀《ユエンシウシウ》と運よく戦う機会を得られたなら、自分がどれほど重大な勘違いをしていたのかを思い知ることになる。

常に腹を探り合い、多くの強者もいる合歓宗でこの女が宗主になれたのは、絶対に一人の男との関係のおかげではないのだ。

元秀秀《ユエンシウシウ》は他人に自分の優しく弱い面を喜んで見せ、世人の誤解を解こうともしなかった。そうすれば、敵を惑わせられるからだ。

桑景行《サンジンシン》とふしだらな関係を持ち、そのおかげで元《ユエン》秀秀《シウシウ》は宗主になったと、世間の人は言う。しかし、晏 無師《イエンウースー》は知っていた。合歓宗の内部は複雑で、元《ユエン》秀秀《シウシウ》と桑景行《サンジンシン》の仲の良さは表面だけである。桑景行《サンジンシン》は、霍西京《フオシージン》を辺沿梅《ビエンイエンメイ》のところに遣わしたことも、元 秀秀《ユエンシウシウ》に知らせていないのだ。だから彼女は助けを求める霍西京《フオシージン》に、彼を助けるとも見捨てるとも取れる曖昧な態度を見せのだろう。

十年前、晏無師《イエンウースー》が元秀秀《ユエンシウシウ》と手を交えた当時、晏無《イエンウー》師《スー》は優位に立つことができたが、差は僅かばかりであった。十年後の今、晏無師《イエンウースー》の功力は大いに増しているが、元秀秀《ユエンシウシウ》とて十年前のままではない。

合歓宗も浣月宗と同様に『鳳麟元典』を修練する。晏 無師《イエンウースー》には劣るものの、元秀秀《ユエンシウシウ》は少なくとも最高の境地に達している。何より、日月宗が分裂する際、合歓宗は素早く『合歓経』という書物を奪い取っていた。男女の双修《そうしゅう》（体を交えて気を高め合うことで修練する）や採補術が記載されたこの書物は、合歓宗の名前の由来となった。けれども、ほとんどの人は知らないが、この書にあるのは房中術だけではない。内功の要訣、御剣《ぎょけん》術などについても書かれている。

元 秀秀《ユエンシウシウ》は手に二本の剣を持っているが、これは『合歓経』の男女で修練する御剣術を進化させたものである。本来であれば男女が協力し、剣を携え敵に立ち向かわなければならないが、元秀秀《ユエンシウシウ》はそれに逆らい、一人で二本の剣を操れるように修練した。

このような女性は、当然容易には倒せない。

晏 無師《イエンウースー》が相手なので、元秀秀《ユエンシウシウ》は油断するわけにはいかなかった。『鳳麟元典』の第十層を極致まで発揮し、双剣は二本の黒い光と化す。元秀秀《ユエンシウシウ》を中心に天地の一切を飲み込んでしまうかのように暴風が吹き荒れ黒雲がうねる。まるで龍神が水から飛び出しそうな勢いだ。全ての雲を吹き飛ばし、月日すらも光を失うほどの力で、暴風は晏無師《イエンウースー》を丸ごと飲み込んでしまった！

辺 沿梅《ビエンイエンメイ》は二人がどうやって戦っているのかすら、はっきり見えなかった。さっきまで自分が一流だと自惚れていたことを思い出す。実際、一流の中にも頂点と呼べる人たちがいる。今以上に精を出して修練しなければ、生きている間にこのような宗師と呼べる境界に辿り着くのは夢のまた夢だろう。

まるで無数の魔兵が東から訪れたかの如く、黒い雪が空中に広がった。兵士のように風が力強い唸り声を上げ、けたたましく耳に響き続ける。

辺《ビエン》沿梅《イエンメイ》はぶつかってくる真気によろめきそうになり、自らも真気を巡らせて防御しつつ数歩下がった。以前、辺沿梅《ビエンイエンメイ》は元秀秀《ユエンシウシウ》が今の地位を手に入れたのは、美しさと男のおかげだろうと思っていた。しかし、今の光景を目にしたら、もうそのような考えはなくなった。

晏《イエン》無師《ウースー》と真っ向勝負をして引けを取らない人間など、この世の中にはほとんどいないのだから。

苦しみは本人にしか分からない、とはよく言ったもので、戦いの最中に身を置いている元秀秀《ユエンシウシウ》は、辺《ビエン》沿梅《イエンメイ》が想像するほど楽な状況にはなかった。

既に真気を極致まで巡らせ、双剣は虚と化して手から離れていた。彼女の念じるところまで飛んでいくと、それらは再び剣の姿を取り戻す。しかし、晏《イエン》無師《ウースー》の周囲には見えない引力でもあるのか、双剣が吸い込まれていきそうになり、いかなる攻撃も彼には届かない。

晏《イエン》無師《ウースー》から一つの掌打がふわりと放たれるのを見ると、元秀秀《ユエンシウシウ》は双剣を戻した。ところが次の瞬間、晏《イエン》無師《ウースー》は元秀秀《ユエンシウシウ》が作り出した堅固な剣の幕を避けて、一瞬にして彼女の目の前に現れたのだ。眉を顰めた元秀秀《ユエンシウシウ》は、白く柔らかい手で迎え撃つしかない。

二人が手を打ち付け合ったその瞬間、轟音が響いて剣の幕がにわかに姿を消した。元秀秀《ユエンシウシウ》は急いで後退し、凧のように漂い、根のない浮き草の如く宙を横切る。そして八、九歩後退すると、両足は再びしっかりと地面に着いた。

嫣然と笑いながら、平静を装って元秀秀《ユエンシウシウ》が言う。

「晏《イエン》郎のこの十年の閉関は無駄じゃなかったみたいね。さっきの手合わせで危うく死ぬところだったわ。心の臓が今でもドキドキしてるのよ！」

晏《イエン》無師《ウースー》はその場に立ったまま、追い打ちをかけようとはしなかった。もちろん元秀秀《ユエンシウシウ》を殺すことはできるが、共倒れになって自身も代償を払うことになりかねない。そもそも元秀秀《ユエンシウシウ》が死んで得をするのは浣月宗ではなく、合歓宗にいるほかの者たちなのだから。

元《ユエン》秀秀《シウシウ》も明らかにそれが分かっているようで、すぐに立ち去ることはなかった。

ところが、元秀秀《ユエンシウシウ》は視界に霍西京《フォシージン》の死体を捉えると、微かに顔色を変えた。

「犬を打《ぶ》つにも主人を見るべきでしょ。霍西京《フォシージン》は合歓宗でも結構な立場にいるのに、晏郎《イエン》の手下は霍西《フォシー》京《ジン》を殺したいからといってすぐ殺してしまうものなのかしら？」

辺《ビエン》沿梅《イエンメイ》は、自分が霍西京《フォシージン》を殺したわけではないが、晏無師《イエンウースー》がいるので、元秀秀《ユエンシウシウ》に遠慮する必要はないと思った。

「霍西京《フォシージン》は私の侍従を殺したのに、死ぬべきではないと？　ここ数年、合歓宗は浣月宗の者を何人殺し、傷つけたと思っているのです。元《ユエン》宗主、いっそのことまとめてけりを付けますか？」

それを聞いて、元秀秀《ユエンシウシウ》は笑った。

「そう言うのなら、殺したのはあなたじゃないってことね」

元《ユエン》秀秀《シウシウ》はあっという間に表情を変えて、行動に出た。さっきまでニコニコしていたのに、言い終わらぬうちに、沈嶠《シェンチアオ》の傍に移動し、その喉に手を伸ばした。

沈《シェン》嶠《チアオ》は疲れ切っていた。それこそ霍西京《フォシージン》を殺した後、我慢できず木の下で眠ってしまうほどに。

しかし、武芸者として、危険を察知する感覚と直感はまだ残っている。元秀秀《ユエンシウシウ》が向かってきた時、沈《シェン》嶠《チアオ》は既にその動きに気づいていた。普通なら、まずは目を開けて状況を見てからどう動くかを決めるが、目も開けぬまま片手で木の幹を掴み、その後ろに回り込んで盾にした。

瞬きする程度の間だったが、木の幹に五本の引っ掻き痕が浮かび上がった！

それは元秀秀《ユエンシウシウ》の指ではなく、真気が残したものである。ほんの一瞬でも沈嶠《シェンチアオ》の動きが遅れていたら、この五本の引っ掻き痕は木ではなく沈嶠《シェンチアオ》の首に残されていたことだろう。

しかし、一度避けられたからと言って、次もそう上手くいくとは限らない。一息つく間もなく、二掌目が沈嶠《シェンチアオ》に襲い掛かった。

沈嶠《シェンチアオ》の竹杖はとっくに壊れていて、使える武器はない。もはや逃げる間もなく、沈嶠《シェンチアオ》は自らの手で迎え撃つしかなかった。今、沈嶠《シェンチアオ》の功力は五割程度しか残っていない。普通の手練れが相手ならまだ対抗できるが、元秀秀《ユエンシウシウ》のような宗師級の者が相手では勝ち目はほとんどない。

攻撃がぶつかり合った途端、沈嶠《シェンチアオ》は衝撃で後ろに数歩下がった。五歩目で木の幹にぶつかり、ようやく足が止まる。沈嶠《シェンチアオ》の顔色は悪く、込み上げてきた血をなんとか飲み込んだ。

沈嶠《シェンチアオ》を一撃で倒せなかったことは、元秀秀《ユエンシウシウ》の予想を遥かに超えていた。いくら憎たらしくても、霍《フオ》西京《シージン》は合歓宗の者である。宗主として、彼の仇を討たないわけにはいかない。ただ、沈嶠《シェンチアオ》を片付けるのに二手で十分だと思っていたが、まさか攻撃を受け止められるとは。

元秀秀《ユエンシウシウ》の三掌目が沈嶠《シェンチアオ》を襲う。退路が残されていない沈嶠《シェンチアオ》は、目を閉じて死を待つしかなくなった。

元秀秀《ユエンシウシウ》が最初に手を出してきた時、晏無師《イエンウースー》は止められたはずだったのに傍観に徹し、一切動こうとしなかった。今回もきっと同じだろうと沈嶠《シェンチアオ》は思った。

元秀秀《ユエンシウシウ》は探りを入れるつもりで、一度目の攻撃を仕掛けた。もし晏無師《イエンウースー》が止めに入ろうものなら、二掌目は打ち出せないだろうと思っていたが、彼は何もしなかった。元秀秀《ユエンシウシウ》は、晏無師《イエンウースー》にとってこの男寵はそれほど大切なものでもないのだと思い、くすっと笑って容赦なく三掌目を仕掛けた。沈嶠《シェンチアオ》の命をもって、霍西京《フオシージン》の命を償わせようとしたのである。

ところが、三掌目は状況が変わった。

元秀秀《ユエンシウシウ》は空中に飛び上がり掌を沈嶠《シェンチアオ》の頭頂に叩

き付けようとしたが、その直前に、表情をがらっと変えた。背後から襲ってきた指を、体を無理やり曲げたあり得ない姿勢で間一髪躱す。

元秀秀《ユエンシウシウ》はそのまま春の柳の枝のように軽やかに、足先を傍の木の枝にちょんと触れさせる。そして、白い衣を風にはためかせ、色っぽい笑い声だけを残して、フッと姿を消してしまった。

「晏《イエン》郎は本当に残酷なこと。わたくしはひとまず帰るわ。また日を改めてお話ししましょ！」

晏無師《イエンウースー》が沈嶠《シェンチアオ》を庇ったのは、沈嶠《シェンチアオ》どころか辺沿《ビエンイエン》梅《メイ》にとっても予想外だった。しかし、辺沿梅《ビエンイエンメイ》はそのことには触れず、急いで前に出て晏無師《イエンウースー》に挨拶をする。

「師尊、長安へようこそお帰り下さいました。この弟子が無能なばかりに、今日のようなことが起きてしまいました。どうかお叱りください！」

晏無師《イエンウースー》はそれに返すことなく、沈嶠《シェンチアオ》を助け起こした。

「無事か？」

沈嶠《シェンチアオ》は首を横に振って何も言わない。答えたいが力が残っていないのだ。

晏無師《イエンウースー》は沈嶠《シェンチアオ》を横抱きにしたが、彼は既に半ば気を失っていて抵抗できない。その柔順な様子は普通ではないように見える。

「まずは町に戻ってからだ」

晏無師《イエンウースー》は弟子に言う。

辺沿梅《ビエンイエンメイ》は晏無師《イエンウースー》の行動に、内心驚きを隠せない。

晏無師《イエンウースー》がいかにも弱々しい男と一緒に姿を現した時、辺沿梅《ビエンイエンメイ》は特に何も思わなかった。その男が霍西京《フオシージン》を殺した時、晏無師《イエンウースー》と元秀秀《ユエンシウシウ》の戦いの行方を夢中になって追っていたので、その男の動向に気づかなかった。元秀秀《ユエンシウシウ》が彼に手を出そうとしても、晏《イエン》無師《ウースー》は無関心そのものだったため、同じように手を出さずに傍観していたのだ。

ただ、事態は自分が考えているようなものではない様子で、辺沿梅《ビエンイエンメイ》はわけが分からなくなる。

町に戻る途中、彼は機を窺って晏無師《イエンウースー》に尋ねた。

「師尊、こちらの方はなんとお呼びすれば？」

「こいつは沈嶠《シェンチアオ》だ」

聞き覚えのある名前だと、辺沿梅《ビエンイエンメイ》は視線を下げて考える。

晏無師《イエンウースー》は「玄都山の掌教なのだ」と続けた。

（なんだって⁉）

辺沿梅《ビエンイエンメイ》は仰天した。もう一度沈嶠《シェンチアオ》を見る目は、目玉が飛び出しそうなほどに見開かれている。

沈嶠《シェンチアオ》とは何者か？

玄都山の掌教である。

では、玄都山はどのような場所か？

天下一の道門だ。

世俗と関わってこなかったために、かつての威光は翳《かげ》りを見せつつあるが、そうはいっても、祁鳳《チーフォン》閣《ゴー》という人物を生み出した門派である。玄都山の名前を出せば、誰もが粛然と尊敬の念を抱くほどだ。

しかしそんな門派の……しかも掌教が、なぜ今師尊の腕の中に？

辺沿梅《ビエンイエンメイ》も、沈嶠《シェンチアオ》と昆邪《クンイエ》が戦い、崖から落ちたことを噂に聞いている。けれども、彼は今やほとんどの精力を周国の朝廷内の仕事に注いでいるので、その戦いの観戦に行ってはいなかった。加えて、何かしら事情を知っているであろう師弟の玉生煙《ユーションイエン》は既に半歩峰に修行に行っていたため、彼と会って話を聞く機会もなく、当然辺沿梅《ビエンイエンメイ》はそのいきさつを知らないのだ。

辺沿梅《ビエンイエンメイ》は軽く咳払いをする。

「沈嶠《シェンチアオ》は祁鳳閣《チーフォンゴー》の衣鉢を受け継ぎ、天下の十大に名を連ねていると聞いたことがあります。それなのに、なぜ元秀秀《ユエンシウシウ》のたった三掌にも耐えられないのです？」

「こいつの武功はもう昔の半分しかない。最近は毎晩私に無理強いされて、しっかり眠れていないのだ。昼間、元気がないのも仕方がない」

晏無師《イエンウースー》はさらりと言ったが、辺沿梅《ビエンイエンメイ》はついいろいろと妄想してしまう。

「毎晩私に無理強いされて、しっかり眠れていない」、とは……。

こんな言葉を聞けば、あることないこと考えない方がおかしい。

　実際に、ここ数日沈嶠《シェンチアオ》は晏無師《イエンウースー》に無理やり手合わせに付き合わされていたのだ。沈嶠《シェンチアオ》の潜在能力を引き出そうと、晏無師《イエンウースー》は容赦なく攻撃を仕掛けるので、沈嶠《シェンチアオ》も全身全霊でそれに応え、死の縁から這い上がるしかない。昼間は昼間で晏無師《イエンウースー》に迫られ、魔心と道心の武学的な問題について討論をしていた。そんな日々が何日も続けば体は当然悲鳴を上げる。だからこそ沈嶠《シェンチアオ》は霍西京《フオシージン》を殺した後、我慢できずに眠ってしまったのだ。

　晏無師《イエンウースー》は弟子が何を思っているのか深掘りするつもりがないのか、それともわざと思わせぶりな言い方をしたのかは分からない。とにかく、この話は見事に辺沿梅《ビエンイエンメイ》に大きな誤解を与えた。辺沿梅《ビエンイエンメイ》の沈《シェン》嶠《チアオ》を見る目つきが一変してしまったほどに。

＊　＊　＊

沈嶠《シェンチアオ》が目を覚ますと、少師府にいた。晏無師《イエンウースー》は周帝に召見され、留守にしている。辺沿梅《ビエンイエンメイ》は沈嶠《シェンチアオ》に興味津々で、すぐに帰らずもたもたしながら少師府に留まっていた。そこに召使いが沈嶠《シェンチアオ》が目を覚ましたと報告してきたので、直ちに会いに向かった。

　目を覚ました沈嶠《シェンチアオ》は、眠っていた時とはまるで別人だと辺沿梅《ビエンイエンメイ》は思った。

　昏睡している沈嶠《シェンチアオ》は人畜無害でか弱く、虐めやすそうであった。晏無師《イエンウースー》の腕の中に抱かれている様子を見たら、誰でもその関係を誤解するだろう。

　もちろん、辺沿梅《ビエンイエンメイ》も例外ではない。手下が探ってきた情報に自分で見聞きしたものを加えて、辺《ビエン》沿梅《イエンメイ》は次のような結論を導き出した。

　この玄都山の掌教は昆邪《クンイエ》に負け、たぶん重傷を負ったのだろう。玄都山に帰っては掌教としての面目が立たないと思っていた時、師尊に出会った。沈《シェン》嶠《チアオ》は思わせぶりな態度を見せながら師尊の男寵になり、庇護を受けることになったのだ。とはいえ、他人に自慢できるような話でもないので、自分の身分を明かす勇気もないのだろう。

しかし、目を覚ました沈嶠《シェンチアオ》がきちんとした身なりで卓についているのを見ると、辺沿梅《ビエンイエンメイ》は自分の推測を疑い始めた。沈嶠《シェンチアオ》の顔は相変わらず青白く、目に力がない。極めて美しい顔をしているが、誰かを頼りに生きている男寵の類とはとても結びつかないのだ。

「沈《シェン》掌教は遥々いらっしゃった客人です。ここ数日、師尊はおそらく忙しくされるので、少師府でごゆっくりお過ごしください。何か必要なことがあれば、召使いに伝えていただければ」

「ありがとうございます。ご面倒をお掛けします」

辺沿梅《ビエンイエンメイ》は思わず笑った。

「あなたは師尊が連れてきた方。それに少師府は師尊の住処ですし、私がお世話するのは当然です。面倒などということはないですよ」

この時、辺沿梅《ビエンイエンメイ》は少し失望していた。祁鳳閣《チーフォンゴー》は天下一と評価されていたのに、その弟子はすっかり落ちぶれて、今は男寵にまで身を落としている。何とも嘆かわしいと思えたのだ。もし戦いで死んだのなら残念だが栄誉を授かったとも言えるが、沈嶠《シェンチアオ》はおめおめと生きている。

沈嶠《シェンチアオ》は首を横に振って言った。

「霍西京《フォシージン》を殺したのは、彼の悪行三昧は許されるべきではないと思ったからです。これ以上被害者を出さないためには、彼を亡き者にして無用な殺しを止めるしかなかった。とはいえ、霍西京《フォシージン》はあくまでも合歓宗の門人です。何か面倒なことにならないといいのですが」

沈嶠《シェンチアオ》の言う面倒がその件とは思わず、辺沿梅《ビエンイエンメイ》は呆気にとられ、一拍おいてから言う。

「合歓宗と浣月宗は不仲になって久しい。それに、霍西京《フォシージン》は私の侍従を殺したんです。仇を討ってくれたことを感謝しないといけないくらいですよ」

沈嶠《シェンチアオ》は自嘲の笑みを浮かべる。

「今までの私なら、誰かが人殺しをしようとしているのをきっと善人ぶって止めたでしょうね。ところが、霍西京《フォシージン》のような者を見た途端、私のほうが先に堪えきれなくなってしまった。昔は心を清めて品格を保つよう努めましたが、それは明らかに自分で自分を騙していただけでした」

沈　嶠《シェンチアオ》の顔色は青ざめ、すっかりくたびれた様子だ。自嘲する口調すら弱々しく、まるで力がこもっていない。

辺　沿梅《ビエンイエンメイ》は思わず同情し、沈嶠《シェンチアオ》を慰めた。

「儒家でも言うでしょう。徳をもって怨みに報いるのなら、何をもって徳に報いればいいのか、と。霍《フオ》西京《シージン》は悪辣で、魔門として源を同じくしているとはいえ、私とて寸分も好感を抱いていません。霍西京《フオシージン》が死ねば、多くの人が沈《シェン》掌教に感謝しますよ！」

二人はしばらく話を続けたが、辺沿梅《ビエンイエンメイ》は沈嶠《シェンチアオ》が疲れているのに気づき、暇を告げてその場を後にした。

外に出て冷たい風に頬を撫でられてから、辺沿《ビエンイエン》梅《メイ》はようやく我に返った。最初、沈嶠《シェンチアオ》のことを軽んじていた。しかし、話してみると、自分の見方は間違いで、沈嶠《シェンチアオ》はかなり親しみやすく、思わず親近感を抱かせるような人物だと気づいた。

沈　嶠《シェンチアオ》は明らかに自分の考えていることを察していたはずだ。だからわざわざ霍西京《フオシージン》の死を持ち出したのだろう。そうすれば、辺沿梅《ビエンイエンメイ》に自分が代わりに紀英《ジーイン》の仇を討ったことを受け入れてもらい、同時に彼は晏無師《イエンウースー》の傍にいるが、晏無師《イエンウースー》のモノではないのだと知らしめることができる。
そこまで悟ると、辺沿梅《ビエンイエンメイ》の中に僅かに残っていた沈嶠《シェンチアオ》を軽んじる気持ちも雲散霧消した。

＊　＊　＊

晏　無師《イエンウースー》が戻った時、沈嶠《シェンチアオ》は部屋で碁を打っていた。

相手がいないので、沈　嶠《シェンチアオ》自身が相手だ。片手に白い碁石を、もう片手に黒い碁石を持って目を閉じ、碁盤の線を指で辿りながら、棋譜を思い出す。

一手を打つのにかなりの時間を掛けているが、ほとんどの碁石は、縦横に交差する線が結んだ点にずれることなくきっちりと置かれている。

沈嶠《シェンチアオ》の功力は少しずつ回復しているが、視力は良くなったり悪くなったりを繰り返している。調子がいい時はぼんやりと輪郭が見え、悪い時は何も見えない。沈嶠《シェンチアオ》はこの事実を冷静に受け入れているものの、最悪な事態への備えは怠りない。だから、こうして自分の聴力と周りの物事を感知する力を鍛えているのだ。

晏無師《イエンウースー》は入り口でしばらくその様子を眺めてから、中に入って来た。

沈嶠《シェンチアオ》は初めは気づかず、一心不乱に対局に集中していた。晏無師《イエンウースー》が傍に来て手に持っていたものを座卓に置いてから、ようやく沈嶠《シェンチアオ》は微かに目を開け、視界に現れたおぼろげな人影をじっくりと見つめた。

「晏《イエン》宗主？」

晏無師《イエンウースー》だと分かると、沈嶠《シェンチアオ》は微笑みを向けた。

「今日は外で清都公主《チンドゥーこうしゅ》（皇帝の娘）に会って、結構気に入られたそうだな？」

沈嶠《シェンチアオ》は思わず笑って答える。

「確かにお会いしましたが、気に入られたというほどでは。公主は天の寵児《ちょうじ》ですし、私はただの平民にすぎません。晏《イエン》宗主、ご冗談はよしてください」

長安に来てから、晏無師《イエンウースー》は沈嶠《シェンチアオ》の行動を制限したりはしなかった。沈嶠《シェンチアオ》が願えば、長安の町中をあちこち歩くことができるが、町中だけである。もし町から出ようとすれば、辺沿梅《ビエンイエンメイ》から指示を受けている城門を守る衛兵は沈嶠《シェンチアオ》を引き留めて、すぐさまここに知らせに来るだろう。

晏無師《イエンウースー》は軽く笑う。

「そうとも限らぬぞ。確か、お前は玉生煙《ユーションイエン》と鄴城へ行った時、韓鳳《ハンフォン》の娘に会ったのだろう？　その時も下にも置かない扱いだったそうではないか。残念だが、清都《チンドゥー》公主は真面目な性格だ。もしお前が私のところに住んでいると知れば、きっとお前をきちんとした者だと思わぬ。みすみす良縁を逃してしまったな。でなければ公主を娶り、朝廷の力を借りて玄都山に戻ることも難しくはないだろうに」

沈嶠《シェンチアオ》は仕方がなく、「晏《イエン》宗主はずいぶんとお暇なのですね。私は清都《チンドゥー》公主と少し話をしただけです。

なぜそのように言うのですか？」と問い掛ける。

晏無師《イエンウースー》は沈嶠《シェンチアオ》の頬を撫でて、浮ついた口調で言う。

「清都《チンドゥー》公主を、誰に会っても親切に話をする平民の娘だとでも思っているのか？　お前にはもう武功も身分もないが、顔がある。その美しさなら、多くの艶福《えんぷく》が訪れるぞ。あの穆提婆《ムーティーポー》とやらも、艶福の一つだっただろう？　今後出掛ける時は、名門の女のように絹付きの笠でも被ったらどうだ。そうすれば、悪縁を避けられるからな。さもないと、私の男寵が外で片っ端から人の気を引いているという噂が広まり、私の面目が潰れる」

晏無師《イエンウースー》がこのように興に乗って沈嶠《シェンチアオ》をからかうのは、気分がすごくいい時か、かなり悪い時だ。

ただし、今どちらなのかを沈嶠《シェンチアオ》は知るよしもない。

案の定、晏無師《イエンウースー》は次の瞬間こう尋ねてきた。

「良い知らせと悪い知らせがある。どちらを先に聞きたい？」

「良い知らせというのは、私にとっての、ということでしょうか？　それとも、晏《イエン》宗主にとって？」

「当然お前にとっての、だ。そんな疑いを抱かれると、私は悲しくなるぞ」

晏無師《イエンウースー》は声を低くし、口説くような口調でそう言いながら沈嶠《シェンチアオ》との距離を縮めてきた。

何度このような状況になっても、沈嶠《シェンチアオ》は慣れることはなかった。すぐに顔を反らし、頬に吹きかけられる温かい吐息から逃れようとする。

しかし、顔は逃がせたが、耳は一瞬後れを取った。瞬く間に沈嶠《シェンチアオ》の耳殻から耳たぶまでが薄っすらと朱に染まる。

それは白い玉に浮き上がる緋色の痕のようだ。見た者は誰でも触れたいと思うだろう。晏無師《イエンウースー》も欲望のままに手を伸ばしたが、沈嶠《シェンチアオ》は手を出して遮る。

そして二人は、一人が座り一人が寄りかかるような姿勢のまま、瞬時に数十手を交わすが、力尽きた沈《シェン》嶠《チアオ》は最後、すっぽりと晏無師《イエンウースー》の腕の中に包み込まれた。

しかしすぐに晏無師《イエンウースー》はチッと舌を鳴らし、「お前は痩せすぎだ。抱いていても気持ち良くないぞ」と言って、沈嶠《シェンチアオ》を突き放した。

「……」

言葉を失った沈嶠《シェンチアオ》に晏無師《イエンウースー》は続ける。

「だが、手の触り心地はいいな」

沈嶠《シェンチアオ》のほっそりと長い指は、病のため冷たく透き通っている。羊脂玉《ようしぎょく》（宝物として珍重された石の一種）さながらで、晏無師《イエンウースー》が思うがままに弄るとひんやりとしたそれは熱を持ち、ますます心地よくなった。

晏無師《イエンウースー》は気まぐれで、相手の気持ちを顧みない。自分が心地良ければ、沈嶠《シェンチアオ》がどう思おうがお構いなしだ。沈嶠《シェンチアオ》が不機嫌になれば、面白がって行動に拍車をかけるだろう。

果たして、晏無師《イエンウースー》は視線を上げて沈嶠《シェンチアオ》の表情を窺い、笑いながら問う。

「阿嶠《アーチアオ》、ご機嫌斜めだな。玄都山についてあることを教えようと思っていたのだ。知りたくないか？」

その隙に、沈嶠《シェンチアオ》は晏無師《イエンウースー》の指を弾いて手を引き戻し、袖に入れて二度と出すまいと構えた。

晏無師《イエンウースー》は残念そうに袖を一瞥してから言う。

「お前はあの日玄都山から離れたから、玉台論道の一部始終を見ていない。全くもったいないことをしたものだ。どうやら初めて表《おもて》に顔を出した純陽観の易辟塵《イービーチェン》の弟子李青魚《リーチンユー》が、雪庭《シュエティン》の弟子蓮生《リエンション》と臨川学宮の何思咏《ホースーヨン》、それから、玄都山の長老二人まで倒したらしい。最終的にお前の郁《ユー》師弟は自ら手を出さざるを得なくなり、かろうじて李青魚《リーチンユー》に勝ったが、差は半手ほどだった。そういうわけで、青城山純陽観の李青魚《リーチンユー》はその驚くべき腕前でたちまち天下に名を馳せたのだ」

それを聞いて、沈嶠《シェンチアオ》は驚いた顔をする。

「李青魚《リーチンユー》？　確か、易辟塵《イービーチェン》の最後の弟子で、あまり人前には出ないと聞いたことがありますが」

「その通り。玄都山の玉台論道は、奴が初めて名を成した一戦となった」

蓮生《リエンション》も何思咏《ホースーヨン》も、江湖の若い世代では有数の高手だ。天下十大には及ばないが、江湖全体から見ても、彼らを倒せる者はほとんどいない。

最終的には郁藹《ユーアイ》に負けてしまったが、郁藹《ユーアイ》の地位と経歴を考えれば、李青魚《リーチンユー》があと半手で負けたのは屈辱ではなくむしろ栄誉なのだ。

郁藹《ユーアイ》は祁鳳閣《チーフォンゴー》の弟子であり、祁鳳閣《チーフォンゴー》の武功は天下一だった。その郁藹《ユーアイ》に半手差だったのだから、李《リー》青魚《チンユー》の腕前は郁藹《ユーアイ》に迫っているということだ。程なく追い越せるかもしれない。李青魚《リーチンユー》は若く、世間に出たのもこれが初めてである。それなのに、これほどの腕前で世間に爪痕を残した。天下一になるのも夢ではないだろう。

一方、玄都山といえば、確かに理由があるとはいえ、沈嶠《シェンチアオ》は昆邪《クンイエ》との戦いに負けた。沈嶠《シェンチアオ》が足を掬われることになった内情を知らない部外者は皆、沈《シェン》嶠《チアオ》は有名無実で、その師に遥か及ばないと思っている。そして郁藹《ユーアイ》は天下の宗門を玄都山に招き、玉台論道を開催した。これは明らかに、玄都山が俗世に入ることを正式に宣言するためであり、ついでに評判を上げて天下の人々に威厳を示すためでもある。


ところが、そこに李青魚《リーチンユー》が現れ、玉台論道は玄都山が改めて名を馳せるのではなく、李青魚《リーチンユー》が名声を上げる場となってしまった。

だからといって、玄都山が二流、三流の門派に成り下がったわけではないが、始まりがこれでは縁起が悪いと郁藹《ユーアイ》たちは思うだろう。世間の人々が玄都山の名を口にする時も、以前のように手放しで賞賛することが減り、どうしても煮え切らない態度になりがちになった。

そもそも、祁鳳閣《チーフォンゴー》は一人しかいないのだから、彼がいなくなれば、玄都山はもはや昔の名声を取り戻せない。だからこそ、山を封じて世間に干渉しないようにしていたのだろう。おそらく祁鳳閣《チーフォンゴー》は弟子たちが腑抜けばかりだととっくに気づいていたから、仕方なくそんな愚かな策に出たのだ。

これは、世間の人たちの一致した見解だった。賢い沈嶠《シェンチアオ》は晏無師《イエンウースー》のほんの二、三言で、そのあとの出来事全てを察して言う。

「易辟塵《イービーチェン》が晩年、弟子を一人取ったのは以前聞いたことがあります。生まれつき極めて才能のある者で、高手になる資質を持ち、十五歳にして純陽観にある全ての典籍を読み尽くして記憶したと。しかし、当時易辟塵《イービーチェン》はその弟子の披露目をせず、代わりに彼に西域の崑崙《こんろん》一帯を遊歴するように命じたそうです。こうしてみると、易辟塵《イービーチェン》は確かに深謀遠慮《しんぼうえんりょ》を巡らしていますね。〝十年一剣を磨く〟とは、まさにこのこと。その剣が鞘から出れば、きっと大いなる輝きを放つでしょう！」

晏 無師《イエンウースー》は不思議そうに問う。

「お前はいつもお人好しでいたがる。今回のことで、玄都山の天下一の道門という名声はほかに移るやもしれぬぞ。お前の師弟は大損をし、門派は恥をかいた。なのにお前は悲しむどころか、李青魚《リーチンユー》をそこまで褒め称えるのか？」

「郁藹《ユーアイ》は思い上がっていて考えが過激なのです。教訓として多少痛い目を見てもいいでしょう。この世に永遠の天下一などありません。人生には起伏が付きもので、門派も同様です」

晏 無師《イエンウースー》は「ずいぶんと割り切っているのだな」と笑った。

「晏《イエン》宗主、先ほど良い知らせと悪い知らせがあるとおっしゃっていたでしょう。良い知らせは何です？」

「良い知らせは今言っただろう。李青魚《リーチンユー》が玄都山の注目をさらい、お前の郁《ユー》師弟は大恥をかいた。お前にとっては良い知らせではないか？」

沈 嶠《シェンチアオ》は少し呆れて、「では、悪い知らせは？」と聞き返す。

「悪い知らせは、お前が心配していたことがついに起きたということだ。郁藹《ユーアイ》と突厥人は、どうやら本当に繋がっているらしい」

沈 嶠《シェンチアオ》は眉を寄せて、「それはどういうことです？」と続きを促した。

晏 無師《イエンウースー》はわざとそこでしばらく黙った。沈嶠《シェンチアオ》が堪らず体を寄せ、催促するような顔をすると、やっとゆっくりと口を開く。

「玉台論道の後、爾伏可汗《アルフー》の使者が玄都山に行き、東突厥に人を遣わして講義をしてほしいと頼んでいたのだ」

沈 嶠《シェンチアオ》の眉間の皺が深まる。

「爾伏《アルフー》可汗が誰か、知っているか？」

沈 嶠《シェンチアオ》は黙って頷いた。

このところ、沈嶠《シェンチアオ》は無為に時間を過ごしていたわけではなく、『朱陽策』を会得しようとするのと同時に、天下の大事にも気を留めるようにしていた。

突厥の繁栄の勢いは、周国や斉国すら、うわべだけとはいえ調子を合わせようとするほどだ。しかし、突厥の体制は漢制とは大きく異なる。佗鉢《トゥオボー》可汗は確かに突厥の最高統治者ではあるが、突厥の東と西は甥と弟にそれぞれ統括させている。

その東を治める爾伏《アルフー》可汗こそ、佗鉢《トゥオボー》可汗の甥・摂《ショー》図《トゥー》だ。

聞くところによると、この人物は志が大きく、少しも佗鉢《トゥオボー》可汗に劣っていない。決してどこにでもいるような凡庸な人物ではないらしい。

玄都山は突厥から遠く離れ、長きに亘って世俗のことに関わってこなかった。にもかかわらず、世に入った途端に突厥と繋がれば、何か裏があるのではないかと勘ぐられても仕方ない。沈嶠《シェンチアオ》は、郁藹《ユーアイ》が昆《クン》邪《イエ》と手を組んで自分が崖から落ちるように画策したことを思い出した。

しかし、突厥に近づくことで、玄都山にどんな利益がもたらされるのだろう？

「郁藹《ユーアイ》は虎に皮をくれと相談しているようなもの（悪人相手に無謀な相談をすることのたとえ）です」

沈 嶠《シェンチアオ》の言葉に、晏無師《イエンウースー》は軽く笑った。

「そうとも限らんぞ。突厥は強く、繁栄しているのだ。開戦を避けるためなら、どこの国だって奴らに譲歩する。周帝すら、突厥出身の皇后を娶っているだろう？」

沈 嶠《シェンチアオ》は首を横に振る。

「周帝は宇文護《ユーウェンフー》から政権を奪ってから久しいですし、周囲で身の毛もよだつ出来事も多く目にしているでしょう。それもあって、突厥の影響を受けないようわざと阿史那《アーシーナー》皇后を冷遇し、距離を取っていると聞きました。この点からしても、かなり賢明な方だと分かります。郁藹《ユーアイ》は確かに賢いですが、玄都山は長年外界と関係を断っていました。しかも郁藹《ユーアイ》は自身の腕前を過信しています。突厥人に近づけば、おそらく返り討ちに遭うのがおちでしょう」

晏 無師《イエンウースー》はさっき卓についた時に置いた書状を指でつまみ上げて、沈嶠《シェンチアオ》の胸元に押し付けた。

「お前は今や、玄都山にとっては捨て駒だ。そこまで考える必要などないだろう？　ここに寿宴の招待状がある。私には行く暇がないが、お前はきっと興味を持つと思うぞ」

部屋は蠟燭が灯っているだけで薄暗かったので、沈 嶠《シェンチアオ》は目を開けてじっくり見ることはせず、書状を受け取って指でしばらく摩った。沈嶠《シェンチアオ》の指の皮膚はきめ細かく滑らかで、紙に微かに浮き出ている墨の痕だけで、〝蘇威《スーウェイ》〟という二文字を探り出した。

沈 嶠《シェンチアオ》は怪訝そうに首を傾げ、「この方は？」と尋ねる。

「蘇無畏《スーウーウェイ》こと蘇威《スーウェイ》は、美陽県公《びようけんこう》という爵位を与えられている。宇文護《ユーウェンフー》の娘を娶り、本来であれば宇文《ユーウェン》護《フー》の失脚の巻き添えを食らうはずだったが、もとより才能がある男なのだ。周帝もこのような人材を好んだので、奴を重用しようとした。とはいえ、蘇《スー》威《ウェイ》本人は病を言い訳に断り、家で勉学に励んでいる。その母親が明後日、五十の寿宴を行う。皇帝も贈り物を届けたほどだ。だが――」

晏 無師《イエンウースー》は急に話を変える。

「蘇威《スーウェイ》には蘇樵《スーチアオ》という江湖者の実弟がいる。この弟、誰に師事していると思う？」

沈 嶠《シェンチアオ》が真剣に聞き入っているのを見ると、晏無《イエンウー》師《スー》はまた彼の指を弄ろうと手を伸ばす。

沈 嶠《シェンチアオ》はそれをとっくに予測していたので、手を背後に回してしまった。ややあって、自分の行為がどうも子どもっぽいと気づいたのか、手を袖の中に隠したまま前へ戻した。

晏 無師《イエンウースー》はチッチッと舌を鳴らした。

「食事も住処も私が与えて、これほど多くの情報も渡したのだぞ。少しくらい触らせてくれてもいいだろう。ずいぶんけちだな！」

沈嶠《シェンチアオ》は落ち着いた様子で答える。

「晏《イエン》宗主が望むのであれば、この家にいる無数の美しい方々が自ら奉仕を願い出るでしょう」

「阿嶠《アーチアオ》、お前は本当につまらん男だ！」

悪態をつきながらも、晏無師《イエンウースー》は沈嶠《シェンチアオ》に続きを語った。

「蘇樵《スーチアオ》は純陽観の弟子。まさに、あの郁藹《ユーアイ》に半手で負けた李青魚《リーチンユー》の師兄だ」

沈嶠《シェンチアオ》は少し考えて口を開いた。

「李青魚《リーチンユー》は名が広まっているので私も聞いたことがありますが、その蘇樵《スーチアオ》という名は聞き覚えがありません」

「蘇樵《スーチアオ》は高貴な家柄の出身だ。上には父親代わりの兄蘇威《スーウェイ》がおり、当然李青魚《リーチンユー》のように派手に振る舞うことはできん。だが、蘇樵《スーチアオ》と李青魚《リーチンユー》は師兄弟だから、李青魚《リーチンユー》はおそらく蘇《スー》兄弟の母の寿宴に来るだろう。玄都山に一人で挑み、あわやお前の師弟をも凌ぐかという優れた新参者を見てみたくはないか？」

沈嶠《シェンチアオ》は書状の筆跡を撫でながら、そっと頷いた。

「分かりました。ありがとうございます、晏《イエン》宗主」

晏無師《イエンウースー》が笑う。

「私は蘇《スー》家と交流がない。ただ、立場的に奴らは私を招待せざるを得ないので書状を送ってはきたが、もとから私が行くとは思っていないだろう。お前が行くのであれば、私の代わりに贈り物を届けてくれ。そうすれば礼儀を尽くしたことになる」

晏無師《イエンウースー》のような人間が礼儀を気にかけるなど、かなり奇妙に思えたが、沈嶠《シェンチアオ》は深く考えることなく「はい」と答えた。

第六章　宴へ

蘇威《スーウェイ》は名家の京兆蘇氏《けいちょうスー》の出身である。父蘇綽《スーチュオ》は西魏の名臣で、妻は宇文護《ユーウェンフー》の娘だ。もっと詳しく言えば、蘇威《スーウェイ》の妻は周帝の姪にあたる。周帝は宇《ユー》文護《ウェンフー》を誅殺《ちゅうさつ》したが、その家族には手を出さず、この姪のことも何かと面倒を見ていた。

名家の多くは皇室と婚姻によって関係を結ぶが、その繋がりは往々にして無数の糸が絡み合うように極めて複雑で、蘇《スー》家も例外ではない。蘇《スー》兄弟の母親の誕生日には、多数の賓客がひっきりなしに祝いに訪れた。家の門の前を多くの馬車や馬が行き来して道を塞ぐので、人の通行を邪魔しないようにと、蘇《スー》家から交通を整理する者を一人置かなければならないほどだった。

沈嶠《シェンチアオ》を乗せて太子少師府の馬車が到着した時、中で客をもてなしていた蘇威《スーウェイ》は大いに驚いた。

晏無師《イエンウースー》は朝廷で実質的な職務についているわけではない。しかし、周帝は浣月宗を重視している。その昔宇文護《ユーウェンフー》を誅殺し、政権を奪うことができたのは浣月宗の助力があってこそという話もあるほどだ。蘇威《スーウェイ》は典型的な文人で、官吏を務めるつもりはないが、敵を作るつもりもない。晏無師《イエンウースー》に招待状を送ったのは、礼を尽くしたまでのことで、まさか本当に少師府から人が来るとは思わなかったのだ。だから、馬車の到着の知らせを受けるや否や、蘇威《スーウェイ》はすぐさま出迎えに外へ出た。

馬車から降りてくる人を見て、蘇威《スーウェイ》は呆気に取られた。

いくら晏無師《イエンウースー》とはほとんど面識がないとはいえ、目の前の人物は絶対に晏無師《イエンウースー》ではないことは分かる。

「ご高名をお伺いしても……？」

「沈嶠《シェンチアオ》と申します。晏《イエン》宗主は陛下に召見されて手が空いておらず、代わりにお祝いに参りました。どうかご了承いただければと」

その説明に納得して、蘇威《スーウェイ》は笑った。

「そうでしたか。さあ、どうぞ中へ」

相手を中に迎え入れたものの、蘇威《スーウェイ》はまだ訝しむ気持ちを抑えられない。

晏 無師《イエンウースー》が江湖者であることは、蘇威《スーウェイ》も知っている。浣月宗が多くの人に魔門と称されているのも、弟の蘇樵《スーチアオ》から聞いたことがある。しかし、目の前のこの沈嶠《シェンチアオ》という人物は、江湖者のようには見えなければ、朝廷の官吏のようにも見えない。病弱そうだが仙風道骨《せんぷうどうこつ》（並外れてすぐれた風采）である。晏無《イエンウー》師《スー》は知り合いの文人でも寄越したのだろうか？

蘇威《スーウェイ》だけではない。主人が自ら出迎え、目の見えない人を連れて戻ってきたのを見た客たちも、首を傾げている。

晏 無師《イエンウースー》は周国ではとても有名だが、実際に会ったことのある者はあまりいない。蘇威《スーウェイ》に案内されて歩いてくる沈嶠《シェンチアオ》を見て、皆彼を浣月宗の宗主だと思い込んだ。ところが、気軽に誰かに話し掛けたりしないことで知られる清 都《チンドゥー》公主が、自らこの人物に歩み寄り、声を掛けているではないか。人々はますます好奇心をかきたてられた。

蘇樵《スーチアオ》の関係で、この場には代々官吏を務める世家の者以外に、江湖者たちもいた。

純陽観の観主である易辟塵《イービーチェン》は来ていないが、弟子の李青魚《リーチンユー》に出席させていた。李青魚《リーチンユー》は先日の玄都山の玉台論道で大いに名を馳せ、もはや知らない者はいない。純陽観は玄都山に取って代わるほどの勢いを見せているので、多くの者があやかろうとして李《リー》青魚《チンユー》の周りに集まっていた。

蘇樵《スーチアオ》と李青魚《リーチンユー》という師兄弟は仲が良い。蘇樵《スーチアオ》は李《リー》青魚《チンユー》に蘇《スー》家と代々付き合いがある人を紹介し、李青《リーチン》魚《ユー》も自らの師兄がもっと知られるよう、江湖者たちと世間話をする時は蘇樵《スーチアオ》を交えていた。

沈 嶠《シェンチアオ》は、清 都《チンドゥー》公主に共に座るよう誘われたが遠回しに断り、主人が手配した席についた。

晏 無師《イエンウースー》の名代である沈嶠《シェンチアオ》に用意されたのは、当然上席である。隣にいた客人は沈嶠《シェンチアオ》の目が不自由であるのに気づくと、料理を運んできた侍女にわざわざ声を掛け、沈嶠《シェンチアオ》が料理を取りやすいように、彼の右手側に料理を置くよう指示した。

沈嶠《シェンチアオ》はその好意に感謝を述べた。

「お気遣いいただき、ありがとうございます。私は沈嶠《シェンチアオ》と申します。なんとお呼びすれば？」

客人は笑って答える。

「大したことはしておりません。一言口を挟んだだけですから、お気になさらないでください。私の苗字は普六茹《プーリウルー》、名前は堅《ジエン》の一文字です」

普六茹堅《プーリウルージエン》は、沈嶠《シェンチアオ》の身分や来歴を尋ねず、目が不自由なことについても好奇心を示したり、心配したりすることはなかった。代わりに、主人の蘇威《スーウェイ》はかなり仕事ができて名望があること、同時に詩賦《しふ》（詩歌と辞賦）に精通しており、律法にも長けていることを話した。その言葉の合間からは、隠し切れない尊敬の念が滲み出ている。

詩賦や文学の話になると、どうしても仏道儒法（法は法治主義を唱えた法家のこと）などの諸子百家の思想に話が及ぶ。周国では元々仏門が重んじられ、宇文護《ユーウェンフー》が政権を握っていた時は雪庭《シュエティン》和尚を国師にしていたほどだった。今、周帝には宇文邕《ユーウェンヨン》が即位し、全力で宇文護《ユーウェンフー》が残した影響を排除しようとしているが、民が仏を崇拝する風習はすぐに変わるものではない。普六茹堅《プーリウルージエン》自身は仏を信じているが、道教を否定することはなく、かなり興味を持っている。そんな彼も、沈嶠《シェンチアオ》がこれほどまでに道家の学問を研鑽しているとは思わなかったようだ。話が進むにつれて二人は古くからの知り合いのように意気投合して、互いに好感を抱いた。

二人が打ち解けて話に花を咲かせていると、清都《チンドゥー》公主がまた沈嶠《シェンチアオ》を招くために人を寄越した。それを見て、普六茹堅《プーリウルージエン》は沈嶠《シェンチアオ》をからかう。

「あの清都《チンドゥー》公主をへりくだらせる者など、この都には滅多にいない。話が広まればどれほどの者が羨ましがるか」

沈嶠《シェンチアオ》は、「お恥ずかしいところを」と答えた。

「蘇威《スーウェイ》の弟蘇樵《スーチアオ》は純陽観に属していると聞いた。今日多くの江湖者が来ているところを見るに、おそらく純陽観の面子を立てるためだろう」

「全員ご存じですか?」

「昔は自由な江湖者に憧れ、彼らを真似て数年あちこちを馬で放浪していたものでね。顔見知りも何人かはいるんだ」

「誰が誰なのか、ご紹介いただいても?」

そう問いかけた沈嶠《シェンチアオ》に、普六茹堅《プーリウルージエン》は朗らかに「お安い御用だ!」と答えて紹介を始めた。

「蘇樵《スーチアオ》は知っているだろう。その隣にいるのが李青《リーチン》魚《ユー》だ。この二人は青城双璧《せいじょうそうへき》と呼ばれている。ただ、名声から言えば、李青魚《リーチンユー》のほうが大きい。先日の玄都山での活躍も聞いているだろう? 彼らと一緒に話をしているのは長孫晟《ジャンスンション》と言って、終南派《しゅうなんは》に属している。終南派はそこまで有名ではないが、長孫晟《ジャンスンション》は名家の出身で射術に飛び切り優れており、敵う者は少ない。その隣にいる黄色い服の者が、竇燕山《ドウイエンシャン》だ」

沈嶠《シェンチアオ》は「ん?」と声を漏らして、「六合幇の幇主の、ですか?」と問いかけた。

「まさしく」

過日出雲寺では、『朱陽策』の妄意巻を奪おうといろいろな人間が手を出してきた。その結果、六合幇が苦労して護送していた物は、晏無師《イエンウースー》によって粉々にされてしまった。雲拂衣《ユンフーイー》たちは沈嶠《シェンチアオ》が読み上げた内容を聞いていたとはいえ、彼らが帰ってから書き写したものに全く誤りがないとは限らない。晏《イエン》無師《ウースー》のやり方は、人の心を手中で弄ぶようなもので、きっと竇燕山《ドウイエンシャン》も晏無師《イエンウースー》をひどく憎んでいるだろう。

ただ、晏無師《イエンウースー》ではなく沈嶠《シェンチアオ》が来ていると気づいた竇燕山《ドウイエンシャン》は、沈嶠《シェンチアオ》を一瞥するに留めた。座ったまま、挨拶にくるつもりはないようだ。

普六茹堅《プーリウルージエン》は続ける。

「雪庭《シュエティン》禅師は元々宇文護《ユーウェンフー》が取り立てた国師。その関係で、宇文護《ユーウェンフー》が死んでも蘇《スー》家と深く関わっている。本来なら祝いにくるはずだが、どういうわけかまだ来ていない。それに弟子も遣わさないとは、少し妙だな。あっちにいる一男一女は、泰山碧霞宗と方丈州《ほうじょうしゅう》瑠璃宮《るりきゅう》の者だろう。どちらも純陽観と仲良くしているから、その面子を立てるために来たのかもしれない。あとは平凡な門派の取るに足らない者ばかり。知ったところで役に立たないだろうから、言うだけ無駄だ」

普六茹堅《プーリウルージエン》が紹介しなかった人々の中には、江湖で名のある手練れも多くいた。しかし、普六茹堅《プーリウルージエン》にとっては、いてもいなくても変わらないという。まさに、強者が王となる、という江湖の規則そのものだ。彼らは自分の生活圏では水を得た魚のように活躍しているかもしれないが、普六茹堅《プーリウルージエン》が普段関わっているのは周国の上層、頂点に立つような人々である。それに比べれば、眼中にないのも当然だろう。

沈　嶠《シエンチアオ》は普六茹堅《プーリウルージエン》が言った人々を全員覚えた。とはいえ、視力が回復しきっておらず、距離もあって相手の顔をはっきり見て取れないため、服の色と体つき、そして振る舞いを記憶するしかなかった。

二人が話していると、入り口にまた新たに二人の人物が現れた。沈嶠《シエンチアオ》はなんだか見覚えがあると思った。彼らが主人との挨拶を済ませて周囲を見渡すと、ちょうど沈嶠《シエンチアオ》と目が合う。

片方の謝湘《シエシアン》は一瞬きょとんとして、会釈するだけに留めたが、その隣にいた展子虔《ジャンズーチエンシエンチアオ》は沈嶠のほうにやってきた。

「沈《シエン》郎君、来ていたんですね！」

沈　嶠《シエンチアオ》も笑いながら、「展《ジャン》殿、偶然ですね！」と答える。

「本当ですよ」

展　子虔《ジャンズーチエンシエンチアオ》は沈嶠に悪くない印象を抱いている。隣に座ってじっくり話をしようとしていると、謝湘《シエシアン》がやってきた。

「師兄、主人はすでに座席を決めているはずですよ。そうやって適当に座っては、失礼にあたるかと」

そう言われては、展子虔《ジャンズーチエン》も引き下がるしかない。

「ここで沈《シエン》郎君にお会いできるなんて、私は本当に運がいい。ちょうどお願いしたいことがあったので、どうか宴のあと、少々お時間をいただけませんか」

沈　嶠《シエンチアオ》は臨川学宮とは全く無関係で、展子虔《ジャンズーチエンシエン》も沈嶠《チアオ》の身分を知らない。二人が出会ったのも偶然だったので、沈嶠《シエンチアオ》はどんな頼み事をされるのか全く想像がつかなかった。それでも、沈嶠《シエンチアオ》は「分かりました」と頷いた。

謝湘《シエシアン》と展子虔《ジャンズーチエン》がその場を後にすると、普六茹堅《プーリウルージエン》が口を開いた。

「臨川学宮は陳国に確固たる地位を築いていて、自分のことを偉いと思い込んでいる節があるんだ。あの謝湘《シエシアン》を見れば分かる。今、周は陳と手を組み、斉を征伐しようとしているから、あの二人もおそらく陳国の使者と一緒にここへ来たのだろうな。ただ、この長安において、彼らはそれほど大きな勢力ではないのだから、そこまで礼儀正しくする必要は全くないぞ」

沈嶠《シエンチアオ》は笑う。

「謝湘《シエシアン》は確かに少し不遜なところがありますが、展《ジャン》子虔《ズーチエン》は温厚ですよ」

謝湘《シエシアン》と手を交えたあの日、謝湘《シエシアン》は他者を巻き込まないようわざと戦いの範囲を狭めていた。彼は性格こそ不遜だが、心は優しいのだ。だから、傲慢な態度を取られても、沈嶠《シエンチアオ》はそれほど不快には感じなかった。

そうこうしているうちに、寿宴が始まった。

この時、賓客はほとんど揃っていた。席を埋め尽くすほどに多い賓客の中には、皇族や名家に加えて、様々な門派の江湖者もいるという、滅多に見られない光景である。全て蘇威《スーウェイ》、蘇樵《スーチアオ》の兄弟の人脈ゆえだった。

今の風潮は昔に比べれば開放的である。広間の中央には小さな屏風が置かれ、形ばかりに男女を隔てているが、賓客の前にはそれぞれ卓が置かれていて、男女は同じ部屋で食事ができる。女性客は蘇威《スーウェイ》の妻がもてなしていた。蘇威《スーウェイ》の母親である秦《チン》老夫人は少し上方にある主人の席に座り、その下の左右に座っているのは蘇威《スーウェイ》、蘇樵《スーチアオ》の兄弟だ。侍女が酒や料理を次々と運び込み、賓客も主人も和やかに話に花を咲かせて楽しんでいる。

楽師たちは瑟《しつ》（古代中国の撥弦楽器の一種）を弾き、簫《しょう》を鳴らし、踊り子たちは華麗な服をはためかせて踊る。沈嶠《シエンチアオ》ははっきりとは見えないものの、女性たちが麗しくしなやかに、服の裾や帯をひらひらと舞わせている様子は分かった。まるで天女が下界を訪れ、道端に花でも咲かせたかのように美しい。このように神聖でありながら人々を魅了する踊りは、今流行りの胡舞（胡人の踊り）や戎舞《じゅうぶ》（西部の少数民族の踊り）とは全く異なる。また、陳国の、「踊り子が恥じらう美女のように頭を下げ、反らした顔を両袖で隠し、秋風が吹いたかのように玉のかんざしが揺れる」と形容される楽舞とも違う。賓客たちは、物珍しさに喝采した。酒も進み、普段から踊りを好む客人などは盛大に手拍子をし始めた。

　普六茹堅《プーリウルージェン》は興味を持っている様子の沈嶠《シェンチアオ》を見て、楽舞について説明をした。

「この舞曲は『小天《しょうてん》』といって、亀茲《きじ》（かつて中央アジアに存在したオアシス都市国家）のものだ。亀茲が滅亡した後、曲が中原に伝わった。亀茲人は仏を崇拝していたから、この曲の中にも仏門の色が濃く表れている」

　沈嶠《シェンチアオ》はハッとして笑いながら言った。

「だからこの踊り子たちは肩やお腹を出し、きらびやかな装身具を多く着けているのですね。亀茲の様式でしたか！」

　普六茹堅《プーリウルージェン》も笑いながら「いかにも」と答えた。

　和やかな雰囲気の中、一人の召使いが慌ただしく入ってきて、小走りで蘇威《スーウェイ》のほうに向かう。そして蘇威《スーウェイ》に何事かを耳打ちした途端、蘇威《スーウェイ》は微かに顔色を変え、合図をした。

　楽器が最後に一つ長い音を奏でた後、踊りも曲も止まった。賓客たちは果てのない極楽の世界から引き戻され、何事かと主人に視線を向ける。

　蘇威《スーウェイ》は立ち上がり、拱手した。

「皇后陛下が母の誕生日だとお知りになり、わざわざ祝いの贈り物を届けさせてくださいました。皆様、少々お待ちください。使者をお迎えいたしました後、またおもてなしいたしますゆえ」

　周国の皇后は阿史那《アーシーナー》という苗字で、周帝が突厥を抱き込もうと娶った突厥人である。皇帝からは既に母親の誕生日の贈り物が届けられているので、本来なら、普段蘇《スー》家と交流がない皇后の出番はないはずだが、なぜかわざわざ人を遣わし、贈り物を届けさせた。

客たちは何が起きているのか全く理解できず、お互いに顔を見合わせる。

とはいえ、皇后の使者が来たからには、蘇威《スーウェイ》は主人としてきちんと出迎えなければいけない。その場にいた人たちは皆姿勢を正して入り口のほうに視線を向けた。

蘇威《スーウェイ》が裾を整えて外へ出ようとすると、外から朗らかな笑い声が聞こえてきた。

「美陽県公殿、わざわざ出迎えてもらう必要などない。勝手に邪魔させてもらうぞ！」

その場にいるほとんどの者たちにとって聞き覚えのない声だったため、客たちは一様に、ずいぶんと無礼な者が来たものだと困惑顔だ。沈嶠《シェンチアオ》だけは、なんとなく雲行きが怪しく感じられて、微かに眉を寄せている。

入ってきたのは若い男だった。頬ひげを生やし背が高く、逞しい体格だ。中原の服を着ているが、どことなく凶暴な雰囲気を纏っていた。

鋭い瞳には力がみなぎり、攻撃的な印象を与える。男は部屋に入ると蘇威《スーウェイ》には目もくれず、辺りをぐるりと見渡した。

その視線を受けた者は、江湖者以外例外なしに目を逸らした。口では何も言わないが、心中で不快に思っているのが分かる。

普六茹堅《プーリウルージエン》は「ん？」と漏らしてから、小声で呟いた。

「あの男は威勢がよく強そうだな。おそらく先天高手だ。だがなぜ私は、今まで長安でこの者を見かけなかったのだろう？」

蘇威《スーウェイ》は男に問いかけた。

「皇后陛下にご配慮いただき、蘇《スー》家一家、とても感激しております。そちらのお方、ご高名をお伺いしても？」

男はフッと笑った。

「俺は段文鴦《ドワンウェンヤン》。なに、そこまで畏まらずともよい。

御母堂の名は広く知られており、皇后陛下もとうに耳にされていた。会いたくともなかなか縁がなかったが、今日は誕生日だと聞き、気持ちを表すためにも、ささやかな贈り物を届けるよう俺に申し付けられたのだ」

　蘇威《スーウェイ》は拱手して、礼を述べる。

「皇后陛下が母を気にかけてくださるなど、ありがたき幸せ。この場で礼を申し上げます。せっかくいらっしゃったのですから蘇《スー》家の客人です。段《ドワン》様、もしお急ぎでなければ、席に着いてご一緒にいかがですかな？」

　段文鴦《ドワンウェンヤン》は阿史那《アーシーナー》皇后の名代であるので、秦《チン》老夫人と蘇樵《スーチアオ》も、蘇威《スーウェイ》の後ろで段文鴦《ドワンウェンヤン》にお辞儀をした。

　しかし、段文鴦《ドワンウェンヤン》は笑いながら答える。

「そう着席を急かすな。今日来たのは贈り物を届けるためだけではない。大奥様にお聞きしたいこともある」

　母親は名門の出身であり、突厥などには行ったことがない。段文鴦《ドワンウェンヤン》のような突厥人とは全く繋がりもないのに、何を聞きたいというのだろうか。蘇《スー》威《ウェイ》は訝りながら、「どうぞ」と了承した。

「大奥様、とあるお方から、『三十数年前、突厥の王都で辛抱強くあなたを待っていた旧友を覚えておいでか』、との伝言だ」

　蘇威《スーウェイ》と蘇樵《スーチアオ》は驚いて、母親に目を向けた。

　秦《チン》老夫人は表情を変えることなく、穏やかに答える。

「若いお方、人違いをしているのでは？」

　段文鴦《ドワンウェンヤン》は呵《か》々《か》大笑《たいしょう》した。

「どうせ大奥様はとぼけるだろうと思っていた。俺にそのいきさつを皆の前で暴露されたいのか？」

　そこまで言われると、蘇威《スーウェイ》もこの男に悪意があることを悟った。すぐに声の調子を落として言い放つ。

「ずいぶん無礼なお方だ。皇后陛下は贈り物を届けさせるためにあなたを遣わしたのではなく、因縁をつけるために遣わしたのか？　我が蘇《スー》家は皇后陛下に何の恨みもなければ、平素より関わってすらないのだぞ。なぜ母の寿宴でこのように失礼なことをするのか、全く理解できない。今回の件は皇帝陛下に上奏する。誰か来い、客人のお帰りだ！」

蘇《スー》家の召使いたちは命令を聞くとすぐさま前に出て、段文鴦《ドワンウェンヤン》を連れていこうとする。しかし、段文《ドワンウェン》鴦《ヤン》が軽く袖を振っただけで、召使いたちは一人残らず地面に転がってしまった。

賓客は次々に立ち上がり、驚きの視線を段文鴦《ドワンウェンヤン》に向ける。主人の代わりに叱ろうと、不快の色を露わにする者もいた。

蘇樵《スーチアオ》が怒り心頭に発し、「このような場で面倒事を起こすとは。蘇《スー》家を軽んじているようだな⁉」と言うなり、手を出そうとした。

ところが、段文鴦《ドワンウェンヤン》は一歩下がり、声高らかに言った。

「待たれよ！　まだ言いたいことがある。これを聞いてから、手を出しても遅くはないはずだ。これから言うのは重大なことだ。せっかくここに徳望のある方々ばかりが集まっているのだから、皆さんにもご判断をいただきたい。果たして俺は言いがかりをつけているのか、はたまた大奥様が後ろめたいことをしたのかを！」

誰かが口を開く前に、段文鴦《ドワンウェンヤン》は素早く続けた。

「大奥様、我が師尊の身の証しをお返しいただこう！」

蘇樵《スーチアオ》は激怒した。

「突厥の野蛮人め、根も葉もないことを並べやがって！　俺の母上は関中《かんちゅう》の名家出身、お前ら突厥と関係があるわけないだろ！　きちんと説明して、母上の名誉を挽回しろ！　でなければ、ただでは帰さん！」

そう言うと、蘇樵《スーチアオ》は剣を引き抜いた。日差しを反射する水面のように剣が光を放ち、殺意を帯びている。

そんな蘇樵《スーチアオ》に加勢するように李青魚《リーチンユー》が前に出てきて、落ち着き払った様子で言った。

「妄言を吐くな。大奥様は私の師兄の母親で、私も自分の母同様に尊敬している。下心を持ち誹謗しようものなら、純陽観はお前を許さない。必ず、この件を徹底的に追及する」

蘇威《スーウェイ》が上奏して朝廷を通してこの件を追究せずとも、純陽観は干渉するということだ。つまり、段《ドワン》文鴦《ウェンヤン》とその師の門下は皆、純陽観の恨みを買ったことになる。

李青魚《リーチンユー》が一人で玄都山に向かい、蓮生《リエンシェン》、何思咏《ホースーヨン》たち数人に連続で勝った後、郁藹《ユーアイ》にたったの半手で負けてからというもの、純陽観の名声は玄都山を凌駕しつつある。その観主の易辟塵《イービーチェン》も天下の十大に名を連ねているので、李青魚《リーチンユー》の言葉は極めて重みがあるのだ。

しかし、それを聞いても段文鴦《ドワンウェンヤン》は顔色を変えず、にこやかに続けた。

「筋が通れば天下を歩けるが、通らなければ一歩たりとて進めないと言うだろう。中原人は道理を弁えていると聞いたから、こうして正義を求めにきたのだ。もしや、今日は是非も問わずに力ずくで筋を通すおつもりか？　大奥様の言葉を信じているようだが、なぜ俺の言い分を聞かない？　大奥様の名は一文字、凝《ニン》だ。字は双含《シュアンハン》。違うか？」

蘇《スー》兄弟はその言葉にドキリとして、内心驚きを隠せない。母の名ならまだしも、字はほとんど知られておらず、当然阿史那《アーシーナー》皇后も知るはずがない。なのに、このわけの分からない突厥人はどこからそれを聞いたのだろうか？

段文鴦《ドワンウェンヤン》の言葉は止まらない。

「三十数年前、大奥様、いや秦双含《チンシュアンハン》は突厥を訪れ、我が師の弟子になった。師の寵愛と信頼を盾に、ある夜、師の身の証しを盗んで中原に帰ったのだ。俺はこの人物を探し出し、証しを取り戻すよう師から命じられ、中原に入ってから長い間、懸命に探してきた。そして長安で偶然大奥様を一度見かけ、どこを探しても見つからなかった秦双含《チンシュアンハン》が今は姿を変え、美陽県公殿の御母堂、秦《チン》老夫人となっていることを知ったのだ！」

そこで段文鴦《ドワンウェンヤン》は笑った。

「大奥様はずいぶんと上手く隠れたものだな。まさか、今や全く外出しないあの秦《チン》老夫人が、当時長城の外まで名を轟かせた阿依薩吾列《アーイーサーウーリエ》だったとはさすがに俺も予想できなかったぞ！」

「でたらめを言うな！　母上は一度も突厥やら長城の外やらに行ったことはない。人を捜すなら勝手にしろ！　言いがかりをつけやがって。蘇《スー》家がこのまま黙って虐げられているとでも思ってんのか！」

怒鳴る蘇樵《スーチアオ》に段文鴦《ドワンウェンヤン》は眉を吊り上げて、声高らかに言う。

「大奥様、ご自身がされたことだ。よもや否定するおつもりではあるまい？　俺の記憶が正しければ、その右手に付けた指輪こそ、我が一族の聖なる宝にして、俺の師の身の証し。表面にある模様は、我が一族特有の金蓮華だ。これも偶然だと言えるのか？」

突然の言葉に、その場にいた全員が呆気に取られ、思わず秦《チン》老夫人の指に視線を向けた。

確かに、秦《チン》老夫人の手には指輪が一つ嵌まっている。水晶が嵌め込まれ、底には金色に輝く花の模様があり、とても美しい。


この話は簡単には済まなそうだ。蘇威《スーウェイ》は、段文鴦《ドワンウェンヤン》を家に入れる前に止めるべきだったと後悔した。

そんな中、清都《チンドゥー》公主の凛とした声が響く。

「貴殿がどういうおつもりでそんなことを言い出したのかは分からないけれど、今日は秦《チン》老夫人の寿宴。みんなでご長寿を祝っているのに、わざわざ邪魔をしに来るなんて。しかも皇后の命を受けた、と宣《のたま》うのなら、今すぐ妾《わらわ》と参内し、皇后の前ではっきりさせましょう。皇后がなぜ他人の寿宴を台無しにするのか、聞かせてもらうわ！」

段文鴦《ドワンウェンヤン》は落ち着き払っている。

「皇后陛下は贈り物を届けるように仰せられ、俺もきちんと届けた。皇后陛下の使命はもう果たしたのだ。一方、この指輪の件は俺の師尊に関係している。それにたとえ皇帝陛下がいきさつを知ったとしても、英明なお方だから、きっと俺が自分たちのものを取り戻すのを止めはしない！」

段文鴦《ドワンウェンヤン》は続けざまに傲然と言い放つ。

「何より、名の知れた俺の師尊が、意味もなくわざわざ大奥様に難癖をつけたりはしない！」

李青魚《リーチンユー》は「お前の師は誰だ？」と問う。

段文鴦《ドワンウェンヤン》は小さく笑った。

「突厥、狐鹿估《フールーグー》だ！」

その言葉が出た途端、衆人はそれまで以上に驚き、場は騒然となった。

狐鹿估《フールーグー》とは二十年前、当時の天下一だった祁鳳《チーフォン》閣《ゴー》と戦った人物だ。その戦いは天下に知れ渡り、今でも興味深げに語り継がれている。狐鹿估《フールーグー》は祁鳳《チーフォン》閣《ゴー》に負けた後、二十年は中原に立ち入らないことを誓わされた。それからというもの、彼は誓いを守り、二十年間ただの一度も中原に足を踏み入れていない。

祁鳳閣《チーフォンゴー》や狐鹿估《フールーグー》ほどの武芸者であれば、戦いに負けたとしても命を落とす可能性は低い。祁鳳閣《チーフォンゴー》は確かに天下一の腕を誇っていたものの、狐鹿估《フールーグー》も全く引けを取らなかった。それゆえ、祁鳳閣《チーフォンゴー》は狐《フー》鹿估《ルーグー》を殺すことはできず、誓いを立てさせるしかなかったのだ。

晏無師《イエンウースー》なら、狐鹿估《フールーグー》に誓いなど立てさせず、自害しろと迫っていたかもしれない。草は根から取り除かないと、後顧の憂いを断つことはできないのだから。しかし、祁鳳閣《チーフォンゴー》は明らかにそのようなやり方を好まなかった。祁鳳閣《チーフォンゴー》は突厥が中原に抱く野心を見抜いており、同時に狐鹿估《フールーグー》が一代の宗師であることは評価していた。だからこそ、相手を辱めることは望まず、二十年の約束だけを取りつけたのである。

二十年が経ち、祁鳳閣《チーフォンゴー》がこの世を去っても、狐《フー》鹿估《ルーグー》は中原に立ち入らなかった。代わりに、彼の二人の弟子が中原を訪れた。うち一人の昆邪《クンイエ》は半歩峰で沈嶠《シェンチアオ》を倒し、そしてもう一人は、いきなり蘇《スー》家を訪れ、蘇《スー》兄弟の母親が狐鹿估《フールーグー》の弟子だと名指しした。

昆邪《クンイエ》が沈嶠《シェンチアオ》を倒したことは、最近の話ではない。玄都山は、沈嶠《シェンチアオ》が崖から落ちて行方不明になったので掌教を替え、徐々に皆この前掌教の行方を気に掛けなくなった。せいぜいたまにその一戦が話題に上れば、祁鳳閣《チーフォンゴー》の後継者はもういないのだということに、ため息をこぼすぐらいだ。

ところが、蘇《スー》兄弟の母親の醜聞は今、皆の見ている目の前で暴かれている。まさに衝撃的な情報だと言えよう。

この件の真偽はともかく、秦《チン》老夫人の名誉が損なわれたことは確かである。蘇樵《スーチアオ》は激しく憤り、無駄口を叩くより、剣で段文鴦《ドワンウェンヤン》を黙らせる方が得策だと考えた。

その時である。蘇《スー》兄弟二人が背後に庇った秦《チン》老夫人が問いかけた。

「証しを取り戻そうと言うのに、狐鹿估《フールーグー》はなぜ自分で来ず、あなたを寄越したのかしら？」

段文鴦《ドワンウェンヤン》の告発が真実だと認める口ぶりだ。

蘇樵《スーチアオ》は咄嗟に振り返り、信じられずにぽかんとして「母上、それは……」と呟く。

秦《チン》老夫人は蘇樵《スーチアオ》を一瞥して、淡々と語った。

「それがなんだい。この証しがどういうものか、分かっているのかい？　金蓮華は突厥の象徴、拝火《はいか》教《きょう》の宝よ。この指輪があれば、狐鹿估《フールーグー》は戦いの狼煙《のろし》を上げられる。ペルシア、吐谷渾、ホータン、タングートなどの国の高手たちを突厥に結集し、突厥の可汗の中原侵略を手助けさせられるのよ。当時、周国はまだ建国前、東魏西魏は戦火が絶えず、どちらも大いに痛手を被っていた。突厥が大規模な南下を行い、中原を蹂躙することにとても耐えられる状態ではなかったの。私が証しを盗めば、狐鹿估《フールーグー》は拝火教の正式な後継者だと自称することも、長城外の群雄に号令を掛けることもできない。突厥は腕を一本失ったも同然。私のしたことは間違いだとでも？」

蘇《スー》兄弟は母親にそのような過去があるとは露知らず、すっかり呆気に取られている。

秦《チン》老夫人は言い終えると、段文鴦《ドワンウェンヤン》に尋ねた。

「これは確かに狐鹿估《フールーグー》の指輪で、私が中原に持ち帰ったものだわ。ただ、狐鹿估《フールーグー》は長年誰も遣わさなかったのに、なぜ三十数年も経った今、あなたを来させたのかしら？」

「師の臨終の願いは、弟子として、当然叶えるべきだろう」

穏やかに答えた段文鴦《ドワンウェンヤン》に、秦《チン》老夫人は微かに動揺を見せたが、少しも意外には思っていない様子だ。しばらく沈黙した後に、「やはりね！」とだけ言った。

「認められたのであれば、話は早い。どうか指輪を差し出し、師の生前の願いを叶えさせてほしい」

段文鴦《ドワンウェンヤン》はそう言って、ふと何かを思い出したように辺りを見渡した。そうして今気づいたと言わんばかりに、視線を沈嶠《シェンチアオ》に向ける。

「これはこれは、なんという巡り合わせだ。沈《シェン》掌教もいらっしゃるのか。せっかくだから、立ち合いをお願いしても？」

衆人の驚きの視線を一身に受けても、沈嶠《シェンチアオ》は落ち着き払っていた。

「失望させてしまい申し訳ありませんが、私はもう掌教ではありませんので」

昆邪《クンイエ》が沈嶠《シェンチアオ》に戦いを申し込む際、その書状を届けたのは段文鴦《ドワンウェンヤン》だ。当然彼は沈嶠《シェンチアオ》の顔とかつての地位を知っていた。

段文鴦《ドワンウェンヤン》は昆邪《クンイエ》の師兄だが、漢人の血が入っているので、突厥での身分は昆邪《クンイエ》に劣る。だから、狐鹿估《フールーグー》を代表して戦ったのは昆邪《クンイエ》で、段文鴦《ドワンウェンヤン》ではなかったのだ。

段文鴦《ドワンウェンヤン》は声を上げて笑う。

「沈《シェン》掌教はまさに、大隠は市に隠る《かく》（真なる隠者は俗人に混じって暮らす）だな。あなたの徳望をもってすれば、身分を明かした途端に純陽観など後塵を拝することになるぞ。晏《イエン》宗主の名を語って宴に赴く必要などないだろう。まさか、江湖で流れている、あなたと晏《イエン》宗主はただならぬ親密な関係だという噂は真《まこと》か？」

寿宴に来ただけなのに、これほど大きな見物を立て続けに二つも目にすることになろうとは。

にわかにざわめきが広がり、人々は一斉に沈嶠《シェンチアオ》へ視線を向けた。どの顔にも訝しげな色が浮かび、隣にいた普六茹堅《プーリウルージエン》もたいそう驚いて沈嶠《シェンチアオ》を見る。

沈嶠《シェンチアオ》が崖から落ちた後、生きた沈嶠《シェンチアオ》は言うまでもなく、その死体すら見つからなかった。だから人々は、沈嶠《シェンチアオ》は玄都山に申し訳が立たなくなり、見せる顔もないので、名を隠して山奥に隠遁《いんとん》したのではないかと推測していたのだ。なのに、そんな彼が周国貴族の寿宴に現れるとは、誰も予想だにしていなかった。

李青魚《リーチンユー》はじっくりと沈嶠《シェンチアオ》を眺めてから、思いを巡らせる。

玄都山に赴く前、李青魚《リーチンユー》も沈嶠《シェンチアオ》と戦えないのを残念に思っていた。今の沈嶠《シェンチアオ》の痩せ細った病弱そうな様子を見て、残念だという気持ちがますます強くなる。とはいえ、それは戦える好敵手が一人減ったことというより、その人にはもはや自分が「好敵手」と呼ぶ資格すらないことに対してだ。

沈嶠《シェンチアオ》は口を閉ざし、段文鴦《ドワンウェンヤン》のいかなる問いかけにもそれ以上は答えなかった。

秦《チン》老夫人はため息をこぼして、指輪を外して息子に渡した。

「これはもとより狐鹿估《フールーグー》のもの。時も情勢も変わり、あの人ももういないのなら、元の持ち主へ返すべきだわ。持っていきなさい」

名家出身なのに、突厥まで赴いて弟子入りし、さらに突厥で権威のある狐鹿估《フールーグー》ともこれほど深い関わりがあったとは。蘇《スー》兄弟は物心がついた頃から、母親は普通の名家の娘で、父親とは相思相愛だと思っていた。ところが今、母親の言葉の合間に滲む複雑な思いを感じ取る限り、どうやら狐鹿估《フールーグー》ともただの師と弟子という関係ではなさそうだ。

狐鹿估《フールーグー》は証しを失くしたのに、すぐに取り戻そうとしなかったのも奇妙だ。そして、三十数年後の今日、段文鴦《ドワンウェンヤン》が現れてやっとこの往事は皆に知られることとなった。

蘇樵《スーチアオ》は釈然とせずどうしようもなく苛立ったが、このような場でいろいろ掘り下げて問うわけにもいかない。仕方がなく、秦《チン》老夫人から指輪を受け取って召使いに段文鴦《ドワンウェンヤン》に渡すよう告げた。

段文鴦《ドワンウェンヤン》は指輪を受け取り、突厥の礼をする。

「大奥様は大義を弁えていらっしゃる。ありがたい限りだ。これがあれば、俺も師の願いを叶えられて肩の荷が下ろせるというもの」

秦《チン》老夫人は、「狐鹿估《フールーグー》はどうして亡くなったの？」と問いかけた。

段《ドワン》文鴦《ウェンヤン》はため息をこぼす。

「我が師は天人の境界に到達すべく、閉関して修練をしていた。三年間は邪魔をするなと命じられていたので、その時が来て中に入ってみると、既に端座したまま亡くなられていた」

その場にいる年長の者たちは、かつて狐鹿估《フールーグー》が雄《ゆう》心勃勃《しんぼつぼつ》と中原の高手たちを総なめし、祁鳳閣《チーフォンゴー》との対決でやっとその歩みを止めたあの出来事をまだ覚えている。

しかし、そんな一代の宗師とも呼べる人間も、結局は散ってしまった。ほどのことが起ころうとも、もう狐鹿估《フールーグー》や祁鳳閣《チーフォンゴー》が知ることはないのだ。

天賦の英才が、風が吹き、雲が散る如くいなくなり、残るのはため息ばかり、とはまさにこのことだ。

何を考えているのか、秦《チン》老夫人は沈黙を貫いていた。

蘇《スー》兄弟は段文鴦《ドワンウェンヤン》が母親の寿宴を台無しにしたことに恨みを募らせており、母の様子を見ては遠慮もなくなる。

「用が済んだのなら、さっさとここから立ち去っていただこう！」

「そう焦って俺を追い返そうとするな。まだ一人、差し出してほしい者がいるんだ」

段《ドワン》文鴦《ウェンヤン》の言葉に、蘇樵《スーチアオ》はまた母親に不利が及ぶと思い、冷やかに答えた。

「お前が言うような人などいない」

段《ドワン》文鴦《ウェンヤン》が笑う。

「なぜ誰を差し出せと言っているのかを聞く前に断る？　安心しろ、大奥様の不利になるようなことはない。指輪はもう取り戻しているのだから、師の願いも叶った。この件に関して当然これ以上追及はしない。だが、俺がその人物を差し出してほしいと言うのは、佗鉢《トゥオボー》可汗様の命を受けたゆえだ」

蘇威《スーウェイ》が口を開いた。

「それなら陛下に直接言うべきだ。蘇《スー》家のようなところに、あなたほど高貴なお方の居場所などない。

誰か、客人を送っていけ！」

「待て！」

段文鴦《ドワンウェンヤン》が声を張り上げる。

「美陽県公殿には、元雄《ユエンシオン》という者に嫁いだ妹がいるのでは？　そいつはもとより突厥の眼中の釘だ。突厥が周国と同盟を結んだから、可汗様がこの人物の一家全員を突厥に連れ戻し、処罰するよう命じられた。美陽県公殿、どうか彼らを引き渡していただきたい！」

蘇威《スーウェイ》は微かに顔色を変えた。

段文鴦《ドワンウェンヤン》が言っているのは、彼の従妹《いとこ》一家のことである。従妹の夫元雄《ユエンシオン》は突厥の怒りに触れ、突厥が周と同盟を結んだことを盾に捕まえにくるのを恐れて、蘇威《スーウェイ》の家に避難したのだ。蘇威《スーウェイ》はひそかに一家を匿っていたが、段文鴦《ドワンウェンヤン》が情報を手にして、しつこく捜しに来るとは。

「彼らがどこへ行ったかなど、私は知らない。捜し人をするなら勝手にすればいい。この蘇《スー》家とは無関係だ！」

「どうか俺の手間を増やさないでいただきたい。先師と大奥様の関係を慮り、周国の陛下に上奏せずに、わざわざここに来てやったのだ。もし陛下が命令を下せば、蘇《スー》家はまずい立場になるぞ」

蘇樵《スーチアオ》は激怒する。

「あえて母の誕生日を狙ってやってくるなり威張り散らしやがって！　指輪を返してやったのに、図に乗ってまだ言うのか？　この蘇《スー》家がお前のことを恐れるとでも？　ここにいないと言ったらいないんだ！　失せろ！」

段文鴦《ドワンウェンヤン》の顔から笑みが消え、目を細めて蘇樵《スーチアオ》を見つめるとゆっくりと言った。

「蘇《スー》家のご次男殿は純陽観に属していると聞いた。きっとただならぬ腕前なのだろう。今日はせっかく会えたんだ。お手合わせ願えないか！」

蘇樵《スーチアオ》は冷やかに笑う。

「ハッ、やっと尻尾を見せたな。殴り込みにきたくせに、わざとらしく善人ぶりやがって。今日はそっちから来たんだ。死のうが怪我をしようが、突厥の可汗のところに泣きついて告げ口をするなよ！」

言うや否や、蘇樵《スーチアオ》は段文鴦《ドワンウェンヤン》に飛び掛かった。

この突進は剣法と組み合わされ、思うままに動く体は極めて美しく洗練されている。すぐに誰かが「お見事！」と声を張り上げた。

蘇樵《スーチアオ》の天界に咲く花の如く絢爛な剣法を、段文《ドワンウェン》鴦《ヤン》は落ち着いた様子で迎え撃つ。後ずさることもなく、蘇樵《スーチアオ》の空を覆い尽くすほどの剣光が目の前まで迫るのを待ってから、素手をその光の中に差し込んだ。

鋭い刃を手摑みしているようなものだが、彼の手は剣光によって切り刻まれることなく、それどころか剣光を止めていた。

よく見ると、驚くべきことに段文鴦《ドワンウェンヤン》の右手の指はしっかりと剣身を摘まんでいるではないか。そして、軽く手首を回して捻ってから指を離すと、力の籠もっていないような動きなのに、剣身は反動で「キィン」と音を立てた。

蘇樵《スーチアオ》は危うく剣を手放しそうになる。

その顔には信じられない、と言わんばかりの表情が浮かんでいた。

確かに蘇樵《スーチアオ》の腕前は師弟李青魚《リーチンユー》には敵わないが、江湖でも一流だと言える。戦い始めた途端、窮地に追い込まれてしまうことなど、初めてだった。

狐鹿估《フールーグー》の弟子だから、自分より強いのだろうか？

蘇樵《スーチアオ》は不服に思い、すぐさま技を変えた。たちまち数歩後退し、背後にある柱を軸に勢いよくぐるりと一周する。剣光は真気を交えて、段文鴦《ドワンウェンヤン》の顔に向かっていった。その間、もう片方の手で真気を溜め、段文鴦《ドワンウェンヤン》に叩き付けようとする。

「ここは狭すぎる。全く気持ち良く勝負できないな！」

段文鴦《ドワンウェンヤン》は無理にその攻撃を受けることなく、大笑いしてそのまま身を翻し中庭に飛び出した。

蘇樵《スーチアオ》もすかさずその後に続いて屋外に出た。一瞬にして剣光が方々に放たれ、冷気が周囲を漂い始める。戦いを見ようとする賓客たちも、ぞろぞろと外に出た。

一人が滔々《とうとう》と流れる水のように輝く剣光を放ち、天地をも覆わん勢いでもう一人に襲い掛かる。もう一人は武器も持たずに剣光の中を移動し、絶体絶命の危機に立たされているようで、そのたびに命拾いしているようにも見えた。皆、手に汗を握る。清《チン》都《ドゥー》公主など武芸に心得のない者たちは、血が飛び散る様子を見たくないと、秦《チン》老夫人に付き添って部屋に残っていた。

素人は単純に見物しているだけだが、玄人は戦いの内実《ないじつ》に注目する。ある程度の武芸の腕前がある者なら、段文鴦《ドワンウェンヤン》はひどく危うい状況であるように見えて、実際は優位に立っていることが分かる。

普六茹堅《プーリウルージエン》は「おや」と声を漏らして、沈嶠《シェンチアオ》に小声で言った。

「どうやら、蘇《スー》家の次男はからかわれているようだな」

沈嶠《シェンチアオ》は頷き、「同感です」と答えた。

その言葉を、普六茹堅《プーリウルージエン》は訝しむ。

「目が見えるようになったのか？」

沈嶠《シェンチアオ》はフッと笑った。

「ほとんど見えませんが、耳は聞こえますから」

「それはまたどうやって？」

「抜剣や、真気、足運び、それに呼吸にも音があります。目が見えない分、聴覚がより鋭くなるのです。段文鴦《ドワンウェンヤン》は今は純陽観の武功を試しているだけで、急いで勝負をつけようとはしていません。ただ残念なことに蘇樵《スーチアオ》殿はそれに気づいていないので、すっかり丸め込まれていますね」

この場でそこまで分かるのは、沈嶠《シェンチアオ》と普六茹堅《プーリウルージエン》二人だけではないだろう。しかし、いかんせん決着がついていないので、戦いに干渉すると公平を欠いて卑怯だし、蘇樵《スーチアオ》の力を軽視しているようにも見えてしまう。それもあって、蘇樵《スーチアオ》の師弟李青魚《リーチンユー》でさえ、とりあえず静観して状況を見守っていた。

沈嶠《シェンチアオ》の言葉を聞いて、普六茹堅《プーリウルージエン》は何気なく問い掛けた。

「崑邪《クンイエ》も狐鹿估《フールーグー》の弟子だろう。段文鴦《ドワンウェンヤン》と比べてどうだったんだ？」

ポロッと言ってしまってから、普六茹堅《プーリウルージエン》は失言だと気づいて急いで謝罪した。

「あぁ、わざと辛いことを思い出させようとしているわけではないんだ！」

沈嶠《シエンチアオ》は笑って答える。

「お気になさらず。昆邪《クンイエ》は確かに強かったですが、繰り出される手はもっと凄まじく、横暴でした。段《ドワン》文鴦《ウエンヤン》ほど熟練して、自由自在に使えていたわけではありません。私に言わせれば、おそらく段文鴦《ドワンウエンヤン》のほうがよりその師の武功の精髄を会得しており、昆邪《クンイエ》よりも幾分か勝っているように見えます」

普六茹堅《プーリウルージエン》は納得した顔になる。

「それならば、今日あの者がここへ来たのは、たぶん師の証しや蘇《スー》殿の従妹一家のためだけではなく、名を上げる意味もあるんだろうな」

沈嶠《シエンチアオ》は「私もそう思います」と頷いた。

寿宴は蘇樵《スーチアオ》がいるので、江湖に関係のある賓客が半分を占めている。その多くが李青魚《リーチンユー》のような若い世代の高手であり、おそらく天下の十大入りを狙えるぐらいの者たちだ。もし段文鴦《ドワンウエンヤン》が彼らを負かすことができれば、段文鴦《ドワンウエンヤン》の武芸の腕は彼らよりも強いことが証明される。昆邪《クンイエ》と沈嶠《シエンチアオ》の一戦に負けず劣らず、名を上げる効果があるだろう。

突厥人は相当に用心深い。片や周国と婚姻で盟を結びながら、片や斉国と曖昧な関係を保っている。周国が斉国と戦うのを助力する一方で、斉国から逃げてきた貴族や官吏を保護する。どっちつかずな態度だが、強大な力を持っているので、周国も斉国も突厥の機嫌を損なうことができない。突厥はいつも野心を剝き出しにしているのだ。

かつて狐鹿估《フールーグー》が成し遂げられなかった壮大な計画を完成させようとしているかのように、新たな代の突厥の高手たちが次々に中原を訪れている。まずは昆邪《クンイエ》が沈嶠《シエンチアオ》に戦いを仕掛け、玄都山を踏み台とした一戦で名を成した。そして今、段文鴦《ドワンウエンヤン》が蘇《スー》家を訪れて群雄に挑戦している。昆邪《クンイエ》が晏無師《イエンウースー》に痛い目に遭わされていなければ、今頃突厥人はさらに勢いづいていることだろう。

沈嶠《シェンチアオ》と普六茹堅《プーリウルージェン》が話していると、段文鴦《ドワンウェンヤン》の豪快な笑い声が響いた。その声とともに、目も眩むような剣光はピタリと消え、すぐに蘇樵《スーチアオ》の呻きが聞こえてくる。段文鴦《ドワンウェンヤン》が何をしたのかを見定める前に、蘇樵《スーチアオ》が屋根から落ちてきた。

「二郎《アルラン》（次男）！」

蘇威《スーウェイ》は急いで駆け寄り、蘇樵《スーチアオ》を支え起こす。

「大丈夫か!?」

蘇樵《スーチアオ》は大事ない、と言うように首を振る。苦痛がその表情から滲み出ていたが、なんとか声を堪えていた。

段文鴦《ドワンウェンヤン》も屋根から舞い降りてくる。かなり傲岸な様子で、その場にいた者は皆、嫌悪感を抱いた。けれども、その実力は認めざるを得ない。

「段文鴦《ドワンウェンヤン》、馬鹿にするのもいい加減にしろ！」

蘇威《スーウェイ》が怒鳴った。

「この蘇《スー》家を貶めるつもりか！」

段文鴦《ドワンウェンヤン》が嘲る。

「それは違う。先に手を出したのはあなたの弟だ。なぜ俺のせいにする？　もし元雄《ユエンシオン》一家を差し出してくれるのなら、これ以上長居せずに、今すぐこの場を離れてやろう」

「横柄に振る舞い、私たちが譲歩したと見て、さらに付け上がるなんて。それなら、狐鹿估《フールーグー》はどれほどのことをあなたに教え込んだか、見てやるわ！」

秦《チン》老夫人はそう言いながら外に出てきた。五十代とはいえ、内功を修練しているからか、全く老いが見えない。それどころか、女性らしい優美な魅力を放つ中年の美婦人そのものだ。

段文鴦《ドワンウェンヤン》は残念そうに呟く。

「本来なら、俺は大奥様を師姉《しし》と呼ばないといけない。とはいえ、あなたは先師の指輪とともに突厥から逃げ帰り、先師はあなたを破門した。当時師尊はかなりあなたを重く見られ、衣鉢を継がせるつもりもあったと聞いたことがある。なのに、大奥様は美しさで師尊を誘惑した挙げ句、指輪を盗んで逃げた。思い返して後ろめたくならないのか？」

「黙れ！」

母親を侮辱されては、蘇《スー》兄弟も怒りを抑えられない。

しかし、秦《チン》老夫人は冷笑しただけだった。

「私と狐鹿估《フールーグー》の恩讐に、あなたのような青二才が口を挟む資格はないわ！　突厥にはほかに誰もいなかったから、狐鹿估《フールーグー》はあなたのような口だけはよく回る人を弟子にしたのかしら？」

そして、蘇威《スーウェイ》に「二郎《アルラン》の剣を持ってきなさい！」と命じた。

ところが、蘇威《スーウェイ》が動く前に、誰かが口を開いた。

「大奥様が下手に出る必要はありません。この者は既に純陽観の弟子と手を交えております。突厥の野蛮人とのやり取りごときで、あなたを煩わせるわけにはいきませんから、ここは純陽観の者が決着をつけるべきです」

そう言ったのは李青魚《リーチンユー》だった。淡々とした様子で、平坦な口調には全く殺気が感じられない。

しかし、だからこそ、段文鴦《ドワンウェンヤン》は真剣になった。

彼はじっくりと李青魚《リーチンユー》を眺めてから言う。

「青城双璧の一人、李《リー》公子か？　君の師兄は君の指一本にも敵わないくせに、共に青城双璧を名乗るなど、李《リー》公子もずいぶん窮屈な思いをしているな！」

李青魚《リーチンユー》は段文鴦《ドワンウェンヤン》の挑発に構わず、自らの剣を引き抜いた。剣先を下に向け、手首は少しだけ持ち上がっている。全身から気だるげな雰囲気が溢れ出しており、真剣になったようには見えない。

段文鴦《ドワンウェンヤン》は徐々に険しい顔つきになる。その手には、いつの間にか一本の馬鞭《ばべん》が握られていた。黒くて細く、どのような素材を用いているのか、全く光沢がない。この上なく普通のものに見えた。

普六茹堅《プーリウルージエン》は、思わず声を低めて沈嶠《シェンチアオ》に問い掛けた。

「沈《シェン》殿、あの鞭《むち》、何か特別なところはあるのか？」

沈嶠《シェンチアオ》は首を横に振った。

「鮮明に見えておらず……どのような鞭でしょう？」

普六茹堅《プーリウルージエン》から鞭の形を聞いて、沈嶠《シェンチアオ》は低く呟いた。

「私の見当違いでなければ、あの鞭は南海の鰐皮《わにがわ》を苗族《びょうぞく》秘伝の薬液に漬けてできたものです。強靭で、鋭い武器でも断ち切れないかもしれません」

普六茄堅《ブーリウルージエン》は「あぁ！」と声を漏らす。李《リー》公子は今回、いい勝負をすることになりそうだ！」

「やはりたいそうな物なのか。

期待を寄せているのは、普六茄堅《ブーリウルージエン》だけではない。まもなく見事な戦いが繰り広げられるのかと思うと、その場にいる者は皆、興奮を抑えきれずにいた。

すぐに、李青魚《リーチンユー》が動き出した。

その戦い方は、蘇樵《スーチアオ》とは大きく異なっている。蘇樵《スーチアオ》の動きは素早くて勢いがあり、速さで相手を打ち倒そうとしていた。剣光と剣気を網のように張り巡らし、敵を包み込んで逃げ道を断つ。さらに、これによって敵の気を動転させることもできる。このような手法は、蘇樵《スーチアオ》より腕の劣る者には相当効果的だろう。ただ、段文鴦《ドワンウェンヤン》のように金城鉄壁な優れた内功を持つ高手になると、蘇樵《スーチアオ》の剣気を無視して直接攻めることができるのだ。

一方、李青魚《リーチンユー》の動きは蘇樵《スーチアオ》よりもずいぶんと遅い。焦らず慌てずといった具合で、剣を真っ直ぐ突き出し、花のような残影を残しただけのように見える。しかも剣先は段文鴦《ドワンウェンヤン》に向けられてすらおらず、斜めに地面を指していた。その動きはゆったりとして、日のもとで少しずつ咲いていく花のつぼみのようでもある。

しかし、段文鴦《ドワンウェンヤン》ははっきりと捉えていた。その剣の花とともに、真気が李青魚《リーチンユー》の体から溢れて剣先に向かい、そこからまた地面に向かっていることを。

真気が触れた地面の煉瓦は一つまた一つと捲れ上がり、突然地面に裂け目ができたかと思うと、割れた煉瓦の欠片が真気を纏って、段文鴦《ドワンウェンヤン》目掛けて勢いよく飛んでいった！

同時に、李青魚《リーチンユー》は飛び上がり、剣身一体、白線と化した。様々な色を交えながら次々と降り注ぐ雷のように、段文鴦《ドワンウェンヤン》の体を守る真気など何も感じないとばかりに、電光石火の如く完全に突き破った。

緩急の変化は一瞬にして起きた。少しでも気を逸らしたら、何が起きたのかすら分からないだろう。

段文鴦《ドワンウェンヤン》は鞭を振るう。それは寸分もずれることなく李青魚《リーチンユー》とその剣に打ち付けられた。

二人の王が出会ったかのように、怒濤の如く猛烈な勢いで、二つの真気がぶつかり合った。こうなってしまえば、あとは段文鴦《ドワンウェンヤン》の鞭が李青魚《リーチンユー》の剣を締めて砕くか、李青魚《リーチンユー》の剣気が段文鴦《ドワンウェンヤン》の鞭を壊すか、どちらかである。

ところが、衆人の予想に反して段文鴦《ドワンウェンヤン》の鞭は宙を切った。鞭は李青魚《リーチンユー》の体を打っていたはずだ。なのに、どういうわけか鞭は当たらず、李青魚《リーチンユー》の姿も消えた。次の瞬間、李青魚《リーチンユー》は段文鴦《ドワンウェンヤン》の背後、左右の三カ所に姿を現す。どの〝李青魚《リーチンユー》〟も同じ動き――剣先をスッと前に突き出す――をしている。

この時、沈嶠《シェンチアオ》たちは近くで誰かが感嘆の声を漏らしたのを聞いた。

「剣意だ！　李青魚《リーチンユー》は剣意の境地に達したのか！」

剣には四つの境地がある。剣気、剣意、剣心、剣神だ。

素人は剣を持つ者が剣気を巡らせ、気で剣を御すのを見ると、その人物は剣法に造詣が深いのだと思い込む。しかし、剣気は最初の境地にすぎないのだ。

だからと言って誰もが習得できるものではない。一生かけても初歩で止まったまま、その境地に辿り着けない者もいる。剣気を身に着けることができない者は、技に頼って敵に勝つしかない。沈嶠《シェンチアオ》も晏無師《イエンウースー》に迫られて絶体絶命の状況に置かれ、生死の境を彷徨ってやっと、剣気の域を抜け出し剣意の境地を悟ったのである。

一方、李青魚《リーチンユー》は若くしてすでに剣意の境地に達しており、武芸の資質が高いのは明らかだ。

おそらく李青魚《リーチンユー》は剣意の境界に辿り着いたばかりで、まだ熟練していないのだろう。あるいは、玄都山にいた時はまだそこに至っていなかったので、半手の差で郁藹《ユーアイ》に負けたのかもしれない。

〝剣意〟という二文字が叫ばれると、人々の李青魚《リーチンユー》を見る目つきがまた少し変わった。

純陽観の観主易辟塵《イービーチェン》はすでに天下の十大に名を連ねている。さらに李青魚《リーチンユー》も台頭したので、純陽観の勢いはもう止められないだろう。

とはいえ、段文鴦《ドワンウェンヤン》もむざむざ死を待ちはしなかった。どれが〝虚影〟で、どれが本物の李青魚《リーチンユー》か、すぐには分からなかったが段文鴦《ドワンウェンヤン》は見破ろうとはせず、まず鞭を地面に打ちつけた。その反動を借りて空高く飛び上がり、傍の木の枝に鞭を巻き付ける。そして、両足をその枝につけて支点とし、体を上下逆さまにした。そのまま勢いをつけて、地面にいる李青魚《リーチンユー》に飛びかかっていった。すると、鞭の残影が何重にもなって広がり、李青魚《リーチンユー》の虚影たちを上から全て覆い尽くそうとする。

段文鴦《ドワンウェンヤン》自身は李青魚《リーチンユー》からまだ離れていた。しかし、彼の真気は鞭の残影とともに、その場にある全てを包み込んでいく。どの影が本物の李青魚《リーチンユー》であるにせよ、段文鴦《ドワンウェンヤン》が築き上げた〝囲い〟を強行突破しなければ、この局面は切り抜けられない。

段文鴦《ドワンウェンヤン》の真気は、彼自身が他人に与える印象同様に、瀟洒で気まま、それでいて横暴だ。至るところにあるように感じられるが、ここにあるという正確な位置を把握できない。気を抜けば付け入られてしまうだろう。

二人がいる庭の木の葉は段文鴦《ドワンウェンヤン》の真気に巻き込まれて次々に枝から離れ、段文鴦《ドワンウェンヤン》と李青魚《リーチンユー》を囲んで宙を舞った。葉の覆いの中でどんな戦いが繰り広げられているかなど、はっきりと見てとれないほどである。

当事者二人の心持ちがどうであるかはともかく、周囲で見ている者たちはひどく緊張していた。

純陽観の者たちは、李青魚《リーチンユー》が凄腕だと分かっているが、万が一のことを恐れていた。中でも、蘇樵《スーチアオ》は段文鴦《ドワンウェンヤン》と手を交えているので、段文鴦《ドワンウェンヤン》がどれほど強いかもよく分かっている。本当のところ自分の師弟が勝てるかどうか判断できずにいた。

もし段文鴦《ドワンウェンヤン》が李青魚《リーチンユー》に勝てば、ここで段文鴦《ドワンウェンヤン》を倒せる者はもういないだろう。結果的に段文鴦《ドワンウェンヤン》が従妹夫婦を連れ帰るかどうかは脇に置くとして、李《リー》青魚《チンユー》が負けた話が広まれば、突厥を勢いづかせ、中原の志気をくじくことになる。段文鴦《ドワンウェンヤン》が今日という日を選んで騒ぎを起こしたのも、おそらくこのためだ。

蘇樵《スーチアオ》があれやこれやと考えている間、二人を囲んで舞っていた葉はにわかに動きを止め、ひらひらと地面に落ちた。

段文鴦《ドワンウェンヤン》と李青魚《リーチンユー》が向き合っているのが見える。李青魚《リーチンユー》は同じ場所に立っていたが、その手にあったはずの剣は少し離れたところに落ちていた。片や段《ドワン》文鴦《ウェンヤン》はまだ鞭をしっかりその手に握っている。

二人とも顔色は変わらず、負傷した様子もない。李青魚《リーチンユー》は無表情で、段文鴦《ドワンウェンヤン》も最初と変わらない。

周りの者たちは何が起きたのか、理解できずにいた。

段文鴦《ドワンウェンヤン》は声を上げて笑い、先に口を開いた。

「李《リー》公子はやはり噂に違わぬお方だ。若くして〝剣意〟の境地に達するなど、前途は計り知れない。俺では及ばんな！」

李青魚《リーチンユー》はゆっくりと、「私の実力不足だ。何も言うことはない」と言う。

衆人は驚き、段文鴦《ドワンウェンヤン》と李青魚《リーチンユー》を交互に見た。

一人が「及ばない」と言い、もう一人が「実力不足」と言っている。それなら、いったいどちらが勝ち、どちらが負けたのだろうか？

段文鴦《ドワンウェンヤン》が笑う。

「そもそも今日は元雄《ユエンシオン》らを連れ帰るために来たのだが、まさか今一番名のある優秀な若手と手を合わせる機会まで貰えるとは。今回は無駄足ではなかったようだな！」

そこに謝湘《シエシアン》がいきなり割って入った。

「もし段《ドワン》殿がまだ物足りないと思われているのであれば、臨川学宮もお手合わせ願いたい」

段文鴦《ドワンウェンヤン》は周囲を見渡してから、手を後ろに組み傲慢に言い放つ。

「臨川学宮がなんだと言うんだ？　お前では俺に勝てない。汝鄢克恵《ルーイエンコーフィ》がやると言うのなら、まだ分かるが。ここには腕の立つ者が多く集まっていると聞いた。臨川学宮、純陽観、六合幇。皆、中原武林でも相当に有名な門派と幇会だ。敬慕の念を持って来てみれば、ほとんどが有名無実。この場にいる者で、俺の相手ができるのは李《リー》公子だけだ。そのほかは皆、取るに足らん」

　そこで一旦言葉を切ってから、段文鴦《ドワンウェンヤン》は続ける。

「あぁ、危うく忘れるところだった。まだ沈《シェン》掌教がいらっしゃったな。あなたは奴らよりも多少強いかもしれないが、それも俺の師弟に負ける前までのこと。今のあなたは牙をなくした虎でしかない。確か、中原にはこういう言い回しがあるだろう。山から下りた虎は強みを失い、犬にも虐げられる。今じゃ玄都山に帰れないばかりか、晏《イエン》宗主の庇護を受けなくてはならない。このざま、野良犬のほうがましだ。俺だったら恥ずかしさのあまりとっくに自ら命を断っているぞ。世間に全く顔向けできないのだからな」

　段文鴦《ドワンウェンヤン》は笑っていたが、沈嶠《シェンチアオ》を見る目つきはこの上なく冷やかだった。

　明らかに、彼にとって沈嶠《シェンチアオ》は戦うに値する〝相手〟ではない。どうでもいい〝無関係な者〟あるいは〝役立たず〟なのだ。

　普六茹堅《プーリウルージエン》は、もし自分がこのように衆人の前で辱められたら、きっと耐えられないだろうと思った。しかし、沈嶠《シェンチアオ》は従順な様子で俯き、聞こえていないかのようだ。立ったまま眠っているようにすら思える。彼の忍耐力と素養に人々は感心したが、同時に軽蔑の念も抱いた。

　段文鴦《ドワンウェンヤン》が沈嶠《シェンチアオ》をどう言おうと謝湘《シエシアン》は構わなかったが、臨川学宮のことを馬鹿にされたとなれば、聞こえないふりはもうできない。段文鴦《ドワンウェンヤン》が、相手として認めるのは純陽観だけであり、そのほかは歯牙にもかけていないと言わんばかりの口ぶりである。謝湘《シエシアン》はハッと冷やかに笑い、動き出そうとした。

　その時、蘇威《スーウェイ》が口を開いた。

「段文鴦《ドワンウェンヤン》よ、私の母の寿宴をすっかり練武場にし、もう十分に騒いだだろう。皇后陛下の名代として来ているのなら、今日の件は私から陛下に上奏し、それなりの対応をしていただく。だから今すぐここから立ち去れ！」

　段文鴦《ドワンウェンヤン》は声高らかに笑う。

「李《リー》公子の剣意をこの身で体験できたのだから、俺は満足だ。美陽県公殿が追い払わずとも、帰るつもりだ。また会おう！」

言うなり踵を返して立ち去ろうとする段文鴦《ドワンウェンヤン》に、謝湘《シエシアン》はそれ以上我慢できなくなった。

「待て！　臨川学宮謝湘《シエシアン》、お相手いたす！」

その言葉とともに、剣は虹のような弧を描いて、鞘からシュッと飛び出した。

段文鴦《ドワンウェンヤン》は既にその動きを予見できていたようだ。振り向くことなく、とん、とつま先で地面を蹴って屋根に飛び上がり、あっという間に姿を消してしまった。笑い声だけが、響き続ける。

「謝《シエ》殿は俺と戦って名を成そうとしているようだが、俺はもうこれ以上誰の相手もしたくはない。〝剣意〟の境地に達してから出直してこい！　ははははっ！」

相手がいなくなっては、謝湘《シエシアン》も剣を収めて着地するしかない。彼は恨めしそうに、段文鴦《ドワンウェンヤン》が消えたほうを眺めた。

その時、傍で誰かが「李《リー》公子、ご無事か！」と驚きの声をあげる。

周囲の者たちが急いで視線を向けると、李青魚《リーチンユー》が手ぬぐいを取り出し、血の付いた唾をその上にペッと吐いたところだった。李青魚《リーチンユー》は首を横に振り、「大事ない。少し内傷を受けたまでのこと。数日養生すれば治る」と答えた。

ようやく、周りの者たちは先ほど李青魚《リーチンユー》の言っていた「実力不足」が何かを知った。〝剣意〟を習得した李青魚《リーチンユー》すら段文鴦《ドワンウェンヤン》の相手にならないのなら、段文鴦《ドワンウェンヤン》はどれほど強いのだろう。段文鴦《ドワンウェンヤン》は二人目の狐鹿估《フールーグー》と言える水準にもはや達しているのだろうか？

そこまで考えると、人々は思わずゾッとして顔を見合わせた。

謝湘《シエシアン》は気落ちしていた。

彼は自分には資質があり、ここ数年江湖を渡り歩いて様々な相手と戦ってきたが、自らの腕は天下の十大に入らずとも、それほど劣ってはいないだろうと思っていたのだ。ところが、若くしてすでに〝剣意〟の境地に達した李青魚《リーチンユー》、そしてその李青魚《リーチンユー》よりも強い段文鴦《ドワンウェンヤン》といった手練れが次から次へと目の前に現れた。天下に轟く若者がどんどん出現し、新人が古株に取って代わる。山を越えてさらなる絶壁が聳えるように、上には上がいるのだ。

謝湘《シエシアン》ががっかりしている間に、李青魚《リーチンユー》は沈嶠《シエンチアオ》に歩み寄っていた。

「沈《シエン》掌教」

「私はもう掌教ではないので、そのように呼ぶ必要はありませんよ」

構わず、李青魚《リーチンユー》は続ける。

「私は剣意の境地に達していましたが、段文鴦《ドワンウェンヤン》よりもやや劣っていました。もしや段文鴦《ドワンウェンヤン》の師弟昆《クン》邪《イエ》は、段文鴦《ドワンウェンヤン》よりもっと強いということなのでしょうか?」

沈嶠《シエンチアオ》は首を横に振る。

「昆邪《クンイエ》は確かに強いですが、段文鴦《ドワンウェンヤン》には及びません」

「昔、祁鳳閣《チーフォンゴー》殿は天下一と謳われ、その武芸の腕前や風格は皆の憧れでした。沈《シエン》掌教はその衣鉢を継ぐ者だったのに、昆邪《クンイエ》にすら勝てなかったなんて」

沈嶠《シエンチアオ》は何も言わない。

李青魚《リーチンユー》は低くため息をこぼした。

「君生まれし時、我《われ》未だ生まれず。我生まれし時、君既に老いたり。祁鳳閣《チーフォンゴー》殿の腕前をこの目で見られず、恨めしかった。玄都山に後継者がいるとばかり思っていたのに、本当に残念です!」

李青魚《リーチンユー》は淡々としていたが、口調からは、本当に歯痒いと感じていることが分かる。

李青魚《リーチンユー》は誠心誠意、武術に向き合い、才能のない者や良き師に恵まれなかった者を軽んじたりはしない。彼にしてみれば、沈嶠《シエンチアオ》はその両方を兼ね備えており、先天的な条件も後天的な条件も誰よりも抜きんでて優れている。にもかかわらず、こんなにまで落ちぶれているのを目にして、李青魚《リーチンユー》は沈嶠《シエンチアオ》を軽視するだけではなく、その不甲斐なさに僅かな怒りも感じていた。

段文鴦《ドワンウェンヤン》に軽蔑され、李青魚《リーチンユー》にもため息を吐かれ、さらに周りの人間たちからも微妙な視線を向けられている。少しでも気骨があれば、激怒するとまではいかずとも、顔色を一変させ、いたたまれずにこの場を去るだろう。

ところが、沈嶠《シエンチアオ》は他人が耐えられないようなことに耐えられる。というより、耐えてすらいないのかもしれない。相変わらず少しの動揺も見せず、表情も変えず、それどころか頷いて李青魚《リーチンユー》の言葉に賛同すらした。

「師は確かに群を抜いており、非凡な才を持っていました。李《リー》公子が師に会えなかったのはとても残念です。李《リー》公子の驚くべき腕前を、きっと師も称賛していたでしょう」

相手を立てるだけではなく、ついでにさらりと自分に下された評価を躱すなど、沈嶠《シエンチアオ》の修養の高さに普六茹堅《プーリウルージエン》は感服せざるを得ない。

沈嶠《シエンチアオ》の反応を意外に思った李青魚《リーチンユー》は、淡々と続ける。

「こんなに素晴らしい方なのに、魔と行動を共にし、自堕落な生活に甘んじているなんて」

この〝魔〟とは他でもない、晏無師《イエンウースー》のことだ。

立派な道門の掌教である沈嶠《シエンチアオ》が、晏無師《イエンウースー》のような〝悪なる者〟とつるむほど落ちぶれるなど、周囲から見れば堕落以外の何ものでもない。

とはいえ、江湖の門派に魔門の宗主と見なされている晏無師《イエンウースー》は、皇帝自らが任じた太子少師である。普六茹堅《プーリウルージエン》は微かに眉を寄せ、沈嶠《シエンチアオ》が何か言う前に口を挟んだ。

「李《リー》公子はかなりの腕前で、私も一目置いている。だが、才ある者ほど謙虚であるべきだ。沈《シエン》殿は体が弱く、まして君に何かしたわけでもない。なのに口を開けばそのように責めるなど、名門の体面を汚すことになるのでは？」

李青魚《リーチンユー》は普六茹堅《プーリウルージエン》を一瞥して口を噤み、踵を返して立ち去ろうとする。

蘇威《スーウェイ》は李青魚《リーチンユー》を引き留めて彼に一礼した後、賓客たちに向けて声を張り上げた。

「今日の寿宴は招かれざる客のせいですっかり興ざ

めですが、全て、蘇《スー》家に起因したことです。皆さんが立ち上がり、義理堅くお助けくださったことにはとても感謝しております。弟が怪我をしてしまったため、宴席は中断せざるを得ません。申し訳ございませんが、また改めて席を設けますので、今日のところは大目に見ていただければ幸いです」

今日の一件は誰も想定できなかったことであり、当然主人を責める者はいない。人々は口々に蘇威《スーウェイ》を慰め、蘇《スー》家と近しい世家は蘇威《スーウェイ》と皇帝への上奏について議論したほどだった。

賓客が次々に別れを告げて去り、秦《チン》老夫人の侍女は命を受け、李青魚《リーチンユー》を休ませるために別室に案内しようとしていた。

普六茹堅《プーリウルージエンシエンチアオ》は沈嶠《シエンチアオ》に、「私たちも行こうか」と声をかける。

沈 嶠《シエンチアオ》は頷いた。ところが返事をする前に、事態が急変した。

「帰りかけてふと思いついたんだ。もしそちらがどうしても元雄《ユエンシオン》夫妻を渡さないと言うのなら、大奥様を先に客人として招こう。どうだ、大事なのは母親か？　それとも、従妹か？」

不意に聞こえた声は、遠くからどんどん近づいてくる。それは、耳元で響いているように、極めて明瞭だ。声を糸のようにして一人一人に届けるこの技は、特定の人にだけ声を届けるよりもさらに難しい。

蘇《スー》兄弟はサッと顔色を変えた。蘇威《スーウェイ》はただの非力な文人であり、蘇樵《スーチアオ》はさっき段文鴦《ドワンウェンヤン》に負けたばかりで、右手を全く動かせない状態だ。だがそんなことは言っておられず、蘇樵《スーチアオ》は母親のほうに飛んでいった。

蘇樵《スーチアオ》が母親の下に辿り着く前に、身体がいきなり反対側に吹き飛ばされ、思い切り地面に叩き付けられる。周りの者たちは何が起きたのかすら、はっきり見て取れなかった。

立ち去ったとばかり思っていた段文鴦《ドワンウエンヤン》が戻ってくるなど、誰が予想できようか。

しかし、よく考えてみれば段文鴦《ドワンウェンヤン》は去り際、元《ユエン》雄《シオン》夫妻を諦めるとは一言も言っていない。あらかじめこうしようと企んでいたから、はなから遠くに行っていなかったのだろう。

　帰ると言ったのに卑怯だと罵っても仕方がない。江湖も朝廷も、それどころか天下の大勢にしても、全ては弱肉強食の世界であり、強者が王となる。力ある者が好き勝手に振る舞えるのだ。

　だから蘇樵《スーチアオ》が吹き飛ばされた時、李青魚《リーチンユー》、竇燕《ドウイエン》山《シャン》、謝湘《シエシアン》たちも共に構えて、段文鴦《ドワンウエンヤン》を止めようとした。

　彼らは全員天下でも群を抜いた手練れである。まだ天下の十大とは言えないまでも、全く手が届かないわけではない。李青魚《リーチンユー》に至っては、ひょっとすると既に十大に食い込む力があるのかもしれない。李《リー》青魚《チンユー》は一対一では段文鴦《ドワンウエンヤン》にやや劣っていたが、今は手練れ数人が一斉に戦おうとしているのだ。段《ドワン》文鴦《ウエンヤン》を止められないはずがなかった。

　だがその時、全員が見通しを誤っていた。

　段文鴦《ドワンウエンヤン》は秦《チン》老夫人ではなく、途中で目標を変えて真っ直ぐ蘇威《スーウェイ》に向かったのである！

　秦《チン》老夫人は昔、狐鹿估《フールーグー》の弟子だった。長年実戦を経験していないとはいえ、武芸の腕はそれほど劣っていないはずだ。ただ、蘇威《スーウェイ》は違う。この美陽県公は完全に文人で、武芸の心得がまるでない。段文《ドワンウエン》鴦《ヤン》が少しの躊躇いもなく動くところを見るに、秦《チン》老夫人に向かうと見せたのははったりで、とっくに蘇《スー》威《ウェイ》に狙いをつけていたのだろう。

　李青魚《リーチンユー》たちは半拍出遅れたうえ、段文鴦《ドワンウエンヤン》が袖を一振りして出した掌打に一瞬動きを止められてしまった。体勢を立て直したが、段文鴦《ドワンウエンヤン》の五本指は蘇《スー》威《ウェイ》の首元まであと僅かに迫っている。彼らが神仙だったとしても、もう間に合わない。

　蘇樵《スーチアオ》は驚き、堪らず「兄上！」と声を上げた。

　秦《チン》老夫人はさらに顔色を大きく変えて、「やめて！」と叫ぶ。

　しかし、段文鴦《ドワンウエンヤン》は「おや？」と声を漏らした。

　蘇樵《スーチアオ》や秦《チン》老夫人の声を聞いたから、というわけでも、李青魚《リーチンユー》たちが間に合ったから、というわけでもない。

どこからともなく現れた一本の竹杖が、段文鴦《ドワンウェンヤン》の行く手を遮ったからだ。
段文鴦《ドワンウェンヤン》は無意識にそれを払いのけようとするが、その都度、竹杖は彼の手をするりと躱す。まるでドジョウのようにツルツルとして摑みどころがなく、どう力を入れればいいのかも分からない。そして、竹杖が動くたびに真気が幾重にもなって広がった。その真気は荒っぽくはないが、延々と力強く迫ってくる。段文鴦《ドワンウェンヤン》は一旦蘇威《スーウェイ》を捕まえるのをやめ、突如現れた敵に集中するしかなくなった。

　ところが、自らの敵の正体が分かった段文鴦《ドワンウェンヤン》は顔から驚きが溢れ出すほどに吃驚《きっきょう》した。
段文鴦《ドワンウェンヤン》の敵、沈嶠《シェンチアオ》は軽く目を閉じ、凪いだ水面のように穏やかな表情だ。竹杖を心のままに、ただ叩きたい場所に叩きつけているだけのように見える。

　一見武芸に心得のない者の所業のようだが、段《ドワン》文鴦《ウェンヤン》は緊張を緩めない。それどころか、李青魚《リーチンユー》と手を交えた時よりも表情を険しくしている。あっという間に、沈嶠《シェンチアオ》と段文鴦《ドワンウェンヤン》は百手以上を交わす。地面から屋根へ、屋根から木の上へと、二人は素早く移動し続ける。時に穏やかに、時に激しく、常人の理解を超えた速さで戦う様子は、武芸に秀でた者でなければ、一手一手どのような技が使われているかすら見極められないほどだ。

　しかも今のところ、沈嶠《シェンチアオ》は段文鴦《ドワンウェンヤン》に少しも引けを取っていない。

　二人が手を交えている隙に、蘇《スー》家の者たちが蘇《スー》威《ウェイ》の周りを囲んだ。蘇樵《スーチアオ》は彼らに母親と兄を屋内へ連れ帰るよう命じ、自分は痛みを堪えて外に残った。
沈嶠《シェンチアオ》と段文鴦《ドワンウェンヤン》の圧倒的な戦いぶりに人々は驚きを隠せずにいたが、一番驚いているのは間違いなく段文鴦《ドワンウェンヤン》自身だった。

　段文鴦《ドワンウェンヤン》と李青魚《リーチンユー》にさんざん皮肉られても、沈《シェン》嶠《チアオ》は怒りを見せなかったが、誰も違和感を抱かなかった。しかも、ここまで凋落しているのだから、沈《シェン》嶠《チアオ》はもうほとんど廃人のようなものだと、全員が思っていたのだ。名声は再び築くことができるかもしれないが、武功の回復はかなり難しい。武功を失った者は、江湖では生きていけない。手を差し伸べてくれる人を頼ることしかできなければ、頼った人がいくらすごかろうが、周りから見れば彼はただの役立たずで、蔑まれても仕方がない存在となるのだ。

そんな〝廃人〟であるにもかかわらず、沈嶠《シエンチアオ》はこの場にいるほぼ全ての人が成し得ないことをやってのけた――段文鴦《ドワンウエンヤン》を止めただけではなく、互角に戦っている。

多くの人が思った。玄都山の掌教の肩書きはやはり伊達ではなかった。たとえ天下一の道門という称号にお世辞の意味が多く込められていたとしても、祁鳳閣《チーフォンゴー》の後継者と言われたくらいなのだから、沈嶠《シエンチアオ》はきっとそれだけの腕があるのだろう。

では、なぜ彼は段文鴦《ドワンウェンヤン》と同じくらい強いのに昆邪《クンイエ》に負け、これほど落ちぶれてしまったのだろうか。ひょっとして何か理由があるのではないだろうか？

見ている者たちの脳内を様々な推測が過るが、皆沈嶠《シエンチアオ》たちから目を離せずにいた。李青魚《リーチンユー》と段文鴦《ドワンウエンヤン》の戦いに負けず劣らず緊迫した、見事な戦いなので、一瞬たりとも見逃したくなかったのだ。

しかし沈嶠《シエンチアオ》には、周りの人が思うほどの余裕はなかった。

段文鴦《ドワンウエンヤン》は非常に強く、昆邪《クンイエ》よりも腕が立つのは明らかである。

ここまで沈嶠《シエンチアオ》が持ちこたえられているのは、功力が五割にまで戻ったのと、段文鴦《ドワンウエンヤン》が李青魚《リーチンユー》との戦いで若干負傷したからだ。そもそも玄都山の武功には道門の八卦、紫微斗数、占星術まで含まれ、計り知れぬほどに精妙である。段文鴦《ドワンウエンヤン》は今までそんな武功に接したことがなかったため、機先を制され、どうしても受け身になってしまう。

人々の前で繰り広げられる華麗な戦い。段文鴦《ドワンウエンヤン》は息つく暇もなく鞭を繰り出し、その勢いは雷轟電撃《らいごうでんげき》、誰も止められないほどに猛烈だ。横暴で傲慢な真気が、次から次へと鞭とともに沈嶠《シエンチアオ》に襲いかかる。自分に向かって積み上がる圧力に対する沈嶠《シエンチアオ》は、まるで美しいが脆い陶磁器のようで、見かけ倒しでしかない状態だ。攻撃が命中すればひとたまりもない。

バキッ！　沈嶠《シエンチアオ》の竹杖が二つに折れた。その音を聞いた李青魚《リーチンユー》はすぐさま「これを！」と持っていた秋水剣《しゅうすいけん》を沈嶠《シエンチアオ》に放る。

音で剣の位置を判断した沈嶠《シエンチアオ》は、振り向くことなくしっかりと剣を受け取り、すぐにそれを振って剣気を放った。するとそれは少しのずれもなく、段《ドワン》文鴦《ウェンヤン》の九層に重なった鞭の残影にザッと斬り付ける。

その刹那、まるで大地が裂けるか、堤を決壊させた奔流の如く、何ものにも止められない破竹の勢いの剣気が段文鴦《ドワンウェンヤン》を襲った。

段文鴦《ドワンウェンヤン》は、手を引いて後退せざるを得ない。鞭の残影はたちまち消え去り、一本の白い光が現れた。

それは剣気ではない。明確な形がなく、真気の気配もない。ふわりと柔らかい絹帯のようだが、意志を持つかのように、影の如く真っ直ぐ段文鴦《ドワンウェンヤン》に向かっていく。逃がさないとばかりに、段文鴦《ドワンウェンヤン》の後を追いかけた。

「これはいったい……これも剣気か？」

展子虔《ジャンズーチエン》は驚いて思わず声を漏らす。

「いえ、剣意です」

答えたのは彼の師弟の謝湘《シエシアン》だ。

「さっき李青魚《リーチンユー》が使ったものとは違うのか？」

「李青魚《リーチンユー》の剣意は無形であり、これは有形なんです」

謝湘《シエシアン》の答えに、展子虔《ジャンズーチエン》は、「無形は有形に勝ると言う。それなら、やはり李青魚《リーチンユー》のほうが腕は一つ上、ということか？」と問いを重ねる。

「剣意はもとより無形。無形が有形に勝るなど、どうして言えましょう？　有形の剣意を習得できれば、それはこの者が剣の精髄を身に着け、もうすぐ剣心の境地へ辿り着けるということになるんですよ！」

展子虔《ジャンズーチエン》はハッとして、途端に沈嶠《シエンチアオ》への好感は崇拝に変わった。

段文鴦《ドワンウェンヤン》は、数十歩後退する羽目になった。しかし、柔軟な白い剣意は少しも勢いが劣らず、絡みつくまで止まらないとでも言うかのように、しつこく段文鴦《ドワンウェンヤン》に付き纏う。

とうとう、鞭の先端に剣意が触れた。その途端、海南の鰐皮と数十種類の薬材で作られた鞭は、一節丸ごと削り取られてしまったのだ！

段文鳶《ドワンウェンヤン》は微かに表情を変えて、今度は剣意に向けて掌風を放った。絶壁に雲が湧き立つように、あるいは荒波が押し寄せて空と海がぶつかり合ったかのように、二つのものが一つになって混沌とし、もはやどこがその源なのかも定かではない。

天にも届くほどの巨大な波が、四方八方に襲いかかる。その光景に皆すかさず身を引いたが、数歩下がってみると押し寄せるこの波は、ただ波のように見える剣意の残影でしかないことが分かった。

それでも、人々は顔にひんやりとした水の冷たさを感じていた。身をもって、いかにこの剣意が強烈であるかを知る。

展子虔《ジャンズーチエン》は、思わず自分の顔を摩った。当然、その手には何も付かない。謝湘《シエシアン》が言う。

「まだ有形の剣意を完全に会得できていないからそのぐらいで済んでいますが、もしこれが化境（最高の境地）に至れば、傍観する者も傷を負いかねないでしょう」

展子虔《ジャンズーチエン》は普段から師弟の判断力に感服しているので、すぐに問いかけた。

「沈《シェン》郎君の内力や真気は剣意につり合っていないような気もするけど、これはいったい？」

謝湘《シエシアン》は戦いから目を離すことなく続けた。

「おそらく、病を患っているからかと。内力は全く昔の比ではないので、そんな状態でたとえ剣意を習得しても、最大限には発揮できないのです。もう限界が近いのかもしれません」

展子虔《ジャンズーチエン》は急いで沈嶠《シエンチアオ》に目を向けた。彼にはかなり好感を抱いているので、負けてほしくないのだ。しかし、剣光や鞭の残影が入り乱れて視界を遮り、戦う二人の表情まではっきりと見て取れない。

段文鳶《ドワンウェンヤン》は若干疲労を感じていた。鞭を一節削られ、李青魚《リーチンユー》との戦いで軽く傷も負っている。沈嶠《シエンチアオ》を侮ったことを既に後悔し始めていた。確かに沈嶠《シエンチアオ》は内力こそ弱まっているが、繰り出された剣意は極めて猛烈だ。いくら段文鴦《ドワンウェンヤン》の内力が強くても、延々とそれを使い続けることはできない。沈嶠《シェンチアオ》の剣意がさらに凄みを増していくのを見て、彼が再び勢いを盛り返すのを恐れ、すぐさま段文鴦《ドワンウェンヤン》は戦いを止めることにした。手を引いて後ろに下がり、笑いながら言う。

「沈《シエン》掌教はやはり名高いお方だ！　ただ俺はもうこれ以上暇がない。また今度お相手をしていただこう！　それでは！」

　立ち去ろうとする段文鴦《ドワンウェンヤン》を止められる者はいない。突厥出身者の中でも、段文鴦《ドワンウェンヤン》の軽功は尋常ではないほどに巧みだ。身のこなしも相当に奇妙で掴みどころがない。彼の軽功がどうやって繰り出されているかが分かる者は誰もいなかった。

　沈嶠《シェンチアオ》はその後を追わなかった。

　沈嶠《シェンチアオ》は崑邪《クンイエ》と段文鴦《ドワンウェンヤン》の両方と手を交えた唯一の人になったのだ。

　崑邪《クンイエ》の腕前は決して悪くはなかったが、もし沈《シエン》嶠《チアオ》が毒を盛られていなければ、半歩峰の戦いで負けていたのはきっと崑邪《クンイエ》だったはずだ。

　ところが、段文鴦《ドワンウェンヤン》の場合は異なる。確かに沈嶠《シェンチアオ》の腕前は以前より劣るものの、人を見る目まで失ったわけではない。段文鴦《ドワンウェンヤン》の恐ろしさには、少なからず驚かされた。沈嶠《シェンチアオ》は優位に立っていたように見えたが、結局最後まで相手の極限がどれほどのものかを探り出すことはできなかった。もしあのまま戦い続けていたら、すでにほとんど力を出し切っていた沈嶠《シェンチアオ》はきっと負けていただろう。にもかかわらず、段文鴦《ドワンウェンヤン》は手を引いて沈嶠《シェンチアオ》から離れた。

　沈嶠《シェンチアオ》はその場に立ったまま、気を整える。有形の剣意を使ったため真気の大半を消耗してしまい、体はひどく弱っていた。覚束《おぼつか》ない自分の足取りに、思わず苦笑が漏れる。

　李青魚《リーチンユー》が沈嶠《シェンチアオ》の前にやって来る。

「沈《シエン》掌教」

　沈嶠《シェンチアオ》は手に持った剣の先を下に向け、柄を相手に差し出した。

「剣をお貸しいただきありがとうございます。私の力が及ばず、残念なことにこの素晴らしい剣を十分に活かすことができませんでした」

李青魚《リーチンユー》が剣を受け取る。

「先ほど私は失言をしてしまいました。どうかお気になさらず」

へりくだったことがあまりないようで、謝罪をする李青魚《リーチンユー》の言葉は明らかにぎこちない。

沈嶠《シェンチアオ》は笑って答えた。

「いえ。もしあの時、剣をお貸しいただけなければ、今頃私は死んでいたでしょうから」

沈嶠《シェンチアオ》はぼんやりとだが景色が見えるようになってから、目を細めて相手を見る癖がついていた。ただ、相変わらず彼の両目には力がない。日が差すと、その両目はきらきらと波を打っているようで、見る者は同情を禁じ得なかった。

そんな沈嶠《シェンチアオ》をしばし眺めてから、李青魚《リーチンユー》はふと口を開いた。

「もし行く場所がないのなら、純陽観は住処を提供できます。我慢して嫌いな人を頼り、居候をする必要はありません」

横にいた蘇樵《スーチアオ》はその言葉に驚いた。純陽観の者であれば誰でも、李青魚《リーチンユー》は鉄のように冷たく硬い心を持つ人間であると知っている。李青魚《リーチンユー》が重視するのは武術だけであり、師や同門の師兄弟に対しては多少優しさを見せるがそこまで。彼が他人に友好的な態度で接しているのを見たことはないし、誰かを純陽観へ招待するなど絶対にあり得ない。なのに、面識すらなかった沈嶠《シェンチアオ》をこれほど重く見るとは。

沈嶠《シェンチアオ》も驚いたが、すぐに笑って「ありがとうございます」と答えた。

礼は口にしたものの、沈嶠《シェンチアオ》はそうするとは言わなかった。これは婉曲な拒否である。

偶然出会った者同士でこれまで付き合いもないのだ。沈嶠《シェンチアオ》は純陽観に面倒を掛けたくはなかった。

李青魚《リーチンユー》は頷き、それ以上何も言わずに剣を持ってその場を後にした。

戦いを目にするまで、人々は口には出さなかったものの、この落ちぶれた元掌教を心の中で軽蔑していた。ところが、沈嶠《シェンチアオ》と段文鴦《ドワンウェンヤン》が手を交えるのを見た後、その思いは跡形もなく消え去った。

　後手で多少有利な立場だったとはいえ、あの時沈嶠《シェンチアオ》が手を出さなければ、いったい誰が段文鴦《ドワンウェンヤン》を止められたというのだろう？

　段文鴦《ドワンウェンヤン》の出鼻をくじき、必ず退けられると豪語できる者など、この場にいたのだろうか？

　秦《チン》老夫人が下女に支えられながらやってきて、蘇《スー》威《ウェイ》、蘇樵《スーチアオ》の兄弟とともに沈嶠《シェンチアオ》に礼を述べた。

「息子をお助けいただき、本当にありがとうございます！」

　言うなり跪いて拝もうとする秦《チン》老夫人を沈嶠《シェンチアオ》は急いで止めた。

「どうかお気になさらずに。段文鴦《ドワンウェンヤン》が美陽県公殿を人質に取ろうとしたのは、全く不誠実というもの。私も客として招かれているので、手を貸すのは当然です。当たり前のことをしただけですから！」

　秦《チン》老夫人が続ける。

「今後、いかなることがあろうと、あなたは我が蘇《スー》家の恩人です。いつでも、いらしてください。何かあれば、蘇《スー》家も必ずや、力を尽くしますから」

　蘇《スー》家ができることはそれほど多くないかもしれないが、この約束は、秦《チン》老夫人の心からの感謝を意味している。

　寿宴は段文鴦《ドワンウェンヤン》のせいで終わりを迎え、賓客たちはすっかり興を削がれ帰ることとなった。普六茹《プーリウルー》堅《ジエン》は沈嶠《シエンチアオ》と一緒に蘇《スー》家を出て、日を改めて自分のところにも遊びに来るようにと誘って別れを告げ、その場を後にした。

　沈嶠《シェンチアオ》も馬車に乗ろうとすると、「お待ちください！」と展子虔《ジャンズーチエン》に呼び止められた。

　展子虔《ジャンズーチエン》が拱手して言う。

「先ほどからずっとお声掛けしたかったのですが、なかなか機会を見つけられず。どうかお応えいただきたいお願いがありまして！」

　沈嶠《シェンチアオ》は訝しみ、「改まって、いかがされました？」と問い掛けた。

　展子虔《ジャンズーチエン》はニコニコと言う。

「沈《シエン》郎君の絵を描かせていただきたいのです」

「絵、ですか？」

「まさしく。私は絵を描くことが趣味でして、特に神仙を主題に描くのが好きなのです。ただ、この世間にいるのは平凡な人ばかりで、誰が本物の神仙だと言えましょう。それで、沈《シエン》郎君は私が心に抱く神仙像に一番近いと思ったのです。だからどうか、描かせていただけませんか？」

沈嶠《シエンチアオ》はこれまで奇々怪々な要求に出会ってきたが、絵に描かせてほしいというのはさすがに初めてで、どう答えればいいのか分からない。

展子虔《ジャンズーチエン》がさらに沈嶠《シエンチアオ》を説得しようとすると、謝《シエ》湘《シアン》が近づいてきた。

「どうか悪く思わないでください。師兄は絵のことになると周りが見えなくなって、いつもこんな感じなのです！」

言うなり謝湘《シエシアン》は軽く拱手すると、展子虔《ジャンズーチエン》の腕を引っ張って連れて行こうとする。

展子虔《ジャンズーチエン》は「待ってくれ！」と声を上げるが、謝《シエ》湘《シアン》の力には敵わない。しきりに振り返りながら声を張り上げた。

「沈《シエン》郎君、どうかしばらく都に留まってくださいね！　今度また日を改めて、お宅をお訪ねしますから！」

沈嶠《シエンチアオ》は失笑して首を横に振り、体の向きを変えて馬車に乗った。手ぬぐいを一枚取り出すと、そこに血を吐き出す。にわかに、沈嶠《シエンチアオ》の顔に疲れの色が濃く滲んだ。

段文鴦《ドワンウエンヤン》は沈嶠《シエンチアオ》の剣意で傷を負い、おそらく回復には半月ぐらいかかるだろう。とはいえ、沈嶠《シエンチアオ》自身も、同じように負傷したのだ。今までずっと堪えて周囲に見せなかっただけである。

謝湘《シエシアン》はきっとそれに気づいたから、展子虔《ジャンズーチエン》をさっさと連れて行ったのだろう。

晏無師《イエンウースー》は贅沢を好むので、下の者もそれに倣って、馬車の中を豪華に、そして快適に乗れるようしつらえていた。御者に少師府に戻るよう言ってから、沈嶠《シエンチアオ》はそれ以上我慢するのをやめた。すっかりくたびれた様子で馬車の壁に身体を預け、微かに眉を寄せる。そして、彼はいつの間にか気を失うように眠りに落ちた。

ひどく疲れていたこともあって、沈嶠《シェンチアオ》の眠りはかなり深く、外で何が起きているのかを全く把握していなかった。目を覚ますと、車輪がいまだに動き続けているのに気づき、沈嶠《シェンチアオ》の心を嫌な予感が微かに過った。

簾を上げて外を見ると、どうやら馬車はもう町を出て郊外を走っている。しかし、どこからどう見ても、明らかに少師府に帰る道ではない。

「老魏《ラオウェイ》、外にいるのはあなたか?」

沈嶠《シェンチアオ》の問いに答える者はいなかったが、馬車は速度を落とし、やがて完全に止まった。

御者が振り返る。その人物が着ているのは確かに老魏《ラオウェイ》の服だったが、顔は変わり、美しく魅力的になっていた。笑わずとも、えくぼが浮かんでいる。

顔立ちは明確に見て取れなかったが、相手が口を開いた途端、沈嶠《シェンチアオ》はその正体を察した。

「別に文句ってわけじゃないけどさ、蘇《スー》家の警備ってほんと杜撰《ずさん》だよね。老魏《ラオウェイ》の服を着て笠を被って、ちょっと声を真似するだけでいいんだもん。変装すらしてないのに、疑いもしないなんて。あんなところ、誰でも自由に出入りできるよ。あなたは段文《ドワンウェン》鴦《ヤン》を一回追い返してやったけど、二回目はそうはいかないだろうね」

「老魏《ラオウェイ》はどこに?」

御者になりすました白茸《バイロン》が甘えるようにふてくされる。

「沈《シェン》掌教ってば、なんで爺さんのことばっかり気にしてるの? あたしみたいな美人が目の前にいるのに、ちっとも気に掛けてくれないんだから。そいつならもうとっくに死んでるよ、あたしが殺したの!」

沈嶠《シェンチアオ》は軽く笑った。

「余計なことを聞いてしまいましたね。あなたは賢い方です。たかが御者一人であの晏無師《イエンウースー》の恨みを買おうとは、きっと思わないでしょうから」

白茸《バイロン》はにこやかに言う。

「あなただって攫《さら》えたんだから、御者なんてもっと余裕よ。もしかしてあたしが嘘を吐いてるって思って、わざと言ってる？　まあいいや、教えてあげる。あんな取るに足らない爺さんを殺す趣味なんてないから、気絶させて蘇《スー》家の馬小屋に放り込んできたの。あとは成り行き任せ。たとえ馬に踏まれて死んだって、あたしには関係ないことよ！　それにしても、晏無師《イエンウースー》にあんまり大事にされてないね。体は弱ってるし、何かあるとすぐ吐血したり気絶したりするのに、御者を一人しかつけないなんて。こんな日が来るって分かってたのかな？」

沈嶠《シェンチアオ》は首を横に振った。

「私たちはあなたが思うような関係ではありませんし、そうやってけしかけなくてもいいですよ。ところで、私をここに連れてきて、いったいなんのご用です？」

白茸《バイロン》はいきなりずいっと身を前に乗り出した。ふわりといい香りを伴う温かい吐息がすぐ近くまで迫る。沈嶠《シェンチアオ》が眉を寄せて無意識に後ろへ避けようとしたところ、その肩を摑もうと、白茸《バイロン》は手を伸ばした。沈嶠《シェンチアオ》の竹杖はすでに蘇《スー》家で折れてしまっているので、素手で白茸《バイロン》を防ぐしかなく、二人はあっという間に数十手を交わした。

白茸《バイロン》の動きは敏捷で、その指は花のように変化し続ける。息を吸って吐く程度の間でも、花は蕾から満開になり、萎んで落ちた。栄枯盛衰、一生は一瞬にすぎないと言わんばかりである。

ところが、比類なく精妙なこの〝青蓮印《せいれんいん》〟という技は、全部沈嶠《シェンチアオ》に止められた。沈嶠《シェンチアオ》は白茸《バイロン》のそれぞれの動作をとっくに予想していたようで、白茸《バイロン》が攻撃を仕掛けるたび、彼女より一瞬だけ早く手を出すのだ。

白茸《バイロン》は沈嶠《シェンチアオ》と段文鴦《ドワンウェンヤン》の戦いを見ておらず、沈嶠《シェンチアオ》の印象はまだ懐州で重い傷を負い、すっかり弱っている状態で止まっている。だから、自分が誇る〝青蓮印〟を全て止められ、内心驚いたのは言うまでもない。

「あたしの師兄を殺したって聞いた時は信じられなかったけど、どうやら本当みたいだね。武功はもう回復したの？」

言うなり、白茸《バイロン》は沈嶠《シェンチアオ》が放った掌風を避けて沈《シェン》嶠《チアオ》の背後に回った。そのまま沈嶠《シェンチアオ》に点穴を施すと、何の前触れもなく背後から沈嶠《シェンチアオ》の腰に手を回して抱き着き、顔を覗き込む。

「ただの道士なのにこんなに綺麗な顔をしちゃって。あたしたち魔門はこれからどうやって過ごしていけって言うの？」

白茸《バイロン》はそう言いながら、沈嶠《シェンチアオ》の鼻先にちゅっと口づけを落とした。

白茸《バイロン》の行動はあまりにも素早く、沈嶠《シェンチアオ》は深手を負っているので、白茸《バイロン》と手を交えるだけで精一杯だった。まさか相手がこのような行動に出るとは思わず、沈《シェン》嶠《チアオ》はぎょっとして目を白黒させる。

白茸《バイロン》はそんな沈嶠《シェンチアオ》を見てクスクスと笑う。

「初めて会った時からこうしたかったんだよね。やっと願いが叶った！」

穴道を突かれた沈嶠《シェンチアオ》は動けず、無駄にあがくのをやめた。

「いったい何がしたいのです？」

「霍西京《フオシージン》を殺しておいて、何がしたいのか、だって？　霍西京《フオシージン》の奴、おべっかばかり使って師尊に気に入られてたんだよ。今回の件で師尊もカンカンにお怒りだから、処罰のためにあなたを連れてこいって命じられたの！」

白茸《バイロン》は沈嶠《シェンチアオ》を見れば見るほど、美しいと思う。合歓宗も男女問わず美しい者ばかりだが、魅惑術を修練して気ままに振る舞うので、沈嶠《シェンチアオ》のような俗世離れした冷やかな雰囲気は身に着けていないのだ。

もし合歓宗の人間を六欲ある俗世で動き回る魅魔（淫魔）にたとえるのなら、沈嶠《シェンチアオ》は寺の中でお高く止まっている、喜びも悲しみも感じない神像だろう。

しかし、神を冒涜《ぼうとく》する者たちにしてみれば、お高く止まっていればいるほど、ますますその神像を穢したくなるというもの。

白茸《バイロン》は嬉しそうに続ける。

「でもちょっともったいない気もしてきたなぁ。こんなに綺麗な顔をしてるんだもん、師尊の手に堕ちたらひどく虐げられるだろうし、生きていても死にたくなるくらい散々な目に遭うよ。そこで提案なんだけど、この前の『朱陽策』の妄意巻の内容、そこまで完全に覚えられたわけじゃないんだ。もしもう一回暗唱してくれるなら、逃がしてあげる。それで、帰ったら師尊には晏《イエン》宗主に勝てなかったから、って言っとくよ。どう？」

「玄都山は『朱陽策』游魂巻を持っています。私の正体を知っているのなら、なぜそっちも一緒に暗唱しろと言わないのですか？」

白茸《バイロン》が笑う。

「あたし、そこまで馬鹿じゃないよ。游魂巻は聞いたことないし、あなたが順番をぐちゃぐちゃにしたり適当にでたらめを言ったところで、あたしには真偽が分からないもん。妄意巻は完璧じゃないけど、大半は覚えてるの。変な小細工をしたら分かるからね」

「もし私が嫌だと言ったら？」

問いかける沈嶠《シエンチアオ》に、白茸《バイロン》は可愛らしく答えた。

「そしたら、もうあなたを師尊に引き渡すしかないよ。あたしの師尊、桑景行《サンジンシン》の評判を知らないわけじゃないでしょ？　師兄よりも何倍も残酷なんだから。男女は問わないし、採補術も、情事で相手を死ぬまで弄ぶことも大好きなの。あなたみたいな美人が師尊の手に堕ちたら……なんて、想像もしたくないくらいだよ」

沈嶠《シエンチアオ》はため息を吐いた。

「あなたたちは全員、私を落ちぶれて誰にでも虐められていいような存在だと思っていらっしゃるようですね。だから好き勝手に振る舞い、私を思うがままに扱う。そんな態度を取られたら、私も頑張らないわけにはいかない。他人を虐げずとも、虐げられないくらいにならないといけませんね！」

白茸《バイロン》は呆気に取られる。その言葉の真意を察するよりも早く、沈嶠《シエンチアオ》がいきなり長い人差し指で突いてくるのを視界に捉えた。

「春水指法!?　どうしてそれを！」

白茸《バイロン》は大いに顔色を変えて、急いで後ろに下がった。

白茸《バイロン》が驚いたのも無理はない。魔門の者たちは、晏無師《イエンウースー》を心から恐れているのだ。

かつて閉関する前、晏無師《イエンウースー》はその身一つでほかの魔門に挑んだことがある。法鏡宗の精鋭を半分ほど殺し、合歓宗にも痛手を与え、魔門の統一まであと一歩というところまで迫った。その後晏無師《イエンウースー》が崔《ツイ》由妄《ヨウワン》との戦いに敗れ、傷の治療のために閉関しなければ、今頃魔門三宗はどのような局面を迎えていたか分からない。

それもあって、魔門の人々は晏無師《イエンウースー》という名前を聞くと、骨に滲みるほどの恐怖を感じるのだ。

白茸《バイロン》はまだ若く、晏無師《イエンウースー》が魔門に挑んだ時は手を交える資格がなかった。ただ、少し前に晏無師《イエンウースー》の一番弟子辺沿梅《ビエンイエンメイ》を騙し討ちしようとした時、運悪く晏無師《イエンウースー》に見つかってしまったのだ。全力で逃げ出し、どうにか生き長らえたものの、それ以来〝魔君〟という名の意味するところをより一層深く知った。

もし今日沈嶠《シェンチアオ》が一人きりでなければ、白茸《バイロン》はこれほどの危険を冒してまで沈嶠《シェンチアオ》のもとに来ることはなかっただろう。

目の前で沈嶠《シェンチアオ》が〝春水指法〟を繰り出すのを見て、先日命からがら逃れた時の恐怖が蘇ってくる。

白茸《バイロン》は自分に向かって突き出される指を受け止める勇気がなく、後ずさって避けた。とはいえ、せっかくの獲物を逃してしまうのも惜しい。彼女はピタリと馬車の壁に張り付くと、そこからぐるりと回り込んで後ろから沈嶠《シェンチアオ》を押さえ込もうとした。

ところが、沈嶠《シェンチアオ》は背中にも目がついているかのように、指は途中で掌へと形を変えた。ほとんど力が入っていないくらいにふわりとした動きだが、白茸《バイロン》が決して油断できない、並ならぬ内力が脈々と込められている。

ここまでくると、さすがの白茸《バイロン》も相手を軽視したばかりに足をすくわれたのだと気づいた。先ほど沈《シェン》嶠《チアオ》が馬車で吐血しているのを見て、すっかり弱っているのだと思っていたが、これほどの力がまだ残っているなんて！

白茸《バイロン》の手は柔らかく、肌はきめ細やかで美しい。どんな男でも情けを掛け、手を下すのは忍びないと思うだろう。ただし、沈嶠《シエンチアオ》は例外である。目が見えないので、色香に頼る魅惑術は一切効かないのだ。

二人の掌がぶつかり合う。音もなく非現実的な光景で、戦っているというよりも、好きな人に甘えているようにも見える。

しかし、白茸《バイロン》は胸元に重い一撃を受けたように感じ、信じられずに目を見開いた。ぐっと歯を食いしばり、片手を馬車に叩きつけると、馬車は爆ぜて瞬く間にバラバラになった。驚いた馬が駆け出す。沈《シエン》嶠《チアオ》は飛び上がって馬の背中に乗り、手綱を力強く引く。戦々恐々としていた馬は「ヒヒーンッ！」といななき、速度を徐々に落とさざるを得なかった。

背後から低いため息が聞こえる。

「沈《シエン》郎って、ほんと優しい。馬一頭すら傷つけまいとするなんて。なんだか晏《イエン》宗主が羨ましくなっちゃうよ！」

沈　嶠《シエンチアオ》が必死に馬を制御しようとしているのを見て、白茸《バイロン》は諦めずにまた後ろから迫った。愛情たっぷりな口調とは裏腹に、沈嶠《シエンチアオ》の背中に振り落とされる手には少しの容赦もない。たとえこの攻撃で沈《シエン》嶠《チアオ》が廃人になっても、白茸《バイロン》にはどうでもよかった。生きて口さえきければ、妄意巻を暗唱できるのだから！

沈　嶠《シエンチアオ》はため息をこぼしたが、振り向かずに体を前に倒して、馬の背の横側にしがみついた。片手で手綱を摑み、もう片方の手は馬を押して伏せる。ただし、それは馬が攻撃のとばっちりを受けてしまうのを避けるためだ。馬が伏せると、沈嶠《シエンチアオ》はつま先で地面を軽く蹴って飛び上がり、白茸《バイロン》に正面から向かった。

白茸《バイロン》は一回痛い目を見ているので、当然正面から沈　嶠《シエンチアオ》と手を交わす勇気がない。すぐさま手を引いて後ろに下がり、森の中へ消えていった。笑い声がこだまする。

「沈郎《シエン》ってば、馬一頭だって助けるのに、あたしにはすっごく冷たいんだね。また今度、遊んであげるっ！」

白茸《バイロン》が確かに去ったと分かると、沈嶠《シエンチアオ》はいよいよその場に立っていられなくなり、馬の背中を支えに腰を曲げた。膝からかくんと力が抜け、そのまま地面に跪いてしまう。

馬は地面に伏せたまま、やっと落ち着いたようで、「ブルルッ」と鳴いた。そして首を傾げ、どうしたのかと言うように、潤んだ丸くて大きな瞳で沈嶠《シエンチアオ》を見る。

沈嶠《シエンチアオ》はポンと軽く馬を叩いた。

「すまないね、巻き込んでしまって……」

言い終える前に、喉の奥から血がグッと込み上げる。沈嶠《シエンチアオ》は無意識に口を手で覆ったが抑えきれず、指の間から血が溢れ出した。

沈嶠《シエンチアオ》は手を離し、思い切り血を吐いた。吐き終わると、口角に付いた血を袖で拭い取る。

はあ、と息を吐き出した沈嶠《シエンチアオ》は、クラクラとめまいを感じていた。「キィン」と耳鳴りがして頭が重く、足元がふわふわと浮いているような感じがする。今すぐ目を閉じて気を失ってしまいたかった。

このような体の状態にはもう慣れている。傷を負ってからというもの、沈嶠《シエンチアオ》は頻繁にこうなるのだ。ややもすれば体に力が入らなくなる。武功は回復しつつあったが、体調は一向に良くならなかった。頻繁に戦い傷を負っているので、治りきっていない経脈に響き、修復の速度が追いつかない。また、元々身に着けている玄都山の内功だけでは傷ついた根基を治すことができず、『朱陽策』の真気の修練も壁にぶち当たり、長いこと進展がないのだ。

ただ、いくら慣れていると言っても、ひどく苦しいことに変わりはない。沈嶠《シエンチアオ》は休まないわけにはいかず、目を閉じて馬に寄り掛かった。とりあえず、この気持ち悪いめまいを乗り越えてから、また起き上がろう。こんな状態では馬に乗って町に戻ることすらできない。

けれどもその時、沈嶠《シェンチアオ》は遠からぬ場所から誰かの声を聞いた。

「沈《シェン》掌教、こういう言葉を聞いたことはあるかな？　蟷螂《とうろう》、蟬《せみ》を捕まえ、黄雀《こうじゃく》、後ろに在り（目先の利益に囚われ、背後の危険に気づかないこと）と」

大きくも小さくもない声だ。その口調もわざとらしく威勢を誇示せず、かなり礼儀正しい。

因縁を付けにきた、というよりも、単に道を尋ねているだけのようにも聞こえる。

沈嶠《シェンチアオ》は目を開けずに、かすれた声で答えた。

「聞き覚えのないお声ですね。お会いしたことがないようですが」

声の持ち主は丁寧に言う。

「そう、今回が初対面だ。ただ、まさか白茸《バイロン》に先を越されるとは思わなかったがね。とはいえ、先を越されたのは幸いだった。でなければ、今頃私が付け入る隙はなかっただろうから。ご無事かな？」

沈嶠《シェンチアオ》は首を横に振り、「立てないのです。申し訳ありませんが、このままで失礼いたします」と言った。

相手は「構わないよ」と優しく答えたものの、沈《シェン》嶠《チアオ》を支えるつもりも、この場から離れるつもりもない様子だ。

沈嶠《シェンチアオ》はため息を吐いた。

「ご尊名をまだ、伺っていませんでしたね」

声の主は笑う。

「初対面とはいえ沈《シェン》掌教は昔から知っているように思えて、その風格に気を取られ、すっかり自己紹介を忘れていたよ。それがしの苗字は広《グアン》という。河西《かせい》生まれで、今は定まった住処はない」

江湖においては、片手で数えるほどしかいない珍しい苗字である。

「私なぞを、法鏡宗の宗主が自らわざわざお訪ねになるとは」

そう言った沈嶠《シェンチアオ》に、法鏡宗宗主広陵散《グアンリンサン》が答えた。

「沈《シェン》掌教の名声を長いこと慕っていたが、今日になるまでお会いする縁がなかった。あなたが崖から落ちたと聞き、大変遺憾に思っていたよ。ただ、今日二人を連続して破る姿を見られるとは。全く、なんと幸甚《こうじん》なことか！」

沈　嶠《シェンチアオ》は苦笑する。

「広《グアン》宗主、これ以上回りくどいことを言わずに、何かあればはっきりおっしゃってください。堪えきれずに私が気絶してしまったら、あなたの言いたいことも聞けなくなりますから」

沈　嶠《シェンチアオ》が今ひどい苦痛に苛まれているのはすぐに分かる。それでも冗談が言える沈嶠《シェンチアオ》に、広陵散《グアンリンサン》は多少敬服した。

「晏《イエン》宗主が法鏡宗のものを持っていってしまったのだが、まだそれを返してくれていなくてね。仕方がないから、沈《シェン》掌教を法鏡宗にお招きしようかと思ったのだよ」

「ご期待に添えかねるかと。広《グアン》宗主のところに伺っても、私は無駄飯を食べる程度のことしかできません。晏《イエン》宗主が使われる箸一膳のほうが、私よりよっぽど価値がありますよ」

今の沈嶠《シェンチアオ》にとっては、少ししゃべるだけでも骨が折れる。どうにか答えると、沈嶠《シェンチアオ》はすぐに目を閉じた。微かに眉を寄せたその顔には血の気がなく、今にも死んでしまいそうだ。

広　陵散《グアンリンサン》は心配になり、手を伸ばしてその脈をとろうとした。

しかし、沈嶠《シェンチアオ》の手首に手が触れた途端、広陵散《グアンリンサン》は突然微かに動いた。大きな動きを見せることなく、瞬く間に十数尺後ろに下がる。

ちょうど広陵散《グアンリンサン》が立っていた場所に、浅いくぼみが現れた。

「晏《イエン》宗主が負傷した沈《シェン》掌教を拾ったのは、沈《シェン》掌教を辱め、男寵にしようとしているからだと皆噂しているが、どうやらそうではないらしい！」

広　陵散《グアンリンサン》はにこやかに口を開く。

「長らくお会いしていないが、晏《イエン》宗主の風格は昔より遥かに優れていらっしゃる！」

晏　無師《イエンウースー》は沈嶠《シェンチアオ》を一瞥した。沈嶠《シェンチアオ》は眠っているのか、気絶しているのか分からない。袖口を血で汚し、手がくたりと垂れ下がっている。その目は閉じられて、何も感覚がない様子だ。

視線を広陵散《グアンリンサン》に戻して、晏無師《イエンウースー》は言う。

「私のいない間、法鏡宗は中原に身を置けなくなるほど合歓宗から圧迫されるとはな。遠く吐谷渾まで逃げるなど、ずいぶんと無能な宗主ではないか」

広陵散《グアンリンサン》は笑って答えた。

「私は、玄都山の前掌教まで手に入れられる晏《イエン》宗主には到底及ばないよ。褥《しとね》を温めることも採補術に使うこともできるし、加えて武芸を試す道具にもなれる。まさに一石三鳥、羨んでも羨みきれないほどだね。数日借りて使わせていただこうかと思ったが、まさか晏《イエン》宗主が間髪入れずに追いかけてくるほど、沈《シェン》掌教を大事になさっているとは！」

書生のような格好をし、顔立ちも優雅で穏やかだが、広陵散《グアンリンサン》は典型的な魔門の口ぶりで、言いたい放題だ。

「ここ数年、法鏡宗は吐谷渾で上手くやっているようだな。吐谷渾の可汗、夸呂《クワリュー》すらお前の言うことに従うと聞いたぞ。僻地に逃げおおせて、まさに水を得た魚の如く生きているようだな」

晏無師《イエンウースー》が何かを言う時は必ずと言っていいほど、微かに嘲りの色を伴っている。気性の荒い人間なら、聞いた途端に怒りを募らせるだろう。けれども、晏《イエン》無師《ウースー》は異様なほど腕が立つ。戦ったところで勝てはしないので、時が経つにつれ、この口ぶりは晏無師《イエンウースー》の代名詞となっていた。

広陵散《グアンリンサン》は軽く笑う。

「周帝に重用されている晏《イエン》宗主とは比べものにならない。浣月宗は周国に勢力を置き、合歓宗は斉帝の信頼を独り占め。南の陳国には臨川学宮があり、仏門も道門も虎視眈々と覇権を狙っている。それに比べ、我が法鏡宗は劣弱ゆえ、遠くに行くしかない。仕方のないことだよ」

晏無師《イエンウースー》は切れ長の目を細める。

「それなら、なぜ吐谷渾に根を下ろしてきちんと法鏡宗を切り盛りせず、わざわざ周国へ来た？」

「もちろん、晏《イエン》宗主に会うためだ。どうか、香塵骨《こうじんこつ》を法鏡宗にお返しいただきたい」

晏《イエンウースー》無師は鼻で笑った。

「返す？　それにはお前の名でも彫ってあるのか？」

「あれはもとより先師のもの。なぜ、私のものではないと？」

冷やかに答える広陵散《グアンリンサン》に、晏無師《イエンウースー》は声を上げて笑う。

「十年前はまだこうやって本座と話せていなかったな。もしかしてこの十年間に、無数の胆でも食らって胆が据わったのか？」

江湖においては、確かに強者が王と見なされるが、一応普段は道徳や倫理という障子紙に包まれて表立つことはない。ただ、魔門の者たちにとっては、この原則こそが全てである。強ければ、欲しいものはなんでも手に入れられる。弱ければ、死んでも他人のせいにできない。十年前、閉関前の晏無師《イエンウースー》はほかの二宗を、それこそ息も吸えないほどに思い切り圧倒していた。とはいえ、十年も経てば、人はいろいろなことを忘れる。恐怖さえも。

晏《イエンウースー》無師は十年の閉関で大いに腕を上げたが、当然ほかの者もその場に留まっていたわけではない。何よりも、広陵散《グアンリンサン》は晏無師《イエンウースー》と同じく、天下の十大に名を連ねる高手である。二人の間に力の差があるといえども、全く超えられないものではないのだ。

＊　＊　＊

沈嶠《シェンチアオ》は微かに呻いて、重い瞼をなんとか持ち上げた。

ぼんやりとした光の塊が目に入る。真っ暗闇ではなかったが、見えるものは限られていて、ほぼ見えていないも同然だ。沈嶠《シェンチアオ》は再び目を閉じた。

その時、優しい声が聞こえてきた。

「沈《シェン》郎君、お目覚めですか。薬が煎じ上がりました。ちょうどいい温度なので、お手伝いいたしますから飲みましょう」

この声の主は少師府の下女の茹茹《ルールー》だった。少師府では、茹茹《ルールー》がずっと沈嶠《シェンチアオ》に仕えていたのだ。

「……ここは、少師府？」

沈　嶠《シェンチアオ》の記憶は広陵散《グアンリンサン》に会った後、気を失ったところで止まっている。

茹茹《ルールー》は口元を隠して笑いながら答えた。

「そうですよ。でなければ、私もここにいませんから。ご主人様が郎君を連れて帰られたんです」

茹茹《ルールー》は沈嶠《シェンチアオ》に薬を飲ませた後、乱れた布団を軽く整えた。

「沈《シェン》郎君は気血が不足しているので、血を補うものを多く摂ったほうがいいと、お医者様がおっしゃってましたよ」

沈　嶠《シェンチアオ》は頷き、「晏《イエン》宗主は？」と問いかける。

「書斎で大郎君とお話をされています」

茹茹《ルールー》の言う大郎君とは、辺沿梅《ビエンイエンメイ》のことだ。

薬に心を落ち着かせる成分でも入っていたのだろうか。数言も話さないうちに、沈嶠《シェンチアオ》は我慢できず、気絶するように眠ってしまった。ずいぶんと長いこと眠って、次に目を覚ますと部屋には既に明かりが灯され、傍にはぼんやりと人の姿がある。


「晏《イエン》宗主？」

沈　嶠《シェンチアオ》は手探りで体を起こした。

晏　無師《イエンウースー》は持っていた本を置いたが、沈嶠《シェンチアオ》を支えることはなく「うむ」とだけ答えた。

「広《グアン》宗主はもう帰られたのですか？」

「あぁ。奴と私で手を交えたのだ」

「確かにあの方も腕が立ちますが、晏《イエン》宗主には敵わないでしょうね」

沈　嶠《シェンチアオ》はそれだけ言った。晏無師《イエンウースー》がなぜちょうどよくあの場所に現れたのかは少しも意外に思っておらず、それ以上尋ねようともしない。

「聞いたぞ。蘇《スー》家で段文鴦《ドワンウェンヤン》とやり合ったそうだな」

「段文鴦《ドワンウェンヤン》は相当な腕前です。時が経てば、きっと狐鹿估《フールーグー》に引けを取らない存在となるでしょう」

「昆邪《クンイエ》と比べたらどうだ？」

「三割ほど、勝っているかと」

「なら今日お前が勝てたのは、単純に運が良かったということか？」

晏　無師《イエンウースー》の問い掛けに、沈嶠《シェンチアオ》は謙遜して答えた。

「そうです。段文鴦《ドワンウェンヤン》は先に李青魚《リーチンユー》と手を交え、少し傷を負っていました。だから私が得をしたというわけです」

「さっきお前の脈をとってみたが、崖から落ちた時、相見歓の毒は既に骨の髄まで深く滲み込み、根基をほとんど破壊していた。『朱陽策』でお前の経脈を修復できるかと思ったが、この様子だと二巻分だけでは足りないらしい。さらに面倒なことに、お前は頻繁に誰かと手を合わせ、怪我をしている。これでは〝道心〟の傷は深くなるばかり。このままでは道心が完全に破壊され、神仙ですら打つ手がなくなるぞ。いくら『朱陽策』が優れていても、神仙にできないことはできぬからな」

道心は単なる心ではなく、根基だ。沈嶠《シェンチアオ》は幼い頃から道門の内功で根基を築き上げた。それこそ〝道心〟の〝道心〟たる所以《ゆえん》なのだ。道心が完全に破壊されたら、いくら技を身に着けていても意味がない。永遠に武術の頂点には辿り着けなくなるのだから。

今の沈嶠《シェンチアオ》はまさに、この状態である。道心は傷と毒のせいでほとんど破壊された。『朱陽策』の真気でゆっくりと修復しているが、それ以外に適切な治療方法はないのだ。

ただ、沈嶠《シェンチアオ》が知っている『朱陽策』は二巻だけで、全てではない。しかも江湖に身を置いているので、いやがおうでも何かしらの戦いに巻き込まれる。戦うたびに気を巡らせなければならず、治癒していない道心をさらに傷つけてしまう。それは悪循環を引き起こし、朱陽策の真気がそれ以上道心を修復できなくなったら、根脈、つまり根基と経脈は崩壊する。そして取り返しの付かないことになるのだ。

そもそも沈嶠《シェンチアオ》が今頻繁に根脈に傷を負っているのは、晏無師《イエンウースー》のせいもある。晏無師《イエンウースー》が沈嶠《シェンチアオ》に手を出すように度々迫らなければ、沈嶠《シェンチアオ》とて古い傷が癒える前にまた新しい傷を負うことにはならなかったのだから。

しかし、当の晏無師《イエンウースー》は厳しく真面目な表情をして、自分のしたことなどすっかり棚に上げている。

もはや厚顔無恥と言うべきか、横行跋扈《おうこうばっこ》と言うべきか、沈嶠《シェンチアオ》には分からない。

「そうおっしゃるのであれば、何か良い方法を見つけた、ということでしょうか？」

沈嶠《シェンチアオ》の問いかけに、晏無師《イエンウースー》はゆったりと応じた。

「あぁ。もしお前が道心を捨てて私が魔心を植え付けるのを受け入れ、『鳳麟元典』を修練すれば、万事思いのままだ」

沈嶠《シェンチアオ》はため息を吐く。

「晏《イエン》宗主はかなり苦心して、一歩進むごとに先手を打っていらっしゃる。敬服の極みです。魔心を植え付けられれば、性格はどうしても気まぐれになって、残忍にも殺しを好むようになる。晏《イエン》宗主は楽しいかもしれませんが、私は本質を見失うことになります。武芸の腕が大いに上がったところで、なんの意味があるのでしょう？」

晏無師《イエンウースー》は皮肉った。

「本質？　人の性はもとより悪だ。心のままに動くことは本質ではないのか？　あの陳恭《チェンゴン》とやらを見てみろ。お前はあれやこれやと面倒を見てやり、共に旅をして共に苦しい思いをした。なのにいざとなれば、奴はほかにいくらでも方法があったにもかかわらず、わざわざお前を渦中に引きずり込んで苦しめた。誰からも学問や人としてのあるべき姿を教わったことがない、あんな出自の奴のしたことは人の本質ゆえではないと言うのか？」

沈嶠《シェンチアオ》は目を逸らそうとしたが、片手で顎を摑まれ、逃がさないとばかりに強引に引き戻された。

「道心を守り、自分の人としての原則とやらを手放そうとしないのは、耐えられぬほどの絶路にまだ立たされていないからだ。そうだろう？」

力なくぼんやりとした両目はゆっくりと瞬きをする。細くて長いまつ毛が微かに震え、ややあってから沈嶠《シェンチアオ》はようやく、「はい」とだけ言った。

晏無師《イエンウースー》の声は悪意に満ちていた。

「『朱陽策』がどれだけ素晴らしくとも、無から有を生み出すことはできん。お前は今、根基に傷がつき、すぐに吐血をして気絶するのだ。数年のうちに武功を回復するなどあり得ぬどころか、一生この虫の息のような状態が続くやもしれんぞ。お前が少師府の書状を持って蘇《スー》家に向かったのを、多くの者が見ていたのだ。すぐに我らの関係も江湖に広まるだろう。本座を仇と見なす者は多い。本座をどうにかするのは難しいが、お前に手を下すのは容易い。もし奴らがお前を捕まえたら、何をすると思う？　お前を拷問し、『朱陽策』を書き写させるか？　それともお前を強姦した後に殺し、その後屍姦《しかん》してまた死体に鞭打ち、鬱憤《うっぷん》を晴らすか？　そんなことになっても、自分の境遇にまだ耐えられると思うか？」

とうとう、沈嶠《シェンチアオ》は我慢できずに、

「その時になってからまた考えればいいでしょう。ご心配には及びませんから！」

と言って、晏無師《イエンウースー》の手を払った。

晏《イエンウースー》無師は怒らず、それどころかぷっと吹き出し、表情は一変して晴れやかになった。

「まあまあ、ちょっと脅しただけだろう？　これだけですねたのか？」

「……」

沈《シェンチアオ》嶠は返す言葉も見つからない。女性の心は海の底に落ちた針のように捉え難いというが、晏無師《イエンウースー》の心はもはや万丈の深淵に落ちた針だ。

その時、扉を叩く音がした。

晏《イエンウースー》無師の「入れ」という返事を待ってから、茹《ルー》が薬を入れた碗を持って入って来た。

「旦那様、沈《シェン》郎君のお薬です。本日二回目のものです」

「置いていけ」

晏《イエンウースー》無師の言いつけに従い、茹茹《ルールー》は碗を置いて、沈《シェンチアオ》嶠に念を押した。

「沈《シェン》郎君、温かいうちにお召し上がりくださいね。そうすれば薬の効き目も良くなりますから」

沈《シェンチアオ》嶠は礼を述べて碗を手に取ると、一息で飲み干した。

沈《シェンチアオ》嶠には、ちょっとした欠点がある。甘いものが好きで、苦いものが嫌いなのだ。玄都山にいた幼い頃、沈嶠《シェンチアオ》は病気になるたび、薬を飲みたくないといつも隠れていた。内功を修練すれば暑さも寒さも身体に堪えなくなると聞いて、ほかの師兄弟よりも必死に修練を重ねた。周りの者たちは、沈嶠《シェンチアオ》を相当な努力家だと思っていたが、それは単純に苦い薬を飲むことから逃げるためだったのだ。

晏 無師《イエンウースー》と一緒に過ごすようになってから、どんなに苦い薬でも沈嶠《シェンチアオ》は文句一つ言わずに飲んでいた。とはいえ、苦手なことに変わりはない。薬の入った碗を持ち上げる前に、沈嶠《シェンチアオ》は例外なく眉を少し寄せる。飲み干して碗を置いた後も、無意識に一度キュッと口元を引きしめる。

晏 無師《イエンウースー》はそれを目にすると、沈嶠《シェンチアオ》が薬を飲み干すのを待ち、蜜漬けを一つ指で摘まんで、沈嶠《シェンチアオ》の口に入れて甘い声で言った。

「阿嶠《アーチアオ》、苦い薬が嫌なら、今度から甘味を加えさせよう。ほら、そんなしかめっ面をしていないで、ちょっとは笑ってくれ」

「……」

沈 嶠《シェンチアオ》は心身ともにひどい疲労を感じた。

晏 無師《イエンウースー》が沈嶠《シェンチアオ》にずいぶん親しげに接しているのを見て、茹茹《ルールー》は察したように小さく笑った。長いこと沈嶠《シェンチアオ》の世話をしているうちに、人となりや言動をこの上なく敬慕するようになり、主人が沈嶠《シェンチアオ》に優しくするのを望んでいた。一方で、沈嶠《シェンチアオ》が蜜漬けを飲み込むのにひどく苦労していることを、彼女は知る由もない。

沈 嶠《シェンチアオ》は、それを飲み込もうとすると胃の中がひっくり返ったかのようになり、今すぐにでも吐き出し、晏無師《イエンウースー》に返してやりたかった。しかし、そんなことをするのは沈嶠《シェンチアオ》の性分に合わない。仕方がなく、沈 嶠《シェンチアオ》はどうにか飲み込んだが、蜜漬けではどうにもならないほど、今日の薬はいつもより苦く感じた。

晏 無師《イエンウースー》が頬杖をついてニコニコと見守っていると、沈嶠《シェンチアオ》が今にも怒り出しそうな様子になったので、やっとゆっくりと口を開いた。

「今日、参内して周帝に会った。お前に会いたいそうだ」

沈 嶠《シェンチアオ》は呆気に取られて、晏無師《イエンウースー》の狙い通り少し注意が逸れた。

「私に、ですか？」

「明日の午前、お前を連れて参内する。朝議の後、おそらく辰時《たつのとき》（午前七時から九時）に会えるだろう」

「私は今やただの一般人。なぜ周帝は私に会おうとされているのか、晏《イエン》宗主はご存じなのですか？」

「当ててみろ」

「……」

沈　嶠《シェンチアオ》は言葉を失う。晏無師《イエンウースー》は性根がねじ曲がっていて、そうあっさりと答えを教えてくれないことは分かっているので、沈嶠《シェンチアオ》は真剣に思案し始めた。

「今日蘇《スー》家にお祝いに行ったばかりですし、周帝がそんなに早く私と段文鴦《ドワンウェンヤン》が手を交えた件を知るなどあり得ません。だからきっとそのことではないはずです。だったら、玄都山のことでしょうか？　郁《ユー》藹《アイ》が東突厥に道門の教えを説きに招かれたことに関係しているとか。周国と突厥は確かに婚姻で盟を結んでいますが、密かにお互いを警戒していて、腹を割って話をしたことはありません。周帝は私に何かしてほしいのでしょうか？」

「賢いな！」

晏　無師《イエンウースー》は拍手をした。

「見ろ、私が言わずとも、ほとんど当てられているではないか」

沈　嶠《シェンチアオ》は眉を寄せる。

「では、周帝はいったい私に何を？」

「明日行けば分かる。それから、ほかにも一つ、やってほしいことがあるのだ」

沈　嶠《シェンチアオ》は首を横に振った。

「道理にもとるようなことなら、私では力になれませんよ」

「全く、何を考えているのだ」

晏　無師《イエンウースー》はフッと笑って、沈嶠《シェンチアオ》の頰を指でつぅ、となぞり、唇まできて止めた。

沈　嶠《シェンチアオ》は避けようとしたが間に合わず、撫でられた唇は微かに赤みを帯びる。

晏　無師《イエンウースー》が言う。

「玄都山は秦漢の頃に隆盛し、一代目の掌教は旅の道士だったと聞いたことがある。特に聴音断命《ちょうおんだんめい》に優れており、あの人相学で有名な許負《シューフー》も、かつてはその門下に入ったと」

沈嶠《シェンチアオ》は笑って答えた。

「世人は往々にして間違ったことを、間違えたまま伝えるのが好きなようです。そうしてさらに間違いが大きくなって広まる。玄都山の初代掌教が雌亭侯《していこう》許負《シューフー》と関係があったかどうかは分かりませんが、人相占いは道門において必ず身に着ける技です。聴音断命は、通常の占いよりも妙技のように聞こえますが、皆が言うほど珍奇な技ではありません。声は体次第。その人の体調の良し悪しも、声から判断できるだけのこと。たとえば、肺熱《はいねつ》（中国医学の概念の一つ。悪化すると咳やのどの痛みなどの症状が現れる）が悪化すると、声はふいごのようにかすれます。武功と医学的な知識が多少あれば、簡単に分かります」

晏無師《イエンウースー》は、沈嶠《シェンチアオ》も聴音断命をしっかり学んだことがあるのだと確信した。

「お前に、宇文邕《ユーウェンヨン》の声を聞いてほしいのだ」

沈嶠《シェンチアオ》は眉間に皺を刻む。

「宮中には素晴らしい腕を持つ侍医が多くいるでしょう。医学で最も大事なのは、四診《ししん》（患者の状態を見て声などの音を聞き、体調や病歴を問診して、脈をとったりする）です。もし周帝が病を患っているのであれば、あれほど多くの侍医がいて分からないはずはありません。それに、私の腕前は未熟ですし、あまりお力になれないかと」

「昔、宇文邕《ユーウェンヨン》の兄宇文毓《ユーウェンユー》が宇文護《ユーウェンフー》に買収された侍医に毒を盛られて死んだ。宇文邕《ユーウェンヨン》はそれ以来侍医の治療を恐れ、病を隠すようになったのだ。だが、長年に亘って日夜政を執るうちに体を壊し、おそらく持病がある。ある程度私も推測がついてはいるが、お前にも聞いてもらわねばならない」

沈嶠《シェンチアオ》は少し考えて、「分かりました」と軽く頷いた。

晏無師《イエンウースー》はたちまち笑顔になる。

「やはり私の阿嶠《アーチアオ》は優しいのだな」

無表情な沈嶠《シェンチアオ》に、晏無師《イエンウースー》は続けた。

「そうだ、お前に贈り物がある」

晏　無師《イエンウースー》が軽く手を叩くと、外から下女が入ってきた。

「何かご用ですか？」

「私が書斎に置いた剣の箱を取ってきてくれ」

下女は「はい」と返事をして退出し、すぐに命じられたものを持って戻ってきた。

両手で捧げるようにして差し出されたそれを受け取り、晏無師《イエンウースー》は数度そっと撫でて微笑むと沈嶠《シェンチアオ》の腕の中に置いた。

怪訝な表情を浮かべていた沈嶠《シェンチアオ》だったが、手探りで箱の鍵を開け、その中に入っていた剣に触れると思わず喜びを露わにした。

「山河同悲剣、ですか？」

「嬉しいか？」

晏　無師《イエンウースー》はにこやかに尋ねる。

「丁寧に保管していただきありがとうございます」

崖から落ちて目を覚ました時、山河同悲剣はすでに沈嶠《シェンチアオ》の傍から消えていた。ただ、当時は記憶も曖昧で、剣の存在自体を忘れてしまっていた。その後全てを思い出し、晏無師《イエンウースー》に聞いたこともあったが、晏　無師《イエンウースー》が答えないので、沈嶠《シェンチアオ》も質問をしなくなった。晏無師《イエンウースー》が剣を持っているとは限らないし、崖から落ちた時に失くしたのかもしれないからだ。たとえ晏無師《イエンウースー》が持っていたとしても、あの頃の力ではおめおめとこの剣を使うことなどできなかっただろう。

失くしたとばかり思っていたものが戻ってきたのだから、嬉しくないわけがない。七歳の頃、師尊から贈られた時から沈嶠《シェンチアオ》は肌身離さずこの剣を持ち歩いていた。まさに、〝人在れば剣在る〟という状態で、沈嶠《シェンチアオ》にとって山河同悲剣は、もはや単なる武器としての剣以上の意味を持つ。沈嶠《シェンチアオ》は山河同悲剣を手に持ち、掌で何度も撫でた。喜びをたっぷりと滲ませた顔はつやつやと輝いて、白い玉を彫って作られた玉人のように美しい。

この世で美人を好まない人はいない。それは晏無《イエンウー》師《スー》とて例外ではなかった。美人を慈しむ質ではないものの、美しい人を見ているとむずむずとして、手を出したくなるのを我慢できない。晏無師《イエンウースー》はからかおうと手を伸ばした。

「もう一度、笑ってくれ」

「……」

沈嶠《シェンチアオ》の笑顔がスッと消えて、それどころか口を一の字に結んでしまったのを見て、晏無師《イエンウースー》は残念そうに手を引っ込めるしかない。

「阿嶠《アーチアオ》、そんなムスッとするな。剣を傷一つなく返したのだぞ。どう私に感謝するつもりだ？」

今では沈嶠《シェンチアオ》もずる賢くなっていて、「晏《イエン》宗主が山河同悲剣をお返しくださったのは、周帝に会うと私が了承したからではないのですか？」と聞き返した。

晏無師《イエンウースー》は笑って引き下がる。

「まあいい、そういうことにしてやろう」

沈嶠《シェンチアオ》は晏無師《イエンウースー》に構わず、話を変えた。

「私の根脈は傷つき、晏《イエン》宗主のおっしゃる通り、『朱陽策』の助けをもってしても、昔通りの腕前まで回復するのは至極困難な状態です。とはいえ、私は道心を破壊し、魔心を修練するつもりはありません。晏《イエン》宗主は私を切磋琢磨する相手に育て上げようとされているようですが、おそらくあと八年、十年経っても、叶わないかもしれません。もしお許しいただけるのであれば、周帝にお会いした後、周国を離れようと思っています」

晏無師《イエンウースー》は気にした風もない。

「周国を離れたところで、どこに行けるというのだ？　私の庇護なくしてそんな状態で外に出てみろ。立て続けに襲われ、俎板の鯉となるしかないのだぞ」

沈嶠《シェンチアオ》は言う。

「世間には様々な修行の道がありますが、つまるところ、世俗を離れる出世の道と、世俗に入る入世の道に大別できます。入世の道を選んだのであれば、欲望に満ちたこの世がもたらす多くの苦難を体験しなければ得道《とくどう》（真理を悟る）はできません。確かに私は腕が立ちませんが、頭を使えばなんとか自分自身を守れます。このまま晏《イエン》宗主の庇護に与ってばかりでは、玄都山にいる頃となんら変わらないでしょう?」

まさにこの表情だ、と晏無師《イエンウースー》は思う。底辺まで落ちて全身泥だらけになり、皆に躊躇なく踏みつけられるような状態なのに、頑張って起き上がり這い上がろうと足掻《あが》いている。親しい人に裏切られても、恩を仇で返されても、沈嶠《シェンチアオ》は気にしていないらしい。

本当に……もう一度踏みつけたくなってしまう。

沈嶠《シェンチアオ》は、どのような苦しみの果てに決定的に打ちのめされ、絶望した姿を見せるのか。

もしこの顔を涙でしとどに濡らし、しきりに哀願を口にしたら、もっと美しくなるのではないだろうか?

晏無師《イエンウースー》は笑って答える。

「行きたいのなら、本座も止めはしない。だが、少し待ったほうがいい。近頃周国と陳国が盟を結び、臨川学宮は陳国の使者を護送して周国に来ている。周帝は盟書を送り返すために、今度使節を派遣するつもりだが、斉国が途中で妨害するのを恐れ、浣月宗に護送を頼んできた。元々辺沿梅《ビエンイエンメイ》にやらせる予定だったが、代わりに本座自身が向かう。汝鄢克《ルーイエンコー》恵《フイ》と手を交えてみたいと思っているからな。儒門の領袖《りょうしゅう》にして、天下で三本指に入る高手と本座の戦いを、その目で見てみたくはないか?」

沈嶠《シェンチアオ》がいくら俗事には関わらないようにしていても、この誘惑には抗えない。案の定、沈嶠《シェンチアオ》は微かに表情を変えた。

「晏《イエン》宗主はすでに汝鄢《ルーイエン》宮主に戦いを申し込んだのですか?」

「その必要がどこにある?」

晏無師《イエンウースー》は鼻で笑った。

「お前自身が戦うのが嫌いだからと言って、周りの者もそうとは限らんぞ。私が江南へ行くと汝鄢克《ルーイエンコー》恵《フイ》が知れば、きっと奴はあの手この手を尽くして私に会おうとするはずだ。もし私に勝つことができたら、奴の名声は難なく江湖じゅうに轟くことになるからな。一方、浣月宗の名声には傷がつく。周国での勢力も影響を受けるだろう。もし浣月宗がなくなれば、富や地位を手に入れようとする者や、私を失脚させ宇文邕《ユーウェンヨン》の信頼を得ようとする者たちにとっても、付け入る隙ができることになる。ぼろ儲けできる取り引きだぞ、どれくらいの者が機を窺っていることか！」

　それもそうか、と沈嶠《シェンチアオ》は納得する。確かに晏無師《イエンウースー》のやり方には賛同できないが、晏無師《イエンウースー》の武芸の造詣の深さにはかなり敬服しているのだ。すぐに、沈《シェン》嶠《チアオ》は憧れの籠もった口調で言った。

「当世の頂点とも呼べる高手二人の戦いは、相当な見物でしょうね。江湖においても、誰でも一度は目にしたいと思うはずです。もし事前に分かれば、戦いの場所がどんなに深い山の奥でも、きっと観戦する者たちがどっと押し寄せますよ」

　しかし、晏無師《イエンウースー》の答えはよりによって、沈嶠《シェンチアオ》に冷や水を浴びせる。

「あぁ、お前が半歩峰で昆邪《クンイエ》と戦い、負けた時のようにな。面目が潰れた瞬間を全天下が知ることになる」

　本当に思いやりのない人だ。沈嶠《シェンチアオ》は口を閉ざして黙り込んだ。

　晏無師《イエンウースー》は声を上げて笑う。

「とはいえ、それも悪くない考えだ。儒門はいつもだらだらと説教をしたがる。汝鄢克恵《ルーイエンコーフイ》の弁舌はもとより鬱陶しいと思っていた。もし皆の見ている前で奴を破り、今後その口を閉ざすよう誓いを立てさせられたら、奴は死ぬよりもつらい思いをするだろう！」

〈一巻終わり〉

番外編

それは、ある秋の日の出来事である。

吹き抜ける秋風にざわめく木々。見渡す限り垣根が倒れ、割れた瓦が散り、荒廃した景色が広がっていた。国は全く昔の面影を残していない。

祁鳳閣《チーフォンゴー》は馬を引いて、黄河のほとりで足を止めた。

前年黄河が氾濫し、無数の田畑が川の水に飲み込まれて、十数万もの人々が帰る家を失った。両岸とも荒れ果て、かつては賑わっていた村も住民が散り散りになって、今も人の気配はない。

河水は滔々と流れている。風がビュウビュウと祁《チー》鳳閣《フォンゴー》の袍の裾や袖を巻き上げ、彼のため息をその中に紛れさせた。

去年は洪水と冠水だった。なのに今年は大日照り。自然を前に、人はなんと無力なことか。

馬にもう少し休んでもらおうと、祁鳳閣《チーフォンゴー》はゆっくりと馬を引いて前に進んだ。少なくない数の流民とすれ違う。彼らは祁鳳閣《チーフォンゴー》が連れている肥えた逞しい馬を見て、目をギラギラと輝かせてよだれを垂らしたが、祁鳳閣《チーフォンゴー》が長剣を持っているので、軽率なことはできなかった。ひどく飢えて理性を失った幾人かは、なりふり構わず馬を横取りしようと突っ込んできたが、祁鳳閣《チーフォンゴー》が袖を一振りしてなぎ倒した。

初めの頃、このような人々に出会うと、祁鳳閣《チーフォンゴー》はまだ慈悲を示して自分の食料を分け与えていたが、そのうち徐々に悟った。一人を助けられても、全ての人を助けることはできない。たとえ目の前の人が今、満腹になったとしても、次の食べ物のあてがなければ、結局餓死してしまうのだ。

いくら慈悲深い心を持っていても、このような光景を多く見てしまうと、自ずとその心は冷えて硬くなってしまう。

祁鳳閣《チーフォンゴー》はそれ以上人々に目をやることなく、馬に跨って駆け出した。立ち上る埃を残して。

玄都山まではまだ数日かかる。祁鳳閣《チーフォンゴー》は急いで帰る必要もないので、寺を見つけて夜を越すことにした。

その寺は人がいなくなって長いようで、地面に倒れた仏像には、首がない。梁帝《りょうてい》は仏を崇めていたが、結局彼が信じる仏も菩薩も世人を救うことはできず、梁帝自身も餓死する羽目になった。

祁鳳閣《チーフォンゴー》は火を起こして湯を沸かした。ほとんど辟穀《へきこく》（食事をせずに、天地から霊気を取り込むことで生きる方法）の境地に至っているので、食事をしてもしなくても問題はない。雨風を遮ってくれる屋根さえあれば、一晩じゅう打坐しても休んだことになる。

ふと、柱の後ろから、微かな物音がした。

ほかの者なら聞こえないほど、小さな音。祁鳳《チーフォン》閣《ゴー》は訝しむ。彼の聴力をもってすれば、誰かいるなら寺に入った途端に気づいたはずだ。相手はよほど弱っているか、はたまた手練れなのだろう。

「私は祁鳳閣《チーフォンゴー》と申します。そちらにいるのはどなたですか？」

しばし静かに待ったが、返事がない。祁鳳閣《チーフォンゴー》は体を起こして物音がしたほうに向かうと、柱の後ろに一つの甕《かめ》を見つけた。

甕の蓋になっている黒い石板を退かしたところ、中から外を覗いている瞳と目が合った。

まだ幼い子どもではないか。

祁鳳閣《チーフォンゴー》は声を和らげ、「お名前は？」と問いかける。

返事はない。

祁鳳閣《チーフォンゴー》が手を伸ばし、幼子を抱き上げようとした途端、不意に手の甲にズキッとした痛みが走る。

普通の人なら近づくことすらできない玄都山の掌教が、あろうことか一人の幼子に手を噛まれてしまったのだ。

なんとも言えない気持ちになって、祁鳳閣《チーフォンゴー》は手の甲を改めて見ると、血が滲んでいる。傷口はジクジクと痛んだ。

　祁鳳閣《チーフォンゴー》は幼子に点穴を施してから抱き上げる。その子はせいぜい四、五歳程度で、痩せ細って小さかった。顔じゅうが垢で汚れていて、垂れた髪の毛は絡み合っていくつもの塊ができている。その目からは、驚きと恐れが溢れ出していた。

「怖がらないで、私は悪い人ではないよ」

　相手が耳を貸すか分からないので、祁鳳閣《チーフォンゴー》はその点穴をすぐに解かなかった。代わりに衣の端を裂き、湯をかけて洗い、水を絞ってから幼子の顔を拭った。

　顔が少しずつ綺麗になっていくにつれて、祁鳳《チーフォン》閣《ゴー》は思わず「おや」と声を漏らす。

　幼子は、痩せ細ってはいるが肌は白く、気品のある綺麗な顔をしている。明らかに力仕事をしたことのなさそうな両手からも、悪くない出自であることが窺い知れる。

「お名前は？　おうちはどこか、覚えてるかい？　ご両親のもとに連れて行ってあげよう」

　祁鳳閣《チーフォンゴー》の態度に宥められたのだろう。点穴を解いても、幼子は叫んだり逃げたりせず、ひたすら黙っていた。何を聞いても答えず、祁鳳閣《チーフォンゴー》から差し出された餅を受け取って、ちびちびと食べてから、やっと弱々しく「みず……」と言った。

「しゃべれるのか」

　祁鳳閣《チーフォンゴー》は笑い、水を差し出す。

「ゆっくり飲みなさい。あまり餅を食べすぎないように。お腹が張ってしまうからね」

　幼子はかなり聞き分けが良く、長い間空腹だったであろうに、餅を半分以上残して祁鳳閣《チーフォンゴー》に返した。

　きっと良家の子だったに違いない。子どもの振る舞いに祁鳳閣《チーフォンゴー》はますます優しい気持ちになる。

「取っておきなさい。お腹が空いたら、また食べればいいから」

　夜が更けると、空気も冷えていく。幼子が無意識なのか焚き火のほうに体を寄せたので、祁鳳閣《チーフォンゴー》は羽織を脱いでその体にかけようとした。ところが、幼子はそれを避けて「きたないから……」と小声で漏らした。

祁鳳閣《チーフォンゴー》は羽織で幼子をくるみ、彼を懐に抱き込んだ。

「気にしないよ」

祁鳳閣《チーフォンゴー》の腕の中は暖かい。それは、幼子が家から離れて一度も感じたことのなかった温もりだ。幼子は再び両親の腕の中に戻ったかのように思った。優しくあやす母親の声が耳元に蘇る。

いつの間にか幼子は警戒を解き、目を閉じて眠りについていた。


「こんなところにぼろ寺があるとはな。早く入れよ、いい風よけになる！　クソ、なんだこの天気は。まだ冬じゃねぇってのに、こんなにびゅーびゅー風吹きやがってよ！」

「風だけならまだいいが、この辺り数十里探しても飯を食える場所が見つからねぇなんて、どうなってんだ！　このまま向かっても間に合うかどうか！」

「魔門三宗が顔を合わせるなんざ、滅多にない騒ぎだぜ。もしかしたら俺たちも……」

遠くから近づいてくる声に起こされ、幼子は祁鳳閣《チーフォンゴー》の懐から外を覗く。

二人の大男が前後して寺に入って来る。風が彼らとともに吹き込み、焚き火が激しく揺れた。

大男たちは寺に明かりが灯っているのを見て、中に人がいると思い、やって来たのだ。

人がいれば、食べ物があるのだから。

そして案の定、中には道士と、それからおどおどと怯える幼子がいるではないか。

それを見て、二人はともに心の中で喜んだ。

道士は江湖者らしいが、それでも一人である。

ということは、無勢に等しい。

二人は大股で寺の中に入った。

「外は風が強いもんで、ちょっと風よけに来たんだ。その火で体を温めたいんだが、道長殿、構わないか？」

「私はここの主ではありませんから、ご自由にどうぞ」

どうやら話のしやすい人物のようだ。二人は目を見合わせて腰を下ろした。

大男のうちの一人、鄔文光《ウーウェングアン》が問いかけた。

「ここから数十里先までほとんど村落はないが、道長殿はどちらへ行かれるおつもりか？」

「家に帰ろうとしているのです。ここはたまたま通りかかっただけで」

もう一人の男、紀春齋《ジーチュンジャイ》は笑いながら言う。

「それなら、道長殿は魔門三宗の集会に向かうわけじゃないんだな？」

祁鳳閣《チーフォンゴー》は小さく笑って、何も答えなかった。

鄔文光《ウーウェングアン》と紀春齋《ジーチュンジャイ》はひどく腹を空かせており、どうしても祁鳳閣《チーフォンゴー》の来歴を聞き出せないと分かると単刀直入に切り出した。

「俺たちはここまで探してきたが、村落も炊事する煙も見かけなんだ。道長殿、食料があったら少し貸してくれないか。必ず倍にしてお返ししよう」

祁鳳閣《チーフォンゴー》は淡々と「ありません」と答えた。

彼自身はもはや五穀を食さず、風を吸い露を飲んで生きていける状態であり、持っていた唯一の餅も、既に懐の幼子に与えてしまっていた。

紀春齋《ジーチュンジャイ》はさっと瞳を動かす。失望した様子は全くなく、それどころか笑って口を開いた。

「その子どもは道長殿の弟子や親戚というわけではなさそうだ。道中でたまたま出会ったんだろう？　ちょっと取り引きをしないか。そいつを俺たちに売ってくれ。十分な金を払おう」

言うなり紀春齋《ジーチュンジャイ》は裾から銀餅《ぎんへい》（円形の銀の塊。貨幣としても使われる）を一枚取り出して放った。

それは祁鳳閣《チーフォンゴー》の前に落ちる。

祁鳳閣《チーフォンゴー》は目もくれず、「この子を買ってどうするつもりだ？」と聞き返した。

「そりゃお前には関係ねぇことだ！」

苛立つ鄔文光《ウーウェングアン》に、祁鳳閣《チーフォンゴー》は眉を吊り上げる。

「まさか、和骨爛《わこつらん》か？」

人を食べるのは、乱世では珍しいことではない。

人肉は〝双脚羊《そうきゃくよう》〟と呼ばれ、その中でも幼子の肉は柔らかくて煮やすく、味も格別なので、〝和骨爛〟

と呼ばれるのだ。

この会話を理解できたのか、はたまた単純に悪意を抱く二人を恐れたのか、幼子はぎゅうっと祁《チー》鳳《フォン》閣《ゴー》の腕にしがみつき、頭をその服に押し付け、顔を上げられない。

祁鳳閣《チーフォンゴー》は優しく宥めた。

「怖がらないで。君を差し出したりはしないから」

鄔文光《ウーウェングアン》は冷たく鼻を鳴らす。

「こんなガキはあちこちに転がってんだぞ。よく考えろ。そいつのために俺たち合歓宗に楯突く価値が、本当にあるかどうかをな」

祁鳳閣《チーフォンゴー》は淡々と返した。

「崔由妄《ツイヨウワン》ですら、昔私の前ではそんな風な物言いをしなかった。どうやら、日月宗は本当に年月を重ねるごとに、劣っていくようだな。四分五裂しただけでなく、ますます没落し、誰彼構わず門人にするとは！」

口数の少なかった時の祁鳳閣《チーフォンゴー》は、見るからに普通の道士だ。せいぜい外見と風格が多少普通より優れている程度だったが、この一言を放った途端、彼は一気に周りを圧倒する雰囲気を醸し出した。

しかし、鄔文光《ウーウェングアン》と紀春齋《ジーチュンジャイ》の二人は僅かに驚いただけで、その言葉に怯えるどころか、ゾッとするような笑みを浮かべた。

「肝が据わってるじゃねぇか！　それならこれ以上無駄口を叩く必要もねぇ、お前を捕まえて、ガキもろとも煮ちまえば金も節約できるってもんだ！」

その言葉を半分まで言ったところで、鄔文光《ウーウェングアン》はすでに祁鳳閣《チーフォンゴー》の前に音もなく移動していた。

電光石火、極めて速い動きである。鄔文光《ウーウェングアン》は鉤爪のように指を曲げて、まさしく鷹《たか》か隼《はやぶさ》が獲物を捕らえるかの如く、祁鳳閣《チーフォンゴー》の頭頂目掛け手を振り下ろした。

祁鳳閣《チーフォンゴー》の懐にいた幼子は吹き付ける冷ややかな風を感じた。顔を上げようとしたが、千斤ほどの重りが載せられたかのように、頭を動かせない。

「大丈夫だ」

〝黄泉爪《こうせんそう》〟に殺されかけているというのに、まだ他人を慰める余裕があるとは。鄔文光《ウーウェングアン》にしてみれば、今の祁鳳閣《チーフォンゴー》は死人同然だった。

まさに彼の指先が祁鳳閣《チーフォンゴー》の結い上げた髪に触れるかという時。

しかし、結局それまでだった。

鄔文光《ウーウェングアン》の目の前で白光が一閃する。何がなんだかはっきり見て取ることができぬまま、鄔文光《ウーウェングアン》の胸元に痛みが走った。直後、彼の身体は後方に吹っ飛び、地面に叩き付けられる。

背中を激痛が襲い、鄔文光《ウーウェングアン》の顔には、何が起きたか分からないと言わんばかりの驚愕が浮かんだままで、表情を変える隙もなかった。

鄔文光《ウーウェングアン》だけではない。傍らで観戦を決め込み、ゆったりと構えていた紀春斎《ジーチュンジャイ》も、成り行きがおかしいことに気づいた。彼はすぐさま剣を抜き、祁鳳閣《チーフォンゴー》に向かって飛んでいく。

こちらも非常に速い動きで、その姿は煙、剣光は虹のようだ。天下の武功を評定する方丈州瑠璃《ほうじょうしゅうるり》宮《きゅう》の者はかつて、紀春斎《ジーチュンジャイ》の剣法をこう評していた。

曰く、武芸の腕前こそ天下の十大には入らないが、剣使いの順位があれば、この人物はかなりいいところまで行くだろう、と。確かに、紀春斎《ジーチュンジャイ》の剣法は並外れている。

それもあって、紀春斎《ジーチュンジャイ》は相当いい気になっていた。この一撃は功力を全て込めたとまでは言わないが、少なくとも八、九割は込めている。目の前の道士相手なら、ほとんど確実に倒せる。紀春斎《ジーチュンジャイ》はそう思っていた。

ところが、その笑顔は突然凍り付いてしまう。

祁鳳閣《チーフォンゴー》の服を今にも掠めようとした剣光が、突然止まった。

というよりも、その剣とともに、紀春斎《ジーチュンジャイ》自身が見えない力に固定されてしまったのだ。

たったの一瞬。

だが、紀春斎《ジーチュンジャイ》が化け物でも見たかのような表情を浮かべるのには十分だった。

刹那、彼は鄔文光《ウーウェングアン》と同じく後ろに吹っ飛んだ。

同時に紀春斎《ジーチュンジャイ》の両手首を激痛が襲った。

祁鳳閣《チーフォンゴー》は立ち上がり、幼子を片手に抱えたまま、もう一方の手で剣を鞘に納めて紀春斎《ジーチュンジャイ》に告げる。

「お前に剣を使う資格はない」

紀春斎《ジーチュンジャイ》は怒りと憎しみで血を吐きそうだった。

「て、手の筋があぁっ！」

筋は一度切れると、たとえまた繋げられたとしても、もう以前のように器用には動かせない。剣使いにしてみれば、これは永遠に剣道の頂点に立てないことを意味する。

鄔文光《ウーウェングアン》はひどく後悔していた。これほど手強い相手だと分かっていたら、こんな寺には入らなかったのに！

「俺たちの目が節穴でした。ど、どうか、お情けを！」

祁鳳閣《チーフォンゴー》が剣を懐に抱えた幼子に差し出すと、幼子も自然とそれを受け止めて宝のように大事そうに懐に抱えた。祁鳳閣《チーフォンゴー》は空いた片方の手で、鄔文《ウーウェン》光《グアン》の頭頂を軽く一度叩いた。

鄔文光《ウーウェングアン》は大きく目を瞠る。殺されるのかと思ったが、ややあって、その恐怖は極度の怒りに変わった。

「俺の武功を台無しにしやがったな！」

「お前たちは人を食べようとしたが、実行はしていない。ただ、今後また悪さをすることのないよう、武功を使えなくした」

祁鳳閣《チーフォンゴー》がそう言って、紀春斎《ジーチュンジャイ》にも同じことをしようとしたところ、不意に外から軽い笑い声が聞こえてきた。

「そいつは剣こそそれなりに使えるが、武芸の腕前は平凡そのもの。祁《チー》掌教はすでにその手の筋を切ったのだから、もうそこまででいいだろう。これ以上のことをする必要はないのではないか？」

その声とともにふわりと風が吹いてくる。紀春《ジーチュン》斎《ジャイ》はそれに押されて数歩下がり、祁鳳閣《チーフォンゴー》も彼を手にかける機会を逸した。

幼子は大きく目を瞠り、どこからともなく現れた若い男と自分を抱えている道士が手を交えるのを眺めた。両人の袍が舞う。幼子は、二人の様子にめまいを感じた。何をしているのか明確に見て取れない。しばらく経つと二人は突然離れて地面に足をしっかりと着けた。

若い男が称賛する。

「祁《チー》掌教は幼子を抱え、剣を鞘から出さなかったにもかかわらず、私は優位に立てなかった。もしその足手まといがなければ、気兼ねなく心ゆくまで戦えただろうな」

「私が晏《イエン》公子の年頃は、その半分の功力もなかったよ。長江の後ろ波が前の波を押して進むように、江湖の行く末はそのうち君たちが決めるようになるだろうね」

「玄都山は元々天下一の道門だが、残念ながら旧態依然として、門戸を閉ざしている。祁《チー》掌教、そんな天下一に、なんの意味があるのだ？　ハッ、こっちまでうんざりしてしまうぞ！」

晏《イエン》公子、と呼ばれるその男、晏無師《イエンウースー》は極めて美しい顔立ちをしている。しかし、彼が纏う尊大で気ままな雰囲気はその顔と相まって、一層鋭い印象となり、人をゾッとさせる。

祁鳳閣《チーフォンゴー》は「人にはそれぞれの志があるから」と軽く笑った。

祁鳳閣《チーフォンゴー》はとうに気づいていた。このような性格と、恐ろしいほどに優れた武芸の腕前をもってすれば、晏無師《イエンウースー》はおそらく今後天下を掻き乱す存在になるであろうと。

一歩間違えれば仏とも、魔ともなる。

もちろん、彼は魔門の出身なので、仏にはなれない。ただし、今や仏門も俗世や朝廷と持ちつ持たれつの関係にあるので、全く清らかで高貴とは言えない。

そんな世に晏無師《イエンウースー》のような人物が加われば、乱世はますます乱れ、人々は今以上に苦しむことになるであろう。

祁鳳閣《チーフォンゴー》は密かにため息をこぼした。

「紀春齋《ジーチュンジャイ》はその昔、崔由妄《ツイヨウワン》とちょっとした付き合いがあったのだ。私は崔由妄《ツイヨウワン》に少し借りがあるから、そいつの命を助けたいと思っている」

晏無師《イエンウースー》の言葉に、祁鳳閣《チーフォンゴー》はあっさり頷いた。

「彼の手の筋は私が断ち切った。もし今後、無辜《むこ》の人々に手を掛けないと保証できるのであれば、私はもう手を出さないことにしよう」

今や紀春斎《ジーチュンジャイ》も二人の会話から祁鳳閣《チーフォンゴー》の正体を悟った。自分たちはいったいどれだけ運が悪いのだろうか。こんな天下一の高手に出くわすなんて。ただ、逆らえずとも、逃げることはできる。命拾いできただけましなのに、駆け引きの余地などあるわけがないのだ。そう考えて、彼はその場で天を指さし、今後二度と他人の命を奪わないと、天に向かって誓いを立てた。

晏無師《イエンウースー》は微かに笑みを浮かべる。

「祁《チー》掌教、私の顔を立ててくれて感謝する。もし、いつか祁《チー》掌教の門下の弟子が苦境に陥ったら、浣月宗も一度手助けをしよう」

天下一の道門の弟子が、簡単にそのような状況に陥るなどあり得ない。しかし、晏無師《イエンウースー》はさも当たり前のように言った。

祁鳳閣《チーフォンゴー》は腑に落ちた表情になる。

「先ほど彼らが魔門三宗と言っていたから、魔門はいつまた一宗増えたのかと不思議に思っていた。なるほど、晏《イエン》公子はもう自分で開宗《かいしゅう》したのか。おめでとう」

晏無師《イエンウースー》は謙虚という二文字を知らない。相手の言葉に頷き、「どうも」と答えた。

祁鳳閣《チーフォンゴー》と晏無師《イエンウースー》は元々付き合いがなく、この日も偶然会っただけなので特段話すこともない。外がぼんやりと明るくなるのを見ると、祁鳳閣《チーフォンゴー》は幼子を連れて立ち去ろうとした。

「今後機会があれば、必ず祁《チー》掌教にご指南いただく」

晏無師《イエンウースー》は、何の気なしにちらりと祁鳳閣《チーフォンゴー》が腕に抱きしめる幼子を見た。

「その子どもは資質がいい。祁《チー》掌教、もし弟子にするつもりがないのであれば、私に渡すというのはどうだ?」

祁鳳閣《チーフォンゴー》は眉をピクリと上げた。一晩を一緒に過ごして、祁鳳閣《チーフォンゴー》は幼子をかなり気に入っており、弟子にしようと思っていた。それを誰かが〝横取り〟しようとしているので、当然気分は良くない。

「この子に関しては、晏《イエン》宗主の手を煩わせないことにするよ。それでは」

「祁《チー》掌教、お気をつけて」

晏無師《イエンウースー》は後ろで手を組んだまま、微笑んで祁鳳閣《チーフォンゴー》を見送った。そして笑みを引っ込め、紀春斎《ジーチュンジャイ》と鄔文光《ウーウェングアン》に視線を向ける。

晏無師《イエンウースー》の冷え切った視線に、二人ともゾッとする。

確かに晏無師《イエンウースー》はまだ若いが、その名前は魔門の中では知らぬ者がいないほどであり、全く侮れない人物なのだ。

一方、祁鳳閣《チーフォンゴー》は幼子を抱えて寺を出た。一晩吹き続けた風はようやく止み、雲の合間から綺麗な空が覗く。まもなく始まる今日という日が、太陽の輝く美しい一日になることを示しているようだ。

幼子が自分の襟を摑み、瞬きもせずじっとこちらを見つめているのに気づいて、祁鳳閣《チーフォンゴー》は思わず笑みをこぼした。

「大丈夫だよ、君を放り出したりはしないから。私と一緒に帰るかい？　私は山の上に住んでいて、そこには君と同じくらいの年頃の師兄弟がたくさんいる。私に弟子入りして、私を師尊と呼んでもいいんだよ」

「しそん！」

幼子はなんの躊躇いもなく、はっきりとそう呼んだ。

「いい子だね」

祁鳳閣《チーフォンゴー》は幼子の頭を撫でる。

「そういえば聞き忘れていたけれど、自分の名前は覚えているかい？」

「しぇん……」

「下の名前は？」

幼子は指を咥えて必死に考える。

「ちあお……」

祁鳳閣《チーフォンゴー》は辛抱強く、「ちあお、というのはどの漢字かな？」と問いかけた。

幼子は茫然として首を横に振る。まだ幼く、長い間流浪の身だったので、覚えていないのだろう。

祁鳳閣《チーフォンゴー》は幼子を下ろし、彼を抱き寄せて剣の鞘で地面に〝嶠〟という文字を書いた。

「それでは、この字を使うというのはどうだい？」

幼子は明らかに困惑した顔になる。

「むずかしい……」

祁鳳閣《チーフォンゴー》は「簡単だよ。ほら、教えてあげよう」と笑った。

そうして、幼子の手を握り、祁鳳閣《チーフォンゴー》は一画ずつ地面に整った〝嶠〟の文字を書いた。

「百神を懐柔し、河、嶠嶽へ及ぶ。君が今後、嶠や嶽の如く、心の広い人になりますように」

千秋　1

2023年9月15日　第一刷発行

著者　梦溪石
翻訳　呉聖華

制作協力　北京書錦縁諮詢有限公司
イラスト　高階佑
編集　株式会社imago
装丁　モンマ蚕（ムシカゴグラフィクス）

発行者　佐藤 弘志
発行所　日販アイ・ピー・エス株式会社（NIPPAN IPS Co., Ltd.）
〒113-0034　東京都文京区湯島1-3-4
TEL：03-5802-1859　FAX：03-5802-1891
https://www.nippan-ips.co.jp/
印刷・製本　シナノ印刷株式会社

ISBN
・978-4-86505-540-5（通常版）
・978-4-86505-541-2（特装版）